本研究为国家社会科学基金一般项目结项成果

项目名称：媒介、符号与中国文学流变研究
项目批准号：13BZW005

文澜学术文库

沿波讨源
媒介、符号与中国文学流变研究

朱 恒 / 著

中国社会科学出版社

图书在版编目（CIP）数据

沿波讨源：媒介、符号与中国文学流变研究 / 朱恒著. — 北京：中国社会科学出版社，2022.10
（文澜学术文库）
ISBN 978-7-5227-1169-0

Ⅰ.①沿… Ⅱ.①朱… Ⅲ.①中国文学－文学史研究
Ⅳ.①I209

中国版本图书馆 CIP 数据核字（2022）第 242083 号

出 版 人	赵剑英
责任编辑	张　潜
责任校对	马婷婷
责任印制	王　超

出　　版	中国社会科学出版社
社　　址	北京鼓楼西大街甲 158 号
邮　　编	100720
网　　址	http://www.csspw.cn
发 行 部	010-84083685
门 市 部	010-84029450
经　　销	新华书店及其他书店

印　　刷	北京君升印刷有限公司
装　　订	廊坊市广阳区广增装订厂
版　　次	2022 年 10 月第 1 版
印　　次	2022 年 10 月第 1 次印刷

开　　本	710×1000　1/16
印　　张	19.25
字　　数	292 千字
定　　价	99.00 元

凡购买中国社会科学出版社图书，如有质量问题请与本社营销中心联系调换
电话：010-84083683
版权所有　侵权必究

总　　序

中南财经政法大学新闻与文化传播学院建院虽然只有十余年，但院内新闻系、中文系和艺术系所属学科专业都是学校前身中原大学1948年建校之初就开办的，后因院系调整中断，但从首任校长范文澜先生出版《文心雕龙讲疏》开始其学者生涯，到当代学者古远清教授影响遍及海内外的台港文学研究，本校人文学科的研究是薪火相传，积淀丰赡。

1997年，学校重新开办新闻学专业，创建新闻系，相关学科专业建设开始步入新的发展阶段。2004年，新闻与文化传播学院组建。近年来，在学校建设"高水平、有特色的人文社科类研究型大学"的发展目标的指引下，中文系和艺术系又相继在2007年和2008年成立，人文学科迅速得到恢复和发展。

为了检阅本院各学科研究工作的实绩，进一步推动研究的深入和学科的发展，我们将继续编辑出版本院教师系列学术论著"文澜学术文库"丛书。

丛书以"文澜"命名，一是表达我们对老校长范文澜先生的景仰和怀念，二是希望以范文澜先生的道德文章、治学精神为楷模以自律自勉。

范文澜先生曾在书斋悬挂一副对联："板凳要坐十年冷，文章不写一句空。"这种做学问的自律精神在今天更显得宝贵和具有现实意义。《文心雕龙讲疏》是范文澜先生而立之年根据在南开大学的讲稿整理完成的第一部学术著作，国学大师梁启超为之作序："展卷诵读，知其征证详核，考据精审，于训诂义理，皆多所发明，荟萃通人之说而折衷之，使义无不明，句无不达。是非特嘉惠于今世学子，而实大有勋劳于舍人也。"学术研究之意义与价值，贵在传承文明、承前启后、继往开来、推陈出新。范文澜先生之《文心雕龙讲疏》后又经多次修订，改名《文心雕龙注》以传世，作者有着严谨的学风、精益求精的精神，实为吾辈楷模。正因如此，其著作乃成为《文心雕龙》研究史上集旧注之大成、开新世纪之先河的里程碑式的巨著。

先贤已逝，风范长存。高山仰止，景行行止。虽不能至，然心向往之。

是为序。

胡德才

2015年7月6日于武汉

目　录

第一章　媒介、符号与文学 ……………………………………… 1
　第一节　语言的符号性 …………………………………… 11
　第二节　符号的媒介性 …………………………………… 22
　第三节　书写媒介、语言和文字 ………………………… 33
　第四节　印刷术：媒介、符号功能的放大器 …………… 55

第二章　媒介、符号与中国文学史分期 ………………………… 73
　第一节　中国文学史分期的探索 ………………………… 74
　第二节　媒介、符号与文学史 …………………………… 82
　第三节　中国文学史的媒介分期 ………………………… 89
　第四节　中国文学史的符号分期 ………………………… 112

第三章　媒介、符号与中国诗歌体裁的嬗变 …………………… 145
　第一节　乐诗："言"对"乐"的倚重 …………………… 147
　第二节　赋：由"言"向"文"的过渡 ………………… 157
　第三节　文诗："文"对"言"的控制 ………………… 162
　第四节　白话诗："文"向"言"的回归 ……………… 188

第四章　媒介、符号与中国诗学论争 …………………………… 198
　第一节　所指偏向与能指偏向 …………………………… 199

目　录

　　第二节　能指的游戏与所指的救赎 …………………………… 222
　　第三节　所指驱动与能指驱动 ………………………………… 259

结　语 ……………………………………………………………… 297

参考文献 …………………………………………………………… 298

第一章　媒介、符号与文学

　　中国文学史的书写者一般都将文学的流变与王朝的更替紧密联系在一起，于是就有了教科书上的"先秦文学""秦汉文学""魏晋南北朝文学""隋唐五代文学""宋代文学""元代文学""明代文学""清代文学""近代文学"。虽然多数文学创作者的确可以确定地划归某个朝代，定位在某个历史时期，但文学作品是否真的也随着朝代的更替而立即发生改变，并打上具有标志性的朝代烙印呢？如果朝代真是某个时代文学的决定因素，文学史的编纂者为什么又可以将"秦"与"汉"、"魏"与"晋"、"隋"与"唐"这些不同朝代合为一编？"先秦文学"与"秦汉文学"的不同到底是文学的不同，还是朝代执政者的不同？同样地，又是依据什么在同一个朝代内部切割出更细的年代的，比如将"唐诗"进一步细分为"初唐""盛唐""中唐""晚唐"诗歌？诗歌是否真的也是伴随着"唐"一起由盛而衰？

　　不可否认，生活在某个朝代的诗人确实会受到时代的影响，但也应该看到：一方面，处在相同朝代的诗人，他们的诗歌可能表现出不同的特色，比如同为"盛唐"诗人的李白与杜甫，诗歌风格就具有很大的差异；李贺与白居易同为"中唐"诗人，在诗歌审美上的追求也大不相同。另一方面，处在不同朝代的诗人，诗歌风格又具有很大的相近性，唐代的"元白"与晚明"公安派"的诗学主张和诗歌风格就很接近；而在周作人先生眼里，"公安派"与五四新文学运动，却"很有些相像的地方"，"两次的主张和趋势，几乎都很相同。更奇怪的是，有许多作品也都很相似"。[①] 如

---

① 周作人：《中国新文学的源流》，江苏文艺出版社2007年版，第27页。

果文学是受制于朝代的，那么这些相隔了几百年却"相像""相同""相似"的现象该如何解释呢？

朝代的本质是政权变动，对写作内容会有一定影响，但并没有从根本上改变文学自身发展的进程。在一堆没有标注朝代的诗歌中，我们是否真的能够准确辨别出"朝代特征"并将其一一划归为"唐"诗、"宋"诗或别的什么诗？律诗没有出现在先秦，小说昌盛于明清，是文学家的问题，还是文学自身发展的问题？正如南帆先生所追问的那样："从神话、传奇、长篇历史演义到现代小说，从四言诗、五言诗、七言诗到句式不一的词曲以及不拘一格的现代诗，这些文学形式为什么依次呈现于时间之轴？"[①] 显然，如果文学流变不是朝代更迭的必然结果，那么，文学发展应该有着更为内在、更为深刻的推动力。

"文学是语言的艺术"，可见文学与语言的关系是极为密切的，破解文学的难题也许需要从语言入手。理解这个命题需要首先对"语言"给出明确的判断，口头语言是"语言"，书面语言也是"语言"，而这两种语言既有共性又有不同之处。文学到底是口头语言的艺术，还是书面语言的艺术？从今天的实际情况看，显然是后者。以口头语言创作的文学和以书面语言创作的文学，在思维过程、创作手法、呈现方式等方面是否完全一样？如否，则各自有什么特点？是什么造成了这些特点？不可否认，文字出现之前，一定是有纯粹的口头语言的文学的，只是由于没有文字或其他记录方式，现在很难找到可供分析和研究的范本。

我们今天讨论的"语言"，主要是指以文字形式呈现的语言，但这种语言，既不是口说的话，也不全是口说的话的文字记录，而是包容了声音和文字两套系统。这两套系统在不同场合下还具有一定的偏向性，偏向声音时，文学是"语言的艺术"；偏向文字时，文学是"文字的艺术"。当我们说文学是"语言"的艺术时，不能忽视其文字性；反之，当我们说文学是"文字"的艺术时，也不能忘记其语言性。

语言与文字之间既密不可分又有一定偏向性的特点对我们理解汉语文

---

① 南帆：《文学的维度》，中国人民大学出版社2009年版，第299—300页。

学有着重要意义。台湾清华大学的蔡英俊教授认为："在文学艺术的场域中，一旦论及'表现'的议题，则相关的论述除了探索'表现的内容是什么'之外，也必然牵涉到'表现活动所凭藉的媒介为何'，因此也就关系到对于语言文字特质的陈述。然而，就'文学作为一种语言的艺术'此一命题而言，一般学者即倾向于把有形的文字视为语言所表出的声音的一种记录，因而将'语言'与'文字'两者合而为一，不甚细辨其间的异同。究实而言，语言与文字的分合现象在中国文化传统的历史发展中，其实是一个十分复杂的问题。"[1]在文学研究中，文学表现的内容固然重要，但内容是运用什么样的符号，是借助什么样的媒介来表现的，同样非常重要，细辨语言与文字之间的异同本应该成为一种基础性的研究，但这样的研究到目前为止仍然不多。

语言和文字常常只是被当作表达的工具，是文化的产物。其实正相反，文化应该是语言和文字的产物，不少学者甚至直接用它们为文化类型命名，高友工教授认为："春秋战国之际是'口说文化'与'文字文化'两种传统并存的时代，并且由是而绵亘不断，形成中国文化的一个特色，进而影响到此一文化各个不同的层面。如果就整体的历史发展来看，那么对于语言与文字现象的沉思与反省，当然构成汉代文化的一种总体的倾向，只是此时以'文字文化'系统为中心所发展的文化论述也逐渐取得优势。"[2]蔡先生和高先生将"语言"和"文字"当作文学创作的两种不同媒介，而且认为明辨这两种媒介的异同是十分重要的，因为不同的媒介形塑了不同的思想和文化。对"文学是××的艺术"的不同回答关涉的是不同类型的文化传统，因此有明辨的需要。

启蒙哲学告诉我们：懂得了起源就懂得了本质。"文"学为什么会产生？为什么叫作"文"学而不是别的什么？"文学"的命名也许能够给我们一些启发。在众多的"文学"定义中，章太炎先生的定义最为特别：

---

[1] 蔡英俊：《中国古典诗论中"语言"与"意义"的论题——"意在言外"的用言方式与"含蓄"的美典》，台湾学生书局2001年版，第42—43页。
[2] 蔡英俊：《中国古典诗论中"语言"与"意义"的论题——"意在言外"的用言方式与"含蓄"的美典》，台湾学生书局2001年版，第42—43页。

沿波讨源

"文学者，以有文字著于竹帛，故谓之文；论其法式，谓之文学"。① 在章先生看来，"文学"是"文"之"学"，即文字是文学产生的先决条件，没有文字就称不上文学。而对文学与文字的关系，章先生有进一步的说明，他认为，"文学之始，盖权舆于言语"，因此，欲治文学，"宜略识字"，"世有精练小学拙于文辞者矣，未有不知小学而可言文者也"。② "小学"指的是文字训诂之学，没有一定的文字功底是进入不了文学的大门。章先生从词源学的角度对"文学"进行了定义，将文学最终落脚到文字上，这对中国文学而言，是有着特别重要的意义的。鲁迅先生所撰之《汉文学史纲要》开篇即为"自文字至文章"，认为"连属文字，亦谓之文"③，将整个文学的发展建立在文字的基础上。饶宗颐先生也认为如果想要弄清文学的起源，"应当从文字说起，由文字以探寻其本原。因为文学通过文字表达，文句由文字组成，弄清文字问题，文学才有着落"。④ 可见文学、文字关系之紧密。

章先生所说的"文学"自然是指狭义的文学，因为文字的对面还站着语言（由于文字与语言之间的既对立又统一的关系，本文在说到语言时，一般是指与文字相对的声音形式的语言，也就是口语，不包括书面语言），文学的流变必须得从这两种媒介既分又合的关系说起，"细辨其间的异同"。可以肯定的是，语言先于文字，在文字出现以前，已经有一个相当长的没有文字只有语言的时代，这个时代没有文字，但却有了"文学"，一般称作口头文学或口传文学，也可叫作前文字时代的文学。由于只能以声音形式存在，并以口耳相传的方式保存和传播，"激荡既已，余踪杳然"⑤，大量作品因缺乏适当的记录和保存手段而失传，只有极少数后来借助文字保存了下来。

---

① 章太炎：《国故论衡》，上海中西书局1924年版，第91页。
② 章太炎：《文学说例》，《新民丛报》第5册，1902年4月。
③ 《鲁迅全集》（第9卷），人民文学出版社2005年版，第355页。
④ 施议对编纂：《文学与神明——饶宗颐访谈录》，生活·读书·新知三联书店2011年版，第40页。
⑤ 《鲁迅全集》（第9卷），人民文学出版社2005年版，第353页。

有了文字的"文"明人很难想象并重建一个没有文字的时代,正如沃尔特·翁所说的那样:"对大多数识字的人而言,想象完全脱离文字的语词简直是难以完成的艰难任务,即使专业的语言学和人类学研究需要清除它的时候,也会感到力不从心。"① 正是基于这个原因,绝大多数研究者要么对这个没有文字的时代缺乏必要的注意,要么带着"文明"人的优越感轻视这个时代。"毫无文字或印刷术浸染"是这个时代"文化"的重要特征,因而也可称为"原生口语文化"②。在"原生口语文化"中,由于没有文字可以作为凭依,口语成为这个时代唯一的交际和思维媒介,创造出了与文字时代完全不同的文学样式。只是这样的文学样式再也无法再现,也无法还原,"荒古无文,并难征信",具有可靠性的研究材料的缺乏给研究带来了很大难度。

人们习惯于将文字仅仅当作工具,忽略文字对文学甚至对文明、文化所具有的根本性作用。麦克卢汉说"文明以文字为基础"③,文字的发明和使用在中国历史上是一件惊天动地的大事,《淮南子·本经训》记载:"昔者仓颉作书,而天雨粟,鬼夜哭"。"文明"之所以叫"文"明,"文化"之所以叫"文"化,其本质是因"文"而"明",因"文"而"化"。史作柽先生认为,"欲观人类文明,惟有把握文字"。他说:

> 欲观人类文明,惟有把握文字。因单一符号,并无记录历史之可能;纯形式之科学,本身具有反历史之性质,亦不能与整体之历史直接关联。能正面记录、成形,并有前瞻性创造之可能者,厥唯文字。整个文明的形成、说明、记录与批评,亦皆以文字出之。……文字的创造,代表人类以自由而创造的心灵,进行了对"观念如何表达"的

---

① [美]沃尔特·翁:《口语文化与书面文化:语词的技术化》,何道宽译,北京大学出版社2008年版,第9页。
② [美]沃尔特·翁:《口语文化与书面文化:语词的技术化》,何道宽译,北京大学出版社2008年版,第6页。
③ [加]马歇尔·麦克卢汉:《理解媒介——论人的延伸》,何道宽译,商务印书馆2000年版,第123页。

> 探索。所以，观察文字如何被创造，也就了解了文明创始之真相。[①]

龚鹏程教授则认为，"文字可以见道，道即在文字或道与文字相关联"，"文字被视为一切生成变化的枢纽与力量"，因此"书写文章，可以同时是一种文学活动，也是宗教活动"。[②] 龚先生还据此认为中国存在着"文字—文学—文化"的"一体性结构"，因而可以"由对文字符号的解析，指向传统文化，进行文学与文化批评"。[③] 从文化符号学的角度看，中国文化正是由中国特有的汉字所塑造的，并最具独特性；而西方文化也同样建基于其与汉字不同的文字体系，并因此呈现出与汉文化完全不同的特征。文字符号决定着文化的深层差异。

既然文字在文明、文化的构建中具有如此重要的基础性作用，而以文字为直接媒介和最终呈现形式的文学，与文字的关系就更为紧密了。可以说，文字的出现、演变与文学的出现、演变是有着内在一致性的，而文字与语言之间的离、合关系对文学形式、体裁、内容等都有直接决定作用。总之，文学流变与朝代更迭的关系远，与文字符号变化的关系近。我们后面将运用语言学、符号学的相关理论来证实这一点。

各种文明最初的文字形式已很难考证，但都经过了漫长的演变过程。最终得以成形、定型。世界上究竟有多少种文字，答案也许各不相同，但费尔迪南·德·索绪尔却认为世界上"只有两种文字的体系"[④]。语言虽然可以离开文字，但文字离不开语言，离开语言的文字就成了无源之水、无本之木。索绪尔正是从文字与语言的关系上谈论文字的，他将世界上的"文字的体系"分为两类：一是表意体系，一是表音体系。所谓表意体系，

[①] 转引自龚鹏程《文化符号学：中国社会的肌理与文化法则》，上海人民出版社2009年版，第151—152页。

[②] 龚鹏程：《文化符号学：中国社会的肌理与文化法则》，上海人民出版社2009年版，第12—13页。

[③] 龚鹏程：《文化符号学：中国社会的肌理与文化法则》，上海人民出版社2009年版，第3页。

[④] ［瑞士］费尔迪南·德·索绪尔：《普通语言学教程》，高名凯译，商务印书馆1980年版，第50页。

就是"一个词只用一个符号表示,而这个符号却与词赖以构成的声音无关。这个符号和整个词发生关系,因此也就间接和它所表达的观念发生关系。这种体系的典范例子就是汉字"。[1]而表音体系的目的则是"要把词中一连串连续的声音模写出来。表音文字有时是音节的,有时是字母的,即以言语中不能再缩减的要素为基础的"。[2]索绪尔关于文字体系的划分确实是敏锐而独到的,非常好地提醒了我们应该对汉字独有的特点进行更多的关注和研究。

世界上所有的文学一方面都具有共性,这种共性表现在所有文学都是语言的艺术上;另一方面,不同语言的文学又都具有个性,这种个性常常是与文字的特性共生的,既受制于文字,又充分展现文字的特点。由于汉字所具有的与世界上其他文字迥然有别的特点,中国文学自然也具有了自己独有的特点。

中国文学与西方文学的很多异同是可以从文字符号的差异上找到合理解释的。饶宗颐先生认为:"讲中国文学,更加不能离开文字。中国的文字(主要是汉字),因为与别的国家的文字,有很大区别,其对于文学,关系也就更加密切。别的国家,文学与文字距离非常大;他们用拼音字母,文学从语言中来。中国则不同。因为中国的文学是从文字当中来的;中国文学完全建造在文字上面。这一点,是中国在世界上最特别的地方。"[3]任何特点都是双重性的结合,与其他文学相比,一是有自己的长处,二是在某些方面达不到别的文学所达到的高度,甚至在某些方面根本就是付之阙如。比如,西方很早就出现了小说、话剧,而这些文学体裁却在中国出现很晚,"东海西海,心理攸同;南学北学,道术未裂"(钱锺书:《谈艺录·序》),相同的"心理","未裂"的"道术",作为文学表达的对象和内容,中西文学应该都有涉及,但表达的方式却大不相同,原因应该就

---

[1] [瑞士]费尔迪南·德·索绪尔:《普通语言学教程》,高名凯译,商务印书馆1980年版,第50—51页。

[2] [瑞士]费尔迪南·德·索绪尔:《普通语言学教程》,高名凯译,商务印书馆1980年版,第51页。

[3] 施议对编纂:《文学与神明——饶宗颐访谈录》,生活·读书·新知三联书店2011年版,第42页。

在借以表达内容的文字上。

文字一方面制约了某些表达形式的出现和发展，另一方面又开拓了别的文字无法拓展的疆域。因此，从文字的角度领会、理解文学就变得极为根本、极为重要了，我们既不会因人有我无而捶胸顿足，自我贬低；也不会因我有人无而沾沾自喜，目空一切。文字本不相同，文学岂能尽同？对某些文学现象甚至文学"问题"，我们也就能够更为客观地面对，并冷静地寻求解决办法，比如废名先生对当年新诗出现的问题开出的"药方"就是要从汉字的角度重新理解新诗，他说："汉字既然有它的历史，它形成中国几千年的文学（尤其是诗的文学），能够没有一个必然性在这里头，它的独特性到底在哪里？如果有人从文字音韵上给我们归纳出一个定则来，则至少可以解决今日的新诗的问题。"[1] 遗憾的是，愿意按废名先生所开"药方"服药的人尤其是诗人并不多，新诗问题依然比较严重。

既然文学与文字之间有着如此密切的关系，厘清中国文学的流变就有必要首先将中国文字的演变及特点弄清楚，因为汉字不仅是中国文学创作的媒介，也是推动中国文学发展的根本动力。那么，中国文字究竟有些什么特点呢？钱穆先生有一段论述是极其切合汉语、汉字实际的：

> 中国人最早创造文字之时间，今尚无从悬断。即据安阳甲骨文字，考其年代已在三千年以上。论其文字之构造，实有特殊之优点，其先若以象形开始，而继之以象事（即指事），又以单字相组合或颠倒减省而有象意（即会意）。复以形声相错综而有象形（即形声，或又称谐声）。合是四者而中国文字之大体略备。形可象则象形，事可象则象事，无形事可象则会意，无意可会则谐声。大率象形多独体文，而象事意声者则多合体字。以文为母，以字为子，文能生字，字又相生。孳乳寖多，而有转注。转注以本意相生，本意有感不足，则变通其义而有假借。注之与借，亦寓乎四象之中而复超乎四象之外。四象为经，注借为纬，此中国文字之所谓六书。一考中国文字之发展

---

[1] 废名：《废名集》第3卷，北京大学出版社2009年版，第1276—1277页。

第一章　媒介、符号与文学

史，其聪慧活泼自然而允贴，即足象征中国全部文化之意味。

故中国文字虽原本于象形，而不为形所拘，虽终极于谐声，而亦不为声所限。此中国文字之杰出所在。故中国文字之与其语言乃得相辅而成，相引而长，而不至于相妨。夫物形有限，口音无穷。泰西文字，率主衍声。人类无数百年不变之语言，语言变，斯文字随之。如与影竞走，身及而影又移。又如积薪，后来居上。语音日变，新字叠起。文字递增，心力弗胜。数百年前，已成皇古。山河暌隔，即需异文。欧洲人追溯祖始，皆出雅里安种。当其未有文字之先，也已分驰四散，各阅数千年之久。迨其始制文字，则已方言大异，然犹得追迹方言，穷其语根，而知诸异初本一原。然因无文字记载，故其政俗法律，风气习尚，由同趋异，日殊日远。其俗乃厚己而薄邻，荣今而蔑古，一分莫合，长往莫返。

至于中国，文字之发明既早，而语文之联系又密。形声字，于六书占十之九。北言河洛，南云江漾，方言各别，制字亦异。至于古人言厥，后世言其。古人称粤，后人称曰，亦复字随音变，各适时宜。故在昔有右文之编，近贤有文始之缉，讨源文字，推本音语。故谓中国文字与语言隔绝，实乃浅说。惟中国文字虽与语言相亲接，而自具特有之基准，可不随语言而俱化，又能调洽殊方，沟贯异代，此则中国文化绵历之久，镕凝之广，所有赖于文字者独深也。[1]

之所以要引用钱穆先生这么长的一段表述，是因为笔者觉得这些年来从事汉语研究、文学研究的，极少有人对汉语、汉字的特点有如此真切的认知和体验。钱穆先生受旧学熏染既深，对中国传统文化、文字有着强烈的民族自豪感，既不同于鲁迅、钱玄同等人当年对汉字的态度，也不同于当下一些语言研究者唯西洋语法马首是瞻。更重要的是，钱先生对汉语、汉字的观察具有极强的理论性和解释力，而其中国文化的"绵历之久""所有赖于文字者独深也"的结论又显然具有了极高的文化符号学视野。

---

[1] 钱穆：《中国文学论丛》，生活·读书·新知三联书店2002年版，第2—4页。

沿波讨源

近年盛行的"科学主义"在本不必细分的学科园地里人为地掘出了一道道垄沟，割断了学科之间潜藏地底的根脉。比如语言与文字在现有的学科架构中成了两个不同的学科，文字学不属于语言学，似乎正在成为中国语言学界的"常识"。当下现状之形成当然也是渊源有自的。随着索绪尔在西方现代语言学的地位逐步确立，其语言思想也深刻地影响了中国语言研究，索绪尔的确说过："语言和文字是两种不同的符号系统，后者唯一的存在理由是在于表现前者。语言学的对象不是书写的词和口说的词的结合，而是由后者单独构成的。"[①]不少以汉语为研究对象的学者也将索绪尔的论断搬进汉语研究中，并奉为圭臬，将汉字也从汉语研究中驱逐出去了。殊不知，索绪尔是严格限定了研究范围的，"我们的研究将只限于表音体系，特别是只限于今天使用的以希腊字母为原始型的体系"[②]，也就是说，他提出的研究原则是基于表音体系，并不能照搬到表意体系中去。索绪尔还特别指出，"对汉人来说，表意字和口说的词都是观念的符号；在他们看来，文字就是第二语言"。[③]显然，作为"第二语言"的汉字和"唯一的存在理由是在于表现前者"的表音文字在语言和语言研究中的作用是不可同日而语的，断章取义并轻率地将汉字从汉语和汉语研究中排挤出去，既脱离了汉语实际，也是不负责任的。也有语言学家清醒地认识到了这一点，比如赵元任先生认为，"在中国人的观念中，'字'是中心主题"[④]；吕叔湘先生也提醒我们，"不能把汉字只看成符号，像对待外国语的字母那样"[⑤]尽管如此，汉字被排挤的现象不仅没有引起足够的重视，反而有愈演愈烈的趋势。

语言研究的不足与弊端不是本课题讨论的重点，我们的目的是让汉字

---

① [瑞士]费尔迪南·德·索绪尔：《普通语言学教程》，高名凯译，商务印书馆1980年版，第47—48页。

② [瑞士]费尔迪南·德·索绪尔：《普通语言学教程》，高名凯译，商务印书馆1980年版，第51页。

③ [瑞士]费尔迪南·德·索绪尔：《普通语言学教程》，高名凯译，商务印书馆1980年版，第51页。

④ 赵元任：《赵元任语言学论文集》，商务印书馆2002年版，第87页。

⑤ 吕叔湘：《吕叔湘全集》第11卷，辽宁教育出版社2002年版，第10页。

回归汉语，将汉字放回语言的活水中。前引钱穆先生的观点正是在这个层面把握汉字的，认为"中国文字与语言隔绝"的观点"实乃浅说"；中国文字与语言既是相互融合的，又是各具独立性的，是对立统一的，中国文字"可不随语言而俱化，又能调洽殊方，沟贯异代"，而且"中国文化绵历之久，镕凝之广，所有赖于文字者独深也"，语言是文字的所指和源泉，文字可以表现语言，但并不会随着语言的变化而变化，反而能够对语言施加很大的影响。弄清了语言与文字尤其是汉语与汉字的关系，我们才能够真正走近文学。

第一节　语言的符号性

晚清以后，随着传教士和侵略者进入中国，西方语言作为映照汉语的"镜像"进入了中国人的视野。任何特征都是在对照中呈现的。中国知识界在反思中国社会落后的原因时，最初认为是器物，然后认为是制度，最后发现人（民）才是根本原因。西方发达是"智民"多，中国落后是"智民"少，而造成民之智愚的原因又是因为汉字难教难记，于是当时包括鲁迅、钱玄同等在内的知识界的共识居然是"汉字不灭，中国必亡"——这当然是强国心切带来的偏激。

也有人较为客观地对两种文字做出比较，梁启超认为汉字是"美观而不适用"的"文"，拼音文字才是"适用而不美观"的"质"。他说："中国文字畸于形，宜于通人博士，笺注词章，文家言也。外国文字畸于声，宜于妇人孺子，日用饮食，质家言也。二端对待，不能相非，不能相胜，天之道也。"[1] 梁启超先生非常敏锐地觉察到了汉字的形偏向（"畸于形"）和"外国文字"的声偏向（"畸于声"）的区别，两种语言表达效果的不同主要体现在"文"与"质"的差异上，非常准确地揭示出了两种文字的根本特点，与索绪尔的结论也是暗合的。尤为难能可贵的是，在当时或崇古或媚洋的两极语境中，梁先生却能以平和的心境和客观的态度，指出"二

---

[1] 倪海曙：《清末汉语拼音运动编年史》，上海人民出版社1959年版，第49页。

端对待,不能相非,不能相胜",这是需要极大的学术勇气的。

胡适先生是将文字当作符号进行审视的,他认为"汉字乃是视官的文字,非听官的文字",原因在于,"凡一字有二要,一为其声,一为其义:无论何种文字,皆不能同时并达此二者。字母的文字但能传声,不能达意,象形会意之文字,但可达意而不能传声。今之汉文已失象形会意指事之特长;而教者又不复知说文学。其结果遂令吾国文字既不能传声,又不能达意。向之有一短者,今乃并失所长"[①]。有趣的是,胡适先生正是用这种"既不能传声,又不能达意"的汉字写了那么多文章,表达了那么多的观点,开启了一场轰轰烈烈的运动,这已经从反方面证明汉字并不是像胡先生所说的那样不堪,"并失所长",一无是处。胡适先生从"视官""听官"来概括中西文字差异,是准确且有见地的,但只见其短,不见其长,只见其劣,不见其优,却是不如梁先生客观,结论自然很难站得住脚。汉字中占比最大的恰恰是"形声字",要么左形右声,要么上形下声,要么内形外声,总之,一字之中,"形""声"兼备,而所谓"形",文字学家称其为"意符",这样看来,汉字恰恰是既能传声,又能达意。

梁启超、胡适的看法代表了相当多的人对汉字的认知,即汉字是象形文字。但结论往往取决于观察的视角,一些理所当然的结论换个视角可能就需要重新审视了。对"汉字是象形文字"的结论,西方有些学者却有着几乎完全相反的看法。柯马丁先生在《剑桥中国文学史》的第一章对人们关于汉字的误解做了"澄清":"有一定数量的汉字明显源于象形文字。这一事实造成了人们对汉字的一种误解,以为汉字总体上是象形文字(事物的形象)或表意文字(观念的形象)。应该说,汉字是一种记号(logographs),将汉语语言书写为文字。汉字主要代表的不是观念,而是声音;总的来说,汉字的功能,与其他书写系统的字母或字符相同,虽然更加烦琐一些。"[②]在柯马丁看来,汉字总体上既不象形,也不达意,而是与以记录声音为己任的表音文字完全一样,只是更为复杂的记音符号而

---

① 胡适:《胡适古典文学研究论集》(上册),上海古籍出版社2013年版,第174页。
② [美]孙康宜、宇文所安主编:《剑桥中国文学史》(上),刘倩等译,生活·读书·新知三联书店2002年版,第29页。

已,这显然是站在声音中心主义的角度上看待汉字的,得出了与梁启超、胡适截然相反的结论。

这样的矛盾看法恰恰为我们更为准确地理解汉字提供了多维视角,既然有人认为汉字"畸于形",有人认为汉字"畸于声",可见在汉字上可以同时找到"形"与"声"这两个要素是毋庸置疑的,至于是否"畸","畸于"哪个方面,就是观察角度的问题了。如果"允执厥中",避免偏向性,则汉字正是"形"与"声"的结合。事实正是如此:从汉字造字的"六书"来看,在《说文解字》收录的9353个汉字中,据清代朱骏声《说文通训定声》统计,象形字不过364个,所占比例仅为3.9%,即便加上125个指事字、1167个会意字,总占比也不到20%。这也就意味着,80%以上的汉字都是通过形声造字法造出的。如果将"畸于形"的"形"理解为"象形",则得出汉字"畸于形"的结论是缺乏事实依据的。同样,无视形声字中的"形"而将汉字视为纯粹的记音符号(声),认为汉字"畸于声",也是不符合汉语实际的。

我们通常将汉字视为"文字",但在许慎看来,"文"是"文","字"是"字","文"与"字"之间是有着完全不同的所指的。在《说文解字序》中,许慎非常明确地指出:"仓颉之初作书,盖依类象形,故谓之文;其后形声相益,即谓之字。字者,言孳乳而浸多也。"依循这个定义,今天很多习以为常的说法或术语就显得荒谬了,比如"象形字",严格来说,只能叫"象形文"了,所谓的"象形字"其实只不过是"文",根本不能称作"字"。用形声的方法造字,是中国人的独创,极具智慧地解决了文字与语言之间的矛盾。几乎所有民族最初的文字都是象形,但为什么最后纷纷抛弃象形而选择了表音符号呢?其中的一个原因恐怕就是,象形文字缺少与语言的联系,从而使文字成为一种精神负担,需要花费大量时间去学去记。而形声字则将文字和语言有机地结合起来了,这也是汉字以象形开始但最终能够凭借"形声字"存留下来的根本原因。

形声字的"形"又叫作"形旁"(也可叫"意符"),形声字的"声"也叫作"声旁"(有的也称作"声符"),形声字通过"形声相益"很好地解决了汉字和汉语的关系问题,"形符加声符在每一个字结构上的对称性为字体构造颠扑不破的法则,以形见义,依声定训,可以帮助语言上的困难"①。"相益"说明"形""声"之间并不是静止状态,在实际运用中,"形"与"声"两个要素并不会绝对平均对等,难免发生某种偏向:有时偏向"形",有时偏向"声"。在有的情况下,比如用作对外来词译音的记录时,形声字的"形"(意符)就会暂时被压抑,"声"替代"形"出场。比如形声字"沙",形旁为"氵",表明"沙"与"水"有关,但在记录英文"sofa"译音"沙发"时,"沙"仅仅是个记音符号,与意符所含有的"水"没有丝毫关系。至于偏向"形"的情况就更多了,比如,对不知道读音的字,我们常常是根据其"形旁"来推测其大概的字义,在这种情况下,汉字的"声"没有显现,而是以"形"表意。因此,可以说,汉字既能"传声",又能"达意",胡适所言"吾国文字既不能传声,又不能达意。向之有一短者,今乃并失所长"实在与汉字事实不符。

通过形声造字法,汉字将"形"与"声"结合在了一起,但"形"与"声"这两个要素又常常会发生偏向,使得汉字不仅能够"畸于形",而且能够"畸于声"。正是汉字"形""声"之间可离可合的关系使得汉字有时是"文",有时是"字";有时"畸于形",有时"畸于声";有时是"看官的",有时是"听官的"。如前文所述,文字对文明、文化、文学都有着基础性的塑造作用,与其他文字相比,汉字"形声相益"是其最具特色的功能,在中国文学的发展过程中发挥着极为重要的作用,比如,笔者认为中国文学历史上周期性出现的文学论争现象就是源于汉字既能"畸于形"又能"畸于声"的特点。②

汉字"形声相益"却又既能"畸于形"又能"畸于声"的特点,对汉语文化的影响是极其深远的。"畸于声"解决了汉字与语言的关系问题,能够始终追踪并记录口头语言,形成了各个阶段的白话系统;"畸于形"又让汉字有了相对独立性和超级稳定性,形成了并不随着语言变化而迅速变化的文言系统,便于历史、文化的传承,使汉文化得以历经几千年而未曾中断。最让人称奇的是,白话系统和文言系统居然共用同一套文字系

---

① 饶宗颐:《符号·初文与字母——汉字树》,上海书店出版社2000年版,第185页。
② 参见拙著《旷代同调——中国诗学论争的符号学考辨》,社会科学文献出版社2016年版。

统。以属于白话系统的现代汉语和属于文言系统的古代汉语为例，二者的差异是语言系统的差异，而不是文字系统的差异。高玉教授也认为："现代汉语是在古代汉语的基础上演化、发展、变革而衍生出来的一套语言系统，是同一文字系统但不是同一语言系统。"[1]这一现象之所以能够出现，与汉字既能"形声相益"又能"形声相离"是分不开的，证明汉字具有极强的经济性、兼容性和灵活性。我们很容易看到，在中国语言、文学的发展过程中，两套语言系统之间的关系是错综复杂并常常充满斗争的，尤其是五四白话文运动，让我们更直接地体察到了白话与文言之间不仅确实存在着斗争，而且斗争非常激烈。

索绪尔是最早用符号来定义语言的，"如果我们能够在各门科学中第一次为语言学指定一个地位，那是因为我们已把它归属于符号学"[2]，索绪尔将语言学当作符号学的一个分支，他也经常是从符号的角度看待语言和文字的。索绪尔肯定了语言和记录语言的文字之间是存在着权力斗争的。语言一定是先于文字的，同时语言可以不依赖于文字而独立存在，这似乎保证了语言对于文字的先在性、优越性；文字则只是从属于语言，正如索绪尔所说："语言和文字是两种不同的符号系统，后者唯一的存在理由是在于表现前者"[3]，这是对语言地位的宣示与确定：语言处于绝对中心，但这显然只是欧洲语音中心主义者的想象。

既然语言和文字是两种不同的符号系统，而语言系统又需要借助文字系统来表现，文字系统就没有理由不在表现语言的过程中留下痕迹，并展示自己的力量。事实也正是如此，文字利用了自身的特点和优势（比如"永恒的和稳固的形象"）悄悄改变并不断冲击这一权力结构，试图消解语言的中心地位，"书写的词常跟它所表现的口说的词紧密混在一起，结果篡夺了主要的作用；人们终于把声音符号的代表看得和这符号本身一样重

---

[1] 高玉：《现代汉语与中国现代文学》，中国社会科学出版社2003年版，第79页。
[2] ［瑞士］费尔迪南·德·索绪尔：《普通语言学教程》，高名凯译，商务印书馆1980年版，第38页。
[3] ［瑞士］费尔迪南·德·索绪尔：《普通语言学教程》，高名凯译，商务印书馆1980年版，第47页。

沿波讨源

要或比它更加重要。这好像人们相信，要认识一个人，与其看他的面貌，不如看他的相片"[①]。这就让语言处在了一个尴尬境地，本来是希望借助"声音符号的代表"（文字）来固定"声音符号"（语言），却被"声音符号的代表"喧宾夺主，最终成为文字的仆役，在文字中心主义结构中处于从属地位。这也是本研究特别注意区别文字出现之前的语言和文字出现之后的语言的原因，文字一旦出现，两套系统就处于相互渗透、纠缠不清的复杂状态中了，需要我们审慎地对其加以厘清。

索绪尔这里说的还只是表音体系的文字，在文字存在的唯一理由只是表现语言的前提下，文字尚且如此"暴虐"；汉字并没有这样的"唯一理由"，表现语音只不过是其"畸于声"的功能，"畸于形"让汉字在表现语言时更为"暴虐"，以至于形成了独立的文言系统。因此，汉字构建的两套语言系统并不是静态的、和平共处的，而是动态的、斗争的系统。两套系统的存在都分别对另一套系统形成挤压，但总体上看，偏向文字的系统凭借其优势"僭夺了它无权取得的重要地位"，构建了强大的"文"化系统。文字挤压语言的生存空间，甚至悬置语言，其后果是文字离语言越来越远，最终成为胡适眼中的"死文字"，索绪尔眼中的"第二语言"。

除了将语言学和文字学都纳入符号学领域，索绪尔又对"符号"进行了进一步的剖析："我们建议保留用符号这个词表示整体，用所指和能指分别代替概念和音响形象"[②]。将"符号"细分为"能指"和"所指"是索绪尔对语言学、符号学的伟大贡献。需要说明的是，索绪尔的语言学研究对象仅限于"口说的词"，是不包含文字的，我们的研究对象却主要是"书写的词"，文字恰好是最重要的研究内容。但索绪尔也承认"语言和文字是两种不同的符号系统"，认为文字也是"符号"，这就给我们运用索绪尔的符号学思想解释文字这种符号提供了依据。

---

① ［瑞士］费尔迪南·德·索绪尔：《普通语言学教程》，高名凯译，商务印书馆1980年版，第48页。

② ［瑞士］费尔迪南·德·索绪尔：《普通语言学教程》，高名凯译，商务印书馆1980年版，第102页。

第一章 媒介、符号与文学

文字是符号，因此，文字也是能指和所指的同一体。对文字符号而言，能指是诉诸视觉的文字，所指是概念。能指和所指之间是什么样的关系呢？索绪尔认为是一体两面（two-sided psychological entity），好像一张纸，"思想是正面，声音是反面。我们不能切开正面而不同时切开反面，同样，在语言里，我们不能使声音离开思想，也不能使思想离开声音"①。但需要特别注意的是，正面和反面，也就是所指和能指虽然是紧密结合在一起的，但并不意味着二者之间的结构就是僵死的，索绪尔特别指出，"把这种具有两面性的单位比之于由身躯和灵魂构成的人，是难以令人满意的"，而"比较正确的是把它比作化学中的化合物，例如水。水是氢和氧的结合；分开来考虑，每个要素都没有任何水的特征"②。这也意味着，能指和所指之间的关系并非像硬币的正面和反面那样是固定的、不可分的，相反却是一种弹性的、动态的甚至是压制与被压制的"化生"关系。二者之间有着一定的裂隙，可以发生位置上的偏移，我们称之为"能指、所指的双向滑动"③。正是在这个双向滑动中，能指、所指发生了不同程度的偏移，语言呈现出不同的面貌，表现出不同的功能。

借用能指、所指这一对范畴，我们可以对不同类型的语言（主要是书面语言）进行分析，偏向能指的叫"能指偏向型"语言，偏向所指的是"所指偏向型"语言。以印欧语言为例，由于其属于表音体系，文字仅仅为记录声音而存在，自身没有单独存在的价值，因此在这种语言中，虽然也存在"文字的暴虐"，但文字毕竟依赖语言而存在，文字偏向受到了一定程度的抑制，语言偏向（所指偏向）就更为明显。以汉字为载体的汉语则不然，由于有大量的形声字，当"畸于声"时，即汉字只是作为记音符号存在时，与印欧语的字母是类似的，即柯马丁教授所说的"更加烦琐的字母"。但汉字还可以"畸于形"，偏向符号本身，即能指，这时就出现了

---

① ［瑞士］费尔迪南·德·索绪尔：《普通语言学教程》，高名凯译，商务印书馆1980年版，第158页。
② ［瑞士］费尔迪南·德·索绪尔：《普通语言学教程》，高名凯译，商务印书馆1980年版，第147页。
③ 朱恒：《语言的维度与翻译的限度及标准》，《中国翻译》2015年第2期。

能指偏向的特征。汉语和表音体系语言的总体特征可分别概括为：能指偏向型语言与所指偏向型语言。这对术语与梁启超先生的"畸于形"与"畸于声"、胡适先生的"视官"与"听官"所表达的意涵是接近的，只是我们的术语借用了符号学理论，并强调：第一，不论哪种文字都是能指、所指的统一体，即"形声相益"；第二，"形声"既能"相益"也能"相离"，具有偏向性；第三，文字不同，其偏向的程度是有区别的；第四，文字"形偏向"与"声偏向"形塑了不同类型的文化。

能指与所指的关系可以理解为"言—意"关系，这里的"言"既可以指"口说的词"也可以指记录"口说的词"的文字（文本）。我们日常交流所使用的语言一般是工具性语言，传达信息、交流思想是这种语言的主要功能，在工具性语言的"言—意"关系中，重点在于"意"而不在于"言"，即在于说话人说了什么，而不在于说话人是怎么说的。使用这种语言时，听、说双方似乎是直接面对信息和思想，语言仿佛不存在一样。比如某门课程结束了，学生也学懂了，但老师的原话却几乎一句都记不起了。中国古代思想家对此有深入而形象的表述："荃者所以在鱼，得鱼而忘荃；蹄者所以在兔，得兔而忘蹄；言者所以在意，得意而忘言"（《庄子·外物》）。"言"虽然存在，但却是像空气一样的透明存在，用索绪尔的表述就是，"言"存在的唯一理由就是表现"意"。在阅读文字作品时，工具性语言也会呈现出这一特征，比如在读报纸、看小说时，读者一般会将注意力放在消息和故事上，而很少关注语言本身。总之，工具性语言在"言—意"关系中是偏向"意"的。用符号学的术语表述就是，能指通过自身的不断隐匿、消失而让所指显形、登场，伽达默尔称其为语言的"自我遗忘性"，因为"活语言根本意识不到语言学所研究的结构、语法和句法"，并且，"语言越生动，我们就越不能注意到语言"[1]。工具性语言也就是所指偏向型语言，在这种语言中，能指符号（声音、文字）是通过自身隐匿的方式呈现所指，接收者的注意力主要集中在信息、思想等所指上。

人们显然并不只是在工具层面使用语言，语言也并不总是只偏向所

---

[1] ［德］伽达默尔：《哲学解释学》，夏镇平、宋建平译，上海译文出版社1994年版，第65页。

指。正如萨丕尔所言："认为自己可以不使用语言就能适应现实情况，认为语言是解决交际中具体问题或思考问题时偶然使用的工具，那是非常错误的。"[①]在"言—意"关系中，语言有时也会将注意力放在"言"上面，而不太关注"意"的传达。在前文字时代，一些童谣、民歌都是通过韵律、节奏、重复等手段吸引听者，而把所谓的内容放在了很次要的地位。比如，很多人小时都念过的："从前有座山，山里有座庙，庙里有个老和尚，老和尚给小和尚讲故事。故事讲的是：从前有座山，山里有座庙，庙里有个老和尚，老和尚给小和尚讲故事。故事讲的是：从前有座山……"显然，这个文本并不是想给听众或读者传达什么，而只是通过这样的重复让听众或读者觉得好玩有趣。类似的文本在各种文化中都极为常见。文字出现以后，诗歌以分行、押韵、平仄、对仗、倒装等形式阻断人们思维的连续性，注意力被吸引到文字本身的布局上，而所谓的"意"就变得很模糊，甚至无法追寻。比如李商隐的一些《无题》诗，读者都会觉得写得很好很美，但至于写的是什么，即所指，却是众说纷纭，莫衷一是。《锦瑟》的主题据说有上百种之多，可见，诗人创作时有意把"意"隐藏起来，甚至根本就没有"意"，其目的正是通过对"意"的消解，将读者的注意力吸引到诗歌的文字上面来。在这类语言构建的"言—意"关系中，"言"才是关注的重点；在能指—所指关系中，能指成为了关注的重点，我们把这种语言叫作"能指偏向型"语言。

能指偏向型语言，也就是常说的"文学语言"，严格说来，应该叫作"语言的文学性"或"文学性语言"。罗曼·雅可布逊在研究语言的过程中提出了语言的"文学性"问题，他说："文学研究的主体不是文学，而是'文学性'（literariness）；亦即：某作品成为文学作品的因素。"[②]为避免将"文学语言"和"文学作品的语言"混为一谈，本研究采用"诗性语言"的提法，需要特别注意的是，诗性语言不等于诗歌语言，别的作品，比如小说中也可能有诗性语言；诗歌语言也不全都是诗性语言。能指偏向型语

[①] [美]爱德华·萨丕尔：《萨丕尔论语言、文化与人格》，高一虹等译，商务印书馆2011年版，第138页。

[②] R.Jakobson, *Selected Writing*, vol. 5, Hague, Paris, New York: Mouton, 1979, pp.299–354.

言才是诗性语言。

与工具性语言不同的是，诗性语言并不以抵达所指为最重要的目的，甚至有意干扰能指通向所指的过程，将听众或读者吸引到能指符号自身上来。能指偏向与诗性的生成具有极为密切的关系。形式主义诗学认为："如果说，日常语言具有能指（声音、排列组合的意义）和所指功能（符号意义），那么文学语言只有能指功能。"[①] 诗性语言是一种与普通语言、日常语言具有不同组织形式的语言，在这种语言里，能指符号不甘心充当"指月之手"和"意义之舟"，而是想尽办法将注意力吸引到自己身上，运用各种方式在能指与所指之间设置障碍，阻挡通往"月"和"意义"的道路。布克哈特（Max Burckhard）说："诗最重要的技巧——特别是押韵、节奏与隐喻——其本质及其最基本的功用，都或多或少是把文字从意义或纯粹的指涉束缚中解放出来，并赋予或归还其骨肉之躯……诗人能在文字与意义之间打进一个三角桩，同时也尽可能减低文字的指称力量，防止读者从文字表面，不假思考即跃至所指称的事物上。"[②] 可见，诗性语言的本质就是凸显能指，削弱甚至剥夺所指的指称功能。

语言在使用时发生偏移是非常自然的现象，生活中一般都是所指偏向，这也是语言最主要的信息功能、交际功能的体现。所指偏向和能指偏向就像是分别处在跷跷板的两端，偏向某端时，另一端的分量必然减轻。偏向所指时，也就是要充分体现信息功能，则必然要削弱能指符号的表现，比如发布一份通知，用正常语序告知时间、地点、参会人员等关键信息即可，如果一定要采用诗歌的形式，通知的效力则会减弱；同样地，如果强调了文本的能指形式，比如"押韵、节奏与隐喻"，所指的功能就会受到影响。老子的"信言不美，美言不信"（《道德经》81章）非常准确地概括了"言"之偏向所产生的效果。"信言"就是所指偏向的语言，自然"不美"，即没有诗性功能；"美言"是能指偏向型的语言，自然"不信"，也就是在信息传递上打了折扣。

威廉·卡洛斯·威廉姆斯的《便条》诗非常好地展示了语言从所指

---

① 转引自朱立元《当代西方文艺理论》，华东师范大学出版社2005年版，第47页。
② 转引自王光明《面向新诗的问题》，学苑出版社2002年版，第19页。

偏向往能指偏向的转移。没有采用诗歌形式的便条，实现的主要是信息功能，告诉阅读便条的人自己吃了留在冰箱里的李子，李子味道很好，表示谢意。但一旦采用诗歌的形式，即对能指符号进行了切割、分行等处理，阅读者首先感知到的不再是文字传递的信息，而是能指变化带给他的新奇感。

　　借用索绪尔的"能指""所指"两个术语以及其符号学思想，我们将语言和文字都纳入符号学范畴，并用术语对其进行重新描写。"能指所指的双向滑动"是我们对索绪尔符号学思想的进一步发掘，能指和所指是任何符号都具有的两面（two-sidedness），但这两面的关系却不是浇铸的非移动关系，而是弹性的、相对的滑动关系。

　　具体而言，以印欧语为代表的表音体系的文字是表音字母，其主要功能"是要把词中一连串连续的声音模写出来"，在没有文字参与的口说的语言中，声音是能指，思想是所指；而在文字将口说的语言变为书写的语言的过程中，声音需要用表音字母记录并表现，声音成为表音字母的所指，表音字母成为声音的能指，也就是能指的能指。在这组多重的能指所指关系中，由于"能指的能指"（即表音字母）被预先规定，其"唯一的存在理由在于表现前者（即口语——引者注）"，可能出现的能指膨胀现象受到抑制，保证了终极所指（即思想）的重要地位。正是从这个意义上，表音体系的语言总体上属于所指偏向型语言。

　　而汉语的情况则更为复杂，在构建书面汉语的过程中，作为"能指的能指"的汉字并没有表音字母那样的强制规定，完全有着自己独立的"存在理由"，索绪尔的观察是："一个词只用一个符号表示，而这个符号却与词赖以构成的声音无关。这个符号和整个词发生关系，因此也就间接地和它所表达的观念发生关系。这种体系的典范例子就是汉字。"[①] 也就是说，在书面汉语尤其是古代汉语中，汉字常常越过汉语而建构自己的体系，如文言，由于文字是"能指的能指"，这种超越口语以文字的能指符号自我呈现为特征的语言，我们称之为能指偏向型语言。但要特别注意这组术语

[①] ［瑞士］费尔迪南·德·索绪尔：《普通语言学教程》，高名凯译，商务印书馆1980年版，第50—51页。

中的"偏向",我们没有简单地用"能指型语言"和"所指型语言",就是为了反映出能指和所指的滑动关系。同时,印欧语总体上属于所指偏向型语言,汉语总体上属于能指偏向型语言,这意味着,印欧语也会有能指偏向的情况,只是相对较少而已;同样,汉语也能有所指偏向的功能,只是不如印欧语常见而已。

第二节　符号的媒介性

毋庸置疑,文字,不管是表音文字还是表意文字,都是用来记录语言的,但文字只是符号,必须借助物质材料才能固定并呈现。因此,文字的演进一定伴随着书写材料和书写工具的发展。在考察特定阶段的文化、文学时,始终不能忘记追问:当时的文字是书写在什么材料上的?书写工具是什么?而在考察某个民族文化、文学的总体演进时,也需要追问:书写介质材料的演变对语言与文字之间的关系有着什么样的影响?书写材料与文学形式、文学演变的方向是否有关系?是什么样的关系?

"文化""文学"的本质是"文","文"是文化、文学的起点和核心,对"文"及其周边要素的考察也应该是文化研究和文学研究的基础和重心,那么,前面的追问就应该是文学本源研究的题中应有之义了。但事实上,传统的文学研究却极少以文字为出发点,从书写材料入手进行的研究就更少了。究其原因,大约是受到了"工具论"的影响。所谓"工具论",就是某物的存在或使用只是他物实现其目的的手段或方式,工具自身没有独立价值,也不对他物的目的实现施加影响。比如汽车将某物从甲地运输到乙地,某物实现了从甲地到乙地的目的,在这个过程中,汽车就只是纯粹的工具。在工具论者看来,语言—文字—书写材料的关系中,文字只是表现语言的工具,书写材料只是记录文字的工具。工具论否定工具的其他用途,文字、书写材料等被归为"工具",意味着它们在所处关系中处于从属地位,其作用和价值不可能真正得到确证和发掘。但如果换个思路,从媒介学的角度看这些"工具",这些工具就有了新的价值和意义。

还是以运输工具为例,人们关注的只是货物从甲地运到了乙地,汽

第一章　媒介、符号与文学

车只是纯粹的运输工具，既不能改变货物的性质，也不会改变货物的数量，对货物的交运方和接收方而言，汽车确实没有什么独立意义。但从媒介学的角度来看待这些"工具"，则不仅仅是视角、思维方式的不同，"工具"的更多本质属性也会随即呈现出来。加拿大传播学家马歇尔·麦克卢汉在其极具开创性的著作《理解媒介——论人的延伸》中提出了"媒介即讯息"理论，在麦克卢汉看来，工具，比如运输工具，不再只是"工具"，而是一种媒介。以铁路为例，在"工具论"眼里，铁路只是被动地趴在那里，任由铁轨驶过，既不会改变货物，也不会改变火车。但麦克卢汉却认为，"铁路的作用，并不是把运动、运输、轮子或道路引入人类社会，而是加速并扩大人们过去的功能，创造新型的城市、新型的工作、新型的休闲。无论铁路是在热带还是在北方寒冷的环境中运转，都发生了这样的变化。这样的变化与铁路媒介所运输的货物或内容是毫无关系的"。同样，飞机的出现也不只是运输方式的改变，"由于飞机加快了运输的速度，它又使铁路塑造的城市、政治和社团的形态趋于瓦解，这个功能与飞机所运载的东西是毫无关系的"[1]。但以前的历史学、政治学、经济学等领域的研究者往往将注意力放在"城市、政治和社团"的形成或瓦解上，很少将原因归结到铁路或飞机上。

"媒介即讯息"主要是指"任何媒介或技术的'讯息'，是由它引入的人间事物的尺度变化、速度变化和模式变化"[2]，任何新媒介的出现，都会给人们的社会生活带来变化，符号媒介、书写媒介同样如此。用麦克卢汉的观点来看，文字既是符号也是媒介，书写材料既是工具也是媒介。文字的出现绝对不是仅仅多了一个记录口语的"工具"，它对人类社会广度、深度的改变是怎么夸大都不为过的；新型书写材料的出现对语言、文字带来巨大改变，并从而对认知模式、知识生产、思维方式等也带来巨大改变。用媒介观替代工具观不是术语的简单更换，而是方法论的变革，研究

---

[1] ［加］马歇尔·麦克卢汉：《理解媒介——论人的延伸》，何道宽译，商务印书馆2000年版，第34页。
[2] ［加］马歇尔·麦克卢汉：《理解媒介——论人的延伸》，何道宽译，商务印书馆2000年版，第34页。

沿波讨源

者可以更深入地探寻影响社会现象的本质力量。本书始终从媒介的视角重新审视文字符号和书写材料以及它们对文化、文学的影响，希望让文字符号和书写工具在媒介的视域里展现更多的本质，同时也让媒介、符号与中国文学流变之间的关系更清晰地呈现出来。

文字是文明与非文明的分水岭。文字的有无直接决定了早期部落能否脱离原始状态，进入"文"明社会，"文"是指引人们从愚昧走向文明的灯火。不同民族在文字、书写材料上有着一定程度的差异，汉民族用表意的汉字，很长时间用竹简作为书写材料；西方一些民族用表音的拼音文字，在羊皮、莎草上书写。文字与语言相互渗透，相互塑造，语言类型的差异对民族的思维方式是有很大影响的，"智能的形式和语言的形式必须相互适合。语言仿佛是民族精神的外在表现，民族的语言即民族的精神，民族的精神即民族的语言，二者的同一程度超过了人们的任何想象"[①]。"智能的形式"和民族精神的差异又最终导致了文明类型的差异。

文字的出现给人类社会带来了巨大改变，但不能因此忽视、遗忘无文字的时代。无文字时代不仅早于文字时代，而且也远远长于文字时代，无文字时代有其独有的文学创作媒介、创作手段、文体形式、表现内容，进行文学研究时，应该尽量将其还原到那个无文字的场域。由于缺乏便于把握的文献资料，学界对无文字时代的文化、文学显然关注不够，对其重要性也缺乏清晰的认知。沃尔特·翁在《口语文化与书面文化——语词的技术化》开篇就说："在过去的几十年里，学术界完成了一次新的觉醒，意识到了语言的口语属性，认识到口语文化和书面文化的反差的深层意义"。[②]该书出版于1982年，也就是说，无文字时代的口语文化进入研究者的视野是很晚才发生的事情。但无文字的时代却远远长于文字时代，正如勒内·埃蒂姆柏所言："人类生生死死，代代相继，已逾百万年，但

[①] ［德］洪堡特：《论人类语言结构的差异及其对人类精神发展的影响》，姚小平译，商务印书馆1997年版，第50页。

[②] ［美］沃尔特·翁：《口语文化与书面文化：语词的技术化》，何道宽译，北京大学出版社2008年版，第1页。

我们学会书写的历史仅有 6000 年"。[①] 无文字时代文学创作的媒介只可能是口语。随着文字的出现，文学创作的媒介发生了根本变化，文字逐渐成为创作媒介。这与固定文字的技术密切相关——用什么工具将文字刻、写在什么材料上呢？文字的演变历史与文字固定技术的发展史是纠缠在一起的，正是随着书写工具和书写材料的不断发展，文字作为文学创作媒介才越来越深地融入到文学创作中，最终成为支配性的力量。

我们在前面对语言和文字从符号学的角度进行了剖析，用符号学的能指、所指对不同语言进行了描述，但从媒介理论来看，语言和文字不仅是符号，也是媒介，我们还需要从媒介的角度对它们进行更深入的分析。有人说麦克卢汉是"泛媒介论"，即一切皆媒介，"任何媒介的'内容'都是另一种媒介"，书写材料是文字的媒介，文字是语言的媒介，语言是思想的媒介。身处某一媒介时代的人不仅很难理解过去的媒介时代，也很难构想未来的媒介时代。比如，对仍然身处文字时代的人来说，理解文字时代及其文学特征是自然而且容易的事情；但对文字浸染很深的"文明"人，要清除头脑中的文字痕迹，再去还原一个没有文字甚至根本不知文字为何物的时代，是极其困难甚至根本不可能的。沃尔特·翁对此有非常深刻的描述：

> 口语文化不知文字为何物，甚至不知道可能会出现文字；对完全被文字浸染的人来说，要想象何为原生口语文化是十分困难的。请读者设想这样一种文化，人们从来没有"查找"过任何东西。在原生口语文化里，"查找"是没有语义的词汇：没有任何可以想象的意义。如果没有文字，语词就没有可以看见的存在，即使它们代表的客体展现在眼前，语词是看不见的。那样的语词仅仅是语音。你可以"召唤"口语词，也就是回忆起这些语词，但你没有地方去"寻找"口语词。它们没有焦点，没有痕迹（痕迹是视觉比方，显示它对文字的依

---

① 转引自 Georges Jean《文字与书写：思想的符号》，曹锦清、马振聘译，上海书店出版社 2001 年版，第 11 页。

靠），甚至没有丝毫轨迹。口语词仅仅是发生的事情，是事件。①

口语既是符号，也是媒介，并且这种媒介出现的时间远远早于文字，存续的时间也远远长于文字，重要性也远远高于文字。但作为物质媒介的声音（语音）在早期技术条件下，有两大无法克服的缺陷：一是无法以物质形式留存，二是无法远距离交际，这就使得人们必须为口语寻找辅助工具。辅助工具包括两类：一是声音的物质留存，最原始的是口耳相传，后来发明了留声机及现在更先进的录音设备；二是声音的符号留存，即将诉诸听觉的声音转换为诉诸视觉的文字。

媒介是人的延伸，手是身体官能的延伸，语音是思想的延伸。语音与人的关系最为密切，最为内在，甚至是完全一体的关系，一个人死了，他的语言活动也就结束了。在文字出现以前，口语是人与人、人与世界沟通的最重要媒介。与其他媒介相比，由于语音和文字都与人的思想相关，因而对人类的影响尤其是对思维方式的影响具有根本性的作用，或者说，其他媒介都是语言、文字媒介创造的思想产物。麦克卢汉认为："一切媒介都是人的某种官能——心理或身体官能的延伸……任何感知的延伸都使我们的思维和行为方式发生变化，我们感知世界的方式因此而改变。"② 以口语为媒介还是以文字为媒介带给我们感知世界的方式是完全不一样的。

口语既是符号也是媒介，具有两个方面的属性：一是口语的声音性；二是口语的语言性。口语的语言性，也就是口语的符号性，前面章节已有分析，此不赘述。口语的声音性是指口语中的声音（语音）具有物质性，是物质性媒介，体现了媒介的物理性。我们下面将详细探讨：声音作为媒介是如何塑造了无文字时代人们的思维方式和情感表达方式的？语音媒介具有哪些特性？

首先，语音是一种物理实存，但又与其他能够以重量、长度、高度、

---

① ［美］沃尔特·翁：《口语文化与书面文化：语词的技术化》，何道宽译，北京大学出版社2008年版，第23页。
② ［加］马歇尔·麦克卢汉：《媒介即按摩——麦克卢汉媒介效应一览》，何道宽译，机械工业出版社2016年版，第24—39页。

宽度、颜色、温度等让人直接感知的物体不一样,"人的一切感觉都是在时间里发生的,但声音和时间的关系特殊,不像其他的感觉那样能被时间记录下来。声音的存在仅仅体现在它走向不存在的过程中。声音不仅仅会消亡,从本质上说,声音是转瞬即逝的,而且人也会感觉到声音是转瞬即逝的"①。当然,这只是声音的物理特性,但作为语言的声音,对人类而言,就绝对不仅仅是一种物理存在,同时也应该是一种生理活动和心理印迹。语音与人的意识、思维之间存在同一关系,雅克·德里达从哲学层面对声音做了专门的分析:"声音是在普遍形式下靠近自我的作为意识的存在。声音是意识。"(着重号为原文所有)②由此看来,无文字时代的部落社会里的政治、经济、审美、心理、道德、伦理和社会各个方面都与口语文化所使用的媒介有关,"社会是由人传播所用的媒介形塑的,而不是由传播的内容形塑的,古今皆然。"③可以说,口语用语音塑造了前文明时代的方方面面。

西方文化从柏拉图开始就一直有尊崇声音、贬抑文字的传统,认为声音是对内心(思想)的记录,而文字则仅是对声音的记录,是声音的附庸。因此声音是神授的、先天的、原初的、纯洁的、高贵的,而文字则是人造的、后天的、不洁的、低贱的,是对语音这个能指的模仿、复制。事实上,西方的思想、哲学、文学、艺术等都是建立在一种以声音为核心的语言的基础之上的。"逻各斯"是西方思想的最高范畴,而"Logos 的基本含义是言说"④,是发出声音,"逻各斯中心主义"也就是"声音中心主义"。声音构建一个与"我""在场""活力""灵魂"之间不可分割的整体场域,雅克·德里达说:

---

① [美]沃尔特·翁:《口语文化与书面文化:语词的技术化》,何道宽译,北京大学出版社2008年版,第23页。
② [法]雅克·德里达:《声音与现象》,杜小真译,商务印书馆2010年版,第101页。
③ [加]马歇尔·麦克卢汉:《媒介即按摩——麦克卢汉媒介效应一览》,何道宽译,机械工业出版社2016年版,第6页。
④ [德]马丁·海德格尔:《存在与时间》,陈嘉映、王节庆译,生活·读书·新知三联书店1987年版,第40页。

沿波讨源

> 音素为什么是符号中最理想的呢？这种声响与理想性之间的同谋关系或毋宁说声音与理想性之间的同谋关系是从何而来的呢？……当我说话时，他具有在我说话时期待的活动过程的现象学本质。被赋予活力的能指由于我的气息（souffle）和意义的意向（用胡塞尔的话说，这是由于意义意向而活跃起来的表达）是与我绝对相近的。活生生的活动，就是给出生命，赋予能指身体以活力并把身体改造为"意谓"的表达的活力（Lebendigkeit），就是语言的灵魂，它不与自身分离，也不与它的自我在场分离。[①]

正是由于声音（因素）与活生生的人，与生命、活力有着如此紧密的关系，因此，在文字刚刚出现的时候，人们并不信任文字，也不愿接受文字。柏拉图的《斐德若篇》里苏格拉底借塔穆斯之口说了这么一段话："你这个发明结果（指文字——引者注）会使学会文字的人们善忘，因为他们就不再努力记忆了。他们信任书文，只凭外在的符号再认，并非凭内在的脑力回忆。所以你发明的这剂药，只能医再认，不能医记忆。至于教育，你所拿给你的学生们的东西只是真实界的形似，而不是真实界的本身。因为借文字的帮助，他们可无须教练就可以吞下许多知识，好像无所不知，而实际上却一无所知。这不仅如此，他们会讨人厌，因为自以为聪明而实在是不聪明。"[②]也就是说，使用文字的人依赖的是外在的符号，而不是内心的资源，他们通过文字接受了大量的知识，却忘掉了生活的真知。

塔穆斯的这番话即便放在今天，也同样发人深省。在塔穆斯看来，文字替代口语并不只是技术的改变，而是一场意识形态的变革，这场变革改变了人们对教育的认知、对智慧的认知，改变了思维方式和思维习惯。我们也可以反过来推论：无文字时代的人们对没有文字仅有口语的生活是满意的、享受的，而且是有真智慧的。正是因为没有文字作为依靠，那时的

[①] ［法］雅克·德里达：《声音与现象》，杜小真译，商务印书馆2010年版，第98页。
[②] ［古希腊］柏拉图：《柏拉图文艺对话集》，朱光潜译，人民文学出版社2015年版，第110页。

人不仅开发出了远远超过现代人的记忆力,而且还掌握了独特的记忆方法。吊诡的是,"文明人"认为史前人类是愚昧的、未开化的、缺乏智慧的,但苏格拉底却说:"自以为留下文字就留下专门知识的人,以及接受了这文字便以为它是确凿可靠的人,都太傻了。"① 现代社会不是到处都是这样的人吗?到底谁"太傻了"?这也再一次提醒我们不要只是站在当下看待远古,"觉今是而昨非",也不要以今天的"发展"作为评估一切的标准,而将无文字时代视为文化落后的证据。口语思维方式和文字思维方式是两种不同的思维方式,二者之间并不存在绝对的优劣对错。本书重视二者之间各自的特色,而不进行简单的价值评判,因为这样的评判一定是带有偏向性甚至偏见的。

口语不仅是一种沟通媒介,同时也是一种思维方式。信息的相对固定是交流的前提条件,否则一个人可以转眼就忘记自己曾经说过什么,甚至可能忘记自己是否说过。在没有文字等媒介作为辅助的情况下,如何记住自己说过的话是件很重要的事情。另外,如何用外在的符号将自己纷繁、跳跃的思绪固定下来,也需要很高的记忆技巧。"在原生口语文化里,为了有效地保存和再现仔细说出来的思想,你必须要用有助于记忆的模式来思考问题,而且这种思维模式必须有利于迅速用口语再现。"② 经过大量的实证调查并借助前人的研究,沃尔特·翁总结出了原生口语文化的人常用的记忆方法:"在思想形成的过程中,你的语言必然有很强的节奏感和平衡的模式,必然有重复和对仗的形式,必然有头韵和准押韵的特征;你必然用许多别称或其他的套语,必然用标准的主题环境(议事会、餐饮、决斗、有神助的英雄等);你必然用大量的箴言,这些箴言必然是人们经常听见的,因而能够立刻唤起记忆,它们以重复的模式引人注意、便于回忆;你还必须用其他辅助记忆的形式。严肃的思想和记忆的系统紧紧地纠

---

① [古希腊]柏拉图:《柏拉图文艺对话集》,朱光潜译,人民文学出版社 2015 年版,第 111 页。

② [美]沃尔特·翁:《口语文化与书面文化:语词的技术化》,何道宽译,北京大学出版社 2008 年版,第 25 页。

缠在一起。对记忆术的需求甚至能够决定你使用的句法。"①

当然，现在不可能有人亲耳听到过史前人类说话，但从留存下来的口头语言的文字记录和极少数幸存的没有受过"文字浸染"的原始部落的会话中，我们仍然可以依稀还原当时的情形。在头脑里建构一个无文字时代的观念对文学史研究、对某一时代文学特征的把握是有着重要意义的。比如《诗经》，我们现在见到的都是《诗经》的写本，但《诗经》里的那些诗却不可能是像今天的诗人那样"写"出来的，据宇文所安教授的考证和推测，我们现在看到的《诗经》版本的确是来自口头记录。②如果承认《诗经》里的诗是口头创作的产物，也就意味着当时创作的媒介是口语，这些诗里面自然会有很多口语文化特征的遗留。事实上，《诗经》的那些我们耳熟能详的"特点"与沃尔特·翁总结的口语文化常用记忆方法几乎如出一辙：比如"节奏感""重复和对仗""头韵准押韵"（注：汉语中的"头韵"手法不多，《诗经》中大量的双声叠韵与其类似）"重复的模式"（《诗经》的重章叠句）。《诗经》的这些特点不是当时诗人有意为之的结果，而是受制并依存当时的创作媒介（口语）而产生。

口语和文字与思维的关系较其他媒介更为直接，也更为密切，作为媒介的口语与作为媒介的文字塑造了不同的思维方式，即口语思维和文字思维。沃尔特·翁认为，与文字思维相比，口语思维和表达具有如下九大特征：（1）附加的而不是附属的，即口语语境围绕口头话语展开，有助于确定话语的意义，而不像文字那样依赖并附属于语法；（2）聚合的而不是分析的。口语文化里聚合大量的称号和其他套语，书面文化则认为这样不太灵巧、冗余过多的语言习惯"显得过于笨重"；（3）冗余的或"丰裕"的。因为话一出口就消失得无影无踪，说话人必须时时对刚刚说过的话保持注意力，甚至经常会重复刚刚说过的话，造成冗余。书面文化则认为冗余是语病；（4）保守的或传统的。在原生口语文化里，如果不能时时重复观念

---

① ［美］沃尔特·翁：《口语文化与书面文化：语词的技术化》，何道宽译，北京大学出版社2008年版，第25—26页。

② ［美］宇文所安：《他山的石头记——宇文所安自选集》，田晓菲译，江苏人民出版社2006年版，第10页。

化的知识，知识很快就会消亡，正是在这种世世代代的反复吟诵中，确立了一种高度传统或保守的心态；（5）贴近人生世界的。口语文化里的繁复、抽象的范畴很少，用口语表达知识时，更为贴近即时的、人们熟悉的、人际互动的世界；（6）带有对抗色彩的。这是因为口语文化把知识纳入人生世界，把知识放进生存竞争的环境，因此，对暴力的热心描绘常常是口传故事的显著特征；（7）移情的和参与式的，而不是与认识对象疏离的。文字才把人和认识对象分离开来；（8）衡稳状态的。口语文化在很大程度上生活在当下之中，它们蜕去了对当下不再有用的记忆，借以保持社会的平衡或衡稳状态；（9）情景式的而不是抽象的。口语文化往往把概念放进情景的、操作性的框架里，这些框架只有最低限度的抽象性，就是说它们贴近活生生的人生世界。[1]这九大源于口语思维的表达特征可以用来解释和分析原生口语社会所创造的政治、经济、文化、思想、教育、创新等现象，并且还有很多特质是我们现在身处另一个维度的人所缺失并渴望唤回的，比如形象思维、移情式审美、体验式教育等。可以说，口语作为符号形塑了无文字时代的思维，从而也形塑了无文字时代的文化。当然，口语思维的这些特点是相对于文字思维而言的，因此，对其做反方向的理解就是文字思维的特点，比如口语思维是"附加的而不是附属的"，文字思维的特点自然就是"附属的而不是附加的"。

在无文字时代，人们之间的信息交流主要通过手势、语言，信息的传播则是凭借记忆然后口耳相传。再后来出现了结绳记事，这样的记事方式现在在一些原始部落仍然可以见到，主要起辅助记忆的作用。"上古结绳而治，后世圣人易之以书契"（《易传·系辞下》），"结绳"这样的实体性活动后来才被"书契"这样的符号性活动取代。"书契"（文字）的出现之所以对后来的文明、文化、文学起到了那么大的作用，从"实"（结绳）到"虚"（书契）应该是至为重要的，因为只有"虚"的符号才把人从日常具体的劳作中解放出来，让人开始了抽象的、推理的思维。

---

[1] ［美］沃尔特·翁：《口语文化与书面文化：语词的技术化》，何道宽译，北京大学出版社2008年版，第27—38页。

沿波讨源

西方世界有着悠久的"逻各斯中心主义"即"声音中心主义"传统，这当然与表音体系的字母文字密不可分；而由于汉字是"第二语言"，属于表意体系，汉语文化也就成为了与"声音中心主义"完全不一样的"文字中心主义"。正如西方"声音中心主义"不遗余力地排挤、否定、污蔑文字一样，"文字中心主义"也建立了属于自己的等级制度，几乎无视声音的存在。雅克·杰内（Jacques Gernet）在《文字与民族心理》中谈到汉字时说："中国文字并没有发展为以语音符号代表语言的拼写系统。因此，无论从什么角度看，我们都不能说它是口头语言的再现。或许正是因为这样，每个书写符号（汉字）都和它所代表的对象一样，一直保有原初的权威。我们没有理由认为，在古代中国，口头语言的威力不如文字，但后来，口头语言的力量确有可能被书写符号削弱了。……由于世代相传的持续积累而丰富起来的书面语，已使汉字成为储存全部中国心智遗产的宝库。然而，口头语言也因此被贬到非常低的地位，仅用于表达日常生活的平凡内容。毫无疑问，这种情况，在很大程度上可以说明文字与书写在中国文明所扮演的角色，以及文人阶层在中国社会之中的地位。"[1]可见语言与文字对权力、地位的争夺是非常激烈的，这确实不只是使用哪种工具的问题，而是深刻的意识形态问题。汉字虽然是"形声相益"的，但是"声"诉诸听觉，与口头语言关系密切；而"形"是诉诸视觉的，有独立的表意能力。诉诸听觉的东西留存时间短，传播距离有限，诉诸视觉的东西则不仅留存时间长，传播距离也更远。由于"词的书写形象使人突出地感到它是永恒的和稳固的，比语音更适宜于经久地构成语言的统一性"，"视觉形象比音响形象更为明晰和持久"，正是凭借这种天然的优势，"于是文字就从这位元首那里僭夺了它无权取得的重要地位"[2]。汉字替代汉语出场，并用"形"压制"声"，造成了鲁迅先生所说的"无声的中国"。

文学创作首先是思维活动，口语和文字分别是这种思维活动的不同媒

---

[1] 转引自 Georges Jean《文字与书写：思想的符号》，曹锦清、马振聘译，上海书店出版社2001年版，第177—178页。

[2] ［瑞士］费尔迪南·德·索绪尔：《普通语言学教程》，高名凯译，商务印书馆1980年版，第50页。

介，理解了媒介，也就能够把握思维活动的特征，从而理解不同媒介时期文学的特征。

第三节　书写媒介、语言和文字

麦克卢汉说："任何媒介的'内容'都是另一种媒介。"① 思维过程是语言的内容，语言是思维过程的媒介；语言是文字的内容，文字是语言的媒介；文字是书写的内容，书写材料是文字的媒介。这里我们必须首先面对一个简单的、常识性的问题：文字价值的实现必须以寻找到合适的书写材料为前提。书写材料不仅可能制约文字价值的体现，也能让文字的价值得到弘扬。人类文明的前行过程始终与书写材料的找寻过程、发明过程一致。

人类历史上最早用于刻写的材料，西方目前能见到的有出土于苏萨（Susa）古城（在今天的伊朗的胡齐斯坦平原）的卵石和出土于古苏美尔城邦乌鲁克的泥版，前者是新石器时代的文物，后者的年代约在公元前40世纪晚期。② 东方遗留下来的则是甲骨刻辞，距今3000多年。在甲骨之前，中国先民也一定采用过类似石头、泥土的物质作为刻写材料，但甲骨保存的时间相对更长，为我们留下了较为丰富的实物。据统计，"100多年来，估计约有15万片以上载有文字的甲骨出土，其中约有7.2万片为1928年以前多次私人发掘所得。以后约有2.8万片为前中央研究院及河南省博物院所掘获。自1950年代以来，迄今又有6万多片有字甲骨在各地发现"③。可见，至少在殷商时代，甲骨已经作为当时主要的刻写材料，运用范围也已经较为广泛了。中国古代后来还出现过以青铜器、陶器、玉石等作为固定文字的材料。

---

① ［加］马歇尔·麦克卢汉：《理解媒介——论人的延伸》，何道宽译，商务印书馆2000年版，第34页。
② Georges Jean：《文字与书写：思想的符号》，曹锦清、马振聘译，上海书店出版社2001年版，第12—13页。
③ 钱存训：《书于竹帛——中国古代的文字记录》，上海书店出版社2004年版，第19页。

沿波讨源

除了刻写材料，刻写工具也十分重要，比如，要在坚硬的龟甲上刻字，石头显然是难以胜任的，有人说用动物的坚齿，但也很难完成大规模的刻写，所以一定要等到金属冶炼技术的出现，用于甲骨的刻写工具，"最可能是铜刀和剞劂"[①]。可以想象的是，文字需要在这些材料上制作成"器"，其过程相当繁复，耗费的时间也很长。更为重要的是，语音的两大缺陷——时间上的过耳不留及空间上的难以致远并没有得到根本解决。要将滔滔不绝的话语捕捉下来并固定在龟甲、金石上，效率是可想而知的。话是张口就能说，龟甲、金石却不是唾手可得的东西，所以这些介质上最初刻写的内容不可能是语言的直接再现，甚至与口语也未必有着非常紧密的联系，甲骨上最重要的内容是卜辞及与卜辞相关的记事文，卜辞的内容主要是天象、重大活动的预测以及祭祀等，也与普通人的日常话语关系不大。因此，龟甲、金石都不是理想的固定文字的材料。

在龟甲、兽骨之后，书写材料进入到了简牍和缣帛时代。二者出现的先后，学界暂无定论，"如今尚不能断定竹帛用于书写的确切年代，大致说来，竹、木是较缣帛为先"[②]。在竹片、木片上刻字比在龟甲、金石上刻字要更为便捷、容易，因为竹片、木片的硬度不如龟甲、金石，刻字的速度明显加快，容量也得到加大。加之竹、木在中国随处可见，方便就地取材，价廉而易得，因此竹简、木牍很快成为中国古代重要的书写工具，也因此才有了"书"的概念。钱存训先生认为："古代文字之刻于甲骨、金石及印于陶泥者，皆不能称之为'书'，书籍的起源，当追溯至竹简和木牍，编以书绳，聚简成篇，如同今日的书籍册页一般。"[③]简牍在刻写速度上较金石有了很大提高，也更为轻便，相对便于携带，有利于传播到更远的地方。

文字追摹语言，是书写材料不断改进的内在动力。虽然有了一定程度的提高，简牍刻写与语言表达之间还是有着很大距离，速度仍然不能满足将语言完全记录下来的要求。缣帛的出现较好地解决了这个问题。据考

---

① 钱存训：《书于竹帛——中国古代的文字记录》，上海书店出版社2004年版，第27页。
② 钱存训：《书于竹帛——中国古代的文字记录》，上海书店出版社2004年版，第72页。
③ 钱存训：《书于竹帛——中国古代的文字记录》，上海书店出版社2004年版，第71页。

证，"缣帛用于书写至迟当在公元前5世纪至前4世纪，其后继续使用将近千年"；而据近年的发现和研究，"毛笔早在商代就已使用"，[1] 缣帛与毛笔的结合，应该可以较好地解决文字追摹语言的问题：用毛笔在缣帛上书写的速度不仅远远快于在龟甲、金石上面刻字，也远远快于在竹简、木牍上刻字，语言能够较为便捷地以文字的形式显现在介质上；同时，缣帛非常轻便，可以方便地携带到很远的地方。可以说，缣帛非常好地解决了语言和文字的关系问题。但由于缣帛的主要材料是蚕丝，加上主要产品首先要用于贵族衣着，用于书写则成本太高，因此价格昂贵是缣帛作为书写材料的唯一缺点。"缣贵而简重，并不便于人"（《后汉书·蔡伦传》），因此简牍、缣帛都仍然不是理想的书写材料。但是，书写材料发展的路径与方向已经清楚了，后世需要做的就是寻找更廉价的缣帛替代品。这些书写材料虽然各有局限，但也开始让语言以文字的形式跨越时空，对知识的累积、传播起到非常重要的作用，如《墨子·兼爱》篇所说："知先圣六王之亲行之也。子墨子曰，吾非与之并世同时，闻其声见其色也。以其所书于竹帛，镂于金石，琢于盘盂，得遗后世子孙者知之。"

这里要特别指出的是，正是因为没有寻找到理想的书写材料，文字无法方便快捷地记录语言，文言也就应运而生了。文言的出现除了深刻的物质原因外，还与汉字的特点密切相关。索绪尔在《普通语言学教程》里明确指出："对汉人来说，表意字和口说的词都是观念的符号；在他们看来，文字就是第二语言。"[2] 在"口说的词"这第一语言不能方便快速地记录下来的情况下，文字这个"第二语言"就开发出了另一套表意系统，也就是文言。阮元在《揅经室三集》卷二中的"文言说"一文中谈道："古人无笔砚纸墨之便，往往铸金刻石，始传久远；其著之简策者，亦有漆书刀削之劳，非如今人下笔千言，言事甚易也。"阮元的这个推断的确是符合实际的，同时又有着极强的逻辑性。他的表述揭示出了语言和记录语言的符号之间似连非连的关系，并将"笔砚纸墨"的出现视为与"铸金刻石""漆

---

[1] 钱存训：《书于竹帛——中国古代的文字记录》，上海书店出版社2004年版，第96页。
[2] ［瑞士］费尔迪南·德·索绪尔：《普通语言学教程》，高名凯译，商务印书馆1980年版，第51页。

书刀削"完全不同的记言手段——当时的人"下笔"即可"千言",可见文字追摹语言的速度已经大大加快。但"笔砚纸墨"与"铸金刻石""漆书刀削"相比绝不只是书写速度的问题,这些不同的书写方式其实要处理的是背后的语言与文字的关系问题。由于"铸金刻石""漆书刀削"几乎完全不能追摹语言,所以只得"文其言",将"言"的内容用"文"来表达,使用的"文"越少,效率也就越高。具体做法就是"寡其词,协其音,以文其言,使人易于记诵,无能增改,且无方言俗语杂于其间,始能达意,始能行远"(阮元:《揅经室三集》卷二"文言说")。而到了"下笔千言"时,文字追摹语言的速度大大加快,语言的面貌可以通过文字大体呈现出来。这些都说明,在纸张大量运用以前,语言和文字是分途发展的,形成了汉语社会的"言"传统和"文(言)"传统。

造纸术是中国的四大发明之一,对世界文明的发展做出了重要贡献。造纸术到底起源于何时,学术界争议很大,但现在得到较为广泛认同的是当代考古学家黄文弼先生的结论:"据此,是西汉时已有纸可书矣。今予又得实物上之证明,是西汉有纸,毫无可疑。不过西汉的纸较粗,而蔡伦所作更为精细耳。"[①] 蔡伦并不是造纸术的发明者,而是改进者,其最主要的贡献在于,"用树肤、麻头及敝布、鱼网以为纸"(《后汉书·蔡伦传》),降低了造纸的成本,同时提升了纸的质量。蔡伦虽不是造纸术的首创者,但他对造纸材料的试验及优选对纸张的广泛使用意义深远。到了汉末,不仅纸张的使用已经较为广泛,而且出现了纸、笔、墨、砚方面的制作名家,据张怀瓘《书断》记载,制墨名家韦诞曾说,最好的书写工具是"张芝笔、左伯纸及臣墨"。同时,造纸的成本也大大降低,欧阳询《艺文类聚》第 31 卷引汉顺帝时崔瑗回复葛龚的信:"今遣送《许子》十卷,贫不及素,但以纸耳。"崔瑗自谦为"贫",买不起素,但买得起纸,说明纸开始与普通人有了密切的关系。

造纸术的发明与改进表面上只是提高了文字书写的速度,但文字书写速度的提高事实上拉近了文字与语言的关系。文字与语言并不只是外在于

[①] 转引自潘吉星《中国造纸史》,上海人民出版社 2009 年版,第 54 页。

人的物质形态的工具，而是符号和思维媒介。从人与符号的关系看，恩斯特·卡西尔认为"应当把人定义为符号的动物（animal symbolicum）来取代把人定义为理性的动物"[1]，因为在卡西尔眼里，"人就是符号，就是文化——作为活动的主体他就是'符号活动''符号功能'，作为这种活动的实现就是'文化''文化世界'；同样，文化无非是人的外化、对象化，无非是符号活动的现实化和具体化；而关键的关键、核心的核心，则是符号。因为正是'符号功能'建立起了一个（康德意义上的）'现象界'——文化的世界；正是'符号活动'在人与文化之间架起了桥梁：文化作为人的符号活动的'产品'成为人的所有物，而人本身作为他自身符号活动的'结果'则成为文化的主人"[2]。可见，人、符号和文化之间是一种一体化的关系，人因为使用符号而成为人，人既是符号的发明者、使用者，同时又受到符号的制约；文化的本质是人使用符号创造的结果。符号与人之间的关系如此密切，从一种符号的使用转向另一种符号的使用必将导致思维方式、文化成果的根本性变革。

与卡西尔不一样的是，麦克卢汉将语言和文字都视为媒介。从媒介学的视角同样可以看出媒介及媒介转换对人的重大影响。按麦克卢汉的说法："媒介即是讯息"，但是人们常常忽视媒介对人的影响而将注意力放到媒介的内容上，而"任何媒介的'内容'都使我们对媒介的性质熟视无睹"；因为"对人的组合与行动的尺度和形态，媒介正是发挥着塑造和控制的作用"[3]。造纸术发明以前，语言作为主要媒介"塑造和控制"了"人的组合与行动的尺度和形态"。具体言之，在造纸术发明之前，即便已经有了相对轻便的竹简、木牍和缣帛，但记忆仍然是主要的接受、储存、传递知识的方式。记忆的过程也是思维训练的过程，当时有很多人已经表现出过目不忘的超强记忆能力，这与文字载体的不易携带、不易获得是直接相关的，可以说，正是文字载体的不易携带、不易获得倒逼人们增进自己

---

[1] ［德］恩斯特·卡西尔：《人论》，甘阳译，上海译文出版社1985年版，第34页。
[2] ［德］恩斯特·卡西尔：《人论》，甘阳译，上海译文出版社1985年版，中译本序。
[3] ［加］马歇尔·麦克卢汉：《理解媒介——论人的延伸》，何道宽译，商务印书馆2000年版，第34—35页。

的记忆能力。据《后汉书》卷一一四《列女传·董祀妻传》载：

（曹操曰）："闻夫人家先多坟集，犹能忆识之否？"

文姬曰："昔亡父赐书四千许卷，流离涂炭，罔有存者，今所忆诵，才四百余篇耳。"

操曰："今当使十吏就夫人写之。"

文姬曰："妾闻男女之别，礼不亲授，乞给纸、笔，真草唯命。"

于是缮书送之，文无遗误。

蔡琰在经过许多年以后依然能够"忆诵""四百余篇"，这对今天越来越多的连电话号码都记不住几个的人们来说，简直是不可想象的事情。正如苏格拉底借国王塔穆斯之口所说的那样，文字的发明"会使学会文字的人们善忘，因为他们就不再努力记忆了"[①]，而固定文字的介质电子化之后，这样的"善忘"就成了社会普遍现象了，我们很难再找到能够"忆诵""四百余篇"的人了。蔡文姬之所以能够记住那么多的东西，不仅仅因为她有着极强的记忆力，应该还有专门的记忆训练，并掌握了一定的记忆技巧。将缣帛所记文字记忆下来，某种意义上也是一种将文字内化为语言的过程，在这种关系中，文字成为了语言的内容。造纸术的发明和改进则将文字媒介更方便快捷地引入到人们的日常生活中，在有文字参与的情况下，语言成为了文字媒介的内容。在这样的媒介关系中，文字媒介必将颠覆之前语言媒介塑造的思维方式、价值观念，保留、累积人类文化，加速人类文明的进程。

在人类前行的道路中，无论怎么夸大造纸术的作用都不算过分。但是新材料、新技术并不都是在出现之初就立即得到当时人们的接受和欢迎的。杰拉德·戴蒙德在《枪炮、细菌和钢铁》一书中也说："发明家一旦发现可用的新技术，接下来就是劝说整个社群接受它。某些设施，虽然更大、更快、更强，可以帮助我们做更多事，但这并不能保证人们立即就接

[①] [古希腊]柏拉图：《柏拉图文艺对话集》，朱光潜译，人民文学出版社2015年版，第110页。

受它。有些新技术，人们要么根本不接受，要么经过了很长时间的抗拒才接受，这样的例子数不胜数。比如，1971年美国国会拒绝为超音速飞机的开发提供资金援助；效率更高的打字机键盘也曾遭到全世界的一致抵制；英国很长时间都不愿意用电灯照明。"[1] 这实际上反过来证明了媒介对人的控制力量有多么强大：一旦适应了某种媒介，即便有更新、更先进的技术出现，人们也不会轻易去拥抱新技术。

同样，纸的出现也并不是立即得到当时人们的拥抱的。纸张发明前，书写是专门的技术并且由专业人员负责，对当时的普通人而言，书写是距离他们非常遥远的事情，因此，普通大众对纸的冷漠甚至排斥是可以理解的。另外，竹简、木牍的制作是涉及人数众多的工艺、产业，立即停止也会带来经济和社会冲击。纸的推广最终是由官方力量推动的，"有的统治者甚至明文规定以纸为正式书写材料，凡朝廷奏议不得用简牍，而一律以纸代之"[2]。普通大众消极接受甚至拒绝应该还有心理上的原因，据《太平御览》卷六〇五引《桓玄伪事》云，桓玄即帝位后，即下令宫中文书停用简牍，而改用黄纸："古无纸，故用简，非主于敬也。今诸用简者，皆以黄纸代之"[3]。从这里可以看出，"简重纸轻"并不只是物理重量的轻与重，同时也代表了文本内容的轻与重，用"简"给人以"敬重"的感觉，而纸自身的轻与薄，似乎也给人书写内容缺乏足够的分量的感觉。

虽然到2世纪的后半叶，造纸工艺已经得到完善，质量也完全能够满足书写需要，但纸真正得以广泛运用的时间推后了100多年。"纸的风行当在3世纪至4世纪的晋代，取代了竹简和部分缣帛的用途，书籍因此得以大量地抄写广传"[4]，再联想到文学史家的结论，"魏的时代是中国文学的自觉时代"[5]，"纸的风行"与"文学的自觉"之间一定不是偶然的联系，其中一定有着深刻的内在原因。对这个问题，本书后面会专章论述。我们

---

[1] Jared Diamond, *Guns Germs and Steel: A Short History of Everybody for the Last 13,000 years*, Vintage, 2017, p.237, 译文来自笔者自译。
[2] 潘吉星：《中国造纸史》，上海人民出版社2009年版，第133页。
[3] 转引自潘吉星：《中国造纸史》，上海人民出版社2009年版，第133—134页。
[4] 钱存训：《书于竹帛——中国古代的文字记录》，上海书店出版社2004年版，第117页。
[5] ［日］铃木虎雄：《中国诗论史》，许总译，广西人民出版社1988年版，第37页。

沿波讨源

从傅咸的《纸赋》里可以看出时人对纸张的新奇、喜爱甚至颇为神秘的感觉：

> 盖世有质文，则治有损益。故礼随时变，而器与事易。既作契以代绳分，又造纸以当策。犹纯俭之从宜，亦惟变而是适。夫其为物，厥美可珍。廉方有则，体洁性真；含章蕴藻，实好斯文。取彼之弊，以为此新。揽之则舒，舍之则卷。可屈可伸，能幽能显。若乃六亲乖方，离群索居，鳞鸿附便，援笔飞书。写情于万里，精思于一隅。[①]

在此后的一千多年里，中国的书写材料（纸）和书写工具（毛笔）除了极小的技术改进和工艺提升外，几乎没有任何大的变化，一直延续到20世纪初。据查，1780年英国的戒指技师哈里森（Harrison）在伯明翰做成了最早的钢笔，最初的钢笔是蘸墨书写，后来才演化为可贮墨钢笔。1809年，英国颁发了第一批关于贮水笔的专利证书；美国人沃特曼在1883年替该设计申请专利，1884年2月得到美国政府的批准。20世纪初，钢笔传入了中国，当时的报纸上，比如《申报》，曾刊登大量以钢笔销售为主题的广告。中国于1926年在上海创建第一家自来水笔厂——上海国益金笔厂（后改名为博士金笔厂）。不久，又在上海相继建立关勒铭、华孚、金星等金笔厂。

与所有新事物的出现一样，钢笔的出现也同样引发了到底该用毛笔还是钢笔的争论。鲁迅先生曾经写过一篇名为《论毛笔之类》的文章，起因也是社会上有些人对钢笔替代毛笔表示担忧，认为"这就使中国的笔墨没有出路"，鲁迅以自己的切身体验对此表示反驳，他说："洋笔墨的用不用，要看我们的闲不闲。我自己是先在私塾里用毛笔，后在学校里用钢笔，后来回到乡下又用毛笔的人，却以为假如我们能够悠悠然，洋洋焉，拂砚伸纸，磨墨挥毫的话，那么，羊毫和松烟当然也很不坏。不过事情要做得快，字要写得多，可就不成功了，这就是说，它敌不过钢笔和墨水。

[①] （晋）傅咸：《纸赋》，见严可均《全上古三代秦汉三国六朝文》中的《全晋文》卷五十一，中华书局1958年版，第5页。

第一章　媒介、符号与文学

譬如在学校里抄讲义罢，即使改用墨盒，省去临时磨墨之烦，但不久，墨汁也会把毛笔胶住，写不开了，你还得带洗笔的水池，终于弄到在小小的桌子上，摆开'文房四宝'。况且毛笔尖触纸的多少，就是字的粗细，是全靠手腕做主的，因此也容易疲劳，越写越慢。闲人不要紧，一忙，就觉得无论如何，总是墨水和钢笔便当了。"① 钢笔替代毛笔的原因在于钢笔的效率更高，单位时间字写得更多；使用方便，不用临时磨墨，也不会像毛笔那样胶住笔尖；轻松省力，不容易疲劳。但即便有这么多显而易见的好处，当时抵制、排斥的人也很多。

不过，不管人们如何争论，"便于使用的器具的力量，是决非劝谕、讥讽、痛骂之类的空言所能制止的"②，加上官方的推动，钢笔还是迅速进入了人们的生活：1928年中央大学区检定小学教员时，要求考毛笔、钢笔、楷书及珠算、笔算；上海市中学毕业会考，也要求考生入场时须携带毛笔、墨盒或钢笔、墨水。甚至国民党选举时，要求采用无记名投票法，用毛笔或钢笔在候选人姓名上正中加圈。在这样的情况下，越来越多用惯了毛笔的人开始尝试钢笔。1935年，陈公哲的《一笔行书钢笔千字文》由商务印书馆出版，这是有史可查的中国第一本钢笔字帖，章太炎先生为其作序，章先生在序中说："一笔成之，可以省目力、竞寸阴"，可见写得快、省时间，能够将内心想法快速用文字呈现出来是钢笔相对于毛笔的主要优势。钢笔已经成为和毛笔同等重要的书写工具，直到20世纪六七十年代，钢笔才根本性地替换了毛笔成为最主要的日常书写工具。钢笔与纸张的结合再一次大大提高了文字追摹语言的速度。钢笔又叫自来水笔，具有贮藏墨水的功能，长度较毛笔短，方便携带。语言与人是分不开的，人走到哪里，话就说到哪里，但纸笔墨砚却不能随身携带，而且书写前还有磨墨、铺纸等过程，在记录语言的速度上仍然有所滞后；同时，毛笔书写的字体都相对较大，限制了纸张的容量。而钢笔字较小，同等大小的纸张可以容纳更多的文字，这就减少了纸张的携带数量，间接提高了纸张的易

---

① 鲁迅：《论毛笔之类》，《鲁迅全集》（第6卷），人民文学出版社2005年版，第406—407页。

② 鲁迅：《论毛笔之类》，《鲁迅全集》（第6卷），人民文学出版社2005年版，第407页。

携带性。书写工具的改进，让文字与语言之间的距离进一步缩小。

在纸张和书写工具改良前，语言必须借助文字才能固定、传远，语言是依赖文字的；在将语言再现为文字的过程中，由于书写材料和书写工具的限制，语言的出场被推迟了，被文字掩饰了，甚至被压制而发不出自己的声音。现在，由于书写速度的加快，语言需要争取自己出场的机会，推翻文字的控制，要求文字尽量真实地再现语言，削弱文字表意系统对语言的影响。语言系统对文字系统形成了强大反击，比如在文学书写中，"话"重新取得了极高的地位，这也就是那场著名的"白话文运动"。当然，你可以找出"白话文运动"之所以发生的无数条理由，但从符号、媒介的角度，我们认为书写工具的改良再一次改变了文字与语言之间的关系：当文字书写可以快到接近语言的速度时，语言需要将自己失去的地位重新夺回来。要想在语言与文字的关系中占据更为重要的地位，语言就必须尽量遮蔽汉字的面貌，让汉字也像拼音文字一样成为只是记录语言的工具。胡适的"白话文运动"正是从这两个方面展开的：一方面是强调文字的语言性、声音性，倡导"白话"，将"话"当作"文"的标准。所谓"白话文"，就是形式是"文"，本质是"话"，与西方的声音中心主义是如出一辙的。另一方面就是贬抑文字，大搞"文字革命"，即要革掉汉字的命。胡适宣称过去的汉字是"死文字"，而"死文字绝不能产出活文学"。[1] 文字逐渐从记录语言的辅助工具变成了束缚和累赘，制约着语言快速呈现的优势。文字与语言的关系也从共生变成了一定程度的对立。

从这里，我们可以看到书写工具的改变对人们的思想、文化会带来多么大的变动，哪怕只是将毛笔替换为钢笔，软笔替换为硬笔，麦克卢汉的"媒介即讯息"真是所言不虚。用毛笔写字绝不仅仅是书法艺术的问题。周汝昌先生的《永字八法——书法艺术讲义》中有一篇题为"笔墨是宝"的文章，里面将毛笔视为"四大发明"之外的"第五大发明"，并认为"毛笔——柔翰，是人类最高智慧的创造中的一个重大品种"；而且，毛笔还决定着中国艺术、中国文化的特质，"西方文化艺术，其所以不与

---

[1] 胡适：《胡适古典文学研究论集》（上），上海古籍出版社2013年版，第45页。

中国相同——表现不出生动的气韵、遒媚的点画、高深的境界，正是由于不懂毛笔，不会使用毛笔，不理解毛笔的性能功用之奇妙。没有毛笔，不仅仅是中国艺术不会是'这个样子的'，就连整个中国文化的精神面貌，也要大大不同。……中国文化的精神面貌，表现于毛笔——其发展又取决于毛笔"。毛笔为什么对中国文化有着如此的重要性呢？这与周先生不同意只是将毛笔仅仅看作"工具"有着密切的关系，"在真正的中国文化人看来，毛笔不是什么'工具'——我很烦厌这个口吻轻薄、识见肤浅的名词。毛笔不是锤子、刀子……，它能"通灵"，具有灵性。否则，它如何那么擅长表现使用者个人的千变万化的不同气味、气质、性情、意志、精神世界、生活态度等等？"[1]客观来说，毛笔的确只是书写工具，但这个工具与人类的心灵符号语言和文字有着直接的关系，因此也直接进入到了中国人的心灵世界，与中国文明、中国文化、中国思想、中国艺术都有着非常密切的关系，用周先生的说法就是"毛笔（包括因之而产生的中国松烟油烟墨的性能作用，今不详及）已是涉入于形而上的物情事理了"。从这个意义上讲，从毛笔到钢笔绝不仅仅是书写工具的改进，而应该是思维方式、文化模式的变革了。对于将五四新文化运动与钢笔联系在一起，相信很多人是表示怀疑的。但如果从钢笔、语言、文字三者的关系来看，这样的联系也并非完全无中生有。

　　语言、文字与书写媒介之间构成的是一种相互推进的关系：语言需要文字来追摹并固定，但追摹、固定的效果又取决于书写媒介。纵观书写媒介的发展过程，其始终是围绕着如何解决文字更迅速地追摹、固定语言这个问题的。在书写媒介的发展还不足以解决这个问题之前，文字对语言的追摹、固定采取的是利用文字的表意功能来对语言进行一定的加工、纹饰，方便记录和记忆，即记"意"而不记"言"，这就是"文言"。而当书写媒介的发明及改进让文字追摹、固定语言的速度大大加快后，以前采取的迂回记"意"策略就显得不必要甚至多余了，"言"不再需要"文"（纹饰），可以直接呈现、在场了，过河拆桥、鸟尽弓藏、卸磨杀驴，"言"直

---

[1] 周汝昌：《用字八法——书法艺术讲义》，广西师范大学出版社2015年版，第78—81页。

沿波讨源

接就要革"文"的命了。"我们有志造新文学的人,都该发誓不用文言作文;无论通信、作诗、译书、做笔记、做报馆文章、编学堂讲义、替死人作墓志、替活人上条陈……都该用白话来作。我们从小到如今,都是用文言作文,养成了一种文言的习惯,所以虽是活人,只会作死人的文字。"读到这里,我是有些好奇的:既然白话这么好,为什么古人人偏偏要用"死文字"的文言呢?胡适对此的看法是,"做白话并不是难事,不过人性懒惰的居多数,舍不得'高文典册'的死文字罢了"[1]。胡适的解答也许还没抓到要害,古人用文言有着不得已的物质上的原因,书写材料、书写工具都没有为记录"白话"提供物质条件。谁愿意放着好好的"话"不说,硬要去学一套又难又复杂的文字系统呢?

白话文运动并不自胡适起,从唐代的元白、宋诗运动、晚明公安派到黄遵宪的"我手写我口"实质上都是白话文运动,但为什么胡适发起、倡议、推动的这一次白话文运动才能完全获得成功呢?我们以为,书写工具的改进功不可没。余秋雨先生也认为:"一切精神文化都是需要物质载体的。五四新文化运动就遇到过一场载体的转换,即以白话文代替文言文;这场转换还有一种更本源性的物质基础,即以'钢笔文化'代替'毛笔文化'。五四斗士们自己也使用毛笔,但他们是用毛笔在呼唤着钢笔文化。毛笔和钢笔之所以可以称之为文化,是因为它们各自都牵连着一个完整的世界。"[2]余先生的观察是很深刻的,但必须注意的是,不管是毛笔还是钢笔,都不能独自"牵连一个完整的世界",而是必须借助于符号才能实现;反过来,符号之所以能够"牵连一个完整的世界",也离不开毛笔或者钢笔。

总体而言,毛笔的世界是偏向文字的世界,钢笔的世界是偏向语言的世界。偏向文字的世界是保守的世界,偏向语言的世界是开放的世界,"钢笔取代毛笔能够成为趋势,既是现代化的一种结果,同时这种趋势本身也是现代化进程的一个部分"[3]。赵勇教授将现代化与钢笔联系在一起,是非

---

[1] 胡适:《胡适古典文学研究论集》(上),上海古籍出版社2013年版,第50—51页。
[2] 余秋雨:《笔墨祭》,见《文化苦旅》,东方出版中心1992年版,第266页。
[3] 赵勇:《电子书写与文学的变迁》,《文艺争鸣》2008年第7期。

常有创见的,但笔者认为,赵勇教授此处的表述略微显得有些保守,甚至颠倒了因果关系:钢笔取代毛笔,不是现代化的结果,相反,是钢笔取代毛笔,造成了现代化这个结果。现代化的到来并不是自然而然、水到渠成、一蹴而就的事情,而是在与前现代的殊死斗争中得来的。

新技术与旧技术的斗争带有强烈的意识形态性。尼尔·波斯曼说:"新技术和旧技术的竞争,是为争夺时间、注意力、金钱和威望而竞争,主要是为自己的世界观夺取主导地位而进行斗争。一旦认识到每一种媒介都有一种意识形态偏向,我们就知道,媒介之间的竞争是隐而不显。这样的竞争是激烈的竞争,这是意识形态竞争特有的激烈竞争。这样的竞争不仅仅是工具对工具的竞争,不仅仅是字母表对会意文字的攻击、印刷机对插图手抄本的攻击、摄影术对绘画艺术的攻击、留声机对印刷术的攻击、电视对印刷词语的攻击。在媒介互相争斗杀伐时,它们的竞争还是不同世界观的冲突。"[1] 钢笔与毛笔之间的竞争显然只是表层的、带有隐喻性质的竞争,真正的竞争发生在钢笔所代表的口语和毛笔所代表的文字之间。我们反复强调,媒介之间的竞争并不是简单的工具替代,内嵌其中的是深刻的意识形态的竞争。

人类从未停止过探寻如何更快速、更便捷地用文字记录、固定语言。在纸张与钢笔结合之前,打字机就已经出现了。据记载,1714年,亨利·米尔(Henry Mill)在伦敦取得打字机设计的专利权,但在具体技术上还不能供人使用,直到19世纪才进入打字机时代。美国新闻工作者、印刷工和政治家克里斯托夫·拉森·肖尔斯(Christopher Latham Sholes)通常被认为是打字机的发明者,马克·吐温是第一个使用肖尔斯打字机的美国作家。第一台中文东芝打字机出现于1905年前后,被称为上海打字机。[2] 现在很少能查找到中国大陆作家用打字机写作汉语作品的记载。

中国大陆作家普遍采用键盘输入替代钢笔写作是20世纪90年代以后的事了,这是书写的第二次"换笔"——第一次是用钢笔换毛笔。据赵勇

---

[1] [美]尼尔·波兹曼:《技术垄断——文化向技术投降》,何道宽译,北京大学出版社2007年版,第8页。

[2] 参见《打字机的故事》,《跨世纪·时文博览》2007年第8期。

教授的梳理:"虽然早在1980年代中前期,从事计算机信息研究的科研人员已经开始了电脑写作,但据相关报道,文人与电脑的亲密接触到1988年前后才初露端倪。率先使用电脑写作的主要是几位老作家,如湖北作家徐迟、四川作家马识途、辽宁作家韶华、北京通俗文学作家吴越等。只是进入1990年代之后,'作家换笔'的进程才开始加快。"[①]到2000年左右,"换笔"大体结束,用电脑写作成为趋势和潮流,字数稍多的写作,基本都是在电脑上完成。

最初的"电脑写作"更类似于西方19世纪的打字机写作,对多数人而言,早期电脑的主要功能是文字录入和修改,配置也很低。作家邓友梅是很早就开始用电脑写作的,1997年电脑报记者就当时作家换笔即电脑普及中的热点问题采访了邓友梅先生,邓先生说:"作家没有必要频繁地升级换代,电脑作为写作工具,使用寿命是很长的。我身边的一些作家朋友用286、386电脑写作好几年了,看不出电脑有什么功能不够用的地方。"[②]

需要注意的是,汉字的电脑写作与西方的电脑写作是不一样的。西方语言是表音语言,词由一连串的记音符号以线性排列的方式构成,比如英语,所有单词的记音符号都在26个字母里,通过敲击键盘上对应的字母键就可以将单词呈现出来。汉语写作面对的第一道难关就是,汉字无法照此输入,而必须对每个汉字重新编码。20世纪八九十年代最通行的输入法是五笔字型输入法,该输入法是王永民在1983年8月发明的一种汉字输入法,也称为"王码五笔"。五笔字型完全依据笔画和字形特征对汉字进行编码,是典型的形码输入法。五笔字型输入法是目前中国以及一些东南亚国家如新加坡、马来西亚等国最常用的汉字输入法之一,相对于拼音输入法具有重码率低的特点,熟练后可快速输入汉字。五笔字型自1983年诞生以来,先后推出三个版本:86五笔、98五笔和新世纪五笔。20世纪末,智能拼音流行,使用五笔的人数急剧下降。五笔字型输入法是输入速度最快的输入法,据报道,原步兵某师机要科的王君在1998年"京城杯"

---

① 赵勇:《电子书写与文学的变迁》,《文艺争鸣》2008年第7期。
② 邓友梅:《作家邓友梅谈电脑写作》,《中文信息》1997年第4期。

五笔字型输入法大赛中以 10 分钟输入 2933 字获得冠军①，普遍人在经过一段时间训练后大多能够达到 1 分钟输入 100 字以上。应该说，五笔字型输入法创造性地解决了汉字的输入问题，为电脑在中国的普及创造了有利条件。

但是，在思想 → 语言 → 文字 → 介质呈现的过程中，表音体系的语言实现得最为便利，而在五笔字型输入法中，却不得不无端地增加一道难关，即增加了拆字编码的过程，将这个过程变成了思想 → 语言 → 文字 → 拆字编码 → 介质呈现。这样的输入法在文字的转录（比如将手写稿录入电脑）过程中发挥的作用更大。周有光先生将文字录入分为"看打""听打"和"想打"，所谓"看打"就是职业打字员看着别人的手稿录入，类似过去专业抄写员的工作；"听打"是将他人正在说的话转录为文字；而作家写作则应该是"想打"，即"作家自己在中文电子打字机上写信、写文章"。我们这里要探讨的是"想打"。对"想打"而言，五笔字型输入法显然不是最佳输入手段。五笔字型输入法采用的拆字编码法，"需要几个月的特别训练，把复杂的规则和例外一个一个死记硬背"②。著名作家阎纲在《电脑换笔答友问》中谈到学习五笔字型的痛苦经历："例如五笔字型，说难，真难，一大堆字键，数不清的字根，还有像天书一样的字根助记词，什么'王旁青头戋五一，土士二千十寸雨；大犬三羊古石厂，木丁西，工戈草头右框七……'，一直到'又巴马，丢矢矣，慈母无心弓和匕，幼无力'，一共二十五句，你就背吧。我也曾下功夫死背硬记，可是，真的操作起来，又对键名，又对口诀，手忙脚乱，眼花缭乱，精神紧张。"③为什么这么难？难就难在这个拆字编码的过程上，因为拆字的过程完全是根据字的形状、构造及在键盘上的分布随机拆取的，没有理据可言；更重要的是，这个过程阻隔了文字的直接呈现，需要先拆散再组装，然后才能呈现，也延迟了语言的出场，对有些作家一气呵成的思路形成了干扰和

---

① 《五笔绝顶高手——王君的故事（293 字的奇迹）》，http://www.sohu.com/a/27431894_205316，

② 周有光：《谈谈作家"换笔"问题》，《语文建设》1994 年第 2 期。

③ 阎纲：《电脑换笔答友问》，《报刊之友》1995 年第 1 期。

沿波讨源

阻滞。这样，我们也就不难理解有些作家拒绝电脑写作，有的作家在用了电脑写作之后，又回到过去的钢笔写作。虽然不是主流，但也证明输入法在某些程度上的确对思维形成了干扰。但是也的确有一些作家在熟练掌握五笔字型输入法后，将编码过程自动化，也能够达到"想打"的境界。有作家这样描述自己使用五笔字型输入法的收获："一个月后，我终于能用'五笔字型'输入法写文章了。最快时，每个小时能打千字左右。在一年时间里，我写了数百篇散文随笔，刊发于全国大小报刊，所得的稿酬竟把买电脑和打印机的钱找了回来，让家妻高兴得连呼'奇迹'。"[①]但是，以输入法发展的进程来看，依然是在往拼音输入的方向发展。原因可能在于：一是五笔字型输入法需要专门学习，上手慢；二是对多数人而言，拆码的过程的确对语言的再现构成了阻碍。要实现真正的"想打"，最理想的输入方式应该还是拼音输入，周有光先生认为"输入白话文，输入上下文联贯的连续文本，利用'拼音'最为方便"，因为"拼音变换法应用了汉语的内在规律，主要是现代汉语词汇的双音节化和多音节化规律、语词的频度规律、上下文的语境规律等"[②]。总而言之，拼音输入法再现的正是思想→语言→文字→介质呈现的过程，在"语言"与"文字"之间通过呼唤、再现语言就能够让文字得以呈现在介质上面，思维的连续性没有中断。这也是拼音输入法快速取代五笔字型输入法的根本原因。

当然，对年纪稍大的人而言，拼音输入法也有个问题，就是首先要认识拼音字母，而且普通话也要比较标准，分得清平翘舌、鼻边音、前后鼻音等，否则，也会在不停的纠错、选字中造成思维的中断，影响写作的连贯性和速度。中国作家在创作中，历来讲究"文气"。所谓"文气"，如果从语言与文字关系的角度理解，就是文字展现语言的效果问题。有"文气"的文章，就是语言性很强的文章；无"文气"的文章，则只是文字的堆积，远离了文字背后的语言。姚鼐《答翁学士书》里讲："文字者，犹人之言语也。有气以充之，则观其文也，虽百世而后，如立其人而与言于此，无气则积字焉而已。意与气相御而为辞，然后有声音节奏高下抗坠之

---

① 杨泽文：《写作，让我走进了电脑》，《文艺报》1998年8月25日。
② 周有光：《谈谈作家"换笔"问题》，《语文建设》1994年第2期。

度，反复进退之态，采色之华，故声色之美，因乎意与气而时变者也。"①在"想打"的过程中，如果将注意力过于集中在文字的处理上，必然影响文气的连贯。小说家莫言的一段写作经历可以作为应证：莫言用 43 天写出了 43 万字的《生死疲劳》，每天 1 万字，不管用什么写，都是个让人惊讶的速度。但需要注意的是，莫言特别强调这是一部"用手写出"的作品，在记者的采访中，莫言对为什么从电脑写作改回手写是这样说的：

> 主持人：所以我检索到的资料全部都是 56 万字。据说这部作品是在 43 天之间写完的，为什么会这么快？
>
> 莫言：这 49 万字，或者说是 43 万字是在 43 天的时间里写完的。我总结了一下原因，有几条，这是我用了电脑写作多年以后，第一次放弃了电脑，重新拿起笔面对稿纸的写作，这样的写作对我这样的写作者来说，感觉到如鱼得水，就跟当初面对电脑屏幕，面对陌生的拼音输入法，省去了不停选择词和字的这个过程。当你面对纸的时候，怎么样写字是不需要考虑的，当对着电脑的时候，怎么样选字是需要考虑的，这是重要的原因。
>
> 主持人：电脑会影响你写作的速度？
>
> 莫言：我自从用了电脑之后，写作的速度是大幅度的下降。②

莫言所感受到的"如鱼得水"，其实就是文字表达语言时的顺畅；虽然是拼音输入，但要不停地"选择词和字"，自然让思路中断，文气阻滞，一闪而过的思想无法快捷地变为文字。而莫言更为熟悉的纸笔书写则不相同："由于纸笔书写的直接性，纸笔书写较之打字更可称为'得心应手'。这种直接性也节省了打字过程中的拆分或拼合所消耗的脑力，使人更能集中精力思考，因而手写是比较适合思考、表达的。"③当然，莫言写作方式

---

① 郭绍虞主编：《中国历代文论选》（第 3 册），上海古籍出版社 1980 年版，第 528 页。
② 莫言：《莫言谈〈生死疲劳〉》，http://book.ifeng.com/yeneizixun/detail_2012_11/07/18924267_0.shtml。
③ 王文革：《写字与打字——书写方式的改变意味着什么？》，《博览群书》2013 年第 8 期。

的转变也许只是个例，而且，最重要的原因是莫言使用的是"陌生的拼音输入法"，如果稍加练习，更加熟悉的话，这个障碍是可以跨越的。以本书参与成员为例，所有成员都是使用拼音输入法，并且都完全达到了"想打"的程度。也就是说，汉字的拼音输入已经完全可以达到追摹声音、再现思想并快速物化思想符号的地步。到这个阶段，文字与语言的距离无限靠近，汉字也越来越符号化，从"形声相益"的角度看，汉字越来越声音化，越来越向表音体系的文字靠近。

有研究者对"电脑写作"是这样下的定义："'电脑写作'是指人们借助电脑这一新的信息输入工具，把自己所要表达的东西在电脑写作系统支持下，以文字等形式记录到电子载体上去，并进行相关的修改、编辑、输出等操作的现代化写作。可见，电脑写作是以键盘、电子笔、语音输入器等为书写工具，以电脑屏幕为信息显示器，以电脑软盘或硬盘为信息的承载体。"[①] 电脑写作主要是运用键盘的输入功能及软件的修改、编辑功能，最准确的叫法应该是"键盘写作"。"键盘写作"也就是打字机写作，这种写作方式与文字书写的不同，不仅表现在写作者的感受上，也表现在对写作者思维方式的改变上。麦克卢汉说："坐在打字机前的诗人，很像是写爵士乐的音乐家。他创作的经验就像是演奏的经验。在无文字的世界中，这种经验一向是吟游诗人创作的情景。行吟诗人只有吟唱的主题，没有吟唱的文本。坐在打字机前，诗人能自由驾驭印刷机所具有的资源。打字机仿佛是一个召之即来的、对公众讲演的系统：诗人可以呼号、私语、吹口哨，也可以用滑稽而参差的诗行向读者做鬼脸。"[②] 麦克卢汉描述的正是这样一种状态：人们虽然是用文字在输入，但打字机却将文字输入的过程语言化，文字也越来越多地带上口语属性，写作的过程仿佛是做了一场演讲，又一定程度上回到了行吟诗人才有的体验上，"打字机将古登堡技术引入文化和经济的每一个角落。与此同时，它又产生了上述与古登堡技术

---

① 裴伟廷：《在线写作——网络时代的一种写作姿态》，《应用写作》2003年第1期。
② ［加］马歇尔·麦克卢汉：《理解媒介——论人的延伸》，何道宽译，商务印书馆2000年版，第320页。

相对的口语效果，这就是一种典型的逆转"[1]。当然，由于打字机和电脑键盘都是为拼音文字设计的，更适应拼音文字的输入，在输入过程中，头脑中的词语发音可以在键盘上通过线性再现，模拟出语言的声音状态。汉字虽然也可以用拼音输入，但展示出来的汉字却仍然具有更强的视觉性，口语色彩与拼音文字仍然有差距。但不管怎么说，与书写形态的汉字比起来，电脑写作更加接近口语了。

这只是2000年前后的电脑写作，随着网络技术的迅速推广，电脑写作也进入到了"在线写作"阶段；也有研究者称之为"宽带写作"。所谓"宽带写作"是"宽带网技术提供的创作方式，它强调大规模的信息集结和基于大规模信息集结的创作。大规模信息集结或整合，绝非单纯的数量积累，它要求深度思考。思考越深入，信息集结的规模就越可以宽广。宽带写作的理想形态（ideal type）是在集结了整个网络世界的与主题相关的信息之后，在由此而达到的思考的深度和广度上，实行语言创造"[2]。也有论者将"电脑写作"和"在线写作"或"宽带写作"整合在一起，称之为"电子书写"。[3] 笔者对"电子书写"这个术语是表示赞同的，但不赞成将"宽带写作"纳入"电子书写"的范畴。其原因在于，电脑写作与毛笔写作、钢笔写作一样，涉及的是思维内容的文字再现，三者在同一个层面上，都是书写工具。但"在线写作""宽带写作"涉及的不是文字处理问题，而是信息资料的搜集与整合。首先，"宽带写作"并没有取消或替代键盘，仍然是以键盘输入为基础；其次，所谓"宽带写作"的实质只是利用宽带连接互联网以更便捷地获取资料，获取的所有资料仍然需要通过键盘录入电脑（以大规模粘贴完成的"写作"与以前的"剪刀加浆糊"是一样的，算不上真正的写作），因而不能算是一种写作方式。正如论者所言："宽带写作虽然也以电脑写作为基础，但由于它已被添加了许多功能（如上网、使用搜索引擎、获取写作资料等），它已经与单纯的电脑写作有了

---

[1] ［加］马歇尔·麦克卢汉:《理解媒介——论人的延伸》，何道宽译，商务印书馆2000年版，第323页。
[2] 汪丁丁:《宽带写作》,《读书》2002年第2期。
[3] 赵勇:《电子书写与文学的变迁》,《文艺争鸣》2008年第7期。

沿波讨源

许多区别"[1]，但这些功能的实质都只是"获取写作资料"。我们相信，在毛笔写作、钢笔写作阶段，写作者同样需要通过各种方式"获取写作资料"，无非是获取资料的途径稍有区别，以前可能通过购买图书或到图书馆等方式去搜索、查询、获取写作资料，并不是所有的作品都是一气呵成的。因此，所谓"宽带写作"并不是写作方式，而是写作资料的获取方式，不建议将其与文字处理工具比如毛笔、钢笔并列。

电脑写作或电子书写对汉语写作思维带来了非常大的改变，背后的原因依然是文字与语言的关系问题。由于书写工具的改变，以语言形式呈现的思想可以快速、即时地用文字表达出来，语言与文字之间再也没有障碍，文字仿佛是透明的、不存在的。在汉字不能立即记录语言的时代，汉字以自己的方式改造了语言，即"文言"。"文言"是对语言所表达内容的提炼，而不是再现。电脑时代，文字录入甚至比语言还快，"言"终于可以用"文"直接地再现了。因此，任何对"言"的直接再现形成障碍的"文"都需要调整、改进，"言"成了判断"文章"或"诗歌"的最重要的标准。这在电脑写作前就已经被意识到了，较早的有黄遵宪的"我手写我口"；后来胡适提出："若要作真正的白话诗，若要充分采用白话的字，白话的文法，和白话的自然音节，非作长短不一的白话诗不可。这种主张，可叫作'诗体的大解放'。诗体的大解放就是把从前一切束缚自由的枷锁镣铐，一切打破：有什么话，说什么话；话怎么说，就怎么说。这样方才可有真正白话诗，方才可以表现白话的文学可能性。"[2] 胡适这一主张的问题在于只有白话没有诗，但可以看出胡适将白话放到了至高无上的地位上，一切的写作都必须以"话"为依归和标准；同时，为了保证"话"的纯洁性，必须反对"文言"。只是当时限于钢笔书写的速度仍然与快速准确地记言有距离，因此该目标很难实现，汉字仍然对语言有着很强的控制。汉字拼音输入法的发明、改进让汉字的地位越来越低，汉字"形"的呈现的机会越来越少，汉字正走在一条逐渐成为类似表音体系文字那样的记音文字的路上。

---

[1] 赵勇：《电子书写与文学的变迁》，《文艺争鸣》2008年第7期。
[2] 胡适：《尝试集·自序》，人民文学出版社1984年版，第149页。

当然，电子书写对作家的改变远远不只限于思维方式，对写作心理的改变同样不可小觑。我们记得，纸张替代竹简时，作家的心态有过一次改变，当时不少人认为纸笔书写缺少庄重性，显得随意而轻佻。电脑书写替代纸笔书写时，这样的心理再次出现。有作家谈到电脑替换纸笔之后，"只有在给人写信时，出于尊重对方和人情味的考虑，才避免使用电脑"①，这与当初推行纸张时说竹简"非主敬也"是完全一样的。也许正是出于这个原因，当时的作家对电脑也是毁誉不一，我们可以从李洁非的记录里做一点点还原："有一次在上海的文艺界朋友们吃饭，不期然谈起用电脑写作的事，立刻分为两派，一派眉飞色舞，对电脑百般夸赞，另一派却拿出箕子宁死不食周黍的气概，表示这辈子坚决不肯换笔。"②可见，电脑的使用不只是技术问题，也不只是思维方式发生了变化，而且还是写作心理问题。因为"显示在荧光屏上的文字由于不再具有物质性，所以很容易被擦抹和删改；而从思想到文字的转换由于失去了一笔一画的过程，思想的呈现又像说话一样变得快捷和容易起来了。用手写下的文字却是另一种情况：它们被作者书写，仿佛是铁板上钉钉，硬物上刻字，一旦成形，就会与作者作对。因此，如果说在传统写作中，作者一旦落笔，即意味着作者与其书写的文字之间建立了一种稳固的关系，白纸黑字仿佛就是作者的一种承诺；那么，在电脑写作中，这种关系却变得不稳固、不牢靠了。于是，文字仿佛就是作者手中任意搭建和拆卸的积木玩具，作者不再拥有庄重的承诺感，而是多了几分游戏般的快感"③。

随着书写过程中物质材料越来越轻便，越来越容易获取，越来越廉价，文字因为物质材料曾经获得的神圣感、仪式感、重要性日渐减少，甚至消失，最能体现汉字的"形"和"意"不断弱化，逐渐沦为单纯的表音工具。汉字"形""意"的弱化，最明显的表现就是，越来越多的人开始提笔忘字，错别字越来越多，同音字相混的现象越来越严重，有人称之为"电脑失写症"。具体表现就是："长时间对着电脑写作的一些人如果一旦

---

① 李洁非：《电脑：岂止换笔那么简单？》，《粤海风》1998 年第 2 期。
② 李洁非：《电脑：岂止换笔那么简单？》，《粤海风》1998 年第 2 期。
③ 赵勇：《电子书写与文学的变迁》，《文艺争鸣》2008 年第 7 期。

沿波讨源

要求用笔来写，就会脑子里一片空白，怎么也写不出来。最近我国的一项调查显示30%以上的大学生用笔书写汉字存在障碍困难。'媲美''觊觎''不啻'等等这类不算生僻的常用汉字，不少人居然左思右想半天也写不出来，于是干脆像初学汉字的小学生一样，用拼音来表示。"[①]这还是2002年左右的情况，当时的电脑写作还不是十分普及，现在的情况应该还要严重很多。从"失写症患者"采用的救济手段"用拼音来表示"可以看出，形式过于复杂的汉字很难逃脱被废弃的命运。我们正处在这样一个时代，我们也必须面对这个时代。对汉语写作而言，字思维正在重新被言思维改造，我们也正在一定程度上重返口语文化，沃尔特·翁将这样的媒介环境文化称为"次生口语文化"，具体而言就是，"支撑今天次生口语文化的是电话、广播、电视等电子设备，其生存和运转都仰赖文字和印刷术"[②]，在次生口语文化里，写书和看书的人越来越少，影视业越来越发达，声音和图像成为最主要的交际媒介，以文字为媒介的传统不可避免地衰落了。沃尔特·翁《口语文化与书面文化——语词的技术化》一书是1982年出版的，当时即便在美国，网络技术、宽带技术都不如今天发达，以我们的观察，"次生口语时代"紧接着的是"读图时代"及"电子影像时代"，抽象的文字符号在这样的时代里将进一步没落。当然，这与我们探讨的文学书写之间没有直接关系，我们不拟对这一话题做更深入的探讨。

键盘输入暂时还是时代主流，但随着越来越多的语音输入软件的推出，键盘输入有被语音输入替代的可能性。对文学创作而言，我们可能再也不需要用笔或用键盘来"写"书，而会变成"说"书。如果真有那一天，今天的写作思维、写作模式、写作手法以及阅读方式等都会再次发生极大的改变。

从前面的梳理可以看出，书写材料、书写工具、书写方式经过了绵历数千年的演变，但总体趋势是往有利于记录语言、固定语言、表现语言的方向发展的。从无文字的口语时代到今天的"次生口语时代"，历史透

---

① 裘伟廷:《电脑写作的负面影响——电脑失写症》,《阅读与写作》2002年第2期。
② [美]沃尔特·翁:《口语文化与书面文化:语词的技术化》,何道宽译,北京大学出版社2008年版,第6页。

迤前行，好像最终还是回到了起点。但正是在这个曲折的过程中，诞生了各种类型的文学，它们既受制于书写材料、书写工具，同时又展现了书写材料、书写工具赋予它们的优势。探讨文学的流变，不能简单地将视角置放在"人"上面，将政权、社会、思潮作为文学发展的推动力，因为在这些推动力最后还有一个最基本的物质推动力，物质力量才是最终的、最有力的推动力，书写材料、书写工具就是这样的物质力量。从这个意义上讲，这也是与马克思的唯物史观相一致的。

第四节　印刷术：媒介、符号功能的放大器

语言、文字是符号，同时也是媒介；锥刀、毛笔、钢笔、键盘是书写工具，龟甲兽骨、竹简纸张是书写材料，它们也同时是书写媒介，无论是用何种符号、什么样的书写工具和材料，其目的都是实现超越时空的传播。但在纸张发明以前，信息载体的复制是效率极为低下甚至是不可能的。纸张发明以后、印刷术发明以前，复制速度虽然有所加快，但主要是单件复制：复制一本书就是重新抄写一本书，即便是多人同时抄写，数量仍极为有限。印刷术的发明是人类历史上的大事，将知识传播速度与广度提升到了全新的量级。

这里需要特别指出的是，印刷术与前面的语言、文字、书写材料、书写工具都有密切关系，但又有着本质上的不同：印刷术既不是符号，也不是媒介，它只是技术，是书写文本的加速器和放大器。虽然并不直接作用于写作过程，只是对文字作品的传播和扩散产生作用，但印刷术又是公认的"文明之母"，它通过传播实现了知识的扩散和输入，培养了"读（写）书人"阶层，重塑了人们思维的方式和思想的内容，将更多的"愚民"改造为"智民"；而这一切变化反过来又促进了社会知识生产方式和内容的改变。

纸张的发明是印刷术产生的前提，中国在公元前后发明了造纸术，后经蔡伦改良后推广运用。中国印刷术分为两个阶段：雕版印刷和活字印刷。雕版印刷大约是于7世纪在中国出现，与佛经的传播有着密切关系，

沿波讨源

现在发现的存留下来的印刷品大多是佛教经典。雕版一般选用梨木、枣木、梓木等纹理光滑平匀且易于雕刻的木料。雕刻的步骤则是:"先将文字抄写在薄纸上,反转以米糊粘贴在木板上。待其干后,将纸背刮去,仅留一层薄膜,可以看到文字的反文。然后再用刀凿等按照字的笔画雕刻凿削,让每一字画凸出。木板雕好后,用手刷上墨,再把纸铺在版上,以软刷在纸背上刷过。据说一个熟练的印刷工人,每天能刷印 1500~2000 页。"[①] 我们相信,雕版技术出现的时间应该更早,纸张的出现才将雕版技术的优点淋漓尽致地展现出来。到了 11 世纪,又出现了活字印刷,沈括在《梦溪笔谈》里对活字印刷的工艺有详细记载:

> 板印书籍,唐人尚未盛为之。五代时始印五经,已后典籍皆为板本。
>
> 庆历中有布衣毕升,又为活板。其法:用胶泥刻字,薄如钱唇,每字为一印,火烧令坚。先设一铁板,其上以松脂、蜡和纸灰之类冒之。欲印,则以一铁范置铁板上,乃密布字印,满铁范为一板,持就火炀之,药稍熔,则以一平板按其面,则字平如砥。若止印三二本,未为简易;若印数十百千本,则极为神速。常作二铁板,一板印刷,一板已自布字,此印者才毕,则第二板已具,更互用之,瞬息可就。每一字皆有数印,如"之""也"等字,每字有二十余印,以备一板内有重复者。不用,则以纸帖之,每韵为一帖,木格贮之。有奇字素无备者,旋刻之,以草火烧,瞬息可成。不以木为之者,文理有疏密,沾水则高下不平,兼与药相粘,不可取;不若燔土,用讫再火令药熔,以手拂之,其印自落,殊不沾污。
>
> 升死,其印为予群从所得,至今保藏。

在我们一般人看来,活字印刷是雕版印刷的升级,活字印刷必然取代雕版印刷,但事实却并非如此。"雕版印刷是中国印刷史上的主流,活字

---

① 钱存训著,郑如斯编订:《中国纸和印刷文化史》,广西师范大学出版社 2004 年版,第 4 页。

第一章 媒介、符号与文学

印刷仅是偶然的插曲。主要原因是中国文字的字汇数目庞大,雕版印刷比活字印刷经济并更易于处理。当所需用数量的书籍印就后,书版可以很方便地储藏起来,需要重印时,再拿出来使用,从而避免积压存书。只有在大量印刷卷帙繁多的书籍时,活字印刷的优点才较多。"①但不管怎么说,这两种印刷方式相互补充,为中国文化的传播做出了非常大的贡献。

印刷术在西方出现要远远晚于中国,1445年德国金匠约翰·谷登堡(Johan Gutenberg)(1398—1468)发明活版机器印刷,包括铸字盒、冲压字模、浇铸铅合金活字、印刷机及印刷油墨,并印制了第一部机印版《圣经》;1458年,意大利人玛叟·菲尼格拉(Maso Finigurra)(1426—1464)开始用铜制雕版在纸上印刷;而到了1500年,也就是在谷登堡发明活字印刷后50年左右,欧洲出现了250个印刷作坊,印制了40000多种各类印刷品。这完全可以看出,活版机器印刷对当时及以后文化发展的深远影响。

我们在这里简要叙述了中、西印刷史,但印刷所采用的材料、工艺等不是我们关注的重点,我们更关注的是由纸张记录的那些文字符号是如何藉由印刷术传播的,这样的传播方式对文化、文学带来了怎样的改变。这样的研究在今天已不算冷门,但美国媒介环境学家伊丽莎白·爱森斯坦(Elizabeth Eisenstein)描述了她1963年着手研究"从手抄书到机印书的转变产生的最重要的变化有哪些"的课题时所面临的处境:"我着手调查这个十分重要的课题已有的文献;原来预计掌握大量正在涌现出来的资料是一个非常吃力的过程。然而,正如我在本书第一章里所言,那时我能够请教的参考资料竟告阙如。事实上一本书也找不到,连长一点的文章都没有,纵览15世纪传播变革效果的资料根本就没有。"② 中国的情况与此颇有些相似,即便是今天,关于印刷术对文化、文学究竟产生了什么影响的研究也几乎是"竟告阙如",难怪爱森斯坦教授要将自己著作的第一章命名

---

① 钱存训著,郑如斯编订:《中国纸和印刷文化史》,广西师范大学出版社2004年版,第4—5页。
② [美]伊丽莎白·爱森斯坦:《作为变革动因的印刷机——早期近代欧洲的传播与文化变革》,何道宽译,北京大学出版社2010年版,前言。

为"尚未被公认的革命"。也就是说,虽然几乎人人都承认印刷术对社会、文化发生了重要影响,诸如弗朗西斯·培根认为印刷术、火药和指南针"改变了这个世界的外貌和状况",斯坦贝格认为"印刷史是文明通史不可分割的一部分"等论断数不胜数,但让人奇怪的是,少有研究者深究印刷术带来的变化和具体影响,爱森斯坦教授对此感受最为深切:"印刷术的影响没有引起什么争议,但并不是因为意见一致,而是因为几乎没有什么明确而系统的意见。事实上,同意印刷术产生了重大影响的人总是止步不前,不告诉我们如此重大的影响究竟是什么。"[①] 这也意味着,从印刷术入手探究文学发生变革的原因,不仅是可行的,也有着广阔的学术空间;而且对于中国这个最先发明印刷术的国家,加强该领域的探索就有着更大的价值和意义了。

关于印刷术的影响研究之所以没有得到应有的重视,我们认为其中一个原因是将印刷仅仅当作了一种"术"。无论是在中国还是西方的早期语境里,"术"与"工具"一样都没有得到人们过多的尊崇,尤其是新"术"和新"工具",在出现之初往往还是人们攻击的对象,如前面提到过的电灯在英国受到排挤、汽车火车在中国受到抵制、波音飞机在美国不受待见,等等,虽然后来都逐渐被接纳,但正由于它们是潜移默化、润物无声地进入到人们生活中,以至于新"术"或新"工具"的影响力常常变得习焉不察、理所当然。

中国古代语境里有着太多的有关"道"与"术"、"道"与"器"的论述,并且无一不是弘扬"道"、贬抑"术"与"器"的——这也常常是解释中国科学不发达的最根本、最直接的原因,从这个角度看,印刷作为一种"术"没有得到应有的理论重视就不是什么奇怪的事情了。那么在西方语境里呢?"科学"不是西方迅猛发展的推动力量吗?中国当年自觉落后于西人的不正是"赛先生"吗?但有意思的是,西方重"道"抑"术"的传统与中国一样悠久。尼尔·波斯曼(Neil Postman)在《技术垄断——文化向技术投降》一书中说:

[①] [美]伊丽莎白·爱森斯坦:《作为变革动因的印刷机——早期近代欧洲的传播与文化变革》,何道宽译,北京大学出版社2010年版,第4页。

第一章 媒介、符号与文学

……当然，其中一些文化曾经是（现在仍然是）技术原始的文化，有一些甚至鄙视手工艺和机器。比如，希腊的黄金时期没有产生重要的技术发明，甚至没有利用马力的有效方法。柏拉图和亚里士多德鄙视"低贱的机械技艺"，大概他们认为，提高效率和生产力的努力不可能使头脑更加高贵。效率和生产力是奴隶的问题，而不是哲学家的问题。我们在《圣经》里发现了类似的观点，这是对古代工具使用文化篇幅最长、最详细的描绘。在《圣经·申命记》（Deuteronomy）里，摩西以相对于上帝的权威口吻说："有人制造耶和华憎恶的偶像，或雕刻或铸造，就是工匠手所做的，在暗中设立，那人必受诅咒。"①

柏拉图、亚里士多德将"技术"视为"低贱的机械技艺"，很容易让人想起庄子在《庄子·天地》中借"为圃者"之口对"技术推崇者"子贡的驳斥："吾闻之吾师，有机械者必有机事，有机事者必有机心。机心存于胸中，则纯白不备；纯白不备，则神生不定；神生不定者，道之所不载也。"（《庄子·天地》）看来东西方在对技术的看法上可算是殊途同归，几无区别。庄子虽然对技术持贬抑态度，但贬抑的原因恰恰是他认为机械、技术对人心有着重大而深远的影响，只是在庄子看来，这样的影响都是负面的、消极的。至于影响是负面还是正面，取决于论者的角度，但既然达到了"机心""道之所不载"的影响程度，则应该引起我们对技术的影响力的关注和研究。

媒介与技术是紧密相连的：钢笔是媒介，钢笔书写是技术；活字是媒介，活字印刷是技术。但无论是"技术论"还是"媒介论"，都承认技术、媒介对人类社会具有深入骨髓的改变作用，因此都需要回答技术、媒介和文化之间关系的问题。前面的章节中，我们主要是从媒介的角度来看文化的，这一节我们将印刷作为一种技术来分析技术与文化之间的关系。

在"技术论"者眼中，技术不是帮助人类实现目的的手段，技术本

---

① ［美］尼尔·波兹曼：《技术垄断——文化向技术投降》，何道宽译，北京大学出版社2007年版，第13页。

沿波讨源

身就是目的；人类发明了技术，但技术改造了人类，技术与人类、技术与文化有着密不可分的关系；技术是人类发展最重要的推动力量。詹姆斯·W.凯瑞认为："技术这一最实在的物质产品，从其产生之日起就彻底是文化的产物：它所展现的观点和灵感实质上是一种创造与表达。"[1] 尼尔·波斯曼也认为："技术竞争点燃的是全面的战争，换句话说，新技术的影响不可能被控制在有限的人类活动的范围内。倘若这个比方太残忍，我们可以试用一个比较温柔、和蔼的比方：技术变革不是数量上增减损益的变革，而是整体的生态变革。……一种新技术并不是什么东西的增减损益，它改变一切。到1500年，即印刷机发明之后的五十年，欧洲并不是旧欧洲和印刷机简单地相加。那时的欧洲已截然不同。"[2] 印刷术是人类历史发展中最重要的技术，印刷术对人类历史进程的改变也是最为深刻的。

与印刷术联系最为直接的是书籍。在印刷术发明以前，书籍的复制都只能通过抄写来完成，书籍的生产过程非常繁复，有时还带有强烈的个人色彩；书籍扩散的范围也极其有限，局限在有阅读能力的少数人里面。但印刷术出现以后，书籍的制作变得便捷轻松，书籍大量出现并不只是改变了知识、信息的传播渠道，而是"突然改变了以前的文化边界和模式"，更重要的是，这些改变并不只是书籍的内容带来的，书籍的外在形式、呈现方式等同样重构了人们的思维。"和其他任何形式的人体延伸一样，印刷术也有心理和社会的影响"，而从对心理的影响上说，"印刷书籍这种视觉官能的延伸强化了透视法和固定的透视点……活字印刷排版的线条性、准确性和同一性，和上述文艺复兴时期经验中伟大的文化形态和革新是不能分割的，印刷术问世之后的第一个100年间，偏重视觉和个人观点的倾向又有了新的加强，这和自我表现的手段是统一的。而自我表现手段之成为可能，又要靠印刷术这种人的延伸"；活字排版的特点不仅是与人无关的特点，而会以各种方式作用于人的感官，最终改变人的心理状态。毛笔纸张书写技术与龟甲刻写技术带给人的是不一样的心理状态，抄写书籍与

---

[1]［美］詹姆斯·W.凯瑞：《作为文化的传播》，丁未译，华夏出版社2005年版，第8页。
[2]［美］尼尔·波兹曼：《技术垄断——文化向技术投降》，何道宽译，北京大学出版社2007年版，第9页。

印刷书籍带给人的心理状态也是不一样的。从社会影响的角度看，印刷术的影响就更大了："印刷术这种人的延伸产生了民族主义、工业主义、庞大的市场、普及识字和普及教育。因为印刷品表现出可重复的准确的形象，这就激励人们去创造延伸社会能量的崭新的形式。……它把个人从传统的群体中解放出来，同时又提供了一个如何把个体凝聚成一股强大力量的模式。"① 群体生活方式是与口头表达技术直接相关的，声音媒介必须依赖于他者，没有对象言说就无法实现；书写技术将个人从传统的群体中解放出来，人们完全可以借助文字与他人交流，不必依赖现实场景与他人面对面交流；印刷数量大、印制速度快、传播范围广的书籍把个体在精神层面、思想层面上凝聚起来了；而书籍所用文字的不同又强化了民族主义。印刷术发明以后，"小册子"成为了革命宣传中的利器，印刷术对社会变革的威力可见一斑。

　　技术也是双刃剑，任何技术的进步带给人们的绝非全是福音，电子技术、互联网技术对人们正向、负向的影响，我们今天已有领教。书写技术的出现在柏拉图眼里是万劫不复的"堕落"，印刷术是书写技术弱点和缺陷的放大，而电视技术的出现又使得"公众话语的严肃性、明确性和价值都出现了危险的退步"，因此，尼尔·波兹曼②特别提醒我们："每一种思想的新工具的诞生都会达到某种平衡，有得必有失，有时是得大于失，有时是失大于得。我们在或毁或誉时要十分小心，因为未来的结果往往是出人意料的。印刷术的发明就是一个典型的例子。印刷术树立了个体的现代意识，却毁灭了中世纪的集体感和统一感；印刷术创造了散文，却把诗歌变成了一种奇异的表达形式；印刷术使现代科学成为可能，却把宗教变成了迷信；印刷术帮助了国家民族的成长，却把爱国主义变成了一种近乎致命的狭隘情感。"③ 虽然对技术所带来的影响不能简单地贴上好与坏的价值标签，但新技术的出现确实是以在此之前的技术所塑造的某些价值的失

---

① ［加］马歇尔·麦克卢汉：《理解媒介——论人的延伸》，何道宽译，商务印书馆 2000 年版，第 220 页。
② 即 Neil Postman，前引著作中译作尼尔·波斯曼，实为同一人。所引译名随译者。
③ ［美］尼尔·波兹曼：《娱乐至死》，章艳译，中信出版集团 2015 年版，第 32 页。

沿波讨源

落为代价的，印刷术给人们带来了数不胜数的好处，但却摧毁了印刷术之前的人们所具有的很多优点，比如芒福德认为印刷使人的感觉中枢失去平衡，"印刷品比现实事件更令人印象深刻，人们把自己的注意力集中在了印刷文字上，他们失去了感觉和理智、想象和声音、具体和抽象之间的平衡，而这种平衡只有15世纪最伟大的思想家如米开朗琪罗、达·芬奇、阿尔博蒂才能暂时达到。平衡不久就会失去，剩下的只有印刷的文字"[①]。在中国文化语境中，"读书人"这个词展现的正是迷恋印刷物从而丧失了一定行动能力，无法从书本世界重返现实生活的文弱书生形象，其本质也是在抽象和具体之间失去了平衡。人们拥抱书籍营造的想象世界，必然一定程度远离原初的真实世界，我们需要的正是找回这种平衡的能力。

当然，印刷术对人们心理、文化等方面的影响只是本书研究的背景，印刷术如何改变文字符号并造成文学形式、文学内容、文学传播与接受等方面的改变才是我们关注的重点。

首先，印刷术对语言和文字进行了改造，让语言文字化，也让文字语言化。语言文字化主要针对的是西方表音文字体系，在这套文字体系中，文字与语言之间的关系是语言决定文字、文字从属于语言，在印刷术出现以后，语言被文字化了。语言（口语）诉诸听觉，具有非常强的线性特征，过耳不留，为了让交际顺利进行，言者不得不经常重复，这于言者、听者是必须的。文字则诉诸视觉，具有很强的非线性特征，写作者可以对写作内容反复查看，反复修改；阅读可以从文本的任何地方开始，也可以在任何地方停止，可以返回看前面的内容，也可以直接跳到文本的后面章节；口语中的重复、强调在文字文本中则变为冗余、啰唆。在印刷术大规模运用后，文字形式呈现的口语变得文字化了，说话变得像写文章一样，带有较强的抽象性和逻辑性。

印刷术通过对语言的文字改造，使人们的思维带上明显的文字性，其中一个表现就是，人们完全能够长时间通过听觉来接受非常复杂的理论、观点，为了证明这一点，尼尔·波兹曼以当年林肯与道格拉斯的一场政治

[①] ［美］刘易斯·芒福德：《技术与文明》，陈允明、王克仁、李华山译，中国建筑工业出版社2009年版，第124页。

辩论为例，证明印刷思维与电视思维的区别。当时，林肯与道格拉斯都不是总统候选人，甚至还不是美国参议员候选人，但当时的观众却能够在饭前饭后连续聆听7个小时的辩论，这不由得让人惊叹："这是怎样的听众啊？这些能够津津有味地听完7个小时演讲的人是些什么样的人啊？"与之形成鲜明对照的是："今天有哪一个美国观众能够容忍7个小时的演讲？或者5个小时？甚至3个小时？尤其是在没有任何图片的情况下？"当然，这里的核心并不仅是听众的耐心问题，"那时的听众必须具备非凡的、理解复杂长句的能力"。尼尔·波兹曼用这个例子就是想证明"印刷术控制话语性质的力量"，因为，"林肯和道格拉斯不仅事先准备好演讲稿，就连反驳对手的话也是事先写好的。即使在进行即兴辩论时，两人使用的句子结构、句子长度和修辞手法也不脱书面语的模式……总之，林肯和道格拉斯的辩论像是从书本上照搬过去的文章"①。波兹曼教授所举的这个例子非常形象地展现了印刷术广泛运用之后，口语如何被文字改造，同时又如何塑造了大众的文字思维。

汉语是言、文分途发展，纸张发明以后，言、文关系有了一定程度的拉近，但距离仍然很大。中国印刷术虽可早溯至公元7—8世纪，但雕版印刷的盛行还是在9世纪以后，活字印刷开始于宋仁宗庆历年间（1041—1048），也就是说，印刷术的成熟期与宋朝的建立时间大体一致。印刷术与唐朝的瓦解有无关系，我们找不到直接证据。但宋朝的文学语言却的确是突然发生了很大的变化。我们认为这种变化主要是语言的文字化。需要注意的是，语言的文字化与早期语言的文言化是不一样的。文言化对语言所做的改造（"文饰"）过大，以至于基本看不到语言原初的面貌；文字化则是以语言为基础，对自发的、零散的、线性的语言进行了一定程度的文字化，即在将口语记录为文字的过程中，去除了一些重复的、散乱的、随意的成分，增强了语言的逻辑性、简洁性。这样的语言（其实是印刷在纸页上的文字）就具有了这样的特点："印刷文字，或建立在印刷文字之上的口头语言，具有某种内容：一种有语义的、可释义的、有逻辑命题的内

---

① ［美］尼尔·波兹曼：《娱乐至死》，章艳译，中信出版集团2015年版，第53—60页。

容。……在任何利用语言作为主要交际工具的地方,特别是一旦语言付诸印刷,就不可避免地成为一个想法、一个事实或一个观点。"[1]

尼尔·波兹曼对印刷文字(语言)的描述与宋代文学语言有着非常多的契合之处。以宋诗为例,宋诗的特点主要体现在它的语言上,而它在语言上的特点与唐诗是有着非常大的区别的。钱锺书先生在比较唐诗、宋诗特点时说,"唐诗多以风神情韵擅长,宋诗多以筋骨思理见胜"[2],所谓"筋骨思理"指的就是语言具有逻辑性并带有很强的议论成分。葛兆光先生特别关注语言、文字在诗歌研究中的作用,谈及宋诗,他认为:"……而宋诗的日常语序却使人们更容易理解诗的意义,因为对于熟悉的话语无须过多地琢磨便能在瞬间转换为它的所指;它对虚字虚词的使用改变了古典诗时空、因果关系的朦胧含糊,虽然朦胧含糊的时空因果关系增加了诗歌的'张力',但它却淹没了'说话人'即主体意识的存在,好像说话人把那一堆意象一股脑儿地推给读者就算完事,根本没有表示过自己的感觉或知性似的,于是'我'要说什么、'我'说这些干什么便成了一本糊涂账,'意义'与'关系'就被湮没了,而宋诗却使诗歌的表达更为明晰、主体意识的传递更为明确,而且能曲尽其意,因为层次丰富的意义毕竟要通过因果、时空等关系词来层层递进,而微妙曲折的心理活动毕竟是要由各种各样虚词来细微表述的"[3]。葛兆光先生在与唐诗语言的比较中,呈现了宋诗在语言上的特点,这些特点与尼尔·波兹曼概括的"有语义的、可释义的、有逻辑命题的"如出一辙:"宋诗的日常语序却使人们更容易理解诗的意义",也就是说宋诗语言首先是"有语义的";"宋诗却使诗歌的表达更为明晰、主体意识的传递更为明确,而且能曲尽其意",说的正是"可释义的";而"层次丰富的意义毕竟要通过因果、时空等关系词来层层递进,而微妙曲折的心理活动毕竟是要由各种各样虚词来细微表述的",说的不正是"有逻辑命题"吗?葛兆光教授和波兹曼教授观点上的一致性并

---

[1] [美]尼尔·波兹曼:《娱乐至死》,章艳译,中信出版集团2015年版,第60—61页。
[2] 钱锺书:《谈艺录》,生活·读书·新知三联书店2001年版,第3页。
[3] 葛兆光:《汉字的魔方——中国古典诗歌语言学札记》,复旦大学出版社2008年版,第207—208页。

非偶然，是印刷文字、印刷语言的特点在有洞见的研究者面前的自然呈现。从这个角度上，我们也可以认为宋代诗歌语言的特点与印刷术在宋代的大规模运用是分不开的：宋代诗歌语言的特点就是印刷语言的特点，宋代文学与此前文学的最大区别也在于它是印刷文学。

印刷术对语言的改造是如何实现的呢？最主要的方式是通过文字的标准性、统一性去除了语言（语音）的个人性、地域性，让语言借助文字"规范"起来。斯坦贝格（Steinberg）认为：

> 印刷术"保存、编码有时甚至创造"一些通俗语。印刷术在16世纪的一些小语言社群里的缺失"明显地导致"一些通俗语的消失，后者将其排除在文学领域之外。在这个时机里，印刷术在相似语群体里的存在使之能够不断复兴或继续扩张。印刷术强化了语言群体之间的障壁，使墙内的语言同质化，摧毁小的方言分歧，为了千百万的读书写字人而是语言的习惯用法标准化，是偏远的方言得到边际的角色。一种新的文学语言的保存常常有赖于这样一个因素：几种通俗启蒙读物、问答式小册子或《圣经》是否有机会在16世纪得到印行（无论是在国内还是在国外印制）。当这些读物得到出版时，一种"民族的"书面文化随即扩张。没有这样的出版机会时，萌动的"民族"意识的先决条件就化为乌有，剩下的就是一种不通用的方言了。①

印刷术对语言的偏离起到了很好的抑制作用，在使语言标准化的同时也让书面语更具多样性，印刷文字的视觉性改造了听觉层面的语言，语言在一定程度上被文字化了。"话本"这个词其实非常准确地概括了语言与文字在印刷时代的结合。

其次，印刷术培养了大量的阅读型公众。严格来说，在印刷术出现以前，阅读是极为小众的行为，具有阅读能力和阅读权利的人非常有限。纸张的发明虽然让这一现象有所改观，但较慢的传播速度和有限的传播范

---

① Steinberg: *Five Hundred Years*, 转引自伊丽莎白·爱森斯坦《作为变革动因的印刷机——早期近代欧洲的传播与文化变革》，何道宽译，北京大学出版社2010年版，第69页。

围,并没有从整体上改变这一现象,当时的公众依然主要通过口语接受信息,即"聆听型公众";印刷术出现以后,社会上开始出现"阅读型公众"。

印刷术通过视觉偏向的文字将原来大量的"听众"变成了"读者",阅读活动消除了阶级差异,不再是贵族和上等人的专享,印刷品就像江河里漫出的水,慢慢润泽两岸。无论是东方还是西方,印刷术都推动了全民的阅读活动。在文化相对落后的美洲,印刷术的推广迅速培养了一大批读者,"阅读蔚然成风。四处都是阅读的中心,因为压根儿就没有中心。每个人都能直接了解印刷品的内容,每个人都能说同一种语言。阅读是这个忙碌、流动、公开的社会的必然产物"[①]。印刷术提供了阅读材料和阅读机会,兴起了以前从未有过的阅读活动,培养了跨越阶级的阅读公众,但丹尼尔·布尔斯廷的结论却有些本末倒置,他认为"阅读是这个忙碌、流动、公开的社会的必然产物",事实上应该是,"这个忙碌、流动、公开的社会"是阅读的必然产物,或者说,是印刷术的必然产物。没有印刷术,就没有人人都能获取的印刷品,也就没有公开、平等的阅读活动,也没有力量去冲击那个因文字垄断形成的固化阶级。

中国的情况也是这样:在印刷术得到普遍应用的宋朝,官刻、私刻及坊刻的印本书都十分通行,据《宋会要辑稿·职官》二八之一载:"景德二年(1005)五月,真宗幸国子监,召从臣、学官赐座,历览书库,观群书雕板及医者模刻,问祭酒邢昺(书板几何,昺)曰:'国初印板止及四千,今仅至十万,经史义疏悉备。曩时儒生中能具书疏者百无一二,纵得本而力不能缮写。今士庶家藏典籍者多矣,乃儒者逢时之幸也。'"40余年间,书板增加了25倍,书籍开始进入到普通百姓家庭,可见印刷术为社会提供了源源不断的阅读材料。宋代通过大量开设学校的方式来培养读书人,在京师设有十种学校,包括国子学、太学、律学、算学、书学、画学、医学等,均隶属国子监。仁宗时,更提倡在全国州县兴办州学、县学。宋代的官学规模急剧扩大,远超前代历朝,再加上遍布全国的私人书

---

① [美]丹尼尔·布尔斯廷:《美国人:殖民地历程》,文泰奇出版社1958年版,第315页。

院，形成了完备的官学、私学教育体系，为培养合格的阅读者提供了完善的基础条件，"万般皆下品，惟有读书高"（北宋汪洙言）也是在这个时代被奉为真理。

当然，也不是所有百姓一开始就具有阅读能力的。一方面，为了迎合这一批还暂时不具备阅读能力的人，北宋开始出现了职业说书人——我们要特别注意"说书人"这个名称，它与以前的口头说话人，比如民间讲故事的人是不同的。"说书人"所讲的题材除了传奇、公案、英雄及奇闻异事外，还包括历史（演义）、佛经故事等常常见诸书面的内容，这为将来的文本阅读者提供了相关的知识背景。另一方面，为了满足识字水平有限的民众，当时社会上还出现了一批被称为"平话"的印刷物，用字较为简单，语言接近日常话语，内容主要是传奇或历史故事。

同时，宋朝进一步强化了考试制度，选拔那些具有较高阅读写作水平的人员充任官员。宋初科举制度的革新使得登科进士人数迅速增加，据统计，"两宋通过科举共取士115427人，平均每年361人。若除武举、宗室应举之外，亦有110411人，平均每年345人；若再除特奏名之外，正奏名者仍有60059人，平均每年188人，这些都大大超过了唐及元、明、清的取士人数"；而唐代的情况则是，"进士及第者平均每榜25人，每年为23人"[①]。宋初的科举制度与前朝相比有了很大变化，其中之一是打破了门第观念，广开仕途，扩大录取规模，"凡内外职官，布衣草泽，皆得充举"（《宋史纪事本末》卷七）；宋太祖对此也颇为自得，"昔者，科名多为势家所取，朕亲临试，尽革其弊矣"（《宋史》卷一五五）。从技术对社会影响的角度看，打破门第观念绝不是因为某代皇帝的开明，而是因为印刷术必定会造就一个"忙碌、流动、公开"的社会，这也意味着，打破门第观念的不是皇帝，而是印刷术以及印刷术带来的全新阅读方式。

印刷术打破的不仅是东方的门第观念，西方的等级制度也被打破了，民众也可以参与到政治事件中来了。北美殖民地的情况是，到1772年的时候，雅各布·杜谢已经可以做出这样的评论："特拉华河畔最穷苦的劳

[①] 张希清：《论宋代科举取士之多与冗官问题》，《北京大学学报》（哲学社会科学版）1987年第5期。

沿波讨源

工也认为自己有权像绅士或学者一样发表对宗教或政治的看法……这就是当时人们对于各类书籍所表现出来的兴趣,几乎每个人都在阅读。"[1] 从中西方在印刷术引入后社会发生的相似变化来看,印刷物的大量出现不仅提升了文化水平,也培养了大量的阅读型公众。

这两类"公众"的区别在于,聆听型公众接受信息时必须聚集在一起,比如听故事,因而具有很强的群体性;而"读者"却可以独自手捧书本,静默地阅读,无须与他人有任何的关系,阅读活动是一项私人性很强的活动。这表面上似乎只是信息接受方式、场合发生了变化,但实际上带来的却是思维方式、思考深度以及人与人之间关系的改变。"阅读型公众的性质本身决定,他们不仅更加分散,而且和聆听型公众相比,他们还更加原子化和个性化。从传统的社群意义来看,人们常常聚集起来去接受讯息;完全相同的讯息被复制以后,传统的社群意义就被削弱了,这就使独自看书的阅读者来到前台。诚然,书店、咖啡屋、阅览室也提供了新型的聚会场所,但订购单和通信圈子代表的是不太个性化的群体,而且无论个人身处哪里,他收到印刷讯息后总是需要暂时的独处,就像在图书馆阅览室里独处一样。社会可以被认为是一群分离的单位,个体先于社会群体——这样的观念似乎与阅读型公众更协调了,而不是和聆听型公众更兼容。论坛从公共广场演讲转变为新闻纸和小报以后,人作为政治动物的性质就不太可能顺从古典模式了。"[2] 聆听型公众之间是通过口语接触的,口语与个体、情感的关系尤为密切,因此,公众极容易受到情绪的感染,在聆听的过程中,思维也容易被演讲者操控,在这样的情况下,拥有话语权的人能够获得绝对权威。阅读型公众之间则是通过文字来交流,阅读完全可以成为一种个人性的行为,在独处的过程中,面对不讲话的文字,人们更容易冷静下来;而文字可以反复阅读,读者的头脑可以在一定程度上摆脱作者的控制,进行更理性、更深入的思考,而只有能够理性表达意见的人才能够得到尊重。从政治的角度讲,古典模式是"话语权"模式,进入

---

[1] 转引自尼尔·波兹曼《娱乐至死》,章艳译,中信出版集团2015年版,第40页。
[2] [美]伊丽莎白·爱森斯坦:《作为变革动因的印刷机——早期近代欧洲的传播与文化变革》,何道宽译,北京大学出版社2010年版,第78页。

印刷术时代后，则变为"文字权"模式，识文断字的人在这样的时代必然得到推崇。很有意思的是，宋代政治最具特色的也正是"重文轻武""兴文教，抑武事"，文人、文官在宋代的地位突然有了很大提高，这与印刷术盛行于宋代也是分不开的。

宋代的社会、政治、经济、文化、文学等方面与唐及唐前相比都有着相当大的不同，印刷术应该是促使这一变化和发展的重要因素和变量。恩格斯早在《社会主义从空想到科学的发展》（1892年英文版导言）一文中就曾经断言："一切重要历史事件的终极原因和伟大动力是社会的经济发展，是生产方式和交换方式的改变，是由此产生的社会之划分为不同的阶级，是这些阶级彼此之间的斗争。"[①] 人创造了科技，科技又反过来影响人的方方面面：雕版印刷是宋朝人的伟大发明，印刷术塑造了宋朝；而宋朝与前朝风格迥异的宋诗、宋词、话本（小说）也都与印刷术有着极为密切的关系。

印刷术在一定程度上改变了诗歌的风格，"宋诗"不仅是宋代的产物，更标志着一种与以前不同的诗歌风格，是印刷术对"言""文"关系推动的结果；同时，印刷术还催生了现代小说雏形——话本的出现，并促进了小说在明清的蓬勃发展。王一川教授认为："宋代散文的活跃、宋词的繁荣、明清白话小说的兴盛，就是与印刷媒介的作用密不可分的。尤其是明清白话长篇小说在城市民间的流行，直接与印刷媒介的普及相关。由于印刷媒介的运用，长篇小说这类篇幅巨大的文学作品的快速的批量复制成为可能。这就为其在读者中批量发行和迅速流通提供了媒介条件。"[②] 但值得注意的是，印刷术只是媒介、符号的放大器，其作用仍然要受到书写材料、书写工具以及印刷所采用的材料和工具的限制，明、清大量使用的雕版印刷、活字印刷效率仍然很低，因而不可能催生出现代意义上的小说。

现代意义上的小说在清末以后才开始风靡，这与中国印刷技术提升的节点刚好吻合。"到19世纪中叶，欧洲及美洲已制作成套的汉字活字供

---

① ［德］恩格斯：《社会主义从空想到科学的发展》（1892年英文版导言），《马克思恩格斯选集》（第3卷），人民出版社2012年版，第760页。

② 王一川：《文学理论》，四川人民出版社2003年版，第116—117页。

沿波讨源

在远东的传教士及其他人印书使用。起初这种活字主要用于印制两种语言对照的书籍。后来逐渐用于纯汉字的印刷物。据记载,有一位唐氏印工于1850年在广州用模铸法制成了有15万字的两套活字。其后9年,威廉·甘布尔(William Gamble)在上海首创用电铸之法制作一套字数较多的汉字活字。但在中国人中间,木板雕刻与木制活字仍比金属活字更见通行。中国印刷业之普遍接受现代活字排版印刷,为20世纪初年之事。"[1] 这就可以解释为什么印刷术在中国出现得最早,但与印刷术密切相关的现代小说却没有很早出现。

新的印刷技术进一步促进了"言""文"关系的改变,明、清以说话、讲故事为底本的平话、演义小说逐渐被文人改造,形成了文人小说。文人在创作小说时,文字尤其是印刷物线性展示的文字又塑造了新的"文思维",取代了话本、演义等的"言思维"。"印刷文化的基础是印刷品中的语言文字在与人打交道,通过这种文字,人们进入一种线性的阅读状态之中。线性的阅读具有纵深感,也给人提供了思想和情感生发的空间,于是建立在审美阅读基础之上的'深阅读'才能发生。换算成本雅明的思考,审美阅读很可能依然是一种富有'光晕'的阅读艺术,因为一部小说固然可以反复阅读,但每一次的阅读却是独一无二的,它是情感的扩容,意义的增值。"[2] 小说不再只是休闲、猎奇的"玩意儿",而开始进入启民智、化民俗的大雅之堂。

符号的改变也促进了小说主题、风格的变化,话本中的英雄、传奇开始被平常人的生活替代。这个变化也是印刷术将媒介、符号的功能放大之后带来的:一方面,印刷物的大量印行培养了更多的具有文字思维的读者,其中有些读者可能又成为作者;另一方面,由于符号从口语变成了文字,读者不必再聚集在一起共同聆听故事,一人说、众人听的模式被打破了,聚集的听众最终解体为一个个独立的读者,他们不再需要一个统一的超越个性的主题,情绪也不受故事讲述者支配,变得更为冷静,更为独

---

[1] 钱存训:《中国纸和印刷文化史》,广西师范大学出版社2004年版,第167页。
[2] 赵勇:《大众媒介与文化变迁——中国当代媒介文化的散点透视》,北京大学出版社2010年版,第161页。

立，将"个人"作为思考的对象。这种改变并不是作家集体性的有意识的改变，而是与符号所带来的思维改变有关："文字与后继的印刷文化逐渐改变了口语诗歌那种结构，与此同时，叙事越来越少建立在'厚重'的形象上。印刷术问世三百年后，叙事就可以在平凡的人生世界里自如地展开了，典型的例子是小说。在小说里，取代英雄的最终甚至是反英雄；反英雄不再英勇地面对敌人，反而经常掉头逃跑，……英勇而非凡的人物在口语世界里的特定作用是组织知识。有文字协助记忆、掌握信息之后，尤其是有了印刷物之后，你不再需要用古老意义上的英雄去动用以故事形式存在的知识。这种情况和人们推定的'理想失落'（loss of ideals）没有关系。"[①] 从《三国演义》《水浒传》与《红楼梦》风格的差异上是可以看出这样的转向的，反过来也可以说，话本小说中的"演义"传统在当时的媒介、符号及印刷技术条件下必然没落，而《红楼梦》这等"反英雄"的、以人情、人性为核心的小说必然出现。

或者更准确地说，印刷术让"讲"故事变成了"写"小说，将口语思维转换为文字思维，将公众演说的艺术变成了私人诉说的艺术，本雅明在《讲故事的人》一文中非常敏锐地指出，小说区别于故事的主要特征在于它对书本的严重依赖。由于印刷术的发明，小说的传播才成为可能，但与此同时，讲故事的艺术却走向了衰落。换个角度看就是，印刷术的出现让讲故事的表达形式消亡了，同时也催生了小说艺术。印刷术将文字的影响放大了，讲故事这个纯粹的语言的艺术受到了压制。符号的转换也带来了人们社会心理的变化：讲故事，有讲故事的人，有听众，是一种群体、分享心理；小说的作者则不需要面对假想的听众，他需要面对的只是文字——悄无声息的文字，因此更多的是孤独和内省的心理状态。正如本雅明所说："讲故事的人所讲述的取自经验——亲身经验或别人转述的经验，他又使之成为听他的故事的人的经验。小说家把自己孤立于别人。小说的诞生地是孤独的个人——是不能再举几例自己所关心的事情，告诉别人自己所经验的，自己得不到别人的忠告，也不能向别人提出忠告的孤独

[①] ［美］沃尔特·翁：《口语文化与书面文化：语词的技术化》，何道宽译，北京大学出版社2008年版，第53页。

的个人。写一部小说的意思就是通过表现人的生活把深广不可量度的带向极致。小说在生活的丰富性中，通过表现这种丰富性，去证明人生的深刻困惑。"[1] 如果忽视掉媒介、符号以及技术的因素，小说主题、类型、体裁、风格、功能等变化的深层原因就很难把握了。

回溯历史不难发现，书写材料、书写工具是文学创作符号的重要载体，对文学生产、传播、接受都起到了基础性的作用，文学生产者受制于文学创作的媒介和符号。在书写介质尚未出现或运用范围受到局限的年代，创作者只能以声音（语音）为媒介，以语言（口语）为符号；在毛笔、纸张得到广泛运用之后，创作者所依赖的媒介发生了巨大变化，创作符号也变成了文字，后起的印刷术对媒介、符号的功能进行了放大，其作用丝毫不逊于媒介、符号本身；而在今天，书写媒介再次发生巨变，进入电子书写时代，文学创作符号的文字性正在减弱，语音输入技术、互联网技术将会对文学再次带来全方位的改变。媒介和符号决定了特定时期文学创作的方式、表现的形态、传播的渠道等，文学创作者唯一能够做的事情就是利用所获取的媒介、符号并充分发挥其特点，而不可能超越它们；文学在特定阶段呈现的面貌同样是媒介、符号与书写材料共同作用的结果，在进行文学研究尤其是文学流变的研究时，应当充分考虑某一阶段文学创作所使用的媒介和符号，而不能以后来或今天媒介、符号的状况类比从前。

---

[1] ［德］本雅明：《讲故事的人》，见《本雅明文选》，张耀平译，中国社会科学出版社 1999 年版，第 295 页。

第二章 媒介、符号与中国文学史分期

文学出现的年代很早，文学研究也有较长的历史，但文学史却是后起的学科。一般认为西方早期有代表性的文学史著作是泰纳出版于1864年的《英国文学史》。最早的中国文学史著作是由日本人编写的，笹川临风、古城贞吉于1898年分别以通史的形式编撰了《中国文学史》；而中国人自己编写的中国文学史则要等到1904年。是年，北京京师大学堂的林传甲和苏州东吴大学的黄人各自编写了用于授课的中国文学史讲义，林著于1910年6月出版，黄著也随后刊行。

文学史研究既是文学研究也是历史研究。谈到历史，断代与分期是一件非常重要的事情，中国文学史的书写也不例外。作为最直观的感觉和最基本的常识，毫无疑问，文学史自然应该以文学自身的发展作为断代与分期的基础。但"文学自身的发展"并不会自动呈现在我们面前，可以说，对文学史分期的探索过程也是对"文学自身发展"过程的探究。文学出现并进入人们的生活，并不意味着人们对文学本体就自然而然地有了深刻的认知和稳固的把握。任何的本体研究都需要借助于外围研究来实现，文学本体的研究同样如此。

早期的文学分期也是与其他的历史分期挂钩，并从中受到启发的。因此，最初的"文学史"很可能不是"文学"的历史，正如戴燕所言，"中国文学史本应当是'文学'的历史，可是，传统史学对于历史的叙述，却是以政治史为中心的，对于学术史的描写也以经学为中心，而这种习惯不自觉地就被人带到了文学史里：王朝之分可以代表文学史的分期，对文学史的叙述判断，要放在对以经学为核心的学术史所做的判断和叙述的大前提下"①。中国历史上强大的王权崇拜传统和"经学"话语体系，对中国文学史的书写影响巨大：一方面，中国文学史最终被当作政治史的从属部分，拥有和政治史一样的历史；另一方面，文体或文学作品能否入史首先要接受经学（后来是政治）的审视，经学（政治）的标准代替了文学的标准，某些文学作品因不符合"标准"而难以进入文学史。

中国文学的历史最终与王权的更迭纠缠在了一起，文学史被简化为王权史。西人翟理士编撰的《中国文学史》就是以封建时代、汉代、两晋六朝、唐代、宋代、元代、明代、清代这一王朝政治史的划分来"断代分卷"，这个方法也成为了后世中国文学史研究者最常用的编纂策略，并沿用至今。翻检现在广泛使用的几部《中国文学史》教材，几乎都还是采用这样的断代方法编写的。但问题是，以王朝分期替代文学史分期，显然不能准确揭示文学自身发展的规律，很难把握文学演进的真正动因——如果将口语文学也包含在文学史之内，文学的历史显然要早于王朝的历史。更何况，即便是"王朝"出现并有了更替之后，文学也未必立即随之发生相应的变化，如钱锺书先生所说："窃谓就诗论诗，正当本体裁以划时期，不必尽与朝政国事之治乱盛衰吻合。"②同样，文学史的断代切分，也应该以文学自身的变动为标准，不必、事实上也不能与"朝政国事之治乱盛衰吻合"。以朝代为时间区隔编写文学史，主要是当初为了适应大学文学史教学，实乃权宜之计，现在有必要对其进行一定的总结和反思。

第一节　中国文学史分期的探索

文学史分期首先要回答的问题是文学是如何产生、发展的。在中国文学史研究过程中，对这个问题的思考和回答大概经过了两个阶段：第一个阶段是受进化论的影响，认为文学也类似生物体，有自己的生老病死的过程；第二个阶段是受历史唯物主义哲学观的影响，将文学当作受经济基础

---

① 戴燕：《文学史的权力》，北京大学出版社2002年版，第32页。
② 钱锺书：《谈艺录》，生活·读书·新知三联书店2001年版，第2页。

决定的上层建筑,文学史就是经济活动史,也就是社会发展史。

进化论思想对中国文学史研究的影响主要是在20世纪的二三十年代,认为文学也如其他生物体一样,都有自己的萌芽、成长、盛年到最终衰落的过程。从总体上看,中国文学遵循的是从无到有、从弱到强的"发展"过程,今胜于昔,后胜于前;从具体文体看,同样也有一个类似于生物体的生命过程,盛极而衰,最终走向没落、衰亡。傅斯年先生说:"我们看,若干文体的生命仿佛是有机体。所谓有机体的生命,乃是由生而少,而壮,而老,而死。以四言诗论,为什么只限于春秋之末,汉朝以来的四言诗作不好,只有一个陶潜以天才作成一个绝对无偶的例外?……为什么元曲俗而真,粗而有力,盛明以来的剧,精工上远比前人高,而竟'文饰化'地过了度,成了尾大不掉的大传奇,满洲朝康熙以后又大衰,以至于死呢?"① 傅先生认为,四言诗经过了"少""壮""老"的阶段后,到汉朝必"死";元曲也是如此,到康熙以后必"大衰","以至于死"。傅先生是以具体文体的盛衰来证明文学与有机体生命的相似,旧文体被新文体取而代之后,新文体又开始了"少""壮""老""死"的循环。

从文学发展的总体历程看,就表现为"一代有一代之所胜"的"代胜"观。郑振铎先生曾指出研究中国文学的两条必由之路,一是归纳的考察和进化的观念,"代胜"观也就是文学进化论。从进化的角度看文学发展这一想法很早就有了,焦循在《易余籥录》卷十五就已经提出:"夫一代有一代之所胜,舍其所胜,以就其所不胜,皆寄人篱下者耳。余常欲自楚骚以下,至明八股,撰为一集,汉则专取其赋,魏晋六朝至隋则专录其五言诗,唐则专录其律诗,宋专录其词,元专录其曲,明专录其八股。"王国维在《人间词话》中再次提出"一代有一代之胜"的理论,由于与当时社会风行的进化论思想暗合,于是文学"代胜"观很快就风靡一时,成为"公理"。焦、王二人的"代胜"文学思想在那个年代得到了热烈的回响,浦江清说:"焦、王发见了中国文学演化的规律,替中国文学史立一个革命的见地";而胡小石则更是称赞他"应用演进的理论,以说明过去

---

① 傅斯年:《中国古代文学史讲义》,《傅斯年全集》第1册,台北联经出版公司1980年版,第12—13页。

历代文学的趋势",是"中国人最先所著的一部具体而微的文学史",他还说,焦循能够于此阐明文学与时代的关系、认清纯粹文学的范围、建立文学的信史时代、注重问题的兴衰流变。

在《人间词话》之后,胡适1917年1月在《新青年》发表《文学改良刍议》,在这篇五四新文学革命的檄文中,胡适对"代胜观"有了进一步的阐述:"文学者,随时代而变迁者也。一时代有一时代之文学:周、秦有周、秦之文学,汉、魏有汉、魏之文学,唐、宋、元、明有唐、宋、元、明之文学。此非吾一人之私言,乃文明进化之公理也。吾辈以历史进化之眼光观之,决不可谓古人之文学皆胜于今人也。……唐人不当作商、周之诗,宋人不当作相如、子云之赋。即令作之,亦必不工。逆天背时,违进化之迹,故不能工也。"[①] 从胡适的这番表述中,可以看出极其鲜明的进化论立场,唐人、宋人和唐诗、宋诗都是"文明进化的结果",走的是单向度不可逆的前行方向。需要说明的是,进化论对文学史研究的影响是在20世纪初年,但人们头脑中的"进化观"却早已存在,因为人们是很容易从对自然生命的观察中产生"进化观"的。

从"进化"的角度看政治、看文学在中国古代也是很常见的,比如,中国古人很早就习惯于将唐代(文学)划分为初唐(文学)、盛唐(文学)、中唐(文学)、晚唐(文学),就是为了标示一个完整的"进化"过程。并且,按照这个"进化"过程,中、晚唐的诗人再也作不出初、盛唐的诗了,宋人俞文豹在《吹剑录》中就说:"近世诗人好为晚唐体。不知唐祚至此,气脉浸微,求如中叶之全盛,李、杜、元、白之瑰奇,无此力量",就像垂垂老者不可能再像青年人、壮年人一样壮志满怀、驰骋疆场。达尔文的进化论后来之所以风靡一时,与人们头脑中本来就有的"进化观"是有关系的,只是达尔文的进化论用理论的力量对这种朴素而自然的"进化观"进行了确证和提升。非常有意思的是,王国维是赞成"代胜观"的,按此逻辑,他自己的词作是不可能达到宋人词作的高度的。但王国维对自己的词却是十分自信,甚至自负的。他说:"余之于词,虽所作尚不

---

① 胡适:《文学改良刍议》,《胡适古典文学研究论集》(上),上海古籍出版社2013年版,第18—19页。

及百阕,然自南宋以后,除一二人外,尚未有能及余者,则平日之所自信也。虽比之五代北宋之大词人,余愧有所不如,然此等词人亦未始无不及余之处。"(王国维:《静安文集续编·自序二》)王国维先生在这里流露出了以一己之力可以与宋词之最高水平抗衡的自信,清词(王所处时代)胜于宋词,但这显然是与"一代有一代之胜"的"代胜观"相矛盾的。用胡适的话说则是"逆天背时,违进化之迹",应该是"必不工"的。可见,"代胜"之外,可能还有"人胜"。文体演变也是如此,比如"明清小说"是与"唐诗""宋词""元曲"并论的"代胜"之物,以此推之,"明清小说"在明清达到高峰后,会渐转颓势,后世无法超越。但事实上,从小说的创作上来看,近一百年无论是成果还是水平都远远超过了明清。以"进化"为路径的"代胜观"所不能解释的文学现象还有很多。

在第二个阶段中,随着马克思主义理论的普及以及苏俄文学观的影响,文学和文学史研究中普遍引入了历史唯物主义和辩证唯物主义的哲学观和方法论。文学不再被视为生物体,而被当作社会的产物。文学史分期问题的争论,首先必须回答文学史分期和社会史分期的关系问题,对二者关系问题的不同回答就形成了不同的文学史的断代分期结果。20世纪五六十年代关于文学史分期的大讨论中,论者普遍运用了马克思主义基本原理,认为经济基础决定上层建筑,文学属于上层建筑,因而受经济基础的制约,文学史从属于社会发展史。虽然也有论者承认文学史与社会史并不完全同步,"文学发展的过程本身,在基本上是和社会历史的发展过程相一致的。但由于文学本身特殊的规律,它和一般的历史发展过程又不能完全相同"[①],但这只是局部的差异,不影响整体上的同步。

文学史就是社会史,社会史就是经济史;经济生活是社会史的重要内容,也是文学史的重要内容。有了这样的原则,文学史的书写必然将文学所反映的社会生活作为最为重要的内容。曹道衡先生认为,"划分文学史各阶段的标准,我认为首先应该着眼于文学的内容",因为"大体来说,文学的内容,不但从阶级性上说,是随着历史而变化的,而且在反映生活

[①] 曹道衡:《试论中国文学史的分期问题》,《文学评论》1960年第3期。

的深度和广度,也随着人们的认识发展与生活的丰富而日益深刻、丰富起来"①。但我们认为,对文学史做出这样的解释,既不符合马克思主义基本原理,对"经济基础"做了简单化的理解,也不符合文学发展实际,文学发展并不只是由内容决定,文学史并不等同于文学内容史。稍微翻检一下文学作品,就会发现文学内容与时代变化的关系并没有那么大。以诗歌为例,从古至今的诗歌,大多都是以春花秋月、离愁别绪、怀远思乡、报国忠君、壮志难酬等为主要内容,并没有什么重大变化。小说与生活的关系稍微密切一些,但超越时空是小说布局的常见手法。小说不是新闻报道,除了个别时期的一些作品,期望从内容来判断作者所处的准确时代,恐怕也是一件捕风捉影的事情。因此,这样的分期结果和分期理论都有着明显的缺陷。

虽然文学史按照社会发展和朝代被划成了不同的"段"、不同的"期",但除了局部有些区别外,总体上都基本一样。比如郑振铎先生在《中国文学史的分期问题》一文中谈到20世纪五六十年代对中国文学史分期的一些代表性意见,有"四段九期"说、"三段八期"说、"六段十四期"说,还有"六期"说等,比对之后,就会发现其实只是大同小异,没有本质上的区别。而且,由于没有确定标准和依据,"这些分期的论据,都有一部分是正确的,但也有很多自相矛盾的地方"②。为了解决这些"自相矛盾的地方",郑先生首先确定了自己的分类原则:"1.是和一般历史的发展规律相同的;2.是和中国历史发展规律的步调相一致的;3.同时也是有她的若干特殊性或特点的。"然后从这三个原则出发,将中国文学史分为五个时期:上古期、古代期、中世期、近代期、现代期。③ 具体言之,郑先生同样是按照人类社会发展史来锚定文学发展史的:上古期,"以邃古到春秋时代(公元前2000年左右—公元前403年),这乃是奴隶社会文学的时期";古代期,"从战国时代到隋(公元前402年—公元617年)";中世期,"从唐帝国的建立到鸦片战争(618—1840年),这是封建社会文学

---

① 曹道衡:《试论中国文学史的分期问题》,《文学评论》1960年第3期。
② 郑振铎:《中国文学史的分期问题》,《文学研究》1958年第1期。
③ 郑振铎:《中国文学史的分期问题》,《文学研究》1958年第1期。

的后期";近代期,"即半封建半殖民地时期(1840—1949年);现代期,"即1949年中华人民共和国成立以后,经过短暂的新民主主义时期而进入宏伟的社会主义改造和社会主义建设时期"。其中,在古代期里面,又分出了三个阶段;在中世期里面,则分出了五个阶段,而这八个阶段又与从春秋战国到有清一代的王朝更迭是一一对应的,确实是"既要根据一般历史发展的规律,又要研究中国历史和文学史的特殊性",是用人类社会发展史的眼光来观照中国历史的进程,然后用中国历史发展的进程划分了中国文学史。

郑先生虽然确立了原则,但在划分的过程中仍然出现了标准不统一的情况:如果按照奴隶社会、封建社会、半殖民半封建社会、社会主义社会的发展进程来划分,为什么要将同属封建社会的隋、唐切分开来,分别划归古代期和中世期?郑先生说"隋代的杨广、薛道衡等,结束了古代文学的时代",他们是如何"结束"古代文学的?古代文学"结束"后,又是如何开启一个全新的"中世"文学的?有没有显性、隐性的特征?如果有,这些特征是什么?如果不能将原则和标准统一起来,则划分结果常常禁不起质疑,造成自说自话、各自为阵的局面。

从中国的历史看,更容易将社会发展史与朝代更迭的政治史等同起来,但文学史和政治史二者之间显然是不能画等号的。政治演变、政权更迭主要是人与人斗争的结果,而文学演变、新文体的出现和旧文体的没落或者衰亡却并不与此直接相关或同步产生变化。政治变化更多的是成为文学书写的内容,文学形式的变更应该有着更为本质的原因和更为内在的推动力。政权更替常常发生在一夜之间,语言、文学却并不会如影随形,立即跟着改头换面。比如中国文学史研究中有"唐诗""宋词""元曲"这样的"朝代+文体"的称谓,但事实上,"唐诗并没有在唐亡的那一年刎颈,宋词也没有在宋灭那一天投江,元曲也没有在元终的那一刻噤声"[1]。因此,以朝代为文学断代的做法一开始就受到了质疑,比如翟理士的《中国文学史》一度影响甚大,但郑振铎却认为其"断代分卷"的做法"不能详述文

---

[1] 朱恒:《现代汉语与现代汉诗关系研究》,中国社会科学出版社2013年版,第2页。

学潮流的起讫"[1]。

但是意识到这一做法的弊端并不意味着可以轻易地将其变更过来。直到 21 世纪初,孙康宜、宇文所安在主编《剑桥中国文学史》时仍然感到了这股不可抗拒的力量。孙康宜在该书"中文版序言"里一方面宣称"我们请来的这些作者大多受到了东西方思想文化的双重影响,因此本书的观点和角度与目前国内学者对文学史写作的主流思考与方法有所不同",另一方面在文学史分期问题上又不得不沮丧地承认:"分期是必要的,但也是问题重重。《剑桥中国文学史》并非为反对标准的惯例而刻意求新。最近许多中国学者、日本学者和西方学者也已经认识到,传统按照朝代分期的做法有着根本的缺陷。但习惯常常会胜出,而学者们也继续按朝代来分期(就像欧洲学者按照世纪分期一样)"。[2] 我们相信,任何一位文学史书写者对"按朝代分期"之弊端都有着深切的体察,但惯性的力量又是极其强大的,让人很难从中跳脱出来。

宇文所安在为该书撰写的"上卷导言"里也谈及按朝代分期的弊端、缺陷和无奈:"实际上,几乎每一位中国文学学者都或多或少知道,很多时候,朝代分期法并不能准确代表文化史和文学史的主要变化。但是积重难返,朝代分期法依然在几乎所有的文学史中限定了章节结构。针对朝代分期法的明显不足,通常的做法是声称一个王朝的开端'延续'了前一个时代的风格。此种策略的缺陷在于,这种形式上的分期不鼓励学者们越过朝代分野把这种延续作为一个单一的现象加以考虑。"[3] 也就是说,在中国文学史研究开展了一百多年以后,虽然学者们都意识到了按朝代分期的缺陷,但很少有人能从这个怪圈中走出来。可见,按朝代为文学分期的惯性力量有多么强大。

将文学从与朝代、生物体、社会等其他因素的捆绑中解放出来,就

---

[1] 郑振铎:《研究中国文学的新途径》,载《郑振铎文集》第 6 卷,第 287 页。

[2] [美]孙康宜、宇文所安主编:《剑桥中国文学史》(上卷),刘倩等译,生活·读书·新知三联书店 2013 年版,第 3 页。

[3] [美]孙康宜、宇文所安主编:《剑桥中国文学史》(上卷),刘倩等译,生活·读书·新知三联书店 2013 年版,第 21 页。

文学论文学，为文学书写自己的历史，是一件相当困难的事情。当然，坚持文学应该有自己的历史的观点并不是没有，只是显得相当微弱，甚至常常成为批驳的对象。陆侃如、冯沅君二位先生曾撰专文探讨中国文学史的分期问题，提出了与当时流行观点不太一致的看法。他们认为："为了使分期分得比较接近于事实，应该有个公认的合理的标准，所以讨论一下分期的标准是有益的。对于用什么样的标准，大家可能有不同的意见。我们认为有两个标准应该相辅而行，就是文学标准与历史标准；分期时应该以前者为主，后者为副。"表面上，陆、冯二君与前述的郑振铎、曹道衡等一样都是两个标准，不一样的是，两个标准的主、次是相反的：陆、冯认为应以文学标准为主，历史标准为次（副）；郑、曹二君则强调以历史标准为主，文学标准为副。这很类似于存在与意识的关系问题，也成为了文学史研究中的"根本"问题，谁决定谁、谁是主要矛盾、谁是次要矛盾对文学史研究的对象、内容、方法等都起着关键性的作用。

那么什么是"文学标准"呢？"所谓分期的文学标准，就是文学本身演进变化的情况。我们讨论的既然是文学史的分期问题，那么文学本身的盛衰演变自然应该是主要的分期标准。"[①] 仅仅从"文学标准"的角度看，陆、冯二君在这个层面似乎又回到了进化论，目光始终放在"文学本身演进变化"和"文学本身的盛衰演变"上，表述时更是经常用到诸如"古典文学刚成长的时候""古典文学初步成熟的时候""古典文学的黄金时代"等语句，充满了"进化"色彩。由于对"文学本身"缺乏本体辨析，加上又有"历史标准"兜底，在具体分类时，虽然不乏新意和创见，但很容易又回到"拿历史框子套文学"的老路上。

坦率地说，在检索到陆、冯两位先生的这篇论文时，我们心中是充满期待的，但看了他们按"文学标准为主，历史标准为副"的原则将中国文学史分出的"十四期"，又多少有些失望：第一，所分的"十四期"多数还是与朝代重合的；第二，各期的文学风貌缺少独特性；第三，也是最

---

① 陆侃如、冯沅君：《关于中国文学史分期问题的商榷》，《文学研究》1957年第1期。

重要的，虽然说是以"文学标准"为主，但不知道是以文学的什么标准为主，分类标准缺乏一致性、连贯性。举个简单的例子，陆、冯自己"假定以汉、唐、明为界，而且假定汉、唐、明本身都属后"，但同时又意识到，"有些朋友的看法却和我们不大一样。有人认为西汉应属前，东汉可属后；初盛唐应属前，中晚唐可属后；明嘉靖以前应属前，嘉靖以后可属后"，遗憾的是，他们对自己的"假定"没有从"文学标准"上给出解释，对不同意见也没有从"文学标准"上给出有力的反驳。从他们的分期结果来看，"文学标准"似乎是可有可无的。陆、冯的分期结果虽不尽如人意，但他们提出以"文学标准"为主的观点却给我们提供了很多启发，我们可以在"文学标准"的基础上"接着说"。

一百多年来，无论是中国的还是外国的中国文学史研究者都被中国文学史的分期问题困惑着，始终没有走出王权更迭的怪圈，虽有少数角度不同的探讨，也终究淹没在这人人都知道有问题、人人都无法反抗的主流声音中。20世纪90年代以后，突然兴起的媒介文化研究给中国文学史研究提供了新的思路和新的视角。

第二节　媒介、符号与文学史

首先值得我们反思的是，为什么郑振铎先生等人用马克思主义基本原理划分的文学史并不切合文学发展实际？事实上，不是原理的问题，而是当时在运用原理上出了问题。"经济基础决定上层建筑"，是无可辩驳、颠扑不破的真理。问题在于，不少人在运用这一原理时犯了两个错误：一是将经济基础作为决定上层建筑的终极推动力；二是将经济基础理解为经济问题，理解为一个社会的经济总量。但查阅相关文献可以发现，马、恩在谈到经济基础的时候，也是反对将经济基础简单理解为"经济状况"的，恩格斯对此有过明确的论述："政治、法律、哲学、宗教、文学、艺术等的发展是以经济发展为基础的。但是，它们又都相互影响并对经济基础发生影响。并不是只有经济状况才是原因，才是积极的，而其余一切都不过是消极的结果。……所以，这并不像某些人为着简便起见而设想的那样是经济状况自动发生作用……"①但这样的提醒往往被忽略。同时，也许是"经济基础"中的"基础"给了人们一些"暗示"，容易想当然地认为经济基础就是社会发展的最终推动力量。在马、恩的论述中，在表述"经济基础"的所指时，他们用得更多的倒是"经济结构"，如"这些生产关系的总和构成社会的经济结构，即有法律和政治的上层建筑竖立其上并有一定的社会意识形式与之相适应的现实基础"②，很显然，这里的"经济结构"就是我们所理解的"经济基础"。

既然"经济基础"只是一种"经济结构"或者"生产关系的总和"，那么它们又是由什么造就、由什么决定的呢？因此有必要继续追问：什么是"经济基础"的基础呢？事实上，马、恩都对此有着明确的、一致的回答。马克思说："物质生活的生产方式制约着整个社会生活、政治生活和精神生活的过程"③；恩格斯则说得更加详尽："在历史上出现的一切社会关系和国家关系，一切宗教制度和法律制度，一切理论观点，只有理解了每一个与之相应的时代的物质生活条件，并且从这些物质条件中被引申出来的时候，才能理解"④。马、恩认为"物质生活条件"才是经济基础的基础。经济基础是指一定社会发展阶段占统治地位的生产关系各个方面（即所有制形式、交换形式、分配形式）的总和，要真正理解经济基础，必须从"物质生活的生产方式"和"物质生活条件"入手，核心是"物质"，这与辩证唯物主义和历史唯物主义中的"物质"观是一脉相承的。忽视经济基础中的"物质"条件，很容易将社会变革中的人的因素夸大，这也是以前的文学史很难与王权更替史割裂的原因，是口头上的唯物主义，事实上的唯心主义。也许是担心人们会有这样的误解，恩格斯反复强调："在所有

---

① 中共中央马克思恩格斯列宁斯大林著作编译局编：《马克思恩格斯选集》（第4卷），人民出版社1972年版，第506页。
② ［德］卡尔·马克思：《〈政治经济学批判〉序言》，见中共中央马克思恩格斯列宁斯大林著作编译局编《马克思恩格斯选集》（第2卷），人民出版社1972年版，第2页。
③ ［德］卡尔·马克思：《〈政治经济学批判〉序言》，见中共中央马克思恩格斯列宁斯大林著作编译局编《马克思恩格斯选集》（第2卷），人民出版社1972年版，第2页。
④ ［德］弗·恩格斯：《卡尔·马克思〈政治经济学批判〉第一分册》，见中共中央马克思恩格斯列宁斯大林著作编译局编《马克思恩格斯选集》（第2卷），人民出版社1972年版，第8页。

沿波讨源

这些文献中,每个场合都证明,每次行动怎样从直接的物质动因产生,而不是从伴随着物质动因的词句产生,相反地,政治词句和法律词句正像政治行动及其结果一样,倒是从物质动因产生的。"[1] 恩格斯少见地用"所有""每个场合""每次行动"来强调"物质动因"的绝对第一性。

总之,马、恩论述的核心就是,决定经济基础变更的是生产的经济条件方面所发生的物质变革,这个变革时可以用自然科学的精确性指明的。这样就形成了生产的物质条件→生产关系→经济基础→上层建筑的链条关系。20世纪五六十年代关于中国文学史分期的讨论中,都是将经济基础作为最终的起源性力量,而经济基础又是一个相对空泛、涵盖极广的范畴,很容易与朝代、政治混在一起,最终被王朝分期所替代。而马克思将生产的物质条件作为经济基础的基础,劳动工具成为最终的衡量标准。

我们的研究正是牢牢地建立在经济基础的"物质动因"这个基础上的。

毫无疑问,文学应该划归上层建筑,因此文学的发展自然也是由经济基础决定的,但归根结底是由文学生产的物质条件决定的。文学不仅是"人学",文学还首先是"物学":有了文字以后的文学,总需要"书写"出来吧?"书写"总需要书写工具和书写材料吧?而书写工具和书写材料又不是从天而降、早就为我们准备好了的,总需要人们慢慢(可能是上百年、上千年)去摸索、寻找、发明、创造吧?文学创作中,人当然重要,但如果没有书写工具、书写材料,人只不过是那个"难为无米之炊"的巧妇。不可否认,书写工具、书写材料的确是人发明创造出来的,但对还未拥有这些工具和材料的人来说,书写工具和书写材料对他们的制约是绝对的、无法超越的。

具体而言,比如,在找到足够坚硬、可以在龟甲兽骨上刻字的刻写工具之前,我们是不可能将文字固定下来的,我们的文学也不可能是文字的文学,只可能是口头文学;只有在毛笔、纸张发明之后,我们才有可能便捷地使用文字,书法才可能产生,文字型文学也才可能产生;只有在印刷

---

[1] [德]弗·恩格斯:《卡尔·马克思〈政治经济学批判〉第一分册》,见中共中央马克思恩格斯列宁斯大林著作编译局编《马克思恩格斯选集》(第2卷),人民出版社1972年版,第8页。

术发明后，书籍传播才得以实现，从而促进文学家的创作。文学创作是对语言、文字的运用，但这种运用必须以相应的物质条件为前提，在纸张上写作与在龟甲、竹简上写作一定是不一样的，写作的物质材料不仅决定了写作方式，而且决定了思维方式。

本书正是选取这个角度进行文学研究的：我们把语言、文字视为符号，把书写工具、书写材料视为媒介，文学的发展是语言、文字，即符号发展的结果；而语言和文字符号的发展又是由书写工具、书写材料，即书写媒介推动的。我们强调物质材料对文学发展的决定作用，但需要注意的是，物质媒介本身并不能直接推动文学的发展。打个比方，即便将纸、笔直接送给一个没有文字的部落，他们也是不可能创作出文学作品的；没有符号，龟甲、简、帛、纸、笔、电脑都毫无用处。反之亦然，再好的文字，如果没有便捷的书写材料和书写工具，也将无处生根，最终必然消亡。在书写材料、书写工具基本稳定且容易为社会获取时，文学创作就更多的是符号运作，文学的物质性会暂时退隐，直到新的书写材料、书写工具出现。南帆先生就认为："某种文学形式存活在历史之中，诸多外围因素如同不可或缺的脐带。文字是镌刻在龟甲之上、竹简之上还是誊写或者印刷在纸张之上，这对于文学形式具有决定性的影响。小说不可能诞生于甲骨文时代。青楼伶人的演唱导致诗词的盛行。报纸、电影、电视分别制造出一套独特的文学形式体系。按照希利斯·米勒的观点，西方文学属于印刷时代。由于广播、电影、电视和互联网这些新媒体的出现，印刷意义上的文学行将终结。换一句话说，写作工具或者传播工具的更新可能导致文学形式的换代。"[1]南帆先生在这里全方位地展示了从龟甲到互联网的文学书写工具的变革，并且认为文学形式的换代很大程度上是由写作工具或者传播工具的更新导致的，这的确是符合事实的，具有很强的说服力，而这也是符合历史唯物主义原理的。以前的分期也试图从马克思主义原理中找到支撑，但由于没有追踪到书写工具、传播工具这些直接的物质力量，总是显得浮泛且缺乏解释力。既然写作工具和传播工具导致了文学形式的

---

[1] 南帆：《文学的维度》，中国人民大学出版社2009年版，第298页。

变化，书写媒介自然也是文学史分期的重要标准。

前面我们说过，声音（语音）作为符号具有过耳不留的天然缺陷，第一妨碍了声音（语音）的留存，第二也无法传远。文字的发明可以解决这两个问题，但受书写材料的限制，文字在记录速度上远远追赶不上声音。追摹声音（语音）是文字产生的源动力，这个源动力又始终推动着书写工具、书写材料的发明与改进。在《致瓦尔特·博尔吉乌斯》的信中，恩格斯说："社会一旦有技术上的需要，则这种需要就会比十所大学更能把科学推向前进。"[1] 而生活上始终存在着文字追摹语言的需要，因此，书写材料、书写工具的发明与改进的步伐始终就没有停止过。媒介与符号之间是相互依存、相互促进的关系，符号借助于媒介得以保存，媒介的发展又改变了符号，改变了的符号又造成文学形式的改变。

如果摒除历史上那些细小的变动，从更为宏观的视角观照历史，则文学史研究可以更为宏大。这样的研究方法，要求我们的思维方式必须是"整体综合的思维"，这种思维方式"有别于那种'见木不见林'的知性分析方法和'囫囵吞枣'的直观思维，要求把文学的历史过程视为一条奔流不息、通贯而难以切割的长河，一个由各要素、各局部按特定方式组合而成的有机进展着的整体，就其内部与外部、共时与历史、前因与后果诸种联系来加以立体式观照，做出比较全面与综合的把握"[2]。以中国历史为例，从秦始皇统一六国到清朝灭亡，其间两千余年，历经十多个朝代，大小战争数不胜数，但从宏观的角度看，这两千年从本质上差异不大，甚至小到可以忽略。

中国文学史同样如此。我们认为纸张的广泛使用使得语言、文字的关系发生了重大改变，魏晋因此成为中国文学史的分水岭（纸张虽然在东汉就已经发明，但广泛使用还是魏晋时候的事情，详见第一章），我们的文学分期将以魏晋为重要节点，分为魏晋以前和魏晋以后，其根据也主要是书写媒介的变革。用什么书写、写在什么介质上面并非可以忽略的小事，

---

[1]《马克思恩格斯选集》（第4卷），中共中央马克思恩格斯列宁斯大林著作编译局编，人民出版社2012年版，第648页。

[2] 陈伯海：《中国文学史之宏观》，中国社会科学出版社1995年版，第8页。

第二章 媒介、符号与中国文学史分期

相反，它可能是推进社会变革的"物质动因"。正如麦克卢汉所说："拼音字母表用在黏土和石头上是一回事，用在轻盈的莎草纸上就是迥然不同的另一回事了。"①同样，我们也有理由做出这样的推论：将汉字刻写在龟甲、竹简上是一回事，将汉字书写在纸张上就是迥然不同的另一回事了。历史分期不正是需要找到这样的"迥然不同"吗？事实上，魏晋以后直至清末，文人的书写工具、书写材料，写作所用的语言、文字及写作内容，整体来说也没有特别大的变化，难以形成"迥然不同"。本书始终认为文学形式的出现、变化是由语言、文字的变化决定的，语言、文字的变化又是由书写材料、书写工具决定的。因此，我们对文学史分期的态度是明确的，就是树立宏观文学史观念。宏观文学史的书写不能将视线仅仅聚焦在文学现象、文学作品上，必须从符号与媒介的角度来看待文学作品和文学现象。

在这里，我们有必要对"符号"和"媒介"的关系做一个澄清。"媒介"一词内涵很广，与"符号"的关系又很密切，二者畛域不够分明，常常混用。在《理解媒介——论人的延伸》一书中，麦克卢汉从微观和宏观两个层面以及理论和应用两个维度对媒介进行了细致的探析，一共涉及26种媒介，包括口语词、书面词、道路与纸路、数字、服装、住宅、货币、时钟、印刷品、滑稽漫画、印刷词、轮子自行车和飞机、照片、报纸、汽车、广告、游戏、电报、打字机、电话、唱机、电影、广播电台、电视台、武器、自动化。不过，让人感到相当困惑的是，在这个媒介列表里，不仅有一般意义上的印刷品、报纸、广告、电报、电影、广播电台、电视台这些"大众媒介"，也有道路、服装、住宅、汽车、武器等很难让人与"媒介"联系起来的事物；更奇特的是，麦克卢汉还将口语词、书面词、货币、游戏、自动化也视为"媒介"。我们很难理解他对"媒介"的定义，在他的眼里，媒介可以是万物，万物皆媒介，媒介无处不有，无时不在。媒介是人体的延伸，所有媒介均能够同人体器官发生某种联系。凡是能使人与人、人与物或物与物之间产生关系的事物都是"媒介"。麦克卢汉的"媒介"显然是广义的媒介。

---

① [加]埃里克·麦克卢汉、弗兰克·秦格龙编：《麦克卢汉精粹》，何道宽译，南京大学出版社2000年版，第279页。

沿波讨源

但即便在狭义的层面上，人们对"媒介"的理解和运用也是各不相同甚至相当混乱的。有的论者将"媒介"当作"机构"，认为"媒介是一种能使传播活动得以发生的中介机构（intermediate agency）"；有的将"媒介"等同于传播形式，认为"大众传播媒介是指在传播路线上用机器做居间以传达信息的报纸、书籍、杂志、电影、广播、电视诸形式"[1]；还有的论者将"媒介"与"符号"混在一起，麦克卢汉就将语言和文字都视作媒介，在其著作中充满了诸如"语言媒介""文字媒介""口语词媒介"的表述，如"言语是一种低清晰度的冷媒介"[2]，"热性的文字媒介完全排斥玩笑中实用和参与的一面"[3]。媒介定义的混乱，必然会引起表述的混乱，而表述的混乱又必然导致理论的混乱。随着研究的深入，对"媒介"的认知正在逐渐趋于清晰和统一，约翰·费斯克在《关键概念：传播与文化研究词典》中谈及了这一过程："广义上讲，说话、写作、姿势、表情、服饰、表演和舞蹈等，都可被视为传播的媒介。每一种媒介都能通过一条信道或多种信道传送符码，但此概念的这一用法正在淡化。如今它越来越被定义为技术性媒介，特别是被定义为大众媒介（mass media）。"[4] 约翰·费斯克等人的定义将"媒介"与"符码"分开了，即"符码"本身不是媒介，语言和文字是最常见的"符码"，它们是"符号"，"符号"不是媒介。

这些年来，"媒介"越来越被理解为一种"技术"，或者由"技术"推动的物质载体，李彬教授的《传播学引论》对媒介所下的定义是："简单地说，媒介就是传递大规模信息的载体，是通讯社、报纸、杂志、书籍、广播、电视、电影等的总称，一般又称大众媒介（mass media）。"[5] 笔者认同这个定义，但不赞同将"通讯社"与"报纸""广播"等并列，"通讯社"

---

[1] 沙莲香主编：《传播学——以人为主体的图像世界之谜》，中国人民大学出版社1990年版，第115页。

[2] ［加］马歇尔·麦克卢汉：《理解媒介——论人的延伸》，何道宽译，商务印书馆2000年版，第51页。

[3] ［加］马歇尔·麦克卢汉：《理解媒介——论人的延伸》，何道宽译，商务印书馆2000年版，第63页。

[4] ［美］约翰·费斯克等：《关键概念：传播与文化研究词典》（第2版），李彬译注，新华出版社2004年版，第161页。

[5] 李彬：《传播学引论》（增补版），新华出版社2003年版，第181页。

应该属于"媒介组织",正如李彬自己所言,"媒介组织则是就经营媒介的机构而言,如报社、电台、电视台、出版社、杂志社、电影制片厂等都可称为媒介组织"①,"通讯社"显然应该与"电台""杂志社"等并列。媒介与符号之间是关联密切、和谐共生的关系,比如报纸、杂志、书籍主要借助文字和图片来实现传播功能,没有文字和图片的报纸就是白纸;但文字和图片也必须借助介质来达到最佳的传播效果。同样地,广播主要借助声音符号,声音通过广播扩大了传播范围;电视、电影主要借助图像和声音符号,图像和声音结合,通过电视、电影扩大了影响。可以说,如果去除这些符号,媒介不仅无法显示自己的优势,也没有存在的价值了。

从这个意义上讲,我们认为应该将"媒介"和"符号"区分开来。有人将"符号"当作传递信息的"媒介",认为"符号"和"信息"是可以分离的,用索绪尔的理论看,这显然是错误的。索绪尔认为符号是一体两面的心理实体(two-sided psychological entity),能指和所指是不能分开而独自存在的,不存在没有所指的能指,也不存在没有能指的所指。不能将"符号"当作能指,将"信息"当作所指,"符号"本身就是能指、所指的结合,因此,不宜将符号当作狭义的媒介。在学科分类上,符号学和媒介学也是两个学科,虽有交集,但不能混同。对文学研究而言,我们将语言和文字当作符号;而所谓"媒介"特指记录语言和文字的物质载体,如龟甲、竹简、纸张、书籍、报刊等。基于此,文学史的分期就需要从两个维度考量:一个维度是从语言和文字符号的变动来划分的,如郭绍虞先生的分期;另一个维度是从书写媒介的角度来思考。因此,我们的文学史分期包含两个维度的分期:文学的媒介分期和文学的符号分期。

第三节 中国文学史的媒介分期

从媒介视野观照文化问题,是近些年兴起的新的研究方法。但我们认为,从媒介看文化不仅与马、恩的物质观不矛盾,而且还与物质观构成

---

① 李彬:《传播学引论》(增补版),新华出版社2003年版,第181页。

沿波讨源

了源流关系——物质观是"源",媒介文化观是"流"。媒介本身就是物质载体,以工具或技术的形式出现;或者说,媒介是特殊的工具,是与文化联系更为密切的工具。用社会的主导工具为某个社会形态命名,是历史学家常用的策略。耳熟能详的"新石器时代""旧石器时代""青铜时代"等莫不如此,好在尼尔·波斯曼考证并罗列了这些"工具时代",现照录如下:

> 无需苦思便立即涌上心头的著名分类就有:石器时代、青铜器时代、铁器时代、钢铁时代。我们不假思索地使用阿诺德·汤因比(Arnold Toynbee)普及的工业时代,使用丹尼尔·贝尔(Daniel Bell)前不久命名的后工业时代。奥斯瓦尔德·施本格勒(Oswald Spengler)笔端论述的时代有机器工艺时代。皮尔斯(C. S. Peirce)把19世纪称为铁路时代。刘易斯·芒福德用更大的视野看事物,创造了前技术(Eotechnic)时代、旧技术(Paleotechnic)时代和新技术(Neotechnic)时代的术语。何塞·奥尔特加·伊·加塞特论述了技术发展的三个时代:机运(chance)技术时代、工匠技术时代和技师技术时代。沃尔特·翁(Walter Ong)阐述了口语文化、书面文化(chirographic culture)、印刷文化和电子文化。麦克卢汉首创了"谷登堡时代"(他认为谷登堡时代正在被电子传播时代取代)。[1]

既然工具是物质生产方式的直接体现,用工具来标志某一时代的"生产关系的总和"就是一件顺理成章的事情了。在《哲学的贫困——答蒲鲁东先生的〈贫困的哲学〉》一文中,马克思说,"手推磨产生的是封建主的社会,蒸汽磨产生的是工业资本家的社会"[2],"封建主的社会"不是由"封建主"而是由"手推磨"推动并形成的,"工业资本家的社会"不

---

[1] [美]尼尔·波兹曼:《技术垄断:文化向技术投降》,何道宽译,北京大学出版社2007年版,第11—12页。

[2] 中共中央马克思恩格斯列宁斯大林著作编译局编译:《马克思恩格斯选集》(第1卷),人民出版社2012年版,第222页。

是由"工业资本家"而是由"蒸汽磨"推动并形成的；从"封建主的社会"发展到"工业资本家的社会"并不是因为"封建主"摇身一变就成了"工业资本家"，而是"蒸汽磨"取代了"手推磨"，"蒸汽磨"构建的新的生产关系取代了"手推磨"构建的生产关系。历史唯物主义的核心是"唯物"，媒介文化观之所以能够大行其道，成为显学，也是因为它首先关注的是媒介的物质性，与马克思主义社会发展物质观是一脉相承的。"马克思把技术条件与符号生活和心灵习惯联系在一起，这没有任何异常之处。在他之前，学者们已经发现，以时代的技术特征为基础进行文化分类，颇有用处。当代的学者仍然作这样的分类，因为这种习惯是一种坚持不懈的学问。"[①] 媒介文化观让工具或技术成为了切分历史的利刃。具体到文化艺术领域，工具或技术就是大众传播媒介，不同的文化形态及文学形式是与特定的大众媒介相联系的。马克思对此也有论述："希腊神话不只是希腊艺术的武库，而且是它的土壤"，但是，"阿基里斯能够同火药和铅弹并存吗？或者，《伊利亚特》能够同活字盘甚至印刷机并存吗？随着印刷机的出现，歌谣、传说和诗神缪斯岂不是必然要绝迹，因而史诗的必要条件岂不是要消失吗？"[②]《伊利亚特》是口头媒介的产物，到了文字时代、印刷时代必然没有生存的空间；歌谣、传说、史诗的消亡绝不是像进化论者认为的那样，是必须经历的生死轮回。在马克思看来，不过是因为当初承载这些文体的物质载体发生了变化，新的媒介取代了旧的媒介，旧的文体随之被不能容纳它们的新媒介抛弃，与新媒介相适应的新文体应运而生——文学的"代胜"本质是媒介的"代胜"。

从马克思的简短论述中，我们可以看到媒介对社会、文化的影响是何等巨大，从媒介的角度进行社会、文化研究必然成为一门重要学科。周宪、许钧在为《文化和传播译丛》撰写的"总序"里写道："晚近一些有影响的研究，主张把媒介和文化这两个关键词连用，或曰'媒介文化'，

---

① ［美］尼尔·波兹曼：《技术垄断：文化向技术投降》，何道宽译，北京大学出版社2007年版，第11—12页。

② 马克思：《〈政治经济学批判〉导言》，见中共中央马克思恩格斯列宁斯大林著作编译局编译《马克思恩格斯选集》（第2卷），人民出版社2012年版，第711页。

沿波讨源

或曰'媒介化的文化'。这是一种全新的文化，它构造了我们的日常生活和意识形态，塑造了我们关于自己和他者的观念；它制约着我们的价值观、情感和对世界的理解；它不断地利用高新技术，诉求于市场原则和普遍的非个人化的受众……总而言之，媒介文化把传播和文化凝聚成一个动力学过程，将每一个人裹挟其中。于是，媒介文化变成我们当代日常生活的仪式和景观。这就是我们所面临的现实的文化情境，显然，我们对它知之甚少。"[1]一切文化都不过是媒介的产物，人类历史只不过是工具的历史，这就是麦克卢汉的"媒介史观"。

麦克卢汉主张用某一社会的主导媒介来重新为人类文化分期，在麦克卢汉看来，媒介技术"坚定不移、不可抗拒地改变人的感觉比率和感知模式"，因此，当某种媒介在社会中上升成为主导媒介时，它会重塑人的感知（perception），导致人们感知世界的方式、能力、思维模式发生整体性的转变；同时，整个社会也呈现出与主导媒介相适应的特征。按照麦克卢汉的"媒介史观"，人类历史依照曾经产生过重要影响的媒介——声音媒介、纸张媒介、电子媒介依次被重新划定为三个阶段：口传时代、文字印刷时代和电子时代（有人翻译为"电力时代"）；相应地，人类文化分为三种形态：口传文化、文字印刷文化和电子文化；以此推演，文学史则可以分为相应的三个时期：口传文学时期、书写文学时期和电子文学时期。

与此相同的是，环境媒介学家沃尔特·翁也认同人类文化从口语文化、手稿文化、印刷文化到电子文化的文化史分期，但他又创造性地提出了口语文化和书面文化的两极性理论（polarities of orality and literacy）和"原生口语文化"（primary orality）、"次生口语文化"（secondary orality）的概念，丰富并细分了媒介文化史。所谓"原生口语文化"，就是"尚未触及文字的文化""毫无文字或印刷术浸染的文化"；而"次生口语文化"就是电子时代的文化，"电话、广播、电视产生的文化是次生口语文化"[2]。其

---

[1] 参见［加］马歇尔·麦克卢汉《理解媒介——论人的延伸》，何道宽译，商务印书馆2000年版"文化和传播译丛总序"。
[2] ［美］沃尔特·翁：《口语文化与书面文化：语词的技术化》，何道宽译，北京大学出版社2008年版，第3页。

中"原生口语文化"是对长期以来被忽视的口头文化的强调,而"次生口语文化"又非常准确地概括了文字和印刷术浸染的文化在新媒介的冲击下又再次回到模拟原生口语的文化中。

为什么会发生从文字到口语的转向呢?沃尔特·翁详细解释了口语文化发展的动力因素:"思想栖居在言语里,而不是在书面文本里。文本之所以能够获得意义,那是因为视觉符号指向了有声词的世界。读者在这页书上看见的文字并不是真实的语词,而是编码的符号,读者调动意识来唤起这个词,以真实或想象的发音来使之复活。除非书面文本被人有意识地用作有声词的提示,除非它被当作真实或想象、直接或间接的提示,否则书面文本只不过是纸面上的记号(marks)而已,它是不可能成为真正的符号的。"[1]这与我们此前所说的语言需要文字来固定、文字有追摹声音的义务是一样的,这也推动了物质媒介的发展;但当物质媒介发展到文字录入可以方便地追摹声音时,文字就越来越成为语言的工具,它对语言的控制就会有所松动,语言自身的面貌自然就更多地展示出来,这既是次生口语文化出现的原因,也是次生口语文化与文字印刷文化最大的区别。

口语文化回到文字印刷文化,画了一个很大的圈,最终又回归口语文化,展示了完整的"归—去—来"的发展历程。这个变化正是由纸张书写、印刷传播到电力时代的物质媒介变化推动、决定的,我们今天正处在一个口语文化的复兴时代。麦克卢汉对此也有类似的表述:"只要口头文化还没有被字母表的视觉力量的延伸压垮,口头形态和书面形态的相互作用常常会产生丰富的文化成果。口头文化在我们的电力时代复活了,它和尚存的书面形态和视觉形态建立了一种非常多产的关系。这和字母表出现时的情况是类似的。在20世纪,我们正在'将磁带倒过来放送'。希腊人从口头走向书面,我们从书面走向口头。他们的'结局'是分类数据的荒漠,我们的'结局'是新型的听觉咒语的百科全书。"[2]但严格来说,沃尔

---

[1] [美]沃尔特·翁:《口语文化与书面文化:语词的技术化》,何道宽译,北京大学出版社2008年版,第57页。

[2] [加]埃里克·麦克卢汉、弗兰克·秦格龙主编:《麦克卢汉精粹》,何道宽译,南京大学出版社2000年版,第141页。

特·翁更为强调符号，而不是媒介。口语是符号，声音是媒介；文字是符号，用来印刷的纸张是媒介；"次生口语"是符号，生产"次生口语"的广播、电视等是媒介。沃尔特·翁论述的中心是前者。

和伊尼斯、麦克卢汉一样，尼尔·波斯曼也是用技术的变革来划分人类历史的。尼尔·波斯曼戏称自己是"麦克卢汉的孩子"，但却"不是很听话的孩子"，他继承并将麦克卢汉的媒介文化观发扬光大，但又对媒介控制（"技术垄断"）深表怀疑，并大加挞伐。在波斯曼看来，人类文化的历史可以分为三个阶段：工具使用文化阶段、技术统治文化阶段和技术垄断文化阶段；人类文化也可因此相应地分为三种类型：工具使用文化类型、技术统治文化类型和技术垄断文化类型。波斯曼认为，在17世纪以前，世界上的文化都是工具使用文化，虽然各种文化使用的工具也许各不相同，但工具文化共同具有的特点是，"无论是哪一个目的，工具都不会侵害（更加准确地说，发明它们的目的不是要侵害）它们即将进入的文化的尊严和完整。除了少数例外，工具都不会妨碍人们去相信自己的传统和上帝，不会妨碍他们相信自己的政治、教育方法或社会组织的合法性"。[①]在这种文化中，工具是为人服务的，尤其是为了改善人们的物质生活条件服务的，工具还没有渗入到人们的思想领域。

但到了技术统治文化里，"工具在思想世界里扮演着核心的角色。一切都必须给工具的发展让路，只是程度或大或小而已。社会世界和符号象征世界都服从于工具发展的需要。工具没有整合到文化里面去，因为它们向文化发起攻击，它们试图成为文化，以便取而代之。于是，传统、社会礼俗、神话政治、仪式和宗教就不得不为生存而斗争"[②]。在技术统治文化阶段，工具成为文化的核心，文化被工具控制。在人类社会发展过程中，工具对文化的控制呈逐渐加强的趋势。西方技术统治文化缘起于中世纪，对传统文化发起攻击的主要是三大工具：机械时钟对旧的时间观念发起攻

---

① ［美］尼尔·波兹曼：《技术垄断——文化向技术投降》，何道宽译，北京大学出版社2007年版，第12页。
② ［美］尼尔·波兹曼：《技术垄断——文化向技术投降》，何道宽译，北京大学出版社2007年版，第15页。

击；使用活字的印刷机对口头传统发起攻击；望远镜对犹太—基督教神学发起攻击。但技术统治文化并没有将工具使用文化留存的记忆和社会结构完全清除，也没有摧毁工具使用文化的世界观。

技术垄断文化是由失控的信息造成的，"抵御信息泛滥的防御机制崩溃之后，社会遭遇的后果就是技术垄断"；"体制化的生活难以对付过多的信息时，技术垄断随即发生"。① 技术垄断表现为对技术的神化，"一切形式的文化生活都臣服于技艺和技术的统治"，文化到技术垄断里去谋求自己的权威，到技术里去得到满足，并接受技术的指令；技术垄断不仅是一种文化状态，更是一种社会心态。计算机是技术垄断论中典范的、无与伦比的、近乎完美的机器，由于计算机无所不在，"它就迫使人尊敬它，甚至要忠于它，它主张在人类事务的一切领域扮演无所不能的角色"②。尼尔·波斯曼教授在写作《技术垄断》一书时，互联网技术还没有大规模进入人们的生活，移动终端也没有今天这样普及，当下全世界技术垄断的程度远远超过了波斯曼教授的预期。技术垄断对人们思维方式、生活方式、艺术创作、文学传播等方面所带来的影响和冲击都需要引起研究者的重视。

尼尔·波斯曼据此将人类的整个历史发展分为三个阶段，各个国家进入这三个阶段尤其是后面两个阶段的时间并不一致，比如他将英国真正的技术统治时代确定在18世纪后半期，具体就是詹姆斯·瓦特发明蒸汽机的1765年；而将美国进入技术统治时代的时间确定为1776年，亚当·斯密的《国富论》在这一年问世。美国是最早进入技术垄断时代的国家，进入的时间是1911年9月，标志是弗雷德里克·泰勒（Frederick W. Taylor）的科学管理名著《科学管理原理》的出版。现在全世界正陆续进入技术垄断时代。

借用尼尔·波斯曼的理论来划分一下中国历史，大致在五四新文化运动之前都算是工具使用时代；而五四运动以后进入技术统治时代，最明

---

① [美]尼尔·波兹曼：《技术垄断——文化向技术投降》，何道宽译，北京大学出版社2007年版，第42页。
② [美]尼尔·波兹曼：《技术垄断——文化向技术投降》，何道宽译，北京大学出版社2007年版，第69页。

显的标志就是引入了"赛先生"和"德先生";21世纪初,中国迎头赶上了信息化的浪潮,迅速进入到技术垄断时代。波斯曼是从工具、技术与人类生活的关系着手划分文化阶段和文化类型的,他面对的是宏观的人类历史,揭示了从人类利用工具到工具影响人类再到工具控制人类的发展历史。

但我们认为,就某一种具体的媒介而言,对人类的影响大体也可以分为这三个阶段,比如手机,其出现之初是作为联系沟通的工具,主要是为一部分人提供更便捷的即时联系方式,这算是工具使用时期;再后来,不管是否需要,多数人都配备了手机,手机深度地进入了人们的生活,但打电话、发短信仍然是手机的主要功能,这算是技术统治时代;最近十来年,随着智能手机的普及,手机无所不在,手机就是一切,有人可以不吃饭、不睡觉,但不能没有手机,人在很大程度上已被手机控制,这是技术垄断时期。除非有新的技术替代,否则人们将长久地被旧的技术控制。纸张、书籍、报纸、广播、电视也都经历过这三个阶段,尼尔·波斯曼的《童年的消逝》和《娱乐至死》描述的大概就是电视对当时人们的控制,可以算是电视的技术垄断时期。

媒介确实是文学演变的推动力量,但并不是每种媒介都会使文学发生直接的改变,文学的分期不能简单等同于媒介的分期。二者之间既有共性,也有特殊性。文学的演变与某些媒介的关系更为密切一些,与另一些的关系可能不那么密切,甚至几乎没有关系。文学分期始终要考虑两个维度:一是符号的维度;一是媒介的维度。文学最终体现为符号,是对符号使用的结果;符号的改变必然会引起文学的改变,符号的变动史就是文学的流变史。但符号的变动毕竟只是表面的、容易察觉的现象,如果不去追问推动引发符号变动的物质原因,就很容易将其仅仅视为作家展现的个体风格,不能揭示推动文学变革的真正动力。

宇文所安在他的文学史著作中也越来越看重媒介演变与文学演变之间的关系。在对文学史进行分期时,他认为"按朝代进行分期的文学史,是文学中的博物馆形式。我们已经拜访了很多这样的博物馆,它们是我们整理阅读经验的熟悉模式。这种理解模式并不算坏,但是只有从一个陌生的

第二章　媒介、符号与中国文学史分期

角度进行观察，我们才能看到新东西"①。所谓"陌生的角度"，宇文所安指的就是"除了文学本身的原因外，其传播方式也有着关键性的意义"，他认为"战国与西汉不应该被割裂"（宇文所安称之为"近古"），而"东汉和魏、西晋则可以划为另一个历史时期"。在我们看来，划分的结果不重要，划分的理由和标准才是最重要的。宇文所安先生明确解释了之所以如此划分的理由："在这两个时期，文本的刻写和印刷技术等都发生了变化。战国和西汉时书写方式比较慢，好多东西还是在竹简上刻，而到了东汉就快多了，开始用笔来写，纸也开始付诸使用。这在多大程度上影响了文学的阅读和制作以及对文学的创作有什么样的作用？具体的创作活动当然无法复原，但文学的制作过程、书写方式、传抄情况，却都是有迹可循的。写文学史时，就不能不考虑这些因素。"②可以说，在文学史教材之外的文学史研究中，越来越多的研究者将研究视角投向了书写媒介。作为符号的语言、文字，是不可能无缘无故地发生裂变，从而生产出某种形式的文学来的。书写媒介是推动语言、文字发生变化的物质力量，这也是文学史研究中的唯物主义。事实上，重要的媒介理论家大多不否认他们与马克思主义的内在联系，如尼尔·波兹曼就坦承自己是马克思物质技术论的后继者："马克思完全明白，印刷机不仅是一种机器，更是话语的一种结构，它排除或选择某些类型的内容，然后不可避免地选择某一类型的受众。他没有深入这个话题，但其他一些人毅然担起了这个任务。我也是这些人中的一个，我要探索印刷机作为一种象征和认识论，是怎样使公众对话变得严肃而理性的，而今日的美国又是怎样远远背离这一切的。"③

既然是分期，分期标准的统一性就是最高原则。统一性也就是分期标准的单一性，以媒介为标准，就不应该考虑非媒介的因素。比如印刷术，虽然其对人类文明进步的确起到了无法替代的作用，但我们认为，印刷术

---

① ［美］宇文所安：《中国"中世纪"的终结：中唐文学文化论集》，陈引驰、陈磊译，生活·读书·新知三联书店 2006 年版，前言。
② 张宏生：《"对传统加以再创造，同时又不让它失真"——访哈佛大学东亚语言与文明系斯蒂芬·欧文教授》，《文学遗产》1998 年第 1 期。
③ ［美］尼尔·波兹曼：《娱乐至死》，章艳译，中信出版集团 2015 年版，第 51—52 页。

是书写媒介功能的放大器、加速器,但不属于媒介,我们的分类不将其考虑在内。由于文学最终是符号的产物,因此前述的分类常常又将语言、文字考虑进去,造成了分类的多重标准,影响了文学分期的一致性,造成文学分期的混乱。因此,我们的媒介分类标准也不包括语言和文字。

综合媒介的文化分期和媒介的文学分期的相关探索,我们认为中国文学可以从媒介变动的角度分为语音媒介时期、锥刀竹简时期、毛笔纸张时期、钢笔纸张时期和键盘显示器时期五个时期,其中,由于书写媒介又包括书写材料和书写工具,二者结合起来才能发挥出最大功能,体现出某一阶段媒介的特质,因此,我们对书写时代的分期考虑了书写材料和书写工具的结合。如果将书写材料和书写工具的结合称为书写方式的话,则五个分期又可以浓缩为三个时期:口传时期、书写时期、击键(电子)时期。

第一个时期:语音媒介时期(最早的"中国人"出现—传说中的仓颉造字时期)。这个时期起讫的准确节点无法找到,由于没有文字记载,不可能有翔实确定的信史可资凭借,只能大略推测。仓颉相传为轩辕黄帝时期(公元前2717—前2599年)的史官,是汉字的创制者,真实性无从稽考,但战国秦汉时的很多典籍如《荀子·解蔽》《吕氏春秋·君守》《韩非子·五蠹》《世本·作篇》及李斯《仓颉篇》等都提到了仓颉造字,因此也不能视为完全虚妄。理论上讲,以仓颉一人之功,要"造"出如此多的汉字几乎是不可能的。仓颉之前应该已经有文字出现,只是比较零散,而仓颉对此进行了搜集、整理、分类并总结了造字的原理和方法。

仓颉造字之前的时期一般称为"口语时期"或"前文字时期"。但如果以物质媒介为分期标准,"口语时期"的名称则与此不符。物质媒介强调的是物质性,"口语"强调的是语言性,属于符号系统。语音是语言的物质外壳,语言学理论也将语音视为一种物质媒介:"语言跟语言以外的世界的相互联系,一方面是通过语言与整个世界之间的相互作用或者说——语言的意义,另一方面离不开人与人交际所使用的物质媒介,这些物质媒介中最基本的便是语音。"[①] 口语是符号而不是媒介,口语中的语音才是媒

---

① 申小龙主编:《语言学纲要》,复旦大学出版社2003年版,第38页。

介，因此，我们从物质媒介的角度将其命名为"语音媒介时期"。

这个时期又包括两个阶段：第一个阶段是完全没有文字的阶段。在这个阶段，"人们不知文字为何物"，语音是这个阶段最关键的交际媒介，"说"是最重要的交际方式，言语是最有代表性的符号产品。第二个阶段是有了文字但文字未被广泛使用的阶段。这个阶段，文字出现了，书写工具锥刀和书写材料甲骨、金石也出现了。但既然书写工具和书写材料都已经出现，为什么不将其包含进文学书写媒介呢？我们认为，文学书写与文字书写是两回事。甲骨、金石的确都是书写材料，但甲骨、金石刻写还没有在社会上通行，局限在很小的范围内。在坚硬、笨重的介质上刻写是一件很困难同时又颇具仪式感的事情，当时的书写者大多也不是为文学创作而书写。从出土的甲骨刻辞来看，甲骨在早期的功能主要是祭祀、占卜："当帝王需要决定或预知在当晚或十日内可能发生的福祸事件时，通常便以甲骨来祈求祖先或神灵之助。贞卜完毕，贞人或祭师便将疑问、解答，以至卜后的征验之辞，记载在甲骨上。现存的甲骨文，大多是这一类殷人祭祀和贞卜的记载。"[1] 甲骨上有些内容可能具有文学性，但都不是文学的产物，与现在意义上的"文学"关系不大。青铜器上的内容要么是国家重大事件的记录，要么是有关法律的铭文；石刻内容要么是"诅祝"之事，要么是颂德纪功，要么是佛道经典，也都不是文学作品。甲骨、金石作为书写媒介与文化关系密切，但与文学创作没有直接关系。用沃尔特·翁的话说就是，人们的思维还没有受到文字的浸染。这个阶段是没有我们今天意义上用文字书写的"文"学的。

此阶段"文学"表现出以下特征："文学"创作的符号是口语；"文学"作品的呈现形式是声音（语音）；"文学"的传播方式是口耳相传；记录"文学"的手段是记忆。"口传文学"是与口语相关的艺术。由于声音媒介具有无法保留的天然缺陷，这个阶段的仅以口语形式存在的文学早已失传，我们只能借助后世记录下来的为数不多的文字文本来推想它们原有的面貌。值得注意的是，这个阶段的文学没有流传下来，并不意味着它们

---

[1] 钱存训：《书于竹帛——中国古代的文字记录》，上海书店出版社2004年版，第18页。

不曾存在，也不应该忽视它们。"原生口语文化里的人虽然没有接触过任何文字，但他们学到很多东西，具有了不起的智慧，并且能够运用自己的智慧，然而他们并不从事任何'研究'（study）"，而且，"一切书面文本都和语音世界、自然语言的栖息地有千丝万缕的联系，包括间接的和直接的联系，唯有依靠这样的联系，书面文本才能够产生意义"①，"口传文学"失传了，但"口传"传统、"口传"精神却从未中断过。

第二个时期：锥刀、竹简时期。只有到了锥刀、竹简时期，文学才开始进入人们的视野。但要特别注意的是，这并不意味着，有了锥刀、竹简，人们就可以直接用锥刀在竹简上创作了。竹简的制作同样是很复杂的工艺：竹子砍倒后，先切割为圆筒，再细剖为一定规格的竹简，但还不能直接用作书写，"新竹有汁，善朽蠹，凡作简者皆于火上炙干之"，古代称之为"杀青"，"杀青者，直治竹作简书之耳"（刘向：《别录》）。可以想象，作家或诗人有了写作欲望、写作灵感，等到斫竹制简、火炙杀青完成，写作冲动早已烟消云散。即便随时备有竹简，用锥刀刻写虽比"铸金刻石"要更便捷一些，但仍是一件十分缓慢且耗费体力的事情。对这一时期文学的研究需要还原场景，充分考虑书写条件对文字符号、文学思维方式、文学作品的呈现和传播方式等的影响，关于这一点，宇文所安教授曾经以屈原的创作为例做过深刻反思：

> 让我以一个简单的例子作为开始（假设一个具有一般常识的中学生像屈原发出"天问"一样向教师提出以下这些天真的问题）。你是不是真的相信屈原在自沉以前写了《怀沙》？他确实把它写在竹简上了吗？他是否用了那些结构复杂的楚国"鸟文字"？他又是从哪儿得到竹简的呢？既然砍竹子、削竹简不是片刻工夫就能做好的，屈原应该一定是随身带了很多竹简来着。那年月一个人出门在外随身带一大堆竹简是常见的现象吗？（我问这个问题的意思是：在屈原的时代，除了在一些特定的地点之外，比如说国家档案馆或者需要做笔录的外

---

① ［美］沃尔特·翁：《口语文化与书面文化：语词的技术化》，何道宽译，北京大学出版社2008年版，第4页。

交场合,"书写"到底是不是一件十分平常的事?)还有,屈原有没有亲自系扎这些竹简,以确保它们的顺序没有被破坏?用当时那些繁复的文字来书写《怀沙》得花多长时间?在文学想象力的展翅翱翔和书写竹简的缓慢速度之间存在着什么样的关系?是谁把这篇作品从屈原流放的荒野带回文明世界?如果有这样一个人,那么他又是如何得到这篇作品的呢?

这把我们引向一个更大的问题:到底有没有证据向我们证明《怀沙》最初是"书面"创作的?有一个可能性是《怀沙》最初只是口头创作、在口头流传,后来才被写下来的。在"写"一个文本和"写下来"一个口头流传的文本之间,存在着非常重要的差别。如果《怀沙》是屈原的口头创作,那么是谁把它一字不差地背诵下来带回文明世界的呢?仆人吗?我们知道在清朝,存在着经过训练的背诵习惯,知识精英们可以凭此比较精确地写下他们最近听来的东西。在公元前3世纪,也存在着这样的背诵技巧吗?什么样的人才会掌握这种技巧呢(当然身属下层阶级的仆人是没有机会受到这种训练的)?有没有证据告诉我们在这一时期,人们除了背诵像《诗》《书》这样权威性的古文本之外,还能记诵其他文本?[①]

这一连串的"天问"值得每一个中国文学史、文化史的研究者深思。正是这些很难回答的问题暴露了人们惯常的思维方式,也暴露了深受文字浸染、提笔即写的"文明人"对过往文学史的无知和想当然。书写媒介、书写技术以无可辩驳的沉默提醒我们:"文明人"书写的古代文学史,大多只不过是"当代文学史"和想象的文学史。

西汉及东汉前期的文学创作还不是用锥刀、毛笔在竹简上直接创作,竹简文学的内容主要是对口语时代作品的转写,或对当时口头流传作品的记录。如果考虑到竹简刻写的不便,我们对那个时期作家创作依赖的符号、创作思维方式等就需要重新审视,其写作过程是"作写"而非

[①] [美]宇文所安:《他山的石头记——宇文所安自选集》,田晓菲译,江苏人民出版社2006年版,第8—9页。

"写作"。所谓"作写"是预先打腹稿、在头脑中完稿,然后成诵,最后再誊写在竹简上;而"写作"的"写"的过程就是"作"的过程,边写边作。

"作写"阶段最具代表性的文体是"赋"。"赋"的鼎盛时期与竹简被广泛使用的时期具有很大的重叠。"赋"的创作过程主要就是"作写"的过程,汉赋多是这样的产物,《西京杂记》里记载司马相如的创作过程是:"司马相如为《上林》《子虚赋》,意思萧散,不复与外事相关,控引天地,错综古今,忽然入睡,焕然而兴,几百日而后成。"这里记载的显然不是司马相如在竹简上一笔一画书写的"写作"过程,而是从构思到完稿的创作过程。有意思的是,葛洪在这里丝毫没有提及书写媒介。可以推想的是,由于没有便利的书写媒介,司马相如在创作时,不仅需要在头脑中构拟新的创作内容,"控引天地,错综古今",同时还不能忘记已经创作好的内容,直至将创作内容全部记忆下来。在这个过程中,语音仍然是很重要的媒介,赋家会时时吟诵创作的内容("不歌而诵")以加深记忆。这样的创作一方面要杜绝外在干扰,否则头脑中记忆的东西很快就会忘掉,王充讲到自己作文时,"乃闭门潜思,绝庆吊之礼,户牖墙壁,各置刀笔"(《后汉书·王充传》)。"户牖墙壁,各置刀笔"也是随手做些记号,防止灵感转瞬即忘;另一方面,在成篇之前,作品(包括未完成的作品)都必须全部储存在头脑里,这显然是极费脑力的。桓谭《新论·祛蔽》记载了扬雄作赋的情况:"子云亦言:成帝时,赵昭仪方大幸。每上甘泉,诏令作赋,为之卒暴,思虑精苦,赋成遂困倦小卧,梦其五脏出在地,以手收而内之。及觉,病喘悸,大少气,病一岁。由此言之,尽思虑,伤精神也。"由于缺少"写"的辅助,"作"的过程是符号在大脑中的运作过程,可闻而不可见,因此"尽思虑,伤精神也",甚至还会"病一岁"。

与便捷的其他书写媒介对比一下,就可以看出媒介对文学创作的意义。比如在电脑时代,写作就变成了一件愉悦与享受的事情。作家陈大超在改用电脑写作后,觉得"一个个的字,就像珍珠一样地从指缝里蹦出来,给人一种珠圆玉润赏心悦目的感觉。一篇文章写出来,从头到尾'摸'一遍,就天衣无缝地订正好了。立刻就可以从打印机里'拉'出来,投出去"①。这与扬雄作赋的痛苦完全是天壤之别,也充分证明了书写媒介对文学创作的影响。

虽然出现了文字,口语性仍然是这一阶段文学的主要特点。在锥刀、竹简时期,文学创作的主要符号仍然是口语,文字还没能成为文学创作的主要符号。与前一阶段不同的是,这个时候的作家开始接触并学习以文字为载体的文学作品,这些作品大多是前代口头作品的文字转录,是语言的产物,但开始打上文字的印迹。在接触和学习这些以文字形式呈现的口头作品时,文字思维方式开始萌芽;一些作家创作时,文字开始成为辅助工具,"户牖墙壁,各置刀笔",有助于减轻记忆负担。但受口语思维惯性的影响,文字思维从接受到熟练使用有一个很长的过程;加之书写媒介的获取仍然不便,思维内容不能很方便地以文字形式表现,因此这一阶段文学作品虽然有文字参与其中,但仍然呈现出鲜明的口语特点。

事实上,最初的"赋"也的确是口头文学的一种,我们现在看到的应该是口诵之后的写本。班固《汉书·艺文志》云,"传曰:不歌而诵谓之赋,登高能赋可以为大夫";《文心雕龙·诠赋》亦云"灵均唱《骚》,始广声貌""述客主以首引,极声貌以穷文",其中的"诵""唱""声貌"都表明了早期汉赋的口语性。《汉书·王褒传》记载:"宣帝时修武帝故事,讲论六艺群书,博尽奇异之好,征能为楚辞九江被公,召见诵读。"这证明至少在宣帝时,"赋"还是具有很强口头性的文体。

日本汉学家清水茂先生还通过司马相如所作的赋中某些文字在不同文献中写法不同来证明早期汉赋的口语性:"司马相如的文字,《史记》《汉书》《文选》的写法,互相不同。今举《子虚赋》为例,如'出畋',《史记》《汉书》作'出田',《文选》作'出畋';'罘网',《史记》《汉书》作'罘罔',《文选》作'罘网';'芙蓉',《史记》《文选》作'芙蓉',《汉书》作'夫容'",通过这些例子,清水茂先生认为,"这样的异同,是口头文学上才会发生的。如果是书面文学的话,这么频繁的异同不会发生"②。无独有偶,宇文所安教授也是用这种方法来证明《诗经》是口头创作的产物的:"如

---

① 陈大超:《电脑给我"三不要"壮胆》,《文艺报》1998年9月29日。
② [日]清水茂:《清水茂汉学论集》,蔡毅译,中华书局2003年版,第233页。

沿波讨源

果我们没有一个借以确定字音的复杂系统，上古文本的口头传播是很不稳定的，因为字音会被赋予新的意义，会变化，会在记忆中产生微妙的误差。在《诗经》的不同版本里，我们会发现大量同音而异形的字，这是《诗经》版本来自口头记录的实际证据。"[1] 同一作品某些字词在不同版本中异形而同音，这种现象与口头作品文字化的过程的确是密切相连的。

但是，竹简与文字的关系又是非常密切的。在用竹简转写前代口头作品时，声音符号转换为视觉符号，文字开始进入人们的思维，随着两汉后期纸张使用范围越来越广，赋的文字性也随之加强。我们这里强调的是，任何新媒介的出现并不会立即取代旧媒介，都有一个"媒介融合"的过程。锥刀、毛笔、竹简时期，语音媒介继续存在，纸笔媒介出现并逐渐推广，也是多媒介并存的一个时期。

由于纸张的发明、改进及普及都主要发生在东汉，纸张得到推广后，文学创作的符号、思维方式、作品呈现方式以及作品表现出的风格特征等都不再相同，因此，蔡伦造纸（造纸工艺的改进，105年）应该是文学分期的重要节点，秦与前汉可以并提，但后汉的文学却开始转向文字，与此前的口头文学具有本质不同。这也是被朝代分期遮蔽了的东西。

第三个时期：毛笔、纸张时期（1世纪初—20世纪20年代）。历史书籍一般是"简""帛"并称，主要是因为二者并存时间较长。帛书出现的时间早于纸书，但由于绢帛价格昂贵，不易取得，因此使用范围较为狭窄，是纸张的雏形和先驱。毛笔的出现远远早于纸张，竹简书写的主要工具既有锥刀也有毛笔，但主要还是锥刀。"学者认为毛笔的应用是在商周时代之前，因为商周文的款识很显然是使用毛笔的结果"；毛笔甚至还曾经与甲骨有过结合，"从商代的卜辞中可以看出是先用毛笔写好，再加刀刻在甲骨上的。有几片早期的牛骨上，更有以毛笔和墨汁书写而未契刻的文字"[2]。这也是本书不单以书写材料或单以书写工具为媒介，而是将二者结合起来作为书写媒介的原因。毛笔与纸张的结合解决了文字书写中的难

---

[1]［美］宇文所安：《他山的石头记：宇文所安自选集》，田晓菲译，江苏人民出版社2006年版，第9—10页。

[2] 钱存训：《书于竹帛——中国古代的文字记录》，上海书店出版社2004年版，第139页。

题，人们发明新的书写工具的动力大大减弱，这当然也是这种书写方式存续近两千年且至今仍然存在的重要原因。

纸张发明的准确年代已不可考，但"在古代文献中，'纸'字在蔡伦前已数次出现"，由此可以看出，蔡伦不是纸张的发明者，而是纸张的改良者，"到了2世纪后半叶，纸的品质有了更大的改进，已能供应艺术家们各种不同的需求，同时，制纸的成本也大大减低，因之，纸便成为最普遍的书写材料"。但是，社会对新事物都有个接受的过程，"纸的风行当在3世纪至4世纪的晋代"[1]，如果再对照铃木虎雄的论断，即"魏的时代是中国文学的自觉时代"[2]，就会觉得文学自觉发生在魏晋，绝不仅仅是巧合。毛笔纸张的结合将文学创作的符号从语言变更为文字，中国文学从口语文学全面进入到文字文学的时代。纸张的廉价、易获取、易携带极大地激发了人们的创作热情。这个时期仍然是语音媒介、锥刀、竹简、毛笔、纸张并存的时期，但毛笔、纸张成为了主导媒介。

从竹简、毛笔的结合到纸张、毛笔的结合对中国文学的发展意义重大。改良后的纸张价格相对低廉，便于携带，文学创作过程中可以随时借用文字将头脑中的构思记录下来，记忆负担大为减轻。文学家自然也越来越依赖文字，借用文字固定语音、构思、再现语言并加以传播，在这个过程中，文字的重要性日益凸显，在记录语言的过程中，文字重构了思维。

同样以"赋"为例，用纸张、毛笔写作的"赋"与用竹简、毛笔写作的"赋"就有了很大不同。竹简作赋是"作写"，在头脑中构思、创作，然后赋诵出来，最后再形之以竹简笔墨，而纸张普及后则变成了"写作"，《文选》卷十三记载了祢衡作《鹦鹉赋》的情况："时黄祖太子射，宾客大会，有献鹦鹉者，举酒于衡前曰：'祢处士，今日无用娱宾。窃以此鸟自远而至，明慧聪善，羽族之可贵。愿先生为之赋，使四坐咸共荣观，不亦可乎？'衡因为赋。笔不停缀，文不加点。"这段记载里面有几点值得我们注意：第一，祢衡是现场命题作文，事先不太可能知道要以"鹦鹉"为

---

[1] 钱存训：《书于竹帛——中国古代的文字记录》，上海书店出版社2004年版，第114—117页。
[2] ［日］铃木虎雄：《中国诗论史》，许总译，广西人民出版社1989年版，第37页。

题作文，提前构思并写好的可能性不大，因此祢衡这里应是当场构思、当场写作成篇；第二，祢衡作赋与前述司马相如作赋完全不同。司马相如主要是构思、创作，"几百日而后成"；而祢衡则是提笔就写，一气呵成，"举笔似宿构"，构思的过程就是写作的过程，写作的过程也是构思的过程，边想边写，边写边想；第三，祢衡的时代纸张已相当普及，从写作过程看，祢衡已经非常适应纸笔书写这种形式。在他之前，文学思维方式和文学书写形式发生了根本转变。不少文人已经能够在头脑中快速地将语言转换为文字，并通过手写快速地将文字展现出来。司马相如、扬雄时代的写作之所以慢而且艰辛，大概与这两个层面的转换都是有关联的。在他们之前的时代是口语为主的时代，口语是他们的主要思维符号，由于思维的口语最终要以文字形式呈现，在思维过程中，就需要寻求文字的支持，而要为"言"找到准确的"文"必须搜肠刮肚，绞尽脑汁；当然，由于没有方便的书写练习工具（如前所述，竹简制作工艺也很繁复，不易取得），书写速度也不可能迅速提高。

总之，这个时期的文学较前期文学发生了很大变化，书写速度大为加快，总体呈现出偏向文字的趋势。这个时期的时间跨度也非常大，以蔡伦改进纸张的105年起算，到20世纪初期钢笔的普及，历时近两千年。这两千年中，虽然出现了一些新的文体，但总体文体特征、风格以及思维方式、书写方式都是基本相同的。

第四个时期：钢笔、纸张时期（20世纪20年代—）。纸张与毛笔结合已经是较为理想的传播方式了，一直到钢笔（自来水笔）的引进，延续近两千年都没有大的变革。钢笔纯粹是西方书写文化的产物，进入中国与纸结合后，很快就取代了旧的使用了近两千年的毛笔书写方式。与毛笔相比，钢笔更方便携带，书写速度也更快，真的做到了"我手写我口"。以当时的物质生产条件和中国人的智慧，照说发明钢笔不会是一件特别困难的事情，但奇怪的是，中国人并没有花费心思去改进它，中国文献也没有关于尝试发明钢笔的记载。诚然，毛笔不仅能够较好地完成记言的任务，而且能够较好地调适"言""文"之间的关系，"文"可以很好地控制"言"。但文字的背后是语言，文字有追摹语音的义务和动力，毛笔书写（即便是草书）与口头表达的速度和便捷度显然仍然是有距离的。汉语文字的相对独立性（索绪尔说汉字是汉人的第二语言）、诉诸视觉带来的稳固性等特点可以使其与毛笔书写较好地结合在一起，并充分展现这些特点。钢笔使用前，中国文学是更加偏向文字的文学；而钢笔出现后，文字偏向性被改变，转而偏向语言，"白话文运动"就是一场由"文"到"语"的运动。

"白话文运动"的核心是对"文"传统的改造，要求将"（白）话"作为"文"的标准。事实上，要求以"话"作为"文"的标准的声音从魏晋以后从未停息过，元白、宋诗、公安派、性灵派等其实都是强调文章的声音性、语言性，但为什么一直没有能够实现，而到五四时期就能够完成呢？我们认为是由符号变革动因和书写媒介变革动因共同推动的。符号变革动因是由于汉字越来越远离语言，汉字系统日趋枯竭，成为了胡适眼里的"死文字"，迫切需要语言的滋润。口语表达是完全可以不依赖于文字存在的，但文字却绝不可能离开口语而存在。汉字的"形"强化了其视觉偏向的特点，成为了汉人的"第二语言"，这也增加了汉字远离语言自成一体的可能性和危险性，成为悬置语言的文字言说系统。

从毛笔、纸张书写以来，这个趋势就一直存在，"正统"文学长期由文字控制，口语系统被文字系统改造。这套受制于媒介的系统只有等到书写媒介发生变革时才有可能得到突破。而书写媒介变革动因是钢笔书写的出现，它大大提高了书写效率，加快了汉字追摹语音的速度。钢笔书写激活的是汉字的语言传统、说话传统。钢笔将创作符号从偏向视觉的文字重新变更为偏向声音的文字，一系列与语言相关的文体也开始盛行并进入辉煌期，比如现代小说的风行、话剧的出现和盛行都与此相关；但同时，原来受益于文字偏向的文体自然会受到冷落以至衰落灭亡，比如近体诗就被新诗取代。如果将这一时期突然崛起、兴盛的文体与突然受到冷落开始走下坡路的文体做个对比就会发现，前者是与文字的语言偏向有关，后者则恰好与文字的文字偏向有关。

第五个时期：键盘、显示器时期（20世纪90年代—）。这个时期的起点是20世纪90年代。中国绝大多数作家的书写媒介从钢笔、纸张换成键盘、显示器，只用了十多年的时间。早期电脑的优势是输入速度更快，不足之处是不便携带。纵观书写媒介发展史，书写工具发展的方向是书写效率，即如何在更短的时间内将更多的文字符号展现出来；书写材料发展的方向是轻便、易携带。二者之间是相互制约又相互促进的。键盘录入很好地解决了书写效率问题，但电脑主机、显示器的笨重又制约了书写空间——只能在有电脑的地方写作。因此，提高键盘、显示器的可移动性就成了科技努力的方向，最终出现了笔记本电脑，以及现在的便捷式移动终端，它们使效率和可移动性很好地结合在了一起。最近几年，随着触屏智能手机的普及，也有人开始在手机上写作，但大多限于篇幅不长的文字。同时，虽然触屏手机大多有手写功能，但现在输入法的多样性、便捷性使得手写输入速度反而不及拼音输入法。因此，本书暂时不将手机写作划归新的写作时期。

有论者认为，现在已经进入电子书写时代，而这个时代分为两个阶段：电脑写作阶段和宽带写作阶段。在电脑写作阶段，"电脑只相当于一台高级打字机"[1]；而宽带写作则是"在集结了整个网络世界的与主题相关的信息之后，在由此而达到的思考的深度和广度上，实行语言创造"[2]。但从写作媒介的角度看，本书不认为宽带是写作媒介，因为宽带只是拓宽了信息获取范围，提高了信息获取速度，是输入型行为，而写作是输出型行为。我们要研究的依然是如何将头脑中的写作内容通过键盘以文字的形式再现，以及在再现过程中，媒介与符号之间是一种什么关系，与之前的媒介、符号关系相比发生了什么变化。

文学写作的速度，其实是将思维的内容表现出来的速度，不是单纯的"打字"，而是写作。快速的电脑输入轻松将作家从以前的书写媒介造成的慢而累的艰辛写作中解放出来，写作不再是一件呕心沥血的苦差，而是自如、惬意的享受。有作家详细描述过"换笔"之后用电脑写作的感受：

> 可以想象一下：在一个寂静的夜晚，点亮一盏黄色的灯，温

---

[1] 赵勇：《大众媒介与文化变迁——中国当代媒介文化的散点透视》，北京大学出版社2010年版，第80页。

[2] 汪丁丁：《宽带写作》，《读书》2002年第3期。

馨的光散开来，摆一杯热腾腾的香茶在旁边，打开HP Brio PC，在CDROM里放一张轻缓的布鲁斯唱片，委婉的曲调和着幽香飘荡在房间里，灵感来了吗？好吧，舒适地坐在电脑前，让自己的心情随着灵动的指尖，在键盘上轻快地跳跃，一篇文章一气呵成，跃然屏幕。怎么，写错了一个字？没关系，删掉再写好了，整篇文章再也不会勾勾画画地需要誊写了。还可以打开画图应用软件，为自己的作品配发插图，或者干脆使用HP的高分辨率扫描仪将自己的照片扫进电脑，配在文章末尾，再加上几句"作者的话"。最后，用鼠标轻轻一点"打印"按钮，一旁的HP Deskjet 2000喷墨打印机就会吐出清晰漂亮的文稿，大笔一挥，潇洒地签上自己的名字。行嘞！

茗香还未散尽，布鲁斯还在浅吟低唱，看一看自己的书桌不再有以往的凌乱，这就是信息时代的写作方式。[1]

这是10年前电脑刚刚开始普及时作家的感受，现在的软硬件早已今非昔比，再加上网络宽带技术，信息的搜集整合、写作的模式、写作的速度、作品的传播方式等都已发生了根本性的变化。文学思维方式主要体现在构思上，在毛笔、竹简和毛笔、纸张时期，写作者都有一个"打腹稿"的过程。当然，在不同媒介时期，"腹稿"的深度与重要性是不相同的。比如在毛笔、竹简时期，打"腹稿"的过程几乎就是文章完篇的过程，司马相如作赋，"几百日乃成"，其实主要是在头脑中完稿的过程。在毛笔、纸张时期，"腹稿"仍然是正式写作的准备和前提，固然也有"提笔就写，一气呵成"的天才作家，但多数作家还是有"打腹稿"这一思维过程的。据许广平回忆，鲁迅先生作文前每每有"打腹稿"的习惯："就算三五百字的短评，也不是摊开纸就动手。那张躺椅，是他构思的好所在，那早晚饭前饭后的休息，就是他一言不发，在躺椅上先把所要写的大纲起腹稿的时候。每每文债愈多，腹稿愈忙，饭前饭后愈不得休息。"[2] 而到了键盘、

---

[1] 闫基桥：《换笔·换心情·换脑筋》，《文艺报》1998年8月11日。
[2] 许广平：《鲁迅先生的写作生活》，见《许广平文集》第2卷，江苏文艺出版社1998年版，第105页。

沿波讨源

屏幕时期,"电脑写作却让构思或打腹稿退居到一个次要位置"[①],媒介为录入、复制、编辑等提供了极大的便捷,电脑写作的思维方式"已不是线性思维方式,而是对线性思维方式的粉碎或解构"[②],这时的写作变成了"随意涂抹"的游戏,回到了文学写作最初的状态。

不可否认的是,与毛笔、钢笔写作相比,电脑写作在写作媒介、写作方式、写作目的、思维方式、阅读方式等方方面面都发生了非常大的变化。电脑写作与网络传播相结合,彻底重塑了文学,在这个时代,"文学的发表不需要遴选,不需要漫长的等待煎熬,一时间,文学铺天盖地席卷而来。文学摆脱体制的束缚,这应该是文学进入一个崭新时代的标志。但吊诡的是,文学在这场高科技带来的自由面前反而迷失了。各种所谓的'文学'借机上市。日常化、平面化、调侃化成为它们的共同特征。无中心、无主题,散漫无羁,信口雌黄等,随处可见。有的写手纯属无聊,有的写手为了炫耀,有的写手为了尝新猎奇……真正严肃正统的写作者倒是凤毛麟角"[③]。这里面涉及两个方面的问题,一是写作媒介发生了变化,便捷的文字输入技术可以将头脑中的思想迅速再现出来,不必再像传统媒介写作那样需要深思熟虑,慎之又慎,表达的宽度大大增加,人们不必再将话题聚焦在原来文字控制的领域里,造成了写作主题的多元化,即无主题、无中心;二是网络虽然并不直接参与写作,但提供了新的传播方式和阅读方式,它们反过来又引导文学创作的方向并推动文学朝这个方向发展。

写作的媒介和阅读的媒介发生了变化,写作的方式和阅读的方式也随之发生变化。键盘、显示器写作成为一种"轻写作"。所谓"轻写作"首先表现为写作成为一种相对轻松的劳作,人们从繁重的手写、改稿、誊写中解放出来;其次,由于符号的再现过程更为便捷、迅速,符号在头脑里停留、运作、清理的时间大为缩短,不必再像以前一样呕心沥血、绞尽脑

---

① 赵勇:《大众媒介与文化变迁——中国当代媒介文化的散点透视》,北京大学出版社 2010 年版,第 98 页。

② 赵勇:《大众媒介与文化变迁——中国当代媒介文化的散点透视》,北京大学出版社 2010 年版,第 98 页。

③ 王应平:《读屏时代文学写作教学的困境及出路》,《写作》2012 年第 9 期。

汁，作品的复杂性、深度也有所下降。"轻写作"带来的是"轻阅读"，也叫"浅阅读"。作者在写作时付出的心力减少，读者在阅读时自然很难将自己投入进去，再加上媒介的影响，阅读方式就从"深阅读"变成了"浅阅读"。一般将纸媒时代的阅读称为"深阅读"，而将读屏时代的阅读称为"浅阅读"。深阅读依托纸质印刷书籍，随书页的顺序翻动表现为线性阅读，因为阅读是线性的，也就是不可中断的，阅读过程表现出强烈的专注性。但读屏时代读者面对的是闪光的屏幕，跳跃的页面，阅读内容难以较深地嵌入脑海。尤其是对习惯于读"书"的读者，读"屏"是完全不同的体验。以笔者为例，在网络上搜寻到有价值的资料后，一定要打印出来才能进行较为深入的研究。直接面对电脑屏幕阅读，一是很难静心；二是总觉得难以定位，屏幕稍微移动，又得重新翻找定位，阅读带有明显的"碎片化"感觉，而"新媒介下碎片化的阅读对象则象征着信息的碎片化、思维的碎片化、思想的碎片化，对人们的知识体系的形成及思维能力的培养都构成挑战"[①]。"碎片化"既是电脑写作和网络时代文学的最鲜明特征，也是书写媒介和传播媒介变动带来的直接结果，赵勇教授对电脑写作、思维方式和文学特点之间的关系做过深入分析：

> 如果儿童式或精神分裂式的写作之说可以成立的话，那么，电脑很可能已经让写作的方方面面发生了很大变化。而在我看来，写作态度、写作心态、写作思维等方面的变化，最终可能会导致写作主体的精神构架和世界观发生变异。宽泛而言，在笔墨写作时代，作家的世界观往往稳定、有序、均衡、统一，作家的线性思维仿佛与世界建立起一种线性关系；但在电脑写作时代，不稳定、无序、断裂、破碎等似乎已主宰了作家的精神世界。在换笔一族的作家那里，这一状况或许体现得还不是十分明显，因为他们毕竟被笔墨文化塑造过，而精神世界的线性序列结构很可能还会对精神分裂般的电脑写作构成某种制衡；但是，在一上手就使用电脑的写作新人那里，他们的写作观和世

---

① 李凡捷、李桂华：《"深阅读"之争议与再思考》，《国家图书馆学刊》2017年第6期。

界观或许已被电脑写作基本控制。于是，当网络文学充满着嬉戏、搞笑、大话、调侃、无厘头、玩世不恭等话语风格时，我们自然可以从许多个层面去寻找原因，但电脑写作对人的思维方式、情感模式、精神气质、表达方式等方面的影响显然不可小觑。[①]

互联网信息技术、数字技术和移动终端设备的快速发展，极大地改变了人们的写作方式、阅读方式、思维方式、传播方式，从目前的情况看，这一变化才刚刚开始，它们对文学的深刻影响还需要时间来检验。

总之，文学家是文学流变的直接推动力，但书写材料、书写工具这些书写媒介决定了文学流变发生的时间和方向，文学家是不可能仅凭自己的天才就超越这些物质力量的，他们受制于物质力量，但同时又能够利用并发挥每一阶段书写媒介的优势，创作出伟大的文学作品。书写媒介始终是文学发展的终极推动力量。

第四节　中国文学史的符号分期

我们认为，要确立"文学标准"，首先就必须回答文学是什么这个问题。当然，这一定不是个简单的问题。本书前一部分已经承认并且剖析了"文学是语言的艺术"，文学的问题首先是语言的问题，语言（不仅仅是具体作品的语言）应该是文学研究最重要、最根本的对象。特雷·伊格尔顿在考察文学的定义时发现："文学的可以定义并不在于它的虚构性或'想象性'，而是因为它以种种特殊方式运用语言。"[②]与前面章节中所引用的章太炎的定义一样，"文学"姓"文"，即以"种种特殊方式运用语言"。文学作品与非文学作品的最本质的区别是语言运用方式的区别。语言学家申小龙教授也认为："一个民族的文化心理结构和世界观深埋在语言结构之

---

① 赵勇：《大众媒介与文化变迁——中国当代媒介文化的散点透视》，北京大学出版社2010年版，第98页。
② ［英］特雷·伊格尔顿：《二十世纪西方文学理论》，伍小明译，北京大学出版社2007年版，第2页。

第二章 媒介、符号与中国文学史分期

中。语言分析成为人类文化研究的深层结构分析。如果文学不研究'文学的第一要素'——语言，那么这种文学研究就将文学的根本置于不顾。"[1] 如果承认语言对于文学的本体性作用，文学史书写自然应该将语言放在它应有的位置上，以语言为出发点的文学分期也能够更充分地展现文学的本质。

较早注意到文学的语言问题的是胡适。胡适先生不仅最早提出了"文学的国语，国语的文学"的口号，而且编写了第一部以语言为研究对象的文学史著作——《白话文学史》。在这部著作中，胡适提出"白话文学史就是中国文学史的中心部分，中国文学史若去掉了白话文学的进化史，就不成中国文学史了，只可叫作'古文传统史'罢了"[2]。与前述研究者提出的较为空泛的"文学标准"不同，胡适以是否用白话作为判断"活文学"与"死文学"的标准，认为"'古文传统史'乃是模仿的文学史，乃是死文学的历史；我们讲的白话文学史乃是创造的文学史，乃是活文学的历史。因此，我说：国语文学的进化，在中国的近代文学史上，是最重要的中心部分。换句话说，这一千多年中国文学史是古文文学的末路史，是白话文学的发达史"[3]。在胡适看来，中国文学史应该包括两部文学史，一部是"古文传统史"，一部是白话文学史，这在一定程度上是符合中国文学发展实际的。问题在于，胡适先生将二者的关系看作历时关系，即先有"古文传统史"，后有白话文学史，白话文学史是"古文传统史"的方向和终点。从汉语"言""文"关系看，这显然是不符合历史事实的，二者之间应该是共时关系，时分时合，既有独立性，又错综交织。

汉语的复杂性在于，"古文"与"白话"虽然有区别，但这个区别又不是那么容易辨别的，因为这"两部文学史"用的是同一套文字系统。高玉教授认为："现代汉语是在古代汉语的基础上演化、发展、变革而衍生出来的一套语言系统，是同一文字系统但不是同一语言系统。"[4] 高玉教授

---

[1] 申小龙：《中国文化语言学》，吉林教育出版社1990年版，第19页。
[2] 胡适：《白话文学史》，安徽教育出版社2006年版，第2页。
[3] 胡适：《白话文学史》，安徽教育出版社2006年版，第2页。
[4] 高玉：《现代汉语与中国现代文学》，中国社会科学出版社2003年版，第79页。

所说的"古代汉语系统"也就是"古文",即文言系统;"现代汉语系统"是"白话"系统。从符号学的角度看,语音是思想的能指,思想是语音的所指;文字是语言(语音)的能指,语言(语音)是文字的所指。但对汉语而言,汉字作为能指符号,却对应了两套所指。因此,弄清这两套所指的关系就非常重要了。

汉字所对应的"古文"与汉字所对应的"白话"二者是什么样的关系呢?二者之间应该是共存并生的关系,是对语言不同处理方式的结果。胡适的问题在于,他人为地在文言(古文)和白话之间构筑了二元对立,非此即彼,贬抑文言文学,将白话文学视为唯一正宗的中国文学。不得不承认,这样的做法与当时的时代风气是一致的,但在大胆革新之余,不乏偏激之处,缺乏严格的学理考辨,"此一区分实在带有若干任意的游戏性质,例如把《诗经》、春秋战国诸子、《史记》《汉书》、杜诗等,全都归为白话文,来跟桐城派古文家争地位;其判断一文是否为白话文学的标准,又随时移易,互不相同。这样的做法,实在问题重重"[①]。胡适从语言文字的角度看待文学,并用"白话"将几千年的文学史串联起来,这确实需要宏观视野和学术勇气。但事实上,中国文学并不存在一场"文言"文学与"白话"文学的斗争史,而且,因为文言和白话共用同一套文字系统,二者恰恰可以相互借鉴,相互补充,相得益彰。

当然,文言和白话之间的斗争是真实存在还是后人凭空构想的,学界多有争议。张汉良先生将文言与白话的对立称为"语言的二元论神话",因为"语体文和文言文并非对立的语言系统,两者本无先验的、独立的语言质素,足以作为彼此区分的标准。就语音、语构和语意三层次而言,两者没有本质上的差异。如果有区别,也仅在语用层次。……其次,所谓'语体'的白话文,和文言文一样,已经不再是口语,而是被书写过的文字"[②]。我们不能因为现在的话语系统是以白话为主导的现代汉语,就将文言视为假想敌,将其打倒或排挤出去。文言系统与白话系统是和谐共生

---

① 龚鹏程:《文化符号学——中国社会的肌理与文化法则》,上海人民出版社2009年版,第349页。

② 张汉良:《比较文学理论与实践》,东大图书公司1986年版,第122页。

的两套系统，五四白话文运动之前，二者之间并不存在你死我活的紧张关系，只是白话文运动中，白话将文言视为了假想敌，二者之间的对立并不是一个历史问题。宇文所安在为《剑桥中国文学史》撰写的"上卷导言"中说："我们曾要求本书作者，在19世纪以前的文学史写作里避免在'文言'文学、'白话'文学之间做出过于尖锐的区分，因为直到19世纪末，这种区分才成为一个被关注的问题。"[①]19世纪以前，"文言"和"白话"都已经存在，但正如宇文所安教授所观察到的那样，当时人们很少有意地在二者之间划出界线，更不存在"尖锐"的矛盾。而胡适注意到了文学史研究中的语言问题，肯定了语言对文学的重要意义，但不足之处在于将语言问题简单化了，构拟了一场文学语言斗争史，反而在一定程度上遮蔽了中国文学的真实面目。

在编写白话文学史时，也许同样是出于方便教学的原因，胡适仍然是用朝代来为白话文学分期，而没有从白话文学自身发展着手。《白话文学史》分为两编：第一编为"唐以前"，第二编为"唐朝（上）"。但因为不是从白话文学或白话自身的发展出发，读者不知道为什么要以"唐"作为分编的理由，唐代的白话与"唐以前"的白话有哪些区别？唐代的白话文学与"唐以前"的白话文学又有什么不同？如果有不同，是什么原因造成了这些不同？总体而言，胡适的这部著作资料宏富，提供了与以前完全不同的看待文学的视角，虽然在断代分期上仍然没有给出明确的标准，但在帮助人们将文学从王朝更迭的循环中抽离出来这一点上是功不可没的。

意识到文学发展与语言、文字之间有着密切关系的还有郭绍虞先生。郭先生认为："普通文学史的分期，每由立场的不同而异其区分，或重在历史的背景，或重在文学的关系，而我们则重在文学的立场以说明文学本身之演变，所以不妨以体制为分期；而且，由文学之言，论情感则古今如一，论想象与思想则又各人不同，并不一定受时代的影响，于是欲说明文学本身之演变，便只有重在形式方面，就是所谓体制之殊了。这是我们所

[①] ［美］孙康宜、宇文所安主编：《剑桥中国文学史》，刘倩等译，生活·读书·新知三联书店2012年版，第21页。

以以体制分期的缘故。"① 不以时间断代，而以"体制"相分，当然更为合理，更贴近文学本身一些。尤其重要的是，郭先生对以文学内容为分期标准的做法提出了相当有力的反驳："情感""想象""思想"是文学的内容，但人类的"情感"并不是简单地跟随时代变化而变化的；"想象"是文学家最重要的能力，但又各不相同，并不都是时代的产物，庄子的想象能力绝不逊于今天任何一位小说家；"思想"更是如此，一个时代总有一批思想超前的人，也总有很多思想落后的人，并不存在整个社会成员拥有的"共同思想"，即便是在科技如此发达的今天，很多人头脑中的"封建思想"仍然挥之不去，这样的人也绝不是少数。总之，文学的内容并不完全与时代同步，以与时代不同步的"情感""想象""思想"等作为划分时代的标准，自然不能准确反映时代特征，因而不足以成为文学分期的标准。

遗憾的是，郭先生20世纪40年代的这篇文章并没有引起学界的重视。直到20世纪60年代，仍然有相当多的论者将文学内容作为文学分期的首要标准。曹道衡先生的观点很有代表性，他说："划分文学史各阶段的标准，我认为首先应该着眼于文学的内容"，所谓文学的内容，"也就是作品中反映的是什么样的生活，什么样的思想感情"。可见，曹先生所谈的文学的内容与郭先生大部分是重合的，不同的是，曹先生认为，人们的思想感情是会随着时代的变化而变化的，"一些阶级的生活和思想感情，在文学作品中逐渐消失，而另一些阶级的生活与思想感情，又日益反映得多起来。大体来说，文学的内容，不但从阶级性上说，是随着历史而变化的，而且在反映生活的深度和广度，也随着人们的认识发展与生活的丰富而日益深刻、丰富起来"②。这样的表述是时代的产物，将历史简单化、线条化了，是"进化"思想在社科领域的表现。任何人看到的生活都只是生活的一部分，没有人可以轻易洞察出自己身处其中的生活的真相，正所谓"不识庐山真面目，只缘身在此山中"。因此，由"作品中反映的是什么样的生活"来划分文学史是既不现实，也不可能的。比如，鲁迅先生曾这样描述他那个时代的"生活"："中国社会上的状态，简直是将几十世纪缩在

---

① 郭绍虞：《照隅室古典文学论集》（上编），上海古籍出版社2009年版，第490页。
② 曹道衡：《试论中国文学史的分期问题》，《文学评论》1960年第3期。

一时:自油松片以至电灯,自独轮车以至飞机,自镖枪以至机关炮,自不许'妄谈法理'以至护法,自'食肉寝皮'的吃人思想以至人道主义,自迎尸拜蛇以至美育代宗教,都摩肩挨背的存在。"哪个"生活"能够代表时代呢?所谓"思想"同样如此:"此外如既许信仰自由,却又特别尊孔;既自命'胜朝遗老',却又在民国拿钱;既说是应该革新,却又主张复古:四面八方几乎都是二三重以至多重的事物,每重又各各自相矛盾。"①作为上层建筑的一个领域,除了受制于社会物质发展水平外,艺术也有自己的专属特征。文学是艺术,并且是艺术中最重要的门类之一,艺术的法则自然应该适用于文学。苏珊·朗格认为:"艺术是一种技艺,然而这种技艺所要达到的目的却非同一般。在我看来,它的目的就是为了创造出一种表现形式——一种诉诸视觉、听觉,甚至诉诸想象的知觉形式,一种能将人类情感的本质清晰地呈现出来的形式。"②在苏珊·朗格看来,"情感""想象""思想"本身并不必然成为艺术,无论是什么艺术形式,音乐也好,电影也好,绘画也好,"内容"都不能让其成为一件艺术品,"要确定一件作品是不是艺术,却要看这件作品的创造者是不是意在把它构成一种表现他认识到的情感概念或整套情感关系的形式"③,形式追求是艺术之为艺术的根本原因,将"形式"降格为服务内容的工具,甚至否认艺术"形式",都不可能深刻把握艺术的本质。郭绍虞先生提出文学史以"体制分期",也就是以文学的形式来分期,在当时及以后显得很另类,真有一种"前无古人后无来者"的孤独。

将"体制"作为文学分期标准虽然把握住了艺术的"形式"本质,但用于实践时仍然缺乏可操作性。郭绍虞先生也意识到了这一点,他说:"由体制言,有的随作者技巧而殊,有的因时代风气而异,如所谓'陶潜体''建安体'等,固可以为分期的标准,然而不免过涉抽象,而且有时

---

① 《鲁迅全集》(第1卷),人民文学出版社2005年版,第360—361页。
② [美]苏珊·朗格:《艺术问题》,滕守尧、朱疆源译,中国社会科学出版社1983年版,第107页。
③ [美]苏珊·朗格:《艺术问题》,滕守尧、朱疆源译,中国社会科学出版社1983年版,第105页。

沿波讨源

也不免过于琐碎；为欲求其具体，所以不如重在构成体制之工具。因此，我们所分的五个时代，实在即以文字型与语言型的文学之演变为标准。"①将"体制"具体化为"构成体制之工具"，避免了抽象、琐碎，具备了很强的操作性。这个工具是什么呢？当然就是语言和文字了，因为"文学的基础总是建筑在语言文字的特性上的"。郭先生提醒我们，文学研究要回归常识，不是将文学置放在貌似宏大的社会、经济背景下，而应将文学首先当作是语言文字的产物。没有语言文字，文学就不会产生；语言文字的变化，才造成了文学的变化；文学呈现出的不同特性受制于语言文字，同时也依赖于对语言文字特性的运用和发挥。于是，郭先生做出了最具特色的文学史分期：

春秋以前—战国至汉—魏晋南北朝—隋唐至北宋—南宋至现代
诗乐时代—辞赋时代—骈文时代—古文时代—语体时代
（文字型的主潮时期）……（文字型的进化为余波）
（语言型的进行为伏流）　（语言型的主潮时期）②

这个分期虽然也出现了朝代，但第一，郭先生对线性发展的朝代进行了整合，将有些朝代合并为同一个时代；第二，这些朝代是以文学的时代为前提的，服从文学时代的划分，而不是相反。郭先生将中国文学划分为五个时期：诗乐时代、辞赋时代、骈文时代、古文时代、语体时代，然后再相应地将中国历史切割为上述五段，而不是以既定的朝代来切割文学。这样的分期的确是把握了文学尤其是中国文学的本质特点的，郭先生自己也是颇为满意的，他说："此意虽自觉新颖，但不合马列主义的方法，也就放弃不谈了。但我认为文字型与语言型的问题，还是可以保留的。"③单纯地从语言、文字的演变来看，这的确是不合马列主义的方法，但如果再继续深入地追问推动语言、文字发生变化的物质力量，则与马列主义

---

① 郭绍虞：《照隅室古典文学论集》（上编），上海古籍出版社2009年版，第490页。
② 郭绍虞：《照隅室古典文学论集》（上编），上海古籍出版社2009年版，第497页。
③ 郭绍虞：《从文法语法之争谈到文法语法之分》，《学术月刊》1982年第1期。

第二章 媒介、符号与中国文学史分期

方法是完全一致的。我们在前一节文学的媒介分期里已经有了非常详细的说明。

郭先生的文学分期打破了惯常思维，为文学史研究提供了新的视角和思路，略有不足的是，在划分标准的统一性方面似乎有所欠缺，比如，"诗乐""辞赋""骈文"三期分类的标准主要是文体，而"古文时代""语体时代"的划分又变成了语言和文字。"五个时代"由两把刀切割出来，其中的内在脉络也被割裂了。中国文学中的文体都是由同一套文字系统打造的，诗歌、辞赋、骈文、戏曲、小说都是用汉字写出来的，是由文字呈现出来的不同形式。文体的本质是用不同方式运用文字的结果，与文字的内在决定性相比，文体只是表象。探索文体背后的文字的推动力就是本书的重要内容。

语言、文字之间的关系错综复杂，单以语言为分期标准，文字的处置就成为难题，反之亦然。从符号学的角度看，语言和文字都是符号，如果将语言和文字都视为符号的下位概念，则可以用符号将二者统一起来。文化符号学认为："文字和语言是两种不同的符号交流系统。文字本质上是视觉的、无声的、不在场的交流方式；语言是听觉的、有声的、在场的交流方式。所以，有声性、在场性和无声性、不在场性就成了一对具有普遍哲学意义的言文关系范畴：有声和在场属于'言'的范畴，无声和不在场则属于'文'的范畴。"[①] 文字和语言的共性在于它们都是符号，但又分属不同的符号系统，具有不同的特点。语言属于"言"的范畴，主要特点是有声性和在场性；文字属于"文"的范畴，主要特点是无声性和不在场性。孟华教授认为，拉丁字母是偏重"言"的符号系统，汉字是偏重"文"的符号系统，从整体意义上对拉丁字母和汉字做出这样的划分是大致符合两类语言实际的，并且可以解释很多文化问题。在承认这一点的基础上，本书对汉字进行了进一步的文化分析，认为汉字的"形声相益"性让汉字内部分裂出了"言"和"文"两套系统，是由汉字符号的"形"偏向和"声"偏向派生出来的："形"偏向形成了"言"的符号系统，在语

---

① 孟华：《汉字：汉语和华夏文明的内在形式》，中国社会科学出版社2004年版，第3页。

言上的体现就是白话;"声"偏向形成了"文"的符号系统,也就是文言系统。正如前述文言与白话不是对立的关系一样,"言"系统与"文"系统之间是对立统一的关系,有差异,但都统一于汉字。

文化的前提是文字,但文字的本质是符号,因此,文化与符号之间的关系就非常密切了。一切文化现象的深处都是符号,符号的特点决定了文化的特点。"人类所使用的符号系统,以'语言'最复杂、最完整,故符号学的研究,实以语言学为根本基石"[1],龚先生这里的"语言"自然是包括文字的。要理解一种文化,最直接的方法就是分析它的语言,"构成中国文化的整个社会生活领域,事实上都处在中国文字符号系统的组织和制约中"[2]。离开文字符号谈文化只是纯粹想象的空谈。孟华教授更为直接,将"文化"定义为"文字看待它所表达的语言的方式,即言文关系方式"[3]。正是基于汉字独有的"形声相益"的特点,汉字才能够以一套文字系统管约"言"系统和"文"系统两套语言系统,"言""文"关系对理解中国文学的本质和特征具有非同寻常的意义。

20世纪80年代后期出现了"文化热",由于符号和文化之间本来就有的紧密关系,从符号的角度探讨文化问题成为重要的方法论。越来越多的学者利用符号学理论重审文学,叶舒宪、章米力、柳倩月编著的《文化符号学——大小传统新视野》提出了"N级编码论",认为应该"不再局限于对单个文学文本的穷经皓首式探究,即研读其文字编排的技巧与魅力,而是以一种超长的历史观、超大的文化(学)观,试图从无字处、有字处、实物中、图像中、身体中等,凡有人类表达符号处,以超常的智慧探索人类祖先的文化系统编码程序",正是从这个视角出发,叶舒宪等人将人类文化(文学)分为三个时期:无文字时代、文字时代和电子时代。参见下表:

---

[1] 龚鹏程:《文化符号学——中国社会的肌理与文化法则》,上海人民出版社2009年版,第6页。

[2] 龚鹏程:《文化符号学——中国社会的肌理与文化法则》,上海人民出版社2009年版,第5页。

[3] 孟华:《汉字:汉语和华夏文明的内在形式》,中国社会科学出版社2004年版,第2—3页。

第二章 媒介、符号与中国文学史分期

文化分期	表达符号	所欲表达	编码形式	表达内容
无文字时代	第一级：史前文物与图像（如实物、图绘、结绳等）+口传、身体	个体的、强烈情感的；群体的、社会的、客观性的、程式性的	口传；诗歌；神话	需分类：口传的虚构、传承中的再度加工；实物、图绘等的记录事实
文字时代	一、二、三……N级证据同时存在，即：文字+上述符号	同上	以上+更多类型	仍需分类对待
电子时代	一、二、三……N级证据同时存在，即：电子符号+上述符号	同上	以上+更多类型	仍需分类对待

①

这个分期整合了近年来媒介研究、符号研究、文学研究的最新成果，完全从传统的民族文学、国别文学、朝代文学、文体文学研究中跳脱出来，高屋建瓴，别开生面，体现了研究者的宏阔视野。但我们对这个分类存有如下疑问：第一，"无文字时代""文字时代"的分类是以文字的有无作为分类标准，那么"文字时代"与"电子时代"的划分是以什么为标准的？第二，"电子符号"是一种什么符号？"电子"到底是"符号"，还是符号的媒介？从文学的角度看，电子时代文字对文学的重要性是否已不复存在？第三，"文字时代"的表达符号是由"文字"加"上述符号"，即"史前文物与图像（如实物、图绘、结绳等）+口传、身体"，其他符号姑且不论，"口传"符号在文字时代的重要性是否被削弱？二者之间究竟是一种什么样的关系？第四，"无文字时代"与"文字时代""电子时代"里的"所欲表达"是否完全相同？难道不是表达愿望推动了媒介与符号的发展吗？

从符号的角度对中国文学史进行分期，我们认为把握"言""文"关系至关重要。"文"的出现并不是为了否定"言"和替代"言"，相反是为了帮助"言"和提升"言"，"由于文字是可以看见的符号，它就可以产生更加精妙的结构和所指，大大超过口语的潜力。……文字不只是言语的附庸。它把言语从口耳相传的世界推进到一个崭新的感知世界，这是一个视

---

① 叶舒宪、章米力、柳倩月编：《文化符号学：大小传统新视野》，陕西师范大学出版社2018年版，第38—39页。

觉的世界，所以文字使言语和思维也为之一变"[1]。文字出现之后，口语仍然是交际最重要的工具，书面文学以文字形式存在，反映了文字记录口语、改造口语、表现口语的过程。汉字的"形声相益"不仅让文字具有口语性，而且也让口语具有文字性，中国文学的发展以及不同发展阶段表现出的特征与文字的口语偏向（"言"偏向）和文字偏向（"文"偏向）是紧密联系在一起的。本书的文学分期始终把"言""文"关系作为分期重点考虑的因素。从"言""文"关系的角度看，我们认为中国文学可以分为四个时期。

第一个时期："言"时代（远古至黄帝时期）。之所以选取黄帝时期作为这一时期的止点，是因为相传造字的仓颉是黄帝的史官，而汉字的出现导致了纯"言"时代的终结。仓颉造字虽只是传说，但在很多早期历史典籍中都有记载：《淮南子·本经训》载"昔者仓颉作书而天雨粟，鬼夜哭"；《说文解字》序说："黄帝之史仓颉，见鸟兽蹄迒之迹，知分理之可相别异也。初造书契，百工以乂，万品以察，盖取诸夬"；《荀子·解蔽》记载："好书者众矣，而仓颉独传者壹也"，可见仓颉和汉字的出现及推行是有着密切联系的。也许不是所有的文字都是由仓颉造出，但仓颉很可能是文字的搜集者、整理者和造字原则的制定者。在无法确定汉字成为系统并被广泛使用的准确时间的前提下，我们也袭用前说，假定仓颉真实存在，以仓颉为汉字使用的起点。

将这一时代称为"言"时代，而不用常见的"前文字时代"或"无文字时代"，是因为后面两个术语带有较为明显的文字中心主义偏向，是以"文字"的有无作为参照来对某个时代做出评判的。"言"时代是与"文"时代并列的具有独立意义的时代，不仅存续的时间远远长于"文"时代，而且也是"文"时代的根本和源泉。"言"不需要用"文"来评判，但"文"却始终需要用"言"来检视。沃尔特·翁认为用"前文字"这个词来表述口语文化，即"原生模仿系统"（primary modeling system），是一个"时代错误"，"因为它把'原生模仿系统'当作后继的次生模仿系统（secondary

---

[1] ［美］沃尔特·翁：《口语文化与书面文化：语词的技术化》，何道宽译，北京大学出版社2008年版，第64页。

modeling system）的一种变异形式"①，"前文字时代"这个提法很容易将没有文字的文学视为原始的、低级的文学形式，颠倒了语言和文字的关系，否认了语言的先在性。基于上述原因，本书不采用"前文字时代"或"无文字时代"的提法，而采用"言时代"的表述，以体现客观性、公允性。

符号决定思维。"言"作为一种符号形式，决定了使用者的思维方式为"言"思维。后世的文学研究者往往容易忽视"言"时代的物质形态的交际媒介，想当然地认为这一阶段的文学也是"写"出来的，并习惯性地用文字时代的文学标准对此做出评判。比如《诗经》，尤其是"风"诗，以当时的书写媒介来看，大概不可能是"写"出来的，多为"里巷歌谣"。如中国诗经学会会长夏传才先生认为，"《诗经》是中国诗歌由口头创作转化为书写文学的第一部诗集"②，这是合乎实际的论断，肯定了《诗经》首先是口头创作，后来才有文字写定本，而不是直接用文字写作的。

但不少论者都忽视甚至忘记了诗经创作的口语性，将文字定本的《诗经》等同于口头的《诗经》。以笔者随手找到的一篇论文为例，该论者认为，"《诗经》是中国文学史上第一部诗歌总集，是'书写文学'和后人推崇的'纯文学'的起始，是中华文化的元典著作"；认为《小雅·巷伯》的作者，"不仅明确声称自己在'作诗'，而且要你读他的诗，听他诉说，了解他所遭受的冤屈"；《大雅·烝民》的作者"说自己写的这首歌，像和煦的春风，能够传达友好的情谊，使对方的心灵得到抚慰"；还说"古往今来，没有哪个读《诗》人，会认为'三百篇'是'不自觉'写出来的"；并据此推测，"《诗经》作者是一支跨越五六百年、遍及黄河流域、涉及社会上中下各阶层的雄壮队伍，以整体言之，其写作力量之巨大，生活阅历之丰富，创作题材之广泛，思想感情之驳杂，语言风格之多样，是没有哪个个人和文学团体能够望其项背、与之抗衡的"③。笔者无意苛求文章作者，

---

① ［美］沃尔特·翁：《口语文化与书面文化：语词的技术化》，何道宽译，北京大学出版社2008年版，第8页。
② 夏传才：《二十世纪诗经学》，学苑出版社2005年版，第2页。
③ 邹然、潘海霞：《文学创作的自觉始于〈诗经〉时代》，《诗经研究丛刊》第16辑，第八届《诗经》国际学术研讨会论文选刊之一（2008年7月25日）。

沿波讨源

只是觉得想象一个没有文字或文字使用不够方便的年代是多么困难的一件事情。正如沃尔特·翁所言，"我们这些读书人深深沉浸在书面文化里，难以想象一个只存在口语交流和思考的世界，我们倾向于把这样一个口语世界只当作书面文化世界的变异体而已"[①]。某些文体为什么在特定年代出现？某些年代的文体为什么呈现出某种特定风格？严格来说，这都不是创作者可以超越符号条件和物质条件去把握的——创作符号决定了诗经时代不可能有律诗，书写条件决定了诗经时代也不可能有小说。对远古时代的文学抱有"同情理解"是研究那一时代文学的前提，往后推演同样如此，也许几百年后的研究者完全不能理解"手稿"的意义。

对口语文化的重视是近些年来才开始的，口语文化与书面文化反差的深层意义还未完全引起学界的重视。但是，如果不将文字从那个时代清除出去，我们就不能准确地把握当时诗歌的真正特点，因为它是用与今天完全不同的一套符号系统以及从属于这套系统的思维方式在创作。

在"言"时代，"言"不仅是静态的符号，而且也是动态的言说行为，还是具有控制性的思维方式。文学创作过程一定是有思维参与其中的，文学作品不过是文学思维活动的结果和呈现。文字的出现是人类历史上最具重要意义的大事，以致"天雨粟，鬼夜哭"，但与口语存在的历史比起来，文字的历史要短很多。没有文字参与的思维方式与有文字后的思维方式有着极大的区别和差异。从这个角度看，"言"时代的文学是"言"思维。

分析"言"思维当然是一件非常困难的事情，因为当下不受文字影响的人已经极其稀少，即便不识字，但听的话也是受到了文字影响的话。我们只能基于文字思维去倒推出"言"思维的特征，同时借助"言"文学的文字定本来推测"言"文学的特点。比如《诗经》研究，必须确定的是，我们"读"到的《诗经》并不是最初"听"到的《诗经》（事实上，当时不仅没有《诗经》这个概念，甚至连"诗"这个观念都没有），但我们只能根据文字转写的《诗经》去推测、还原它的语音版本。

基于"言"符号和"言"思维，"言"文学最主要的特征就是与其他

[①] [美]沃尔特·翁：《口语文化与书面文化：语词的技术化》，何道宽译，北京大学出版社2008年版，作者自序。

艺术形式的融合。中西方早期的口传诗歌，起初都并非独立的艺术形式，往往与其他艺术形式融合在一起，"诗歌与音乐、舞蹈是同源的，而且在最初是一种三位一体的混合艺术"；而"诗"（"诗经化"之前的诗）之出现，显然既不是为"读"而"写"，也不是为"唱"而"歌"，是"诵诗三百，弦诗三百，歌诗三百，舞诗三百"（《墨子·公孟》），也是诗歌、音乐、舞蹈的综合艺术。

至于早期艺术之发生，《乐记》认为："德者，性之端也；乐者，德之华也；金石丝竹，乐之器也。诗，言其志也；歌，咏其声也；舞，动其容也。三者本于心，然后乐气从之。"说明艺术乃人之本性，心中之"志"需借助"诗""歌""舞"方能抒发；并且最初的语言仅为交流工具，表现力较为有限，只有综合运用视、听感官才能更好地表达：诗、歌诉诸听觉，舞诉诸视觉，三者共同构建早期的综合艺术，后世才逐渐分离为独立的艺术形式。在早期艺术中，音乐是必备要素，它既可以与"诗"结合，成为"诗歌"；也可以与"舞"结合，成为"歌舞"。对"诗"而言，"歌"的作用除了辅助"诗"抒情，还有一个功能是为"言"的固定提供帮助。"言"出口即逝，过耳不留，在没有其他记录工具的情况下，"歌"利用节奏对"言"进行加工，方便记忆。口语文化研究者发现："在使口诵的词语固化方面，音乐有很大的约束作用。"[①] 我们这里所说的"言时代"是完全没有文字的时代，即"原生口语时代"，在这个时代里，思想、情感只存在于语音中，没有任何可以感知的文本，也不可能预知到这种文本存在的可能性。可以想象的是，人们不可能将语言纯粹当作符号来进行类似于今天的创作。

第二个时期："言""文"并存，偏向"言"的时代（约自黄帝时期至汉末）。

仓颉造字虽然可能只是传说，但很多早期典籍都有记载，仓颉是第一个也是唯一一个和文字的产生有着密切关系的人。当然，这不意味着所有汉字均为仓颉所造，仓颉可能是专业的文字搜集者和整理者，如《荀

[①] ［美］沃尔特·翁：《口语文化与书面文化：语词的技术化》，何道宽译，北京大学出版社2008年版，第63页。

沿波讨源

子·解蔽》篇所言,"故好书者众矣,而仓颉独传者,壹也",此处的"书"应该是"六书"的"书",即造字,可见喜欢造字的人并不只有仓颉,但由于仓颉的史官身份,专注于"造字",他自己造出的字和搜集到的他人所造的字得到了广泛的认可。即便仓颉造字的传说纯属臆造,也不影响我们的结论:在很长的"言"时代之后,出现了文字。文字的出现,并不是要取代言,也不可能取代言,而是"言""文"并存,历史进入到了"言文"时代。

对任何民族而言,文字的出现都是"惊天地,泣鬼神"的大事。文字是为了救治语言的一些天然缺陷而出现的,它的出现绝不是仅仅意味着多了一件可以记录语言的工具。作为一种符号,文字依赖语言,同时又重塑(reshape)语言,并在重塑语言的过程中重塑人类思维,文字改变人类意识的力量胜过其他一切发明。文字不仅是工具,也是符号,同时还是一项非常重要的技术。"从某种意义上说,文字是三种技术(文字、印刷术、电脑)中最彻底的技术,它启动了一种技术,以后的印刷术和电脑无非是继承了这种技术而已"[1];事实的确如此,印刷术和电子技术只是放大了文字的效果,调整了文字与语言的关系,文字始终是文学发展的内在推动力量。这也是本书始终将文字作为文学研究最重要的内容的原因。文字通过"把有爆发力的语音化解为寂静的空间,把语词从它赖以生存的此时此刻分离出来"的方式重构了世界,喧嚣、嘈杂的世界逐渐安静沉寂下来。人类有了两个世界:内在的语音世界和外在的文字世界。远古人类用语音交流,用语音思考,语音的难以固定决定了思维的稍纵即逝,思维具有直觉性和跳跃性,缺乏系统和深度;文字出现后,人类既可以用语音交流,也可以用文字交流,文字能够跨越时空的特点,极大地改变了人类的思维方式,思维的抽象能力、系统能力有了极大的提高。文字的出现没有消灭那个神圣的语音世界,相反还丰富了那个世界。

但是,欧洲传统的声音中心主义赋予声音至高无上的特权,对文字持有一以贯之的怀疑态度,即德里达所谓的"逻各斯中心主义

---

[1] [美]沃尔特·翁:《口语文化与书面文化:语词的技术化》,何道宽译,北京大学出版社2008年版,第62页。

（logocentrism）：拼音文字的形而上学"。逻各斯中心主义将真理视为"声音和意义在语音中的清澈统一。说到这种统一，文字始终是衍生的、偶然的、特异的、外在的，是对能指（语音）的复制。如亚里士多德、卢梭、黑格尔所说，是'符号的符号'"。[1]但这样的贬抑对揭示语言与文字的关系并无裨益，在剥夺文字地位的同时也遮蔽了语言。

文字的出现是不可避免的，对人类而言意义重大，人类知识的累积、智力的飞跃、文明程度的提升等无不是依赖文字才得以实现的。"我们说文字是人为的，这并不是要谴责文字，而是要赞誉文字。和其他一切人为之物一样，文字是无价之宝，在全面调动人的内在潜能方面，文字是不可或缺的；实际上，这个无价之宝的价值超过了其他一切人为之物。技术不仅是外在的辅助工具，而且是意识的内部转化；最典型的情况就是技术对语词的影响。这样的转化可以是一种升华。文字增强人的意识。与自然环境疏离对人有好处，而且在许多方面是充实人生必不可少的条件。为了充分享受和理解生活，我们不仅需要贴近生活，而且需要拉开距离。在这方面，文字给意识提供的力量超过了其他一切人为之物。"[2]声音中心主义是西方文化中根深蒂固的偏见，因此，沃尔特·翁对文字的"赞誉"是需要极大的学术勇气的，当然，他并非有意对抗，更多的是正本清源，还原真相。总之，文字的出现改变了"言"一家独大的局面，进入到了"言""文"并存的时代。

为了进一步说明"言"思维的特点，有必要对传统的言文关系做一些澄清。索绪尔对言文关系有过不少精辟的论述，比如，"语言和文字是两种不同的符号系统，后者唯一的存在理由是在于表现前者"，在这里，"文"是从属于"言"的；"但书写的词常跟它所表现的口说的词紧密地混在一起，结果篡夺了主要的作用；人们终于把声音符号的代表看得和这符号本

---

[1] Jacques Derrida, *Of Grammatology*, 转引自张隆溪《道与逻各斯》，冯川译，江苏教育出版社2006年版，第32页。
[2] ［美］沃尔特·翁：《口语文化与书面文化：语词的技术化》，何道宽译，北京大学出版社2008年版，第62页。

沿波讨源

身一样重要或比它更加重要"[1]，这一方面说明，"言"与"文"有着密不可分的关系，同时，"文"对"言"又有着强大的遮蔽和改造的作用。索绪尔这里谈论的主要是表音体系的言文关系。汉字作为文字，既具有文字的共性，又具有特殊性；正如索绪尔指出的那样，"书写的词在我们的心目中有代替口说的词的倾向"，只是在以汉字为代表的"表意体系"里，"这倾向更为强烈"。也就是说，对汉字而言，"文"有着更强的代替"言"的倾向性，这是符合汉字与汉语的实际的。

汉字体系里的言文关系到底是怎样的呢？不少人认为早期汉语是"言文同一"的，如梁启超认为"古人文字与语言合，今人文字与语言离"[2]；钱玄同也认为，"中国古人造字的时候，语言和文字必定完全一致"[3]；郭锡良也持同样的观点，"从语言系统的角度看，我们认为，书面语同口语自殷商到西汉都是一致的"[4]。我们认为这些看法是值得商榷的：从汉字的产生（"像鸟兽之形"）、汉字的构形原理（"形声相益"）以及直至今日汉字仍无法完全照录语音的实际看，汉字都不是专为汉语而生的，而是另一套偏重视觉形象的符号系统。如刘晓明就发现，"从听觉驻留的观点看，以单音字为主体所组成的先秦书面语过于简短，这种文约义丰的句子连续地进入语言，不仅会因听觉驻留时间太短而造成接受者听觉分辨的困难，也会使接受者的思维无法跟上对方语音的变化。……根据这一理由，我们认为在两汉以前，语与文基本上是分离的"[5]。而且，当时的书写材料、书写工具也不支持汉字快速记录汉语——在龟甲兽骨上刻字是远远追赶不上过耳不留的声音的。

与表音体系的其他语言相比，汉字的特殊性在于，它能够将表音与

---

[1] ［瑞士］费尔迪南·德·索绪尔：《普通语言学教程》，高名凯译，商务印书馆1980年版，第47—51页。

[2] 梁启超：《变法通议·论幼学》，《饮冰室合集》第1册，中华书局2009年版，第180页。

[3] 钱玄同：《〈尝试集〉序》，见胡适《尝试集》，人民文学出版社1984年版，第123页。

[4] 郭锡良：《汉语历代书面语和口语的关系》，见《汉语史论集》，商务印书馆1997年版，第221页。

[5] 刘晓明："语""文"的离合与中国文学思维特征的演进》，《中国社会科学》2002年第1期。

表意结合起来：汉字既可以像表音字母一样记音，又能够独自表意，"对汉人来说，表意字和口说的词都是观念的符号；在他们看来，文字就是第二语言"①，同一套文字体系书写出来的文本可以神奇地偏向语音或偏向语意——白话和文言共用同一套文字体系。汉语的复杂性则在于，口语与文字分属两套符号系统，文字（书面语）内部又分裂出了白话和文言两套系统，口语、白话、文言三者之间的关系是错综复杂的。高友工认为，"中国文字的发展似乎是独立于语言的发展之外，而其形语（或字语）与声语成了两个相通却又对立的系统。从声语的立场看是以声指事，而形可代声；从形语的立场看，则是以形会意，而声可会形。因此中国诗歌传统中口传诗歌与书传诗歌是两个时分时合的传统。"②我们所说的"言""文"并存的时代包含两个层面：第一，分别作为符号的"言"（语音）和"文"（视觉）的并存，但偏向"言"，具体言之，当时社会多数人仍然是只会说（"言"），不识字（"文"）。第二，在"文"的内部，分裂出了"声语"（"言"）和"形语"（"文"），"声语"的核心是"言"，文字记录语言；"形语"不能离开"言"，但通过自己的力量改造"言"，只是这股力量还不够强大，总体上仍然受制于"言"，呈现出"言"偏向。

有了这个特点，这一时期的文学自然既要表现出与"前文字时代"（"言"时代）不同的特点，也要表现出与后期"文字偏向"时代不同的特点。

《诗经》是口传文学的摹本，保留了口头文学的很多特点，音乐性是其中最重要的特点。"重章叠句""复沓""押韵"等都是其音乐性的表现，与我们今天歌曲的歌词有不少相同之处。朱自清先生说："歌谣的节奏最主要的是靠重叠或叫复沓，本来歌谣以表情为主，只要翻来覆去，将情表到了家就成，用不着废话。重叠可以说原是歌谣的生命，节奏也便建立在

---

① ［瑞士］费尔迪南·德·索绪尔：《普通语言学教程》，高名凯译，商务印书馆1980年版，第51页。
② 高友工：《美典：中国文学研究论集》，生活·读书·新知三联书店2008年版，第265—266页。

沿波讨源

这上头。字数的均齐，韵脚的调协，似乎是后来发展出来的。"① "复沓"并非诗人有意为之，而是为了适应音乐的要求。而到了赋，与音乐有关的东西似乎都淡化甚至消失了，以屈赋为例，不仅每篇篇幅远远超过《诗经》，每句字数也远远多于四言，不仅找不到"重章"，也不见了"迭句"，这并非屈原等赋家有意为之，而是远音乐亲文字之必然。新文体的出现，旧文体的逐渐消亡，靠少数几个作者是不可能完成的。即便是天才作家，也不可能独创文体，然后一呼百应，所有文体都是特定环境下符号运用的结果。

如果以辞赋时代为视点，辞赋之前是古诗，天真烂漫，情致深挚；辞赋之后是魏晋六朝，艳丽藻饰，雕词琢句，趣味、风格发生了非常大的变化。这样的变化显然是不可能在很短的时间内完成的，辞赋在这个转变中起到了非常重要的承上启下的作用。不仅如此，这个"承上启下"还非常好地把自身以及"上""下"的特点都很好地展示出来了。朱光潜先生也认为，在从《诗经》的趣味到齐梁的意象中，"转变的关键是赋。赋偏重铺陈景物，把诗人的注意渐从内心变化引到自然界变化方面去。从赋的兴起，中国才有大规模的描写诗；也从赋的兴起，中国诗才渐由情趣富于意象的《国风》转到六朝人意象富于情趣的艳丽之作。汉魏时代赋最盛，诗受赋的影响也逐渐在铺陈辞藻上做功夫，有时运用意象，并非因为表现情趣所必需而是因为它自身的美丽……"② 推动这个转变过程的内在力量是符号，这个转变过程的本质是由"言"到"文"的转变：依附于"言"而产生的一些特点逐渐减少、消失，如前面所说的音乐性；而与"文"相伴的一些特点逐渐萌芽、成长，比如骈句、对偶、声律等，"汉赋句式多整齐，重排偶，辞藻富丽，开骈体文学先河"。③ 总之，在"言""文"并存，偏向"言"的时代，一方面诗歌借助文字从音乐中独立出来，赋由此大兴；另一方面，由于书写媒介的限制，赋仍然主要偏向"言"，具有鲜明的口

---

① 朱自清：《经典常谈·诗经第四》，载《朱自清全集》（第4卷），江苏教育出版社1990年版，第30页。
② 朱光潜：《诗论》，生活·新知·读书三联书店1998年版，第75—76页。
③ 王运熙：《中古文论要义十讲》，复旦大学出版社2004年版，第38页。

头文学性,但到后期,书面文学性有了很大加强。

第三个时期:"言""文"并存,偏向"文"的时代(魏晋—"五四"前)。

前面说过,这个时代的出现与纸张的改进、推广有着直接的关系。造纸技术的改进,纸张生产成本的降低,不仅将人们从繁重的书写工具制作中解放出来,也让人们从艰辛低效的书写活动中解放出来,文字可以较为便捷地记录语言,语言也越来越多地通过文字来表达。纸张的物美价廉和容易获取,不仅为文学训练了大量的作者,也为文学准备了大量的读者。

此一阶段的"言""文"关系发生了变化,"文"的重要性渐渐超过了"言",文学活动也从以前的"唱""听"变为"写""读"。从符号学的角度看,"文"超越"言"是一个具有必然性的过程。索绪尔说:"书写的词常跟它所表现的口说的词紧密地混在一起,结果篡夺了主要的作用;人们终于把声音符号的代表看得和这符号本身一样重要或比它更加重要。这好像人们相信,要认识一个人,与其看他的面貌,不如看他的照片"[1];文字之所以会有这种威望,首先是因为"词的书写形象使人突出地感到它是永恒的和稳固的,比语音更适宜于经久地构成语言的统一性";其次,"在大多数人的脑子里,视觉印象比音响印象更为明晰和持久,因此他们更重视前者。结果,书写形象就专横起来,贬低了语音的价值";再次,"文学语言更增加了文字不应该有的重要性";最后,"当语言和正字法发生龃龉的时候,除语言学家以外,任何人都很难解决争端。但是因为语言学家对这一点没有发言权,结果差不多总是书写形式占了上风,因为由它提出的任何办法都比较容易解决",最终的结果自然就是,"文字就从这位元首那里僭夺了它无权取得的重要地位"[2]。因此,从文字出现的那一天起,就命定地规定了这一天的到来,这是语言的宿命。

偏向"言"还是偏向"文"绝对不仅是言义关系的量的问题,它涉

---

[1] [瑞士]费尔迪南·德·索绪尔:《普通语言学教程》,高名凯译,商务印书馆1980年版,第48页。

[2] [瑞士]费尔迪南·德·索绪尔:《普通语言学教程》,高名凯译,商务印书馆1980年版,第50页。

及的是文化模式、话语权利分配等方方面面的根本问题，孟华教授将"文化"定义为"文字看待它所表达的语言的方式，即言文关系方式"，并且，"一种文字，是以'言'的方式还是以'文'的方式看待自己的语言，本质上就是一种文化编码：'文'的方式与传统、稳定、典籍、精英、雅文化、官方意识形态有关，'言'的方式与现实、变化、面对面交流、大众、俗文化、民间意识形态有关"[①]。到汉末魏初，借助于纸张和毛笔书写，传统的"言本位"被"文本位"替代，中国文学进入到了一个长达千年的超级稳定状态，用索绪尔的理论来解释，这个长达千年的超级稳定状态正是由"词的书写形象"（文字）的永恒性、稳固性、清晰性、持久性决定的。

与第二个阶段一样，我们所说的"言""文"并存主要指的是通过文字表现出来的"言"和"文"，而不包括人们日常的生活话语。"言""文"共用同一套文字系统而又能自成风格，主要得益于汉字的"形声相益"性。汉字既可以是与拼音字母一样的记音文字，也可以在一定程度上脱离语言，成为表意文字。记音时，模拟的是日常语言；表意时，构建了另外一套文系统，二者各自遵从自己的规则和语法，"偏于文字的称之为文法，偏于语言的称之为语法"[②]，郭先生正是从这个角度将文学分为语言型文学和文字型文学的。我们认为，魏晋以后，中国文学是语言型文学和文字型文学并存，但总体上是具有文字偏向的。这一阶段的文学家开始有意发掘文字的特点，在创作实践中充分展现汉字音、形、义三方面的美感，将汉字的美学特点发挥得淋漓尽致，文学也整体上表现出与之前文学不同的特质。

这个时期文学的重要特质都与文字有关，如果仔细考辨，就会发现几乎所有文学特点都源自汉字的特点。通过与前面文学的比较，可以看得更为清楚。比如口语时代文学的特点主要源自音乐和口语；"言"偏向时代文学的特点主要源自口语，文字对其有一定影响；而"文"偏向时代文学的特点则主要源自汉字，口语处于不停的抗争之中。理解汉字才能真正把握这个时期文学的特点。

---

① 孟华：《汉字：汉语和华夏文明的内在形式》，中国社会科学出版社2004年版，第2—3页。
② 郭绍虞：《从文法语法之争谈到文法语法之分》，《学术月刊》1982年第1期。

汉字是音、形、意的结合。《文心雕龙·情采》云："立文之道，其理有三：一曰形文，五色是也；二曰声文，五声是也；三曰情文，五性是也。五色杂而成黼黻，五音比而成韶夏，五情发而为辞章，神理之数也。"刘勰这里虽然讲的是广义的"文"，但与汉字的特点也有暗合，对认识汉字与文学的关系也有启发。郭绍虞先生对此的理解是："此处所谓形文声文，是就广义言者。若就狭义言之，则形文是辞藻修饰的问题，声文又是音律调谐的问题。"①鲁迅在《汉文学史纲要》开篇即谈"自文字至文章"，不仅非常看重文字与文学的关系，对汉字也有非常精妙的议论："昔者文字初作，首必象形，触目会心，不待授受，渐而演进，则会意指事之类兴焉。今之文字，形声转多，而察其缔构，什九以形象为本柢，诵习一字，当识形音义三：口诵耳闻其音，目察其形，心通其义，三识并用，一字之功乃全。"②就"形"的方面而言，汉字的"形"本身就能够带来意味和美学效果："其在文章，则写山曰崚嶒嵯峨，状水曰汪洋澎湃，蔽芾葱茏，恍逢丰木，鳟魴鳗鲤，如见多鱼。故其所函，遂具三美：意美以感心，一也；音美以感耳，二也；形美以感目，三也。"③六朝诗歌虽然多受后人诟病，但从文学尤其是纯文学的角度看，恰恰是根植于汉字，并对汉字的特点做了最充分的发掘，因而自有其价值。六朝诗歌的优点（很多人不认可）及弊端都是过度运用文字的结果。

在一般的文学史观念中，几乎是将骈体与六朝等同起来的，六朝就是骈偶，骈偶就是六朝。骈偶应该是语言的文字性最明显的体现，骈偶的核心是上下句的照应性，这只有视觉型的文字才能够实现；而语言（口语）是线性的，后面语言的呈现必须以前面语言的消失为前提，在语音的自然流淌中，是很难兼顾上下句的照应的。再看看骈偶在各个文学时代的情况就更能说明问题：为什么《诗经》中骈偶少见，汉赋常见，到六朝就蔚为风潮了呢？推动骈偶出现、盛行的内在动力是什么？这与前述"言"时代、"言""文"并存的"言"偏向时代、和"言""文"并存的"文"偏

---

① 郭绍虞：《中国文学批评史》（上册），商务印书馆 2010 年版，第 135 页。
② 《鲁迅全集》（第 9 卷），人民文学出版社 2005 年版，第 354 页。
③ 《鲁迅全集》（第 9 卷），人民文学出版社 2005 年版，第 354 页。

向时代恰好构成了具有对应性的发展脉络。换句话说就是,"言"时代没有文字,因而没有发展出因文字而生的骈偶特征;"言偏向"时代,文字出现了,文字的使用也一步步增加,骈偶也从最初的偶见到后期的常见;"文偏向"时代,文字的形、音、义得到穷尽式的开掘,体现出空前的文字性特征。可见"言"的文字化是骈偶出现的重要动因。可以得到反证的是,五四时期的白话文运动,"白话"意味着又回到了"言"偏向,胡适的文学改良"八事"之中,"不讲对仗"赫然在列,胡适对骈偶的出现给出的解释是"文胜之极,而骈文律诗兴焉,而长律兴焉"[①],与我们的"文偏向"恰好一致。这些对应并非巧合,充分展示了文字对文学发展的内在影响。除了骈偶,还有意象、平仄、对仗、倒装等都是基于文字产生的特点,我们将在后面详细论述。

第四个时期:"言""文""欧化"融合时代("五四"—)。

"言""文"虽然并存,但二者在不同时期的地位并不是对等的,并且存在着长期的权利角逐。"言"是"文"的基础,没有"言","文"终究会枯竭;但"文"对"言"又有着非常强大的控制、改造力量,索绪尔将文字对语言的控制称为"字母的暴虐",由于书写材料、书写工具的限制,在记录语音的过程中,"文字就从这位元首(即语音——引者注)那里僭夺了它无权取得的重要地位"[②]。可以说,任何语言只要有了文字,语言必然被文字控制和改造。对汉字而言,这样的趋向更为强烈一些。但我们同时也不能忘记,"文"始终是以"言"为基础的,"在构建文字的逻辑时,如果不深入研究口语文化,那就会使人的认识受到局限,这是因为文字是从口语文化里浮现出来的,同时又永远、必然地扎根在口语文化之中"[③]。汉末魏初是中国文学发展的一个重要时间节点,从这个时候开始,文字在文学、文化中的重要性开始凸显,8世纪前后,出现了印刷术,印刷文本

---

① 胡适:《文学改良刍议》,《胡适古典文学研究论集》(上册),上海古籍出版社2013年版,第25页。

② [瑞士]费尔迪南·德·索绪尔:《普通语言学教程》,高名凯译,商务印书馆1980年版,第50页。

③ [美]沃尔特·翁:《口语文化与书面文化:语词的技术化》,何道宽译,北京大学出版社2008年版,第58页。

第二章　媒介、符号与中国文学史分期

逐渐成为最重要的知识获取手段，文字的功能得到进一步发挥，运用文字思维的群体和机会越来越多，文字对整个社会的控制进一步加强。这样的控制一直持续到民国时期。

文字虽然可以控制语言，但又无法离开语言，离开了语言的文字注定要成为胡适口中的"死文字"。就在魏晋之后不久，人们就已经发现了过度文字化的弊端，李谔尖锐地指出，"魏之三祖，更尚文词"，认为文学的文字偏向是从"魏之三祖"开始的，并且，过度的文字偏向会造成创作者价值观的扭曲，"忽君人之大道，好雕虫之小艺"，并对社会风气带来严重后果，"文笔日繁，其政日乱"。魏晋以后，从符号学尤其是"言""文"关系的角度看，中国文学（主要是诗歌）始终处在"言""文"斗争之中，"文"对"言"的控制是主线，"言"对"文"反抗是伏脉，具体表现就是一场又一场的文学运动，较为重要的有：元（稹）白（居易）的新乐府运动、宋诗变革、晚明公安派主张、清代性灵派主张以至民国的五四新文化运动，其核心都是要求破除文字对语言的桎梏，恢复"言"在文学中的地位，"言""说""话""口"是上述运动的共同关键词，这非常清楚地表明了中国文学运动的本质，就是"言"对"文"的抗争。有些时段的文学运动被冠以"古文运动""复古运动"的名号，其本质仍然是希望"言""文"重新回到"偏言"的时代，所谓的"古"就是先秦两汉"言"胜"文"的时代。

如果把"文"看作记"言"的技术或工具，借用尼尔·波斯曼的技术、媒介演化阶段论，那么在纸张发明以前是"工具使用阶段"，纸张发明后至汉末是"技术统治阶段"，而魏晋以后则是"技术垄断阶段"。在"工具使用阶段"，文字服从于语言，文字的存在不足以对语言构成威胁；到了"技术统治阶段"，文字对语言发起攻击，试图取而代之，但书写材料、书写工具对文字的攻击性进行了限制，虽然文字的功用越来越重要，但还不能撼动语言；纸张的发明、普及则将文字推向了"技术垄断阶段"，文字具有了绝对的重要性，不仅文化传播、教育、政治等离不开文字，就连日常生活也处处都有着文字的魅影，比如评判一个人是看他是否有"文"化，"文"人在社会中的地位得到显著增强，"言"与"文"的关系

被彻底颠覆。在尼尔·波斯曼看来,"技术垄断是一种文化状态,也是一种心态。技术垄断是对技术的神化,也就是说,文化到技术垄断里去谋求自己的权威,到技术里去得到满足,并接受技术的指令"[1],汉字"言""文"关系的斗争、变化非常好地再现了这一演进过程,文字垄断帝国在中国延续了近两千年。这两千年里,的确有各种各样的变化,但唯一不变的就是汉字的控制力和影响力。

文字与语言构建的系统也类似生物免疫系统,"一切社会都具有生物免疫系统那样的制度和技艺。这些制度和技艺的功能就是维持新与旧、创新与传统、意义与观念紊乱的平衡"[2],物极必反,文字的技术垄断必将遭致语言的反抗。我们认为"言""文"并存偏"文"时代文学最重要的特征就是抗争。从隋唐五代开始,几乎每个朝代都有文学运动,虽然这些文学运动的名称各有不同,但仔细考辨就会发现其中的内在动因就是"言"对"文"的垄断的抗争。以李谔的《上书正文体》为抗争的起点,以1920年9月教育部颁令国民学校一二年的国文从当年秋季起一律改用国语作为取得胜利的标志,其间历经1400余年。在这1400余年间,文字型文学的特点继续保存,并不停地对各个时代新出现的口语型文学进行文字化、文人化;语言型文学则在民间潜滋暗长,并在提倡口语文学的文学家的带动下,既不停冲击文字型文学,也不断滋养文字型文学。

但不得不说的是,他们所期待的回到口传传统的愿望一次次落空了。甚至直到五四白话文运动之后,"言"偏向也更多的是一种口号、策略和希望。究其原因,就是经由文字参与的口语不可能再与《诗经》时代以前的口语一样了,这时的口语叫"白话",是书面口语。"白话"不是自然口语,孟华教授认为:"中国的诗歌从《诗经》起,经过孔子一类文人的'雅言'处理,其真正的口语精神已经被阉割了,自然口语的方音被书面雅音所

---

[1] [美]尼尔·波兹曼:《技术垄断:文化向技术投降》,何道宽译,北京大学出版社2007年版,第42页。

[2] [美]尼尔·波兹曼:《技术垄断:文化向技术投降》,何道宽译,北京大学出版社2007年版,第43页。

取代，人们听到的是字音而不是语音。"① 文字表面上是在记"言"，但对"言"进行了包装，让"言"呈现出文字的面目，实际上遮蔽了"言"。沃尔特·翁提出了"原始口语文化"和"次生口语文化"这一组概念，虽然他所说的"次生口语文化"主要是指以广播、电视、电影等电子媒介为传播渠道的口语形式，但我们认为，用文字记录的口语由于已经改变了原始口语的面貌，也应该归属于次生口语，这一对范畴很好地反映出这两种口语之间的本质与联系。

从五四白话文运动中的"白话"可以看出，这显然是一场追求"言"偏向的运动。在其理论阐释中，胡适始终是强调用"话"来作为判断"文"的标准的，像"话"的是活语言，因而是好的文章；不像"话"的是"死文字"，因而应该被革除。在《建设的文学革命论》中，胡适将"消极的、破坏的""八不主义"改为"积极的主张"，即：第一，要有话说，方才说话。第二，有什么话，说什么话；话怎么说，就怎么说。第三，要说我自己的话，别说别人的话。第四，是什么时代的人，说什么时代的话。这些"积极的主张"落到实处其实就是一个字："话"，文学的创作必须以"话"为标准。文学发展到这里，仿佛完成了一个轮回，最初的文学正是以"话"为工具的，绕了几千年后再次回到了"话"，很有些像青原惟信禅师"看山看水"的禅悟。只是最初的"话"是不知文字为何物时的"话"，胡适的"话"是深受文字浸染不复像"话"的"话"，从"话"到不像"话"的过程，其间没有别的，就是文字参与的过程。

虽然"白话文"是以"白话"为标准，但又毕竟还是"文"，文字的力量依然非常强大，从符号学中的言文关系来看胡适的倡导，它只可能是个无法彻底实现的乌托邦。对"白话文"到底是不是白话的质疑很多，张汉良先生认为："所谓'语体'的白话文，和文言文一样，已经不再是口语，而是被书写过的文字"②；龚鹏程先生更是认为，"'白话文'一词根本是自相矛盾的，白话文就是文言……即使在语汇及语态上可模拟说话，其

---

① 孟华：《汉字：汉语和华夏文明的内在形式》，中国社会科学出版社2004年版，第281页。
② 张汉良：《比较文学理论与实践》，东大图书公司1986年版，第122页。

沿波讨源

文词规律仍是文的，而非语的；是视觉的艺术，而非听觉的美感"①。事实也是如此，以至于在白话文运动之后不久，《民国日报》就收到了读者来信，表达对当时"白话"的不解与不满："现在的白话有两种：一种是纯粹欧法的。虽然合于文法，却是我们本国人看了它，常常的不懂。还有种是纯用中国法的，虽然好懂，却与那真正文法又有不合了。我们究竟应当谁与适从呢？"②再往后，情况更为糟糕，白话并没有像胡适等人期待的那样变得更为好懂，反而成为了"新式的文言，一种假白话，死白话"③。以至于后来需要再次开展一场"大众语"运动来拯救被严重文字化的白话。出现这样的问题，除了文字对语言的禁锢、改造之外，在当时情形下，还有从晚清开始进入中国影响汉语的欧化思潮。

由于欧化的侵入，汉语变得更加复杂了。自从与异族语言接触起，语言就有了"化"与"被化"的可能。历史上汉语与其他语言有过多次接触与交锋，但由于华夏文明优势明显，均能将外来影响"化"于无形。大规模的汉译佛经，并未触动汉语筋骨，反而却化用了异域词汇，丰富了汉语的词汇系统。明末对西方自然科学的译介，主要由外国科学家口授，中国科学家用文言译出，双方"反覆展转，求合本书之意，以中夏之文，重复订政，凡三易稿"④，因局限于自然科学领域，对汉语几乎没有影响。但晚清以来的这一次文化交锋，已不再是昔日颇具大国风范的主动"拿来"，而是既迫不得已又心甘情愿的复杂接受。

欧化的问题首先源自翻译，所以欧化也叫"翻译腔"。自传教士入华传教开始，书面翻译作品就进入到中国。最初，传教士采用的也是当时的官方语言——文言，但很快发现，能够接受、理解文言的只有教育程度较高的士大夫阶层，但这一阶层人数有限，而且为这些儒家思想浸淫日久的人洗脑是一件相当困难的事情。传教士只得改变策略，争取更多普通

---

① 龚鹏程：《文化符号学——中国社会的肌理与文化法则》，上海人民出版社1998年版，第348页。
② 《民国日报》1923年3月9日刊登的一个问题。
③ 南容：《文腔与语言》，《杂志》第14卷第3期，1944年12月10日。
④ ［意］利玛窦：《译〈几何原本〉引》，载罗新璋、陈应年编《翻译论集》，商务印书馆2009年版，第153页。

民众。"初期教会所译《圣经》,都注重于文言。但后来因为教友日益众多,文言《圣经》只能供少数人阅读,故由高深文言而变为浅近文言,再由浅近文言而变为官话土白。"①后来为扩大影响,便于教友理解,又采用了以古白话为基础的老百姓的口头语言来翻译,但毕竟属于不同的语言体系,完全按照"目标语"(target language)的特点翻译,"源语"(source language)中的一些思想无法得到透彻表达,而且如果过于俚俗,会给人层次不高的感觉。在基督教有了一定影响之后,为更准确地传达基督教真义,需要按照源语的一些特点逐字逐句翻译,这样就不可避免地将外语的特点带进汉语中来。据袁进先生考证:"大概在19世纪60年代之后,古白话渐渐退出传教士翻译的历史舞台,欧化白话开始登场。这些译本是中国最早的欧化白话文本,也是最早的白话文前驱。"②这实际反映的是西方传教士从最初的"汉化"到逐渐"欧化"的语言策略。

对中国人自己而言,最初采用的是归化的翻译策略,其实也是"汉化",比如林纾的翻译。林纾用引以为傲的桐城古文功底将西方语言"化"于无形,几乎看不到任何外来语留下的痕迹,其译文"骎骎与晚周诸子相上下"(吴汝伦:《天演论序》),采取了"译须信雅达,文必夏殷周"的高标准。这样的译文虽然既"达"且"雅",但却不过是将西方的故事、语言、思想穿上了一件文言的外衣,没有任何"洋味"。但毕竟语言与语言之间还是有距离的,过于追求"达雅",必然在"信"上有所欠缺,因此出现了不少误译。周氏兄弟正是从这一点开始思考并着手翻译的:"林琴南用古文翻译的外国小说,文章确实很好,但误译很多。我们对此感到不满,想加以纠正,才干起来的。"③周氏兄弟并不赞成林纾的"归化"翻译策略,而改用"异化"的翻译策略,即后来翻译史上聚讼纷纭的"直译""硬译"法,除了"文

---

① 王治心:《中国基督教史纲》,上海古籍出版社2004年版,第254页。
② 袁进:《重新审视欧化白话文的起源——试论近代西方传教士对中国文学的影响》,《文学评论》2007年第1期。
③ 鲁迅:《鲁迅致增田涉信》(1932年1月16日),《鲁迅全集》第14卷,人民文学出版社2005年版,第196页。

句大概是直译的,也极愿意一并保存原文的口吻"①,具体做法是"大抵连语句的前后次序也不甚颠倒"②。不按汉语习惯颠倒西方语言"语句的前后次序",有意保留源语特点,并且试图用这样的语言影响目标语,这正是翻译中的异化策略。当这样的"异化"逸出译作,开始影响汉语时,汉语中便会留下欧化的"踪迹痕"(trace)——是主动地"被欧化"。鲁迅这样做的目的显然不仅仅是为了追求新的行文风格,在与瞿秋白关于翻译的通信中,鲁迅谈及选择这种译法的苦衷和深层原因:

> 这样的译本,不但在输入新的内容,也在输入新的表现法。中国的文或话,法子实在太不精密了,作文的秘诀,是在避去熟字,删掉虚字,就是好文章,讲话的时候,也时时要辞不达意,这就是话不够用,所以教员讲书,也必须借助于粉笔。这语法的不精密,就在证明思路的不精密,换一句话,就是脑筋有些胡涂。倘若永远用着胡涂话,即使读的时候,滔滔而下,但归根结蒂,所得的还是一个胡涂的影子。要医这病,我以为只好陆续吃一点苦,装进异样的句法去,古的,外省外府的,外国的,后来便可以据为己有。③

有着良好古文功底,自如运用文言的周氏兄弟,用这样翻译方法译出的《域外小说集》,其"译文实在很不漂亮",两集总共只卖出 40 本,但这背后潜藏的却是他们对汉字、汉语的担忧以及着手改造汉语的良苦用心。"欧化文法的侵入中国白话中的大原因,并非因为好奇,乃是为了必要。……固有的白话不够用,便只得采些外国的句法。"④可见,他们不是

---

① 鲁迅:《苦闷的象征·引言》,《鲁迅全集》第 10 卷,人民文学出版社 2005 年版,第 257 页。
② 鲁迅:《出了象牙之塔·后记》,《鲁迅全集》第 10 卷,人民文学出版社 2005 年版,第 271 页。
③ 鲁迅:《关于翻译的通信·瞿秋白的来信》,《鲁迅全集》第 4 卷,人民文学出版社 2005 年版,第 391 页。
④ 鲁迅:《玩笑只当它玩笑》(上),《鲁迅全集》第 5 卷,人民文学出版社 2005 年版,第 548 页。

像后世一些人或因力有不逮而欧化，或为求新求异而欧化，或为欧化而欧化，他们是主动地、有意识地选择欧化。

封闭多年的汉字与汉语，与别的完全不同的语言相遇，既是挑战，也是机遇。我们应该做的是扬长避短，相得益彰，而不是自甘落后，全盘欧化。后来的一些人，要么是由于"母舌生疏"，要么是炫耀洋味，文章中大量出现生硬拗口的句式，令人不堪卒读，成了瞿秋白所说的"非驴非马的骡子文""不人不鬼的新文言"。本来是"白话文运动"，变成了"欧化文运动"，不仅"毁坏了文艺上语言的生命，更叙饰辞藻，非得一句句弄得迂回曲折，词不达意，甚且至于不通和可恶的地步"。白话文运动的初衷是希望语言摆脱文字的羁绊，还原语言的口语色彩，但欧化对汉语文法的侵入，再次将汉语拉回到偏重文字的轨道，以至于白话变成了"新式的文言，一种假白话，死白话"[①]。这种欧化的"白话"盛行一时，比文言更远离老百姓的口头语言，既听不懂也读不懂，根本不像"话"，"实际上只是一种新式文言，除去少数的欧化绅商和摩登青年而外，一般工农大众，不仅念不出来听不懂，就是看起来也差不多同看文言一样吃力"[②]。如果说普通话与我们的口语多少还有一些联系，还能够成为更为广泛人群的交际工具，带有明显的汉语特点，而作为书面表达的现代汉语则受到了欧化的强力冲击，深深地打上了异族语言的烙印。

也正是因为这个原因，不少人将现代汉语和欧化等同起来，认为"现代汉语的形成从根本上是西方文化侵入的结果，……从语言的思想层面上说，五四之后所形成的白话语言体系即现代汉语，本质上是一种欧化的语言"[③]。但笔者对高玉先生将现代汉语定性为"欧化的语言"不敢苟同，根本原因在于：第一，汉字仍然存在，虽然更偏向于"声"，但汉字仍然还不是和表音字母一样的文字，而印欧语言区别于汉语最重要的因素在于其为表音文字。第二，在某一个阶段，欧化可能表现出占据语言优势的情

[①] 南容：《文腔与语言》，《杂志》第14卷第3期，1944年12月10日。
[②] 寒生：《文艺大众化与大众文艺》，见文振庭《文艺大众化问题讨论资料》，上海文艺出版社1987年版，第86页。
[③] 高玉：《现代汉语与中国现代文学》，中国社会科学出版社2003年版，第57页。

况,但语言尤其是汉语有着强大的"自洁"功能,那些与汉语不相容的"泥沙"终究会沉淀下去。第三,欧化进入的更多是白话文,对普通话和日常口语(方言)的影响相对要小得多。从语言和文字的关系看,文字是离不开语言的,受欧化影响较轻的口语会反过来改变白话文。

在被欧化之前,汉语中的白话就一直存在并活跃在我们的书籍中。晚清以来,中国人要借西方思想改造旧思想,西方希望到中国宣扬西方思想,保守的、承载了大量传统思想的文言系统显然不是合适的改造思想的工具,直接用西方语言传递西方思想又不可能,于是重任就历史性地落到了白话身上。代表求新求异的白话与代表新思想新气象的印欧语暂时结成了"同盟",二者的"合谋"和"合流"将文言推下了历史舞台。

我们必须意识到,现代汉语绝不等同于欧化,但我们也不必对欧化充满敌意。创造了高度文明、具有极大包容性的汉语是不会被化于无形的,其实,白话对欧化也有一个"白话化",即"化欧"的过程。正如贺阳所观察到的,"绝大部分的欧化语法现象也都是在这个时期内("五四"到20世纪40年代)产生并流行开来的"[1]。也就是说,这个时期最为重要的欧化现象都已完成。如果说"五四"至20世纪40年代是汉语被"欧化",那么,20世纪40年代以后至今,汉语都处在一个"化欧"的过程中。我们相信,若干年后,现代汉语不再是"欧化"的语言,而是"化欧"的语言。余光中先生1979年就撰文指出:"白话文去芜存菁,不但锻炼了口语,重估了文言,而且也吸收了外文,形成了一种多元的新文体。"[2]四十年过去了,这个"多元的新文体"又已经有了长足的进步。以小说为例,当下不少小说家语言的欧化腔调已大为减少。

注意到这一点,同样具有很强的文学意义。前些年,无论是小说、诗歌还是文学批评,语言中的欧化现象都十分明显,有些是因为缺乏文字训练,翻译时力有不逮造成的;有的则故意欧化,以示"现代",造成了一些作品不堪卒读。如果既承认欧化对汉语改造的良性作用,同时又反对"现代汉语即欧化"的观念,适当控制欧化的范围与幅度,就一定能够打

---

[1] 贺阳:《现代汉语欧化语法现象研究》,商务印书馆2008年版,第23页。
[2] 余光中:《余光中谈翻译》,中国对外翻译出版公司2002年版,第99页。

造高品质的"国语的文学,文学的国语",而不是"非驴非马"、洋腔洋调现代语言和现代文学。

总之,这一时期的语言是"言""文""欧化"等众多因素融合在一起的语言,文学作品也呈现出非常明显的混杂性和多样性。

我们期望本书能够进入到文学的内部,暂时排除影响文学流变的外部因素——虽然这些因素十分重要,但在我们看来,个别文学家甚至某种思潮对文学的影响与推动文学发展的内在力量相比是微不足道的。我们从来不否定人的重要性,只是认为人的重要性的发挥是有前提的,本书主要是试图找到影响文学发展的前提。所谓"文学的内部"就是首先将文学创作过程当作符号的运作过程。希利斯·米勒认为"文学利用了人是'使用符号的动物'这一特殊潜质",而所谓"符号",其实主要就是文字,因此,"文学利用了文字的这个奇特力量——当根本不指称现象世界时,仍能继续具有指称能力。用让·保罗·萨特奇特的术语来说,文学利用了文字的一种'非超验'(non-transcendent)特点。萨特此话的意思是,一部文学作品中的文字并不超越自己,指向它们提到的现象界事物。在以这种虚构方式运用的最简单词句中,就凝聚着文学的全部力量。"[①]

文学的形式是由符号决定的,比如在没有文字符号的年代,诗歌一定只能呈现出口语的特征,不可能出现讲究平仄对仗的律诗;反过来,律诗也只可能出现在人们对文字有了游戏的兴趣之后,并且,有了文字之后,任何写作也不可能重返纯正的口语。其他文体的出现顺序同样受制于符号。文学变动的背后是符号的变动,对汉语文学而言,更准确地说,是言文关系的变动,因此,从言文关系来为中国文学分期就有了理由和可行性。符号体现为言文关系。既然是"关系",就意味着符号也是变动的。书写材料和书写工具是推动符号变动的物质力量,也是最根本的力量。文学成为"写作",前提一定是有了书写材料和书写工具。当书写材料和书写工具变更为我们今天所使用的键盘和显示器的时候,文学也必然发生翻天覆地的变化:创作方法发生了变化、文学形式发生了变化,尤其重要的

[①] [美]希利斯·米勒:《文学死了吗》,秦立彦译,广西师范大学出版社2007年版,第24—26页。

是，文学的作用和意义发生了变化，以至于希利斯·米勒预言："技术变革以及随之而来的新媒体的发展，正使现代意义上的文学逐渐死亡"。[①] 米勒的预言今天正在变成现实，这充分证明了技术变革（广义的，比如沃尔特·翁等人将文字也视为技术）和媒体（书写材料、书写工具）对文学的影响。米勒的预言同时也是对过去历史的总结，人类历史上还出现过多次"技术变革"和"新媒体的发展"，它们也曾经使此前的文学"逐渐死亡"，然后在新技术、新媒体中涅槃重生，演化出新的文学形式。任何的"史"，都既是结束，也是开始，口传诗歌结束了，文字型的诗歌开始了；诗结束了，词开始了；词结束了，曲开始了；曲结束了，话剧开始了。我们的文学史分期也是在这个意义上进行的。就今天而言，米勒说："印刷的书还会在长时间内维持其文化力量，但统治它的时代显然正在结束。新媒体正在日益取代它。"[②] 既然一段历史的结束是由技术变革和新媒体等物质力量决定的，我们就完全没有必要沉溺于过去而不能自拔，而是应该张开双手拥抱电子书写时代。

---

① ［美］希利斯·米勒：《文学死了吗》，秦立彦译，广西师范大学出版社2007年版，第16页。
② ［美］希利斯·米勒：《文学死了吗》，秦立彦译，广西师范大学出版社2007年版，第17页。

第三章　媒介、符号与中国诗歌体裁的嬗变

　　文体是个包含很广也很有争议的范畴，最早的有曹丕的《典论·论文》，认为"文非一体，鲜能备善"，表明了文体的多样性，具体言之，则是"奏议宜雅，书论宜理，铭诔尚实，诗赋欲丽"，即所谓"四科八体"；陆机《文赋》则提出了"十体论"："诗缘情而绮靡，赋体物而浏亮，碑披文以相质，诔缠绵而悽怆，铭博约而温润，箴顿挫而清壮，颂优游以彬蔚，论精微而朗畅，奏平彻以闲雅，说炜晔而谲诳"，对每一体的特征都做了说明；颜延之则对文体进行了分类，将所有文体分为三类：言、文、笔，大体上是不讲文采的叫"言"，有韵的叫"文"，无韵的叫"笔"；刘勰在《文心雕龙·总术篇》对此进行了进一步的明确，"今之常言有文有笔，以为无韵者笔也，有韵者文也"。《文心雕龙》中有 10 篇是论有韵之文的，依次为《明诗》《乐府》《诠赋》《颂赞》《祝盟》《铭箴》《诔碑》《哀吊》《杂文》《谐隐》，其中也不全是韵文，有的是韵散相杂；论笔之文 10 篇：《史传》《诸子》《论说》《诏策》《檄移》《封禅》《奏启》《议对》《书记》，从这个分类可以看出，前人所论的文体不是我们今天意义上的文学的体裁，而是广义的文章的体裁，其中一些可归为今天的公文写作，或应用文写作，算不上正宗的文学。

　　文学的"文"，除了表示与"文字"相关，还应有"纹饰"之意。孔子云："言之无文，行之不远"，如果认为"有韵者文也"，则"言之有文"即"言之有韵"，"韵"是语言之"文"（纹）的具体表现，尤其在文字出现以前和文字初出之时，韵对"言"之"行远"至为关键。"韵"与"文"

沿波讨源

是如何产生联系的呢？这与当时的媒介条件、符号情况是紧密相连的：由于没有便捷的固定手段和传播媒介，"言"只能口耳相传，但过耳不留的声音很容易发生偏离和错误，声音的传播空间有限，人脑的记忆容量也有限，为了补救"言"的这些缺陷，就必须增强"言"的存在感，用"韵"对"言"进行包装，可以一定程度上减少记忆误差。鲁迅先生在《汉文学史纲要》中说："巫史非诗人，其职虽止于传事，然厥初亦凭口耳，虑有愆误，则练句协音，以便记诵"[1]，所谓"练句协音"就是"韵"，就是"文"，而其出现正是因为最初的"传事"是"亦凭口耳"的，这完全是出于适用的目的，而不是后世所认为的为了追求美感。

西方无文字时代的文学表现出的特点与此类似，前已引用分析，此不赘述。文字出现初期，受书写材料、书写工具的限制，有韵成为"文"的显著特征："文字既作，固无愆误之虞矣，而简册繁重，书削为劳，故复当俭约其文，以省物力，或因旧习，仍作韵言。"[2] 不管是"言"之有"文"还是"文"之有"文"都与"韵"密切相关，即所谓"有韵者文也"。另外，除了与"韵"有关外，最初的"文"还含有藻饰的意味，《易》曰："物相杂，故曰文"，表明"文"是多要素的组合；《说文解字》曰："文，错画也"，认为"文"是对多个要素的有意的安排，达到某种效果，总之，"凡所谓文，必相错综，错而不乱，亦近丽尔之象"；至于将"文"理解为"会集众彩以成锦绣，会集总字以成辞义，如文绣然也"（刘熙：《释名》），则已经非常接近我们今天对文学尤其是诗歌的理解。

但文学并不仅限于"有韵"，无韵之"笔"也有可能是文学，有韵无韵主要是形式上的判断。从"筆"字构形可以看出，作为文体的"笔"已经是与文字相关的书写行为。笔的出现解决了"言"需要借助"韵"以达到记诵目的的问题，文章可以凭借文字以行远，韵的重要性有所降低，萧绎《金楼子·立言篇》云："笔，退则非谓成篇，进则不云取义，神其巧惠，笔端而已"，从不"成篇"、不"取义"、不"巧惠"可以看出，最初的"笔"还不是文学活动，没有构思，没有技巧，只是将"言"诉诸笔端

---

[1] 《鲁迅全集》（第9卷），人民文学出版社2005年版，第355页。
[2] 《鲁迅全集》（第9卷），人民文学出版社2005年版，第355页。

而已。而"文"就不同了："至如文者，惟须绮縠纷披，宫徵靡曼，唇吻遒会，情灵摇荡"，则完全是创作、加工、刻意安排的结果。具体言之，"诗"是"文"，而章奏则属于"笔"，"不便为诗如阎纂，善为章奏如伯松，若是之流，泛谓之笔"，从中可以看出，"笔"主要是指不以文采为追求的应用文体。后世又有人将"诗""笔"或"辞""笔"对举，但不管怎样，从狭义的角度看，文、笔殊异；从广义来看，文、笔又皆可称文。在中国传统观念里，诗歌才是文学的正宗，现代意义上的小说、戏剧等都出现较晚，加上篇幅有限，本书也只探讨媒介、符号对汉语诗歌体裁流变的影响。

第一节　乐诗："言"对"乐"的倚重

我们认为，最早出现的文学体裁是"乐诗"。所谓"乐诗"，其实也可以叫"言诗"，即所运用的符号主要是"言"（口语），具有很强的声音属性，往往与"乐"有很紧密的联系，或者说，往往需要借助"乐"才能发挥其艺术功能。文字出现后，"言"并没有消失，以"言"为中心的艺术也一直存在着，四言、乐府诗、词、曲等都是言诗的代表。

通过对世界各地早期艺术形式进行考察可以发现，歌、乐、舞三种形式最初往往是融合在一起的，对于三者的出现顺序及关系，古代典籍却有着不同的推论：分别有"乐先"论、"舞先"论和"诗先"论。《乐记》是"乐先"论的代表："故歌之为言也，长言之也。说之故言之，言之不足故长言之，长言之不足故嗟叹之，嗟叹之不足，故不知手之舞之足之蹈之"，结合前面的"三者本于心，然后乐气从之"，可以很明显地看出，《乐记》认为，"乐（歌）"在"诗"（"言"）"舞"之前，"乐"是这项综合艺术的核心，心中之"志"首先是通过"乐"来传达和实现的。

而据《吕氏春秋·古乐》记载："昔葛天氏之乐，三人操牛尾，投足以歌八阕：一曰载民，二曰玄鸟，三曰遂草木，四曰奋五谷，五曰敬天常，六曰建帝功，七曰依地德，八曰总禽兽之极"，又可以看出似乎是"舞"在"乐"先。这与古希腊的舞蹈、音乐、诗歌的出现顺序是一致的，

沿波讨源

朱光潜先生认为古希腊的这三种艺术也是"三位一体的混合艺术",都源于酒神(Dionysus)祭典,三者的关系是,"主祭者和信徒们披戴葡萄及各种植物枝叶,狂歌曼舞,助以竖琴(lyre)等各种乐器",然后再"从这祭典的歌舞中后来演出抒情诗(原为颂神诗),再后来演为悲剧及喜剧(原为扮酒神的主祭官和与祭者的对唱)"[1],显然是以"舞"为核心的艺术。

《毛诗序》的观点与《乐记》《吕氏春秋》有所不同:"诗者,志之所之也。在心为志,发言为诗。情动于中而形于言,言之不足故嗟叹之,嗟叹之不足故永歌之,永歌之不足,不知手之舞之,足之蹈之也","志"的直接呈现形式是"诗"("言"),"言之不足"才借助于"歌","歌之不足"再借助于"舞"。三者顺序之不同,除了论者立论角度殊异之外,还因在《毛诗》时代,《诗经》已经是文字写本,差不多已经从"乐""舞"中独立出来,因此在毛公等人眼里,"诗"首先是"言"。既然是"三位一体的混合艺术",明辨三者孰先孰后自然不是件容易的事情,具体到每件作品,情况又有所不同,有的可能是"乐"先,有的可能是"舞"先,有的可能是"诗"先。真正重要的倒是为什么诗、乐、舞需要融合在一起而未能独立。为了将最早的诗歌与后来的诗歌分开,我们将文字出现以前的诗歌称为"乐诗"。"诗歌"这一名称其实已经反映出了"诗"的音乐性("歌"),但我们今天使用这一名称时,已经没有"歌",只有"诗"了。只能"歌"的诗与不"歌"的诗是完全不同的两类诗,严格来说,已经是两种文体:媒介不同,符号不同,创作、表演方式不同。我们这里用"乐诗"这个术语,是想强调它与后来的"文诗"在媒介运用、符号使用、创作方式、思维方式、呈现方式、接受效果等方面都是不同的。在本研究的视域里,"乐诗"与"诗"并不是相同的范畴。

所谓"乐诗",就是强调"诗"与"乐"的不可分离,不管是先有"诗"还是先有"乐"。最初的"诗"之所以需要"乐",《毛诗序》已经解说得很清楚,这里的"言"就是诗,也可称作"言诗"。最初的"言"由于缺少文字的辅助,虽质朴但单调,因此需要借助"嗟叹""永歌""舞

---

[1] 朱光潜:《诗论》,生活·读书·新知三联书店1998年版,第9页。

第三章 媒介、符号与中国诗歌体裁的嬗变

之""蹈之",方能更好地抒发感情。这就说明对最初的诗而言,音乐性才是最重要的特性。清水茂先生在谈到《诗经》的"音乐性"时认为:"《诗经·小雅》里有题无诗的《南陔》《白华》《华黍》《由庚》《崇丘》《由仪》诸作,其乐曲即用于《仪礼》的各种典礼。《仪礼》典礼上所演奏的乐曲中,还有不少留下了歌词的作品。但小序所谓'其义有,其辞亡'的上述六篇之所以收入《诗经》,与其说因其有'义',不如说因为它们只是作为笙曲流传下来,《诗经》才仅列其标题的。由此似乎可以说,《诗经》不仅是采集歌词的书,同时也是采集乐曲的书。《诗经》首篇《关雎》由师挚演奏,就曾使孔子洋洋盈耳,不能自已。在《仪礼》中,《关雎》也是合乐的曲子之一。《诗经》的诗,即大序所说的'永歌',故可知弦歌乃其本质。"① 正因为后来有了文字,"诗三百"的歌词才得以记录下来;而由于没有在较早年代创制出记录音乐的符号,这些乐曲最终都亡佚了。

在"言"时代,从符号的角度看,只有语言没有文字,当然也不可能有书写。因为没有书写,语言的记忆就成为难题,"厥初亦凭口耳,虑有愆误,则练句协音,以便记诵"②,诗歌就只能借助"乐""舞"流传。在分析文学起源、文体流变时,我们始终都将媒介、符号作为首先考虑的要素。正是由于媒介、符号的限制,早期乐诗大多早已亡佚,所余不多,《诗经》是中国最早的诗歌总集,我们只能通过文字版的《诗经》来对口头形式的乐诗一窥究竟。

这里有必要重申我们对《诗经》的看法:《诗经》并不是创作的文本,而是口头创作、口头流传作品的文字摹本。我们要特别注意:"在'写'一个文本和'写下来'一个口头流传的文本之间,存在着非常重要的区别。"③《诗经》是口头作品的记录这个推断,可以从它不同版本里的大量同音异形字得到证明。没有完善的确定字音的系统,汉字一字多音现象十分普遍,同一个音很容易被不同的人理解为不同的意义,加上方音、口音

---

① [日]清水茂:《清水茂汉学论集》,蔡毅译,中华书局2003年版,第211—212页。
② 《鲁迅全集》(第9卷),人民文学出版社2005年版,第355页。
③ [美]宇文所安:《他山的石头记——宇文所安自选集》,田晓菲译,江苏人民出版社2006年版,第8页。

沿波讨源

等的影响，同一个音还会表现出不同的面貌，这样的现象在非拼音字母的汉字中尤其突出，古典文献的版本问题很多都是由汉字一字多音的特点造成的。

另外，《诗经》中几乎没有一首诗可以找到明确的作者，这也是它是口传文学的证据之一。不仅是过去，即便是现在，口头形式的民歌风谣大多都找不到作者，当代作家蒋子龙曾经说过："最令我不解的是，这些年听了那么多顺口溜，简直可以车载船装，却从未碰到一个作者。在盗版盛行、版权纷争不断的今天，竟没有一个人站出来抢顺口溜的版权。"[①]这与《诗经》里的作品都找不到作者何其相似！但这并不奇怪，"顺口溜"三字就可以看出它口传的特点，世界各个民族早期的口传作品大多是找不到作者的。集体性、参与性是口头文化很重要的表征，作品首先就是在集体场合出现，不会出现有人预先创作，然后再公之于众的情形；另外，作品具有很强的开放性和未完成性，任何人都可以继续参与作品的完成过程，因此，口传文学很难找到明确的作者。不仅《诗经》如此，后世其他偏向口传的作品同样也有这个特点，《西游记》《水浒传》《三国演义》的作者至今仍有很大争议，其中的主要原因也是他们都是"说书"的产物，"说书"不就是口传吗？虽然也有一些文字底稿，但最后的定本却是一代代说书人添加、补充、继续创作共同完成的，这些作品成于公共场合而非书斋，公众参与度高，因此很难找到，甚至根本就没有确定的作者。从这个意义上讲，"诗三百"中没有一首可以找到明确的作者，就不难理解了，"这为我们呈现了一种可能性，就是《诗经》没有一个'原始'的文本，而是随着时间流逝缓慢地发生变化的一组文本，最终被人书写下来，而书写者们不得不在汉语字库当中艰难地寻找那些符合所听到的音节的字——而那些章节往往是他们所半懂不懂的。这种现象告诉我们：《诗经》不属于文学史中任何一个特殊的时刻，而属于一个漫长的时期。"[②]现代的文学创作一般是公开（发表）时就定了型，很难有大的改动，即便是改动，也是作者本

[①] 蒋子龙：《现代"民谣"》，《经营与管理》2003年第5期。
[②] ［美］宇文所安：《他山的石头记——宇文所安自选集》，田晓菲译，江苏人民出版社2006年版，第8页。

人所为，他人无权对作品内容进行处置。口传作品则不然，作品的首次面世只是一个引子，会引发较大的改动甚至是再创作，作品始终处在未完成的状态，每个人都可以成为作品的再创作者，直到被文字固定下来。

在文字出现以后，口传作品得以用文字记录，而记录的过程也是口语作品文字化的过程。由于汉字是"形声相益"的，既可表意，也能拟声，因此可以在一定程度上再现口语，口语及口语诗歌的一些特点也能通过文字留下踪迹。但记录过程同样是利弊各半的"双刃剑"：它一方面可以将那些变动不居，具有超不稳定性的语音固定下来，使其以相对稳固的形象呈现，也更便于学习、传承；但另一方面，文字毕竟不能完全再现语音，方言、口音、语气、腔调、轻重、长短、缓急等都无法在文字上面体现出来，它们在文字固定语音的过程中必然遭受很大损失，而且无法还原。"书面文化消耗它的口语先驱，如果不仔细监控，它甚至可以摧毁'口头记忆'。所幸的是，书面文化又有无穷的适应能力。它还可以帮助我们恢复'口头记忆'"；我们的确不可能再亲耳聆听远古的那些演唱，但文字的表音能力会将口头记忆保存下来，指引我们想象那些场景，"口语的套语式思维和表达深深地锚泊在意识和无意识之中，一旦被用于笔端，它们就不会消逝"[1]。因此，通过《诗经》的文字摹本，我们可以还原并再现其作为"三位一体混合物"的乐诗的风貌。

朱光潜先生不仅是美学家，而且也是艺术史家。他认为，口传的诗歌，即便是在诗歌独立之后，"在形式方面，仍保存若干与音乐、舞蹈未分家时的痕迹"，《诗经》的音乐性主要表现为这样几个特点：

一是重章迭句，包括重叠和迭句。"重章叠句"大概是每个学习《诗经》的人听到的最多的概括，有句的重叠，有章的重叠，这也是早期诗歌口语性与音乐性最明显的表现。"这种重叠在西方歌谣中也常见。它的起因不一致，有时是应和乐、舞的回旋往复的音节，有时是在互相唱和时，每人各歌一章"；而"迭句"则是"一诗数章，每章收尾都用同一语句"，朱先生举例说明古今中外口传诗歌概莫能外，"此格在西文诗歌中更普遍，

---

[1] ［美］沃尔特·翁：《口语文化与书面文化：语词的技术化》，何道宽译，北京大学出版社2008年版，第18页。

在现代中国民歌中也常看见。例如《凤阳花鼓歌》每段都用'郎底郎底郎底当'收尾。绍兴乞歌有一种每节都用'顺流'二字收尾。原始社会中群歌合舞时，每先由一领导者独唱歌词，到每节收尾时，则全体齐唱'迭句'。希腊悲剧中的'合唱歌'（choric song）以及中国旧戏中打锣鼓者的'帮腔'与'迭句'都很类似"[1]。重章迭句同样不只是修辞问题，而是受制于口语特性的必然选择。西方学者在对荷马史诗的研究中，发现不识字的荷马在"创作"时"铺张地使用套语"，并"广泛地使用预制构件"，这当然也是一种重复，并且这样的重复同样是一种受制于语言和音乐的不得已的做法，"准确重复口传材料不是在仪式化的语境中形成的，而是在独特的语言和音乐约束下产生"[2]。

二是诗句中有大量没有实在意义的语气助词和衬字。《诗经》中"兮"字、"将"字等语气助词出现频率非常高，语气助词当然是口语化的典型表现。除了语气助词外，还有大量不具语气表达功能的词，朱光潜先生将其称为"衬字"，它们不仅没有实在意义，也不表示语气，如《伯兮》中"其雨其雨，杲杲出日；愿言思伯，甘心首疾"中的"其""愿""言"等就是如此。"衬字"的作用，"在文义上为不必要，乐调曼长而歌词简短，歌词必须加上'衬字'才能与乐调合拍"[3]。如果说语气助词是因口语而生，衬字则完全是因音乐而起了。与后起的文人诗歌对比一下，这个特点就更明显了，从文人五言诗开始，除非刻意模拟口语诗歌，语气助词和衬字都大为减少，甚至几乎没有了。这也是口语诗歌与文字诗歌各自的特点。"由于早期诗歌可能有极强的音乐成分（包括咏叹的朗诵调），音乐的成分名正言顺地控制了节奏的发展；这反而予语言的成分以相当的自由。"[4]

三是"章句的整齐"。虽然除了四言，《诗经》中还有二言以至九言的句子，但绝大多数仍然是四言格式。为什么需要在章句上做到整齐呢？

---

[1] 朱光潜：《诗论》，生活·读书·新知三联书店 1998 年版，第 12—13 页。
[2] ［美］沃尔特·翁：《口语文化与书面文化：语词的技术化》，何道宽译，北京大学出版社 2008 年版，第 47 页。
[3] 朱光潜：《诗论》，生活·读书·新知三联书店 1998 年版，第 13 页。
[4] 高友工：《美典：中国文学研究论集》，生活·读书·新知三联书店 2008 年版，第 197 页。

第三章 媒介、符号与中国诗歌体裁的嬗变

原因在于:"诗歌原与乐、舞不分,所以不能不牵就乐、舞的节奏;因为它与乐、舞原来同是群众的艺术,所以不能不有固定的形式,便于大家一致。如果没有固定的音律,这个人唱高,那个人唱低,这个人拉长,那个人缩短,就会嘈杂纷嚷,闹得一塌糊涂了。……诗歌的整齐章句原来也是因为应舞合乐便于群唱起来的。"① 新诗运动就是所谓白话诗运动,虽然是文字时代的产物,但以模拟口语为重点,可章句却不整齐了,其中一个原因正是白话诗不再需要合乐。

四是"韵"的运用。由于文字型诗歌也讲"韵",并且非常严格,似乎不能证明"韵"是因口语、音乐而起的特点。但要注意的是,口语诗歌押的是语言的韵,是对语音的自然运用。而文字诗歌押的是文字的韵,是对字音的处理,遵循的是各类韵书的规定。口语诗歌的"韵"与音乐的关系尤为密切:"诗歌在原始时代都与乐舞并行,它的韵是为点明一个乐调或是一段舞步的停顿所必需的,同时,韵也把几段音节维系成为整体,免致涣散。……诗歌的韵在起源时或许是应和每节乐调之末同一乐器的重复的声音。"② 韵的本质也是重复,是尾音的重复,这个重复是对应并服从音乐结尾乐器的重复的,这更加证明"乐诗"中"乐"的影响。

并非巧合的是,上述特点在以文字为媒介创作的诗歌里竟然全都神奇地消失了,魏晋以后的文人诗里基本上找不到这些元素了。以与口语诗相隔最近的文人五言诗为例,里面再也没有重章叠句、衬字以及自然的韵尾了,这样的突变显然不是政治更迭所致,也不可能是文人集体性地有意为之,只可能是因为符号、工具等发生了重大改变。文字改造并替代了口语,诗歌创作的符号不再是口语,因口语而生的特点就不复存在了,出现的是因文字而生的新的特点。口语也不再借助、依赖于音乐,转而依赖文字,诗歌因音乐而生的特点也就消失了,转而带上了文字的特点。这些特点在现代诗歌里可以看得很清楚。现代诗歌用的语言虽然是白话,但这个白话与早期纯粹的口语是不一样的,是用文字表现的"拟白话"。虽然叫"白话",但不是说出来而是写出来、借用了文字的白话。因为借用了

---

① 朱光潜:《诗论》,生活·读书·新知三联书店1998年版,第14页。
② 朱光潜:《诗论》,生活·读书·新知三联书店1998年版,第15页。

文字，白话诗歌的口语性、音乐性特点同样不复存在：没有了重章叠句，没有了可有可无的衬字，没有了整齐的句式、整齐的段落，甚至没有了"韵"。这样的对比是可以看出符号对文学体裁的巨大影响力的。任何天才诗人的创作，都必须服从于所使用的语言符号，"不是人说话，而是话说人"，不是诗人改造语言，而是语言塑造诗人——前文字时代的诗人是不可能写出律诗的！

文字的出现对文化、文明、文学等的影响都十分巨大，但不可否认的是，文字并不能完全替代语言，在日常生活中，在没有受过教育的人群中，没有受到文字影响或影响不深的口语仍然是主要的交际媒介和符号，也仍然有大量的以这样的口语创作的文学作品。以"言"为创作符号的"乐诗"在文字时代仍然有很大的存在空间。

"乐府诗"虽然是诗之一种，但从名称可以看出其与音乐的密切联系。据考证，秦代已有乐府，汉承秦制，惠帝时有"乐府令"之职位，到了武帝时，乐府规模得到很大扩展，具有了包括制定乐谱、训练乐工、搜集民歌及制作歌辞等多项职能，可见乐府的确是以音乐为职事的，今天所言的"乐府诗"只是音乐的歌词而已。宋代郭茂倩所编《乐府诗集》将从西汉到唐代的乐府诗分为十二类，而汉乐府的主要是四类，即郊庙歌辞、鼓吹曲词、相和歌辞和杂曲歌辞，其中"鼓吹""相和""杂曲"都要么是乐器的名称，要么是乐曲的名称，将歌辞与音乐形式更为紧密地联系在一起。

诗歌上的"乐府"有时专指"乐府民歌"，在中国文学语境里，"民歌"有时凸显的正是一种与文化、教育有一定距离的原生态，从符号学的角度看，民歌所使用的创作符号也是口语。但乐府的歌词与《诗经》里的歌词却有着一定区别，比如，没有那么多的重章叠句，且章句也不像《诗经》诗句那样以四言为主，而是并无规律的杂言。我们认为，这是因为《诗经》里的歌词是以音乐为先，歌词服从音乐的节奏；而乐府中的民歌则是以歌词为先，采入府中再为之制曲——这也是乐府的主要职能。另外，《诗经》里的音乐可能主要是在较为正式的场合演唱，在多次排练演唱中进行了较为细致的加工；而乐府民歌采自民间百姓之口，最早很有可能是清唱，具有更强的个人性、随意性，因而体现为杂言，"它的杂言体诗完全是自由灵活的,爱怎么写就怎么写,一篇之中从一二字到十来字的都有。应该说,民歌的作者,只是按照内容的需要写诗,并不是有意要写成这样,也就是说,并不是有意要创造一种新的诗型"[①]。(附注:颇有意思的是,读完这一段,我们发现本书一直强调的书写材料、书写工具的问题在这里再一次被忽视:"爱怎么写就怎么写""作者""有意写成这样",将那个纸张几乎都还没有出现的年代的诗歌创作想象为与我们今天一样)类似有些少数民族地区的山歌。

词与曲同样也是与音乐联系密切的诗歌体裁,其核心仍然是口语性——没有文字凭依的口语与音乐具有天然的亲缘关系,因此,早期的没有文人参与的词和曲都是口头语言的产物。最初的词与乐府关系甚为密切:"唐人乐府,初循汉魏小乐府五言,若《子夜》《欢闻》《前溪》《读曲》诸歌;既循齐梁乐府七言,若《挟琴歌》《乌栖曲》诸辞。故其体率为绝句,……是即乐府,亦即词也。故宋元人遂沿称词为乐府。"[②]也就是说,很多年来,"词"就叫"乐府",宋人词集多以"乐府"命名,如东坡词集叫《东坡乐府》,贺铸词集叫《东山寓声乐府》等。

词与曲的关系也不是像我们今天分得那样清楚:"曲主可歌,唐宋词皆可歌,词与曲一也。自有不能歌之词,而能歌者又渐变为曲,则宋元间之所谓曲也。而曲之源实起于汉,乐府《铙歌鼓吹》之类是也。"[③]从中可以看出,词与曲无论是起源的时间还是"可歌"之本质都无区别,不能简单地认为唐末宋初方才有词,宋末元初方才有曲,"非必唐宋间之所谓词,金元间之所谓曲也",况且"方曲未兴,词亦泛称为曲;迨曲既盛,曲又广称为词"[④],可见词、曲并非二体,只是不同时代称呼不同罢了——这也是为什么本书将乐府、词、曲并称为"乐诗"的原因。

这也意味着,即便在文字出现并成为主要创作符号以后,由于"言"(口语)仍具有独立性,"乐诗"也仍然有存在的需求、存在的空间和存在

[①] 章培恒、骆玉明主编:《中国文学史》(上),复旦大学出版社2004年版,第233—234页。
[②] 王易:《词曲史》,东方出版社1996年版,第8页。
[③] 王易:《词曲史》,东方出版社1996年版,第10页。
[④] 王易:《词曲史》,东方出版社1996年版,第6页。

沿波讨源

的必要，只是因其"民间"属性，未登大雅之堂，"凡乐章古辞，今之存者，并汉世街陌谣讴。《江南可采莲》《乌生八九子》《白头吟》之属是也"（《晋书·乐志》）。词与曲在被"文人化"之前都是在勾栏瓦肆表演的，都是"活泼泼的民间之物"①。

乐府的杂言体对词、曲的形制有着非常深刻的影响，词、曲也被称为"长短句"，这与乐府最初是清唱，没有乐、舞配合有关，清人王昶谓"诗本于乐，乐本于音，音有清浊高下轻重抑扬之别，乃为五音十二律以著之，非句有长短无以宣其气而达其音"；而词、曲最初也是"清唱"的，所以也叫"清曲"，后来才出现成套的排演。

虽然我们将四言、乐府诗、词、曲同称乐诗，但它们与"乐"的关系却是有所不同的，尤其是在口头创作和文人创作的过程中。以《诗经》为代表的四言诗中，诗是服从、服务于乐的，而到了文人词、文人曲的时候，则变成了"倚声填词"，音乐可以被动地为诗人所支配，"自是依音乐节奏决定词句的字数，逐渐由较自由的民歌式的词转变为较固定的文人的词"，同时"这种节奏的谱律化显示了词体可以脱离音乐而独立"②。可见，口语与音乐和文字与音乐的关系是不一样的，文字正是凭借超语言性获得了独立性并改造了音乐，使音乐服从、服务于文字。这是词、曲与文人词、文人曲最重要的区别。

词、曲后来分别成为一代之胜，主要原因是文字化、文人化。如前所述，文字化、文人化对口头艺术确实是双刃剑，在记录、保留、传承等方面功不可没，但文字化的过程对以口语为核心的艺术形式又起到了固化甚至僵化的作用。"唐、宋词原来也是民间的歌曲，惟到了五代及北宋，已成了贵族的乐歌，到了南宋，已是僵化了的东西。于是散曲起而代之，大流行于元代，还是活泼泼的民间之物。到了明代中叶以后，散曲才成了僵化的东西。"③真正使其僵化的正是文字和文人（贵族）。

---

① 郑振铎：《中国俗文学史》，北京工业大学出版社2009年版，第277页。
② 高友工：《美典：中国文学研究论集》，生活·读书·新知三联书店2008年版，第267页。
③ 郑振铎：《中国俗文学史》，北京工业大学出版社2009年版，第277页。

关于这一点，朱光潜先生说得更为直接："所以有人说，文化是民歌的仇敌。近代学者怕歌谣散亡了，费尽心力把它们搜集写定，印行。这种工作对于研究歌谣者固有极大贡献，对于歌谣本身的发展却不尽是有利的。歌谣都'活在口头上'，它的生命就在流动生展之中。给它一个写定的形式，就是替它钉棺材盖。每个人都可以更改流行的歌谣，但是没有人有权更改《国风》或汉魏《乐府》。写定的形式就是一种不可侵犯的权威。"①我们虽然心理上不太愿意接受"文化是民歌的仇敌"的结论，但"文化"尤其是"文字化"对口传艺术发展的确施加了很大的影响。好在汉字是"形声相益"的，汉字在利用"形"对口语进行固定的同时，也能够提炼、丰富口语，汉字的"形语（或字语）与声语成了两个相通却又对立的系统。……因此中国诗歌传统中口传诗歌与书传诗歌是两个时分时合的传统"②。也正是在这个意义上讲，乐诗与文诗并不是对立的，既能相互影响，也能分途发展，"所幸诗词不但可以纯就文学立场或为独立的艺术形式，而且我们也有充分理由相信词最后能达到一个纯艺术的巅峰正是由于文人把词从乐家的手中接收过来的结果"③。更何况，只要人在、嘴在，言就在；只要言在，就必定需要与音乐结合，旧的形式僵化了，新的乐诗又会创造出来。

第二节　赋：由"言"向"文"的过渡

表面上看，四言诗后面应该就是五言诗了。但纵观中国文学史，我们却发现，五言诗尤其是文人五言诗的出现却是在汉末，中间有个非常长的"赋"的时代。我们认同逯钦立先生的标准，不能因为一句诗是五个字而将其视为五言诗。赋并不用"言"计，没有固定的"言"数，算是杂言。赋之后才是五言。从四言到五言，其间经过了千年之久，这又是什么原因呢？至少可以证明，五言诗并不是四言诗的补充或改进，而是完全不同的

---

① 朱光潜：《诗论》，生活·读书·新知三联书店1998年版，第22页。
② 高友工：《美典：中国文学研究论集》，生活·读书·新知三联书店2008年版，第266页。
③ 高友工：《美典：中国文学研究论集》，生活·读书·新知三联书店2008年版，第266页。

沿波讨源

另一类诗。

乐诗之后、文人五言诗之前为什么会出现"赋"这样一种文体呢？从物质技术层面看，主要动因仍然是书写材料和书写工具的问题。"赋"的时代的书写材料已经由竹简替代了龟甲，后期还出现了绢帛；书写工具中毛笔的使用频率也大为提高。从符号使用层面看，因为书写工具的改进，文字的使用机会和范围得到很大拓展，文字逐渐开始进入文学创作领域。可以说，"赋"正是书写材料由竹简到纸张、书写工具由锥刀到毛笔、文学符号由"言"到"文"、文学思维由"言"思维到"文"思维过渡的产物，在风格上是流动与镌刻、轻快与迟滞、演唱与行吟的结合。

如前所述，"言"时代文学最重要的特征就是没有独立性，是与乐、舞融合的综合艺术，到了偏向"言"的文字时代，由于文字的出现，"言"可以通过文字固定下来，文学也渐渐从诗、乐、舞的综合艺术中独立出来，赋的出现是最为明显的表征。班固《艺文志》曰："不歌而诵谓之赋"，一语道破了诗与赋的不同：歌即为音乐的表现，诗必须借助音乐才能更好地抒发感情；从某种意义上甚至可以认为诗只是音乐的一部分，"歌之为言"（《乐记》）的表述就证明歌在先，言（诗）在后，言（诗）服从于音乐的需要，朱光潜先生认为，言（诗）的"最大功用在伴歌音乐，离开乐调的词在起始时似无独立存在的可能"[①]；而赋却从歌中脱离出来，"歌"与"不歌"成为区分早期"诗"与"赋"的标准。关于赋的"不歌而诵"、脱离音乐的特点，骆玉明教授有非常细致的梳理，兹引如下：

> "赋"本有不歌而诵的意义。《国语·周语》说："故天子听政，使公卿至于列士献诗，瞽献曲，史献书，师箴，瞍赋，矇诵。"这里赋、诵都是指诵读。《左传》多有赋诗言志之例，大率诵读旧章，间有诵读自己新作者，此类周知，不烦列举。孔子墨子都说过"诵诗三百"，大致诗脱离了弦乐，都可以称之为"诵""赋"。《楚辞·招魂》中，"人有所极，同心赋些"，王逸注"赋，诵也"，也是一例。但这

[①] 朱光潜：《诗论》，生活·读书·新知三联书店1998年版，第248页。

第三章 媒介、符号与中国诗歌体裁的嬗变

种"诵"或"赋"又不是平直的读法，而要求有一定的声调。《周礼》注说："倍文曰讽，以声节之曰诵。"是知"诵"必须按照某种声调。楚辞在汉代通称为赋，《汉书·王褒传》载：宣帝时，"征能为楚辞九江被公，召见诵读"。此所谓"能为楚辞"，自然不会是一般的直接诵读而已，而是以楚辞特有的声调来诵读，否则，也无须特别征召了。①

从上述材料中，可以非常清晰地看出赋与诗的区别主要在于是否"被之管弦"。那为什么诗是在这个时候从音乐中分离呢？我们认为，文字的出现具有非常重要的影响。因为有了文字，"语音"被"字音"取代。"语音"无法长时间留存，只得借助音乐的节奏来辅助记忆，但"字音"则可以凭借文字留存下来，所谓"倍文曰讽，以声节之曰诵"，许慎的解释是，"倍同背。谓不开读也。诵则非直背文。又为吟咏以声节之"，除了区分"讽""诵"，还透露了一个重要信息，"讽""诵"都是直接与"文"相关的活动，涉及对"文本"的声音处理。"诵"与生活中的说话是不同的，其声调是一种与自然语言不同的音节，很可能是文字的"字音"，从"赋"开始，字音开始管控语音，"歌"是音乐，"诵"是文字，这是"诗"从语音转向文字的明证。

除了音乐上的证明，文本的形制与长度也能证明赋与文字的关系。以屈赋为例，骆玉明先生发现："屈原的作品，除了其他特点外，'其文甚长'也是重要的标志。如《离骚》长达二千五百字，《天问》也有一千五百字，就连《九章》《九歌》中的篇章，大抵也远较《诗经》中作品为长。至少像《离骚》《天问》这样的宏篇巨制，恐怕是不适于配乐演奏的了。"②骆先生关注的焦点主要是赋与音乐的关系，《诗经》的"其文甚短"适合音乐演奏，证明了"乐"对"诗"的控制；而赋体的"其文甚长"恰恰是因为摆脱了"乐"的控制，从"乐"里面解放了出来的结果。正是文字的出现让声音形式的语言视觉化，让线性的声音多维化，创作时有了凭依，借助文字，作家可以不停回顾之前创作的内容，作品的长度、深度因此得以实

---

① 骆玉明：《论"不歌而诵谓之赋"》，《文学遗产》1983年第2期。
② 骆玉明：《论"不歌而诵谓之赋"》，《文学遗产》1983年第2期。

现。朱光潜先生认为:"一般抒情诗较近于音乐,赋则较近于图画,用在时间上绵延的语言表现在空间上并存的物态。诗本是'时间艺术',赋则有几分是'空间艺术'。"①诗的"时间性"是通过语音与音乐的声音性实现的,而赋的"空间性"正是通过文字的视觉性实现的。

总之,赋是这一时代文学的代表,与"言"时代诗歌相比,最明显的区别就是赋开始从诗、乐、舞的综合艺术中独立出来;与后起的"文"偏向的诗歌相比,则主要表现在赋体诗歌的口语性上面。从这个意义上讲,虽然《诗》《骚》并称,但二者并不同类:一为乐诗,一为赋;一为言诗,一为半言半文;一为演唱;一为行吟;一为无名作者,一为有名作者;一为集体创作,一为个人创作……

在"赋"的时代,文字虽然出现了,但文字的书写却首先受制于书写材料,仍然不能便捷地记录语音,因此文字的使用仍然受到一定限制;另外,文字的书写需要较长时间的训练,而当时的书写材料也决定了这项训练很难迅速推广,因此,文学创作虽然有了文字可以凭依,但仍然只是辅助手段。文学创作的思维仍然主要是"言"思维,但与"言"时代不同的是,"文"也开始成为文学创作的思维工具。这个时期的文学处在从口头文学往书面文学发展的过程中,书面性渐次加强。这个过程为魏晋的文字型文学在思维训练和符号操练方面打下了坚实的基础。

借助于文字,辞赋从音乐里独立出来;受制于书写媒介,辞赋还不能立即成为纯文字的创作,早期的赋还必须模拟口头形式的文学,带有很强的口头性,只有到了后期,文字的使用渐趋熟练,其文字性才得以加强。这也是世界上所有文学由"言"到"文"发展的通则,沃尔特·翁在总结西方早期文学时也发现:"早期用文字创作的诗歌,似乎必然要模仿口头吟诵的诗歌。世界各地,概莫能外。起初,人脑里并没有恰当的文字资源。口语文化里的诗人绞尽脑汁,想象可以在口语环境里使用的语词。经过一个过程之后,文字才逐渐衍生出书面话语,一种韵文或非韵文的话语。起初连缀成篇、敷衍成文的书面话语,其实是说出口的话,人们却浑

---

① 朱光潜:《诗论》,生活·新知·读书三联书店1998年版,第225页。

然不觉其口语性质（古人写东西很可能就经历了这样的过程）。"① 以我们的经验，即便是今天，人脑里已经有了"恰当的文字资源"，要为所有口说的话找到恰当的文字表达有时也不是件容易的事，何况在刚刚用文字表达语言的时候。

清水茂先生认为，辞赋至少在汉宣帝时代还保留着口头文学性，但同时，"辞赋也渐次变化做书面文学"；在由口头文学向书面文学发展的过程中，是存在一个二者并存的时期的。比如，《汉书·司马相如传》说："上读《子虚赋》而善之"，由此可以看出，《子虚赋》是有文字文本的，"读"暗含了当时的文学欣赏已经不完全是听觉接受，也有了视觉接受。但可以推想的是，毕竟当时识字的人不多，能"读"的人数量有限，"听"仍然是更常见的欣赏方式，《汉书·枚皋传》记载："上得之大喜，召入见待诏，皋因赋殿中"，此处的"赋"很可能是口诵，"这样汉武帝时代辞赋的欣赏法，就是'诵赋'与'看赋'并驰。以后辞赋的口头文学性越来越小，而书面文学性越来越大，与之同时，辞赋的音乐性也减少，视觉性则加强了"②。

与《诗经》不同的是，多数的赋是能够找到作者的，这也证明赋是"文人"的"文字"行为。在文字普遍使用后，文人化、文字化对赋也有很大影响，出现了"骚赋""辞赋""骈赋""律赋""文赋"等越来越文字化的赋体。

总之，赋是由"言"往"文"发展的产物，是处于"言诗"和"文诗"之间的过渡性文体，郭绍虞先生曾撰专文论述赋在中国文学史上的位置，认为："中国文学中有一种特殊的体制就是'赋'。中国文学上的分类，一向分为诗、文二体，而赋的体裁则界于诗文二者之间，既不能归入于文，又不能列之于诗。可是，同时另有一种相反情形，赋既为文，又可称之为诗，成为文学上属于两栖的一类。就总的趋势来讲，赋是越来越接

---

① ［美］沃尔特·翁：《口语文化与书面文化：语词的技术化》，何道宽译，北京大学出版社2008年版，第19页。
② ［日］清水茂：《从诵赋到看赋》，见《清水茂汉学论集》，中华书局2003年版，第232页。

近于文的一类的……"①赋在中国文学分类上的"尴尬"处境，实际上映射的正是赋从"（乐）诗"到"文（诗）"的变动过程，这个过程也正是语言文字从"言"到"文"的转换过程。

第三节 文诗："文"对"言"的控制

随着绢帛、纸张的出现、普及，赋体也开始发生变化，语言性越来越弱，文字性越来越强，"文思维"能力得到了较为充分的发掘，文人阶层越来越壮大，诗歌体裁发生了新变。"乐诗"也可以叫作"言诗"，而这一阶段的诗可以称为"文诗"。所谓"文诗"，有两个方面的意指：一是创作符号主要是"文字"，"言"对"文"的影响减弱，而"文"对"言"的改造加强了；二是创作者是"文人"，不再是不具名的"集体创作"。最早的"文诗"是文人五言诗和七言诗。

关于五言诗出现于何时，学界争议很大，引起争议的关键其实是因为对"五言诗"的界定有不同标准：有的认为诗句有五字即为五言，至迟自《诗经》起即有五言诗，如挚虞《文章流别论》将"谁谓雀无角，何以穿我屋"视为五言诗，但这样的例子显然只能证明这句诗有五言，而不能说这首诗就是五言诗。后世所讲的"五言诗"指的是整首诗每句皆为五言，我们认为逯钦立先生判断五言诗的三条标准极为重要："欲征五言诗之渊源，须先标三准：凡称五言诗，须通篇皆为五言，一也。凡称五言诗，不得含有兮字，二也。一体裁之成，须经长期之酝酿，今故不以某一人之有此作，定其原始，而分别以一般时间为其发生期及成立期，三也。"②逯先生所定标准暗含了"文诗"的要件："不得含有兮字"其实就是将带有"言"标志的语气词排除了，《诗经》中绝对大多数五言都是四言加衬字，而前面说过，衬字是乐诗的标记。"不以某一人有此作"则意味着通篇皆五言的五言诗是有意学习的结果，这也只能在文字时代方有实现的可能。

在纸张得到普及以后，文字追踪语言的速度大为加快，文字与语言的

---

① 郭绍虞：《照隅室古典文学论集》（上编），上海古籍出版社2009年版，第80页。
② 逯钦立：《汉魏六朝文学论集》，吴云整理，山西人民出版社1984年版，第54—55页。

第三章　媒介、符号与中国诗歌体裁的嬗变

关系也越来越密切，文字和语言何者在先何者在后的界限开始模糊起来。文字开始利用自己的视觉识别性和相对固定的特性对听觉的、易逝的语言施加影响，按照自己的方式对语言编码，呈现出鲜明的文本位特点。对中国诗歌发展而言，文人五言诗的出现是一个划时代的突破，因为"过去的'节奏感'开始与新兴的'图位感'交织成为中国抒情诗的新形式"[1]。

一　从四言到五言

很多人认为，五言诗比四言诗多一"言"，是因为诗歌表现的内容更多了，范围更广了，需要这多出的一"言"来实现；二者只有量的差异，没有质的区别。

事实并不是这样。四言诗与五言诗的区别是创作符号的区别，这是本质上的区别，绝不是多一"言"少一"言"的细节差异。以诗经为代表的四言诗，是以口语（言）作为创作材料的，更具有"原生口语文化"的特点；而五言诗创作的材料则是以文字为主。五言诗取代四言诗成为主要诗歌表现形式，诗歌创作活动也从"吟""唱"到"作""写"，直到这时才出现了真正的"写诗"这一活动。五言诗的成熟是汉字战胜语言的结果，而一千多年后白话诗的胜利则是语言重新夺回被汉字占领的阵地。这里需要特别指明的是，不管是文本位战胜言本位，还是言本位战胜文本位，都不是说只有文本位或只有言本位。所谓"胜"，只是某种语言材料更占优势而已。五言诗是"文"胜，也就是说，五言诗里"文字型"的语言占优，并不代表绝对没有"语言型"的语言，反之亦然。这就可以解释为什么从四言到五言，不是进步，而是突破了。这也为后来诗歌论争的发生埋下了伏笔。

关于汉语诗歌从四言到五言的变化，刘晓明在《"语""文"的离合与中国文学思维特征的演进》一文中有极其深刻的分析。

> 中国最初的诗为何以四言为主而非五言？五言诗仅仅比四言诗多了一个字，却晚出了近千年之久，原因何在？个中因缘固然复杂，但

---

[1] 高友工：《美典：中国文学研究论集》，生活·读书·新知三联书店2008年版，第267页。

沿波讨源

合文思维应该是其主因之一。文人五言诗的产生就其文字进化而言须具备两个条件：第一，须有足够多的组合文字供诗人达意时进行选择，以形成五言诗所具有的节奏变化感。显然，这在先秦的单文思维时代不具备此条件。先秦的诗歌与民谣中虽然也有少数五言诗句，但由于大规模地创作五言诗的客观条件尚未形成，只能偶一为之。而合文思维时代的单个文字与组合文字尽管还不能完全描述语言，但已大大增加了文字对语言的表现力，语言所特有的节奏感只有在组合文字的文体中才能获得体现，这很容易被文人感悟并获得运用，五言诗便应运而生。……第二，单音字须发展到相当数量，以至同一韵部有足够所系之字可供押韵选择。……我们只要比较一下《诗经》与五言诗的用韵方法即可发现其中的差异。《诗经》中的韵往往是语气虚词，这种韵可以任意附在句尾，甚至通篇全以一字为韵。……这既说明了先秦诗歌用韵的简单，也反映了当时同韵部字较少而对用韵的限制。但在汉代的五言诗中，基本不再使用语气虚词为韵，也不再一字通押，可见，五言诗的作者在用韵取字上已不再像《诗经》时代那么困难。以上两个方面，皆表明五言诗只能是合文思维的产物，先秦以单文思维为主体的时代文人不具备创作五言诗的客观条件。[①]

从思维材料的角度解释四言诗到五言诗历千年之久的原因，是极具开创性的。但笔者在深以为然的同时，又觉得作者将四言诗的"四言"归结为"单文思维"是不恰当，也不符合历史事实。"四言"并不是单文思维，诗经中大量补足语气的词，如"兮""其""将""言"等及大量复音词，如"关关""雎鸠""窈窕""寤寐""辗转""杲杲"等的运用，恰恰是"双文思维"——在汉语中，使用双音节词语最多的正是口语。语言过耳不留，语言的使用者必须通过复音词来延长语言的驻留时间，书写时可用单音节的"字"的地方，在听、说时则最好用双音节的"词"。《诗经》尤其是"风"里面大量的双音节词的运用，证明了诗经的口语属性。可以作为反

---

① 刘晓明：《"语""文"的离合与中国文学思维特征的演进》，《中国社会科学》2002年第1期。

第三章　媒介、符号与中国诗歌体裁的嬗变

证的是后来定型的五言诗里面基本没有语气词了，双音节词也大为减少，单音节词则有所增加。从语言变化的角度看，这是文字逐渐排挤语言的过程。"单文思维"是将文字当作了《诗经》的创作符号，这是不符合事实的，前文已有论证，此不赘述。因此，四言诗与五言诗的区别不是"单文思维"与"合文思维"的区别，而是"言思维"与"文思维"的区别：四言诗的思维质料应该是"语"（言），而五言诗的思维质料是"文"。将《诗经》理解为"单文思维"显然是将它当作了文字时代的产物，忽视了它口头创作的特征。关于《诗经》创作的"非文字性"，汉学家宇文所安在题为《瓠落的文学史》的演讲中从媒介、符号的角度进行了证明：

> 类似这些关于"物质文化"的问题在我们重新思考上古文学时特别有用。当时的书写技术和生产（而非"出版"）书籍的技术属于一个遥远的世界，和现代或者清朝学者坐在极大丰富的图书室的逍遥形象简直天差地别。《诗经》是什么时候被作为一本完整的书写下来的？证据何在？还有一个听来类似但是十分不同的问题：《诗经》的传播是从什么时候开始意味着阅读一个书面文本，而不再是口耳相传？或者说，是从什么时候起，《诗经》的文本来自抄写更古老的书写本、而不再是单凭记忆写下来的呢？
>
> 从先秦文字记载里引用《诗经》这一点看来，《诗经》中的片段有可能被写下来。但是这引出两个问题：一，《诗经》中的片段被写下来不意味着整个《诗经》都已作为书面文本而存在；二，引用《诗经》的那些文字记载本身又是什么时候被写下来的呢？
>
> 文学史中应该发生的重大变化之一是，我们能够为没有确定结论的问题留出大篇幅暧昧不明的空白，讨论从中产生的各种不同的可能性和后果。我就《诗经》提出的问题正是这样的问题。我们没有很好的证据证明《诗经》在战国中后期以前就作为书面文本存在——虽然我相信秦始皇焚的书里包括《诗经》。也许《诗经》在那以前早已定下来，可是我们并不确定。就算《诗经》已经被写下来，我们还有其他的问题：人们是怎么学习《诗经》的？是靠阅读还是靠重复聆听记

沿波讨源

诵？是从什么时候开始，才可以阅读《诗经》的书面文本而用不着事先记诵那些诗歌的音节了？

如果《诗经》主要是作为口耳相传的口头文本而非手抄的书面文本存在的话，我们就需要考虑对我们的研究到底意味着什么。（这和杨牧关于《诗经》是口头创作的论点是不同的）如果我们没有一个借以确定字音的复杂系统，上古文本的口头传播是很不稳定的。因为字音会被赋予新的意义，会变化，会在记忆中产生微妙的误差。在《诗经》的不同版本里，我们会发现大量同音然而异形的字，这是《诗经》版本来自口头记录的实际证据。

这为我们呈现了一种可能性，就是《诗经》没有一个"原始的"文本，而是随着时间流逝缓慢地发生变化的一组文本，最终被人书写下来，而书写者们不得不在汉语字库当中艰难地寻找那些符合他们所听到的音节的字——而那些章节往往是他们所半懂不懂的。这种现象告诉我们：《诗经》不属于文学史中任何一个特殊的时刻，而属于一个漫长的时期。如果这是真的，《诗经》的价值会因此减少吗？——当然这里的推断都是假设：我不是说实际情况是如此，但是完全有可能如此。[①]

早期五言诗应该是有个"合文"的过程的，但随着文字运用的逐渐增多，"文"的倾向也越来越明显。一个显著的特征是，后期的五言诗里几乎没有《诗经》里的语气虚词了——这其实是文字登场、语言退隐的表现。刘晓明认为《诗经》用"语气虚词为韵"，是"用韵取字"困难所致，这显然是与事实不合的。顾名思义，"语气"二字本身就证明了它的口语属性。从《诗经》的四言到汉代的文人五言诗，不是"单文思维"到"合文思维"的"进化"，而是"文思维"对"言思维"的更替。为什么需要千年之久？因为纸张这一书写材料的发明、推广是在千年之后，只有纸张书写才能够帮助人们更好地用文字思考，才刺激、训练出了"文思维"。这

[①] ［美］宇文所安：《瓠落的文学史》，见《他山的石头记》，田晓菲译，江苏人民出版社2003年版，第4—6页。

第三章 媒介、符号与中国诗歌体裁的嬗变

样,思维的发展问题就与物质性的介质联系起来了,形而上的东西有了形而下的物质支撑。沃尔特·翁就说过:"书写的时候,脑子被迫陷入慢速运转的模式,于是就有机会干预和重组比较正常的冗余过程。"[①] 口语思维所需要的那些停顿(《诗经》中的"兮"多数情况下并不是表示感叹,而是停顿,给予言者思考的时间)、音节的延展(双音节化、双声叠韵)、段落的重复都随着文字的介入变得不再必须,甚至成为"冗余"。总之,"言思维"和"文思维"是完全不同的两种思维方式,用不同思维方式创作出来的文学自然有着差异极大的特点。

而五言诗则是"文"思维,本身就是"写"出来的,让文字从声音里解脱出来,固定下来后,可反复观看,反复思考,完全可以做到简洁,不需要虚词,更别说《诗经》中模拟口语的"兮"等语气词了。五言诗证明文字取得了高于语言的地位,以至到了刘勰的时代,"文"已经成了创作中最为重要的因素了。在《文心雕龙·情采》篇中,刘勰说:"立文之道其理有三:一曰形文,五色是也;二曰声文,五音是也;三曰情文,五性是也。五色杂而成黼黻,五音比而成韶夏,五情发而为词章,神理之数也。""形""声""情"三者中,前二者涉及的是符号的能指,"情"则是符号的所指。刘勰将能指放在所指之前,也即能指的重要性高于所指。对这里出现的"形文""声文",郭绍虞先生的解释是:"此处所谓形文声文,是就广义言者。若就狭义言之,则形文是词藻修饰的问题,声文又是音律调谐的问题。要之这二者都是文的外形问题,而不是内质的问题。易言之,是文的问题,而不是质的问题。当此骈文流行的时代,其作风之重视辞藻与音律本是当然的事情,所以批评家的论文标准,每多以词藻音律为前提,至少,也须文质调剂得中,绝不如后世之重质轻文的。"[②] 这个时代,"文"已经不只是记录语言的工具,而是在谋划自己的"独立","文本位文字观"的特点在这里体现得淋漓尽致。文字改造了语言,并要求发出自己的声音。于是"人工音律"大行其道。沈约是人工音律的代表人物。其

[①] 沃尔特·翁:《口语文化与书面文化——语词的技术化》,何道宽译,北京大学出版社2008年版,第30页。

[②] 郭绍虞:《中国文学批评史》(上册),商务印书馆2010年版,第135—136页。

沿波讨源

在《宋书·谢灵运传论》中对此有详细表述：

> 若夫敷衽论心，商榷前藻，工拙之数，如有可言。夫五色相宣，八音协畅，由乎玄黄律吕，各适物宜。欲使宫羽相变，低昂舛节，若前有浮声，则后须切响。一简之内，音韵尽殊；两句之中，轻重悉异：妙达此旨，始可言文。

沈约的主张不是本章论述的重点，这里引用沈约的观点是想证明，至少在沈约的时代，"写"诗已经彻彻底底变成了文字"游戏"，语言与文字脱节现象严重。但是，文字与语言的关系又是复杂的，绝不是说离就离的松散关系。"文字又以语言的方式来呈现自身。文字是应语言之邀来记录语言的。文字若不记录语言，就失去自己存在的价值，同样，文字若不反映它所记录的语言的特性，同样会被语言抛弃。"[1]纸张的普及，在一定程度上解决了文字无法追踪语言的难题。由于有了可以固定并再现语言、思想、情感的介质，创作方式也必然发生改变。以前创作时除了声音符号外，无所依托，并且因为缺乏固定手段，创作成果随时可能逸出记忆，无法找回。而现在，所思所想都可以立即诉诸笔墨，而且可以随时修改，用来创作的符号除了声音符号还可以借助视觉符号，也不再需要借助音乐帮助记忆及抒发情感，郑樵（1104—1160）在《通志》的《正声序论》中论述了从"合乐诗"到"不合乐诗"的演变："古之诗曰歌行，后之诗曰古近二体。歌行主声，二体主文。诗为声也，不为文也。浩歌长啸，古人之深趣，今人既不尚啸，而又失其歌诗之旨，所以无乐事也。凡律其辞则谓之诗，声其诗则谓之歌。（古时）作诗未有不可歌者也。""歌行"体与古体、近体诗的本质区别正在于前者是以"声"，即我们所说的"言""语言"为基础的；而"古近二体"则是以"文"为基础的，因此，它们在符号使用、创作手法、表达效果等方面自然具有了很大差异，并且在创作时，如果不依从符号的规律，则可能"失其歌诗之旨"。

---

[1] 孟华：《文字论》，山东教育出版社2008年版，第29页。

第三章　媒介、符号与中国诗歌体裁的嬗变

媒介理论认为，选择一种媒介就意味着选择一种思维方式，而选择一种思维方式又意味着创作的驱动因素、创作借助的媒介、创作手法的运用、作品最终呈现的形态及特征都会随之变化。四言到五言的变化，就是媒介、符号选择的变化，它对中国诗歌流变造成的影响是极其深远的。

七言诗同样也是"言"诗"文"化的产物。除了要满足五言诗的判断标准，逯钦立先生认为七言诗还必须是"悉句实字"，这实际上也是将带有语言标记的语气词排除出去，"兹所欲论者，此类悉句实字之七言，方为当时之七言正格，而七言一目之所以起，此正格之七言，实有以启之。盖必以正格七言之出，而七言之目遂行，然后七字含'兮'之楚歌，亦得混为一类，而名之曰七言矣。不然则东方朔所作本与项王之歌，体裁相同，何缘至此而突有七言之称乎？……研汉代七言诗，固当以悉句实字者为基准也"①。按逯先生的标准，项羽的"力拔山兮气盖世"与刘邦的"大风起兮云飞扬"虽为七字，但因含有"兮"字，算不得真正意义上的七言诗。同时，逯先生还发现，汉之七言与六朝后之七言在用韵方面又有区别：前者句句用韵，后者隔句用韵，这证明了早期的七言诗脱胎于楚歌，"考句句用韵此本楚歌之特格；又楚歌之乱，虽含兮字为八言，而其体裁音节，又与正格之七言实无异。则七言者，楚《乱》之变体诗歌也"②。六朝后的文人七言诗应当是对早期七言诗改造的结果，而不是在五言诗基础上的扩展。

而刘晓明先生的观点，即"至于七言诗的产生，则与五言诗相类，后者只是前者量的扩展，并无质的差异，因此，七言诗紧随其后便顺理成章地产生了，而四言诗过渡到五言诗则须迈过一道思维历史阶段的门槛"③，则显得根据不足。正如五言诗不是四言诗的"量的扩展"，七言诗也不是五言诗"量的扩展"，即便是扩展，为什么不是扩展为六言诗、八言诗而

---

① 逯钦立：《汉魏六朝文学论集》，吴云整理，山西人民出版社1984年版，第71页。
② 逯钦立：《汉魏六朝文学论集》，吴云整理，山西人民出版社1984年版，第74页。
③ 刘晓明：《"语""文"的离合与中国文学思维特征的演进》，《中国社会科学》2002年第1期。

是七言诗呢？况且，据逯先生考证，五言诗"自西汉武帝（公元前 1 世纪），至东汉章帝之时（1 世纪），应定为此一体裁之发生期"[1]；而七言诗，"七言之兴，亦始于汉武一朝"[2]，这就说明五言诗、七言诗几乎是在同一时间兴起的，不存在先与后，更不存在扩展与被扩展的关系，但都是在对乐诗去口语化过程中兴起的，也都属于"文诗"的范畴。

文人五言诗、七言诗虽然清除了很多口语成分，但仍然是"言"与"文"的结合，只是文字性加强了，"文"还没有对"言"形成绝对控制。"文"与"言"的分离最初表现在文章中，即骈体文。骈体文开始远离了日常语言，构建了以文字自身音韵为核心的写作体系，所指性、及物性都受到了削弱。钱锺书说："诗者，艺之取资于文字者也。文字有声，诗得之为调为律；文字有义，诗得之以俟色揣称者，为象为藻，以写心宣志者，为意为情。"[3] 文章的骈体后来也进入到诗歌，形成了文字性极强的诗歌体裁——律诗。

高棅（1350—1423）在其《唐诗品汇·五言律诗叙目》中指出："律体之兴，虽自唐始，盖由梁陈以来，俪句之渐也。梁元帝五言八句，已近律体。"从"律诗"这一名称可以看出，音律是这种诗歌很重要的质素，但这一阶段的音律与前述乐诗的音律已经很不一样了，乐诗的音律是通过对自然语音的改造以适应音乐的节奏，是服从于音乐的音律的；但律诗的音律则是利用文字的字音发展出一套节律，不再是自然语音，而律对是实现文字音律节奏最好的方式，是汉语文字性最集中的体现，"句式、音节外的另一种形式的发展史中国诗中对仗的运用。它自然可以推溯到《诗经》《楚辞》。但是真正的对仗仍然是在五言诗勃兴的时期，而我所要讨论的律对是经过六朝数百年的孕育在唐律诗出现时才真正完成。我认为这种律对的形式必须要在文字成为诗的创作主要媒介时才能逐渐培养起来。而其影响于中国诗的节奏感更是不可估量的"[4]。律诗是对汉字特点最充分的

---

[1] 逯钦立：《汉魏六朝文学论集》，吴云整理，山西人民出版社 1984 年版，第 60 页。
[2] 逯钦立：《汉魏六朝文学论集》，吴云整理，山西人民出版社 1984 年版，第 69 页。
[3] 钱锺书：《谈艺录》，中华书局 1984 年版，第 42 页。
[4] 高友工：《美典：中国文学研究论集》，生活·读书·新知三联书店 2008 年版，第 201 页。

挖掘，汉字的特点决定了律诗的特点。

二 汉字的特点与文诗的特点

1. 汉字的意象性与诗歌意象

如果从符号学的角度审视汉字，就会发现"汉字和拉丁字母看待语言的方式是截然不同的，它们代表了两种符号表达方式：文本位的意象性方式和言本位的对象性方式"①。意象性方式是指"符号形体与描摹的原型之间存在既像又不像的言此意彼的关系，用公式可写为'A 犹如 B'"；而对象性方式中的符号与描摹对象之间是"图画式、临摹式方式"，用公式可写为"A 是 B"。②上述两种不同符号表达方式揭示了汉语与西方拼音文字对人们思维形式的塑造，从而决定了东西方语言差异及文学差异。二者的核心区别在于：

> "A 是 B"是客观的论证，演绎"是"的必然性，而"A 犹如 B"的"犹如"说的是可能性，在若干种可能的联系中选择其中的一种，突出主观性例证的地位和作用。在思维过程中强调的是客观还是主观，这就是两种思维方式各自"主观性"和"片面性"的集中表现。③

现代汉语，尤其是欧化的现代汉语的表述方式受到了西方"A 是 B"思维的影响，但汉字思维仍为主流，即"A 犹如 B"仍然是以汉字为创作材料时支配我们的思维方式。按刘晓明的说法，"此刻，文字集三位于一体：既是思维的中介，又是思维的对象，也是思维的成果"④。汉语思维的重要特点就是"突出主观性例证的地位和作用"，这就是对主体的"意"的强调。以"意"为先，观物取象，则为"意象"。

---

① 孟华：《汉字：汉语和华夏文明的内在形式》，中国社会科学出版社 2004 年版，第 54 页。
② 孟华：《汉字：汉语和华夏文明的内在形式》，中国社会科学出版社 2004 年版，第 91 页。
③ 徐通锵：《汉语结构的基本原理——字本位和语言研究》，中国海洋大学出版社 2005 年版，第 229 页。
④ 刘晓明：《"语""文"的离合与中国文学思维特征的演进》，《中国社会科学》2002 年第 1 期。

沿波讨源

汉字的这种意象性原则使意象成为了古典诗歌中最为重要的表达方式和特点，它在中国古典诗词的重要性是不言而喻的。因为"这众多的意象，不仅表达了当时人们的现实的感受、情绪和愿望，而且负载、积淀了民族文化心理的深层内容，构成了形象化的民族心灵史……可以这样说，如果对中国古典诗词意象没有起码的了解的话，那就不可能理解中国的古典诗词，不可能真切、深入地理解中华民族的文化"[1]。意象有着明显的中国特色，也是中西诗歌的主要区别之一，西方诗歌很晚才受中国古典诗词影响而创立所谓"意象派"。但是，"以庞德为代表的英美意象派诗人，尝试采用中国古典诗歌这种意象密集的表现方法，也取得一定效果，而构句行文终嫌造作费力，异乎汉诗的自然浑成，这正是两种语言的不同性能所决定了的"[2]。古今文艺理论家在进行"意象"溯源时，通常会引用《易传·系辞上》中的一段话：

> 子曰："书不尽言，言不尽意。"然则，圣人之意，其不可见乎？子曰："圣人立象以尽意，设卦以尽情伪，系辞焉以尽其言。"（《易传·系辞上》）

这一论述对意象范畴的确立具有奠基性的作用，也揭示了意象与语言之间的关系。

后来，王弼在《周易略例·明象》中对"言""象""意"从哲学的角度予以了阐释：

> 夫象者，出意者也。言者，明象者也。尽意莫若象，尽象莫若言。言生于象，故可寻言以观象。象生于意，故可寻象以观意。意以象尽，象以言著。故言者所以明象，得象而忘言。象者所以存意，得意而忘象。[3]

---

[1] 严云受：《诗词意象的魅力》，安徽教育出版社2003年版，引言。
[2] 陈伯海：《中国文学史之宏观》，中国社会科学出版社1995年版，第115页。
[3] 王弼：《王弼集校释》，中华书局1980年版，第609页。

第三章　媒介、符号与中国诗歌体裁的嬗变

王弼这里所谈论并不是文学意义上的"意象",而是从本体论角度观照"意",即"道"如何呈现的问题。哲学的"言""象""意"之间的关系与文学的"言""象""意"之间的关系实不相同。今人钱锺书对其体察最深:

《易》之有象,取譬明理也,"所以喻道,而非道也"(语本《淮南子·说山训》),求道之能喻而理之能明,初不拘泥于某象,变其象也可;及道之既喻而理之既明,亦不恋着于象,舍象也可。到岸舍筏、见月忽指、获鱼兔而弃筌蹄,胥得意忘言之谓也。词章之拟象比喻则异乎是。诗也者,有象之言,依象以成言;舍象忘言,是无诗也,变象易言,是别为一诗甚且非诗矣。故《易》之拟象不即,指示意义之符(sign)也;诗之比喻不离,体示意义之迹(icon)也。不即者可以取代,不离者勿容更张。①

不少人用王弼的"意""象"论解释文学上"意象",出发点及目的地均不相同,常常南辕北辙,难免附会。钱先生则认为诗歌中的"言"与"象"不可分离,变"象"即变"言",变"言"也即变"象","言""象"皆变,诗便不存。

现代符号学理论同样为文字型语言的意象性提供了依据。拼音文字是一种临摹型的符号,这种符号"遵循对象化的临摹原则,即符号的形式尽量逼真地反映原型",如人物肖像画;而汉字是意象型的符号,这种符号"在不失原型的某些真实特征的同时,又加入了人的主观动机、意图和对符号意指关系的自觉",也就是说,意象型符号是"以不像的方式表达象"。② 文言中的汉字由于主要以自足的表象功能出现,是典型的意象型符号。所谓"意象"就是意+象,简单地说,就是包含了主观体验的物象。只有用意象型符号才能创制出意象来。这是因为,语言型文字是记录口语,而说话往往是"脱口而出",不假思索,所以语言型文字是"一个

---

① 钱锺书:《管锥编》(一),生活·读书·新知三联书店2007年版,第20—21页。
② 孟华:《汉字:汉语和华夏文明的内在形式》,中国社会科学出版社2004年版,第37页。

当下的、即兴的联结过程"；而文字型的文字"所具有的对语言和思维的反思和自觉加工能力，使得文字比语言更易为表达者的主观意志所控制"，使用文字时就要"字斟句酌"、深思熟虑了。所以使用汉字的中国古人在对文字的"反思和自觉加工"中，将主观意志投射于物象上，物象因蕴含了"意"而成为意象。其次，以说话为核心记录言说的语言型符号往往需要一个现实语境，是对情景的临摹，具有情景化倾向；而汉字则具有"离境化"的优势，即文字可以与对象分离，成为自足系统。"文字与对象的分离，使得意义的生产活动大于实际指涉活动，极大地推动了精神的自由创造。"[①] 中国古典诗词中的意象确实是古人精神驰骋的疆场，在苛严的现实生活中保留了精神的自由。

我们还可以通过现代汉诗的发展反证文字与意象的关系。五四运动本质上是一种"去汉字化"的运动，是一场"打倒文言"的运动，其语言学追求是建立一种类似西方的语言型符号系统，走向"音本位"或"声音中心主义"。以"说话"和记录"说话"为中心的文学不可能再具有以文字为本位的文学的特点。反文言就必然反意象，推崇白话就必强调所谓"写实性"——写实性正是符号临摹性的表现，即试图不带主观情感再现场景。胡适将古典诗词的意象系统称为"滥调套语"，强调"真实境状"，他说：

> 实际主义者以事之真实境状为主，以为文者，所以写真，纪实，昭信，状物，而不苟者也。是故其为文也，即物而状之，即事而纪之；不隐恶而扬善，不取美而遗丑；是则是，非则非。举凡是非，美恶，疾苦，欢乐之境，一本乎事物之固然，而不以作者心境之去取，渲染影响之。[②]

胡适的这些主张，当然也可以从思想的角度进行分析，但这同时也与胡适提倡的白话文运动有着内在的密切联系。胡适反对文字型的文言，推

[①] 孟华：《汉字：汉语和华夏文明的内在形式》，中国社会科学出版社 2004 年版，第 38 页。
[②] 胡适：《胡适留学日记》，见《胡适诗话》，四川人民出版社 1984 年版，第 44 页。

崇语言型的白话,就必定会坚持白话的"临摹性""情景化",即所谓"以真实境状为主",要"写真、纪实、昭信、状物",反对"以作者心境之去取",也就是反对意象中的"意",将古典诗词的意象系统称为"陈陈相因的套语"。可以说,一个人的语言观决定了他的文学观、诗学观。

汉字意象性的表达方式不仅让意象成为古典诗歌中的核心内容,而且还让中国古典诗歌充满了隐喻性。意象的一个重要特点就是"以不像的方式表现象","象"只不过是传达"意"的工具,在诗歌中,"象"不再是它本身,而是凝聚了多种"意"的东西,比如月亮意象,在中国人眼里,月亮不再是一颗具有物理属性的星球,而是凝聚了"团圆""思乡""怀人""念远"等情感。胡适搞白话文运动,必然要反对意象;于坚等搞"口语写作",必然要"拒绝隐喻"。他们的诗学主张直接来源于语言主张,语言是最深层的动机。于坚就认为在汉字性的写作中,"隐喻已经成了诗歌的思维手段,如果你运用这种思维手段去写作的话,你就会不由自主地陷进陈词滥调里面。比如,你写'太阳'这个词,你自己以为你写的就是'太阳',但是实际上'太阳'已经具有了它的通过无数次隐喻积淀起来的文化语境,你总会想到它是代表高高在上的、光明的、伟大的、普照的,等等,但是如果你想说太阳只是一个发光的球体,反而被认为是愚蠢的,你不能说这个话。'太阳'一词,如果你不加以限制的话,在读者那里,它就肯定具有至高无上的意义"[①]。于坚的这一番话再次证明,如果要祛除词语的"文化意义",就不能用文字型语言创作;反之,如果用语言型的口语写作,就必然反对"意象","拒绝隐喻"。二者如硬币一样是"一体两面"的。在古典诗歌语境里,"月亮"也好,"太阳"也罢,在作者、读者眼里都不是它们自己,意象性原则在它们身上烙上了"我"和"我们"的印记。

诗词意象虽然是所指大于能指,使汉语诗歌具备了朦胧、含蓄、隽永的特点,使隐喻思维成为常态思维,但是,不可否认的是,意象的过度使用,创新意识的缺乏,都窒息了意象的活力。在后来不少用文言写诗的

---

① 于坚、谢有顺:《于坚 谢有顺对话录》,苏州大学出版社2003年版,第211页。

诗人手里，套用现成意象成为偷懒的手段，意象日益枯竭，最终成为被打倒的对象。意象不仅与现在受欧化影响、以动词为中心组织句子的现代汉语之间有距离，而且，传统意象中的一些"意"与时代距离太远，不再被接受。

2. 汉字的非线性与倒装、炼字

按照符号学的观点，偏向文字型的文言是一种具有"非线性"特征的符号。孟华认为："文字有两个特性：空间特性和时间特性。当关注文字所记录的语言时，强调的是文字时间线性符号的特性；当关注文字表达语言的方式和自身价值时，强调的文字空间非线性符号特性。但在不同的文字体制中文字的时空特性是有差别的：汉字是倾向于非线性空间的符号，拉丁字母则是趋向线性时间的符号。"[①] 如前所述，90%以上的汉字是形声字，既能表音又能表意，因此，以汉字为记录符号的书面语既可以记录声音（口语）；又可以离开人说话的自然语音，而以"为调为律"的人工声音形式组合成诗。由此看来，汉字记录汉语时可以同时具备文字的空间特性和时间特性，既可以是线性的，也可以是非线性的。文言就是典型的非线性语言形式。

"A 是 B"是线性表达方式，"A 犹如 B"是迂回的非线性表达方式。非线性的表达方式的主要特点是："在 A 根据时间顺序原则生成的组字成句的线性结构规则中还需要将其中每一个结构位置上的结构单位，按照声调的平仄、语义的对称性、功能的相似性和结构规则的一致性投射于 B，生成一个新的结构，相互对称，不然它就很难独立成句。"这样的体验，我相信每个人在相对正式、较有"文采"的写作时都遇到过。在这种情况下，几乎不能照实将口中想说、心中所想的内容顺势一一"流出"，时时会停下来，斟酌前句，修改后句，看结构是否对称，音韵是否调谐，文字是否重复。总之，这时，文字不对语言负责，文字只对文字负责——对前后左右的文字负责。

非线性首先表现在语序的自由颠倒上。文言是文字型语言，不以记

[①] 孟华：《汉字：汉语和华夏文明的内在形式》，中国社会科学出版社 2004 年版，第 81 页。

录语言为己任。具体到诗歌写作中，以律诗为例，每句诗并不以像不像"话"为评判标准。说话时，不能颠三倒四，否则谁也不懂，但用文言方式写作时，为求得文字与文字之间的和谐，常常打乱句式，颠倒使用。语言型文字是对口语的记录，意义显现的过程也就是文字消失的过程，意义的显现以文字的消失为代价——我们听话时不可能停下来思考每一个词的用法，注意力集中在"说什么"上。口语中，如果语序前后错落，颠三倒四，太不像"话"，则影响表意。"线性结构单位是不可逆的：一个要素以自己的消失来唤出下一个要素的出场"，汉字作非线性结构单位时是可逆的，是可往复的。非线性结构单位之间并无如语言型文字那样的不可更改的顺序，出于某种目的，完全可以对文字的顺序进行调整，打乱所谓的语法关系。如杜甫的"红稻啄余鹦鹉粒，碧梧栖老凤凰枝"一联，就通过倒装而达到"意奇"的目的。

以苏俄结构主义诗学观分析，倒装是"陌生化"手法之一种，是生成诗意的重要手段。古代论诗，赞成诗中多用倒装的人不少，如谢枋得认为"语倒则峭"；范德机《木天禁语》中列"颠倒错乱"一法；冒春荣则发现了"倒装横插"法"律诗句法多于古诗"，倒装原因是"本为声律所拘，十字之意，不能直达，因委曲以就之"[①]。由于倒装是建立在文字型的文言特点基础上，语言型的白话倡导者必然提出反对意见。以杜律为例，历代叫好者甚多，但反对者也不乏其人。如王世贞认为《秋兴八首》"藻绣太过，肌肤太肥，造语牵率而情不接，结响凑合而意未调"[②]。站在语言型文字观的立场，颠来倒去，违背说话原则（"造语"），过于注重文字声律（"结响凑合"）确实造成了"情不接""意未调"，必然遭到崇尚"性灵"讲究"率直"的人的反对。

完全可以想到的是，提倡白话文运动的胡适不可能喜欢杜甫违背"自然语言"的这类律诗。翻查一下他的《白话文学史》，赫然有这样的评价："《秋兴八首》传诵后世，其实也都是一些难懂的诗谜。这种诗全无文学价

---

① （清）冒春荣：《葚原说诗》，见《清诗话续编》（三），上海古籍出版社1983年版，第1579页。

② （清）仇兆鳌：《杜诗详注》（第四册），中华书局2004年版，第1499页。

值，只是一些失败的诗顽艺儿。"①"诗顽意儿"，说的就是这类诗多是"文字游戏"，是能指符号的滑动与狂欢。由于缺少鲜明的所指，在追求能指与所指一致性的语言型文学论者看来，当然"无价值"了。因将重点放在所指上，所以"懂"是语言型文学的基本要求，与胡适要求白话"说得出，听得懂""明白晓畅"是一脉相承的。

被鲁迅赞为"中国最为杰出的抒情诗人"的冯至，也认为《秋兴八首》"宝贵的内容被铿锵的音节与华丽的辞藻给蒙盖住了，使后来杜诗的读者不知有多少人只受到音节与辞藻的迷惑与陶醉，翻来覆去地诵读，而不去追问：里边到底说了些什么，因此在解释上也发生分歧"②。喜欢杜甫者，欣赏的正是"铿锵的音节与华丽的辞藻"，其中滋味需要通过"翻来覆去地诵读"来品鉴，至于到底"说"了些什么，根本不重要。这都证明了文言这种文字型语言与日常生活中惯用的说话方式不是一回事，需要"通过直觉的妙悟、体悟的方法，在横向的联想和比喻例证中表达对事物性质、特点的认识"③。倒装违背了说话的方式，或者说与说话根本不相干，指望像听话那样一看就懂，自然觉得"难懂"了。

杜甫是律诗圣手，律诗是文言文字性发展的极致，所以杜甫诗中非线性可反观的句法不仅很多，而且很妙。有的诗句可以拆装出具有无限可能性的句法。余光中曾以杜诗"海内风尘诸弟隔，天涯涕泪一身遥"为例，"拆而复装"，居然有11种之多。④

这样的句序容忍度大到了语言型尤其是字母型语言无法想象的地步。正是文字的非线性才让汉字自身得以出场，在句子中腾挪跳跃，在不同组合中选取最佳组合，诗意也得以生成。"当诗人把语序颠倒错综，埋没了诗人自己的意绪时，诗人给读者外加的那一道语言之堤也瓦解了，读者可以任从自己的思路去重建诗歌的境界。"⑤如果说语言型诗歌是直线的话，文

---

① 胡适：《白话文学史》，上海古籍出版社1999年版，第212页。
② 冯至：《杜甫传》，人民文学出版社1980年版，第124页。
③ 徐通锵：《汉语结构的基本原理》，中国海洋大学出版社2005年版，第229页。
④ 余光中：《中国古典诗的句法》，《余光中谈翻译》，中国对外翻译出版公司，第9页。
⑤ 葛兆光：《汉字的魔方——中国古典诗歌语言学札记》，复旦大学出版社2008年版，第76页。

第三章　媒介、符号与中国诗歌体裁的嬗变

字型诗歌则是环形，无论怎么变化，都能自"圆"其说，自"圆"其意。

汉字的非线性还表现在文言诗词的"炼字"传统上。现代汉诗的写作技巧中已经似乎没有炼字这一说法了，不仅是因为双音节词增多让"字"越来越少，而且，从汉字符号学的观点看来，白话的线性特点也让炼字不可能。白话是线性的语言型符号，具有情景化、在场性的特征，而"情景化口语符号的音义同一性和词与词组合的不可逆性，使得语言更强调符号能指与所指之间的同步关联和连续组合，唯一的符号与唯一的观念不可分割地结合在一起，语言仿佛就是思想的同步呈现"[1]，由于在呈现思想时必须以声音的即时退场为代价，而这一过程又是不可逆的，即便是哪怕稍微将注意力在某个语言单位上多停留一秒钟，也会影响到对后边信息的接受，根本不可能从如水般的"语言流"中抽身出来，对某个字反复锤炼。炼字在语言型写作中几乎不可能。而文言的文字性对口语有"文饰"作用，"它更侧重对偶、互文、双关、避讳、增益、删削等同义选择手段"，并且"允许各种组合和回返，各种随心所欲的卸下换上；它可供每个读者长期或反复注目端详某一特定符号"[2]。中国古典诗词讲究炼字实与"字"的这种符号性有关。

宋洪迈《荣斋继笔》曾说到王安石《泊船瓜洲》"春风又绿江南岸"的修改过程：

> 吴中士人家藏其草，初云："又到江南岸"，圈去"到"字注曰不好，改为"过"，复圈去而改为"入"，旋改为"满"，凡如是十许字，始定为"绿"。

这"十许字"当然不会是语言的，因为语言只需要记录，勿需多炼。这"异质的"十多个字，"各自以从不同的视角、不同的意义方式呈现了对象；它们又是等值的，意指的是同一对象"。文艺理论家也无不推崇

---

[1] 孟华：《汉字：汉语和华夏文明的内在形式》，中国社会科学出版社2004年版，第39页。
[2] 孟华：《汉字：汉语和华夏文明的内在形式》，中国社会科学出版社2004年版，第39—40页。

沿波讨源

"炼字",刘熙载说:"文家皆知炼句炼字,然单炼字句则易,对篇章而炼字句则难。字句能与篇章映照,始为文中藏眼,不然,乃修养家所谓瞎炼也"(刘熙载:《艺概·经义概》)。清人沈德潜也说:"篇中炼句,句中炼字,炼得篇中之意工到,则气韵清高深渺,格律雅健雄豪,无所不有,能事毕矣"(沈德潜:《说诗晬语》)。炼字不是对真实场景进行描摹,不是对真实语言进行记录,而是在能指符号层面进行自我完善,不是求真,而是求"安"。

炼字是因为"未安""不稳",不与生活实际发生联系,为了"安""稳",可以随意将"一树"梅花减少到"几点",也可以将"听"改为"看",以避重复。

炼字有时也成为"吟"或"苦吟",如贾岛:"两句三年得,一吟双泪流。"孟郊:"夜学晓未休,苦吟鬼神愁。"朱庆馀:"崭来戎马地,不敢苦吟诗。"明代朱承爵在其《存馀堂诗话》中记载,因"苦吟","孟浩然眉毛尽落,裴祜袖手衣袖至穿,王维走人醋瓮"[①]。虽真假莫辨,但因"吟安一个字",而"拈断数茎须"恐怕在古典诗歌创作中绝非仅有。"苦吟"之"苦",并非"吟"之痛苦,而是觉得有更妥帖的字而偏又无法找到,由此产生寻之不得、弃之不甘的纠结心境。这些"吟""苦吟"都是对诗的文字,特别是文字的声律进行"推敲",是汉字的同义选择手段的运用。苦吟的字并非什么奇字怪字,单独来看,不过是些普通字,"推"也好,"敲"也罢,如不放在特定的句子里,也是平常得不能再平常了。但句中"炼"出的"好"字,就像散兵游勇有了杰出的领袖,凝聚力、战斗力得到明显提升。当然,"字"并不能与"意"截然分开,炼字虽然不是对具体场景的描摹,但也不存在有字无意的情况——如有,那只是书法作品。炼字往往可以带来这样的效果:"人们在阅读这样的诗句时,直接感受到的不是常规用法所呈现的对象本身,而是同义选择所带来的新鲜感和艺术表现力。我们的注意力由关注对象而转向形成对象的表达方式本身,转向言此意彼的同义选择过程。"[②] 炼字不是为了将读者带向一个真实的所指,一个

---

① (明)朱承爵:《存馀堂诗话》,见《历代诗话》(下),中华书局 1981 年版,第 786 页。
② 孟华:《汉字:汉语和华夏文明的内在形式》,中国社会科学出版社 2004 版,第 256 页。

具体的场景，但却引导人们想象一个场景，"炼"得好的字具有强大的召唤能力，能将一个似真非真的世界带到我们眼前，带进我们心灵，"使天地人物，一入笔下，俱活泼泼如蠕动"①。

3.汉字的偶值性与对仗、互文

文言与白话有个重要区别：文言以"字"为本位，单音节"词"为主；白话则以"词"为核心，双音节词居多。这一特点对中国文学乃至中国文化都造成极大影响，因为"单字表达造成文学思维中语言与文字的断裂，使得语言与文字成为两种既相互联系又相互区别的思维材料，这是中国文学思维特有的现象"②。在中国古代的语言文字系统里，语言与文字既可以携手并肩，相处甚欢，也可能各立门户，不相往来。这与西方语言中文字仅为记录语言而生是完全不同的，拼音字母如脱离语言，则毫无存在价值。

如前所述，因汉字音义结合一体的特点，形成了"A犹如B"的表达方式和思维方式，即"A借助于B，从A与B的相互关系中去把握、体悟A和B的性质与特点"③。"A"与"B"是相互借助，"A"或"B"单独都无法凸显其自身意义，句子的意义既不来自"A"，也不来自"B"，也不来自"A+B"，而来自"A"与"B"共融互生的意义，这个意义与"A""B"有关而又大于"A""B"。徐通锵先生认为，这种思维方式往往"以奇求偶，形成二向对立，凸显主观性因素的参与，借联寓意"，而且，"以声律为框架，在平仄有规律地交替使用中讲求平仄相对、字义相对、字义关系的结构规则相对，形成一种对称性、综合性的结构"④。这种结构就是对偶。徐先生认为：

---

① （清）李调元：《雨村诗话》，见《清诗话续编》（二），上海古籍出版社1983年版，第1528页。
② 刘晓明：《"语""文"的离合与中国文学思维特征的演进》，《中国社会科学》2002年第1期。
③ 徐通锵：《汉语结构的基本原理——字本位和语言研究》，中国海洋大学出版社2005年版，第230页。
④ 徐通锵：《汉语结构的基本原理——字本位和语言研究》，中国海洋大学出版社2005年版，第231页。

沿波讨源

  这种"A借助于B……"的实践最典型的表现形式就是传统的对对子或对仗，公园、寺院、道观、游览胜地等处地大门两侧和廊柱上的楹联就是汉语"A借助于B……"语法结构的典型实践和样品，凝聚了汉语社团的"A借助于B，从A与B的相互关系中去把握、体悟A和B的性质与特点"的思维方式的精华。[①]

"非线性文字书写的语言比线性口语更能使人意识到结构的偶值性，比如我们在阅读时，经常可以通过书写词的间隔、逗号和句号、语序、空格、字数的偶对等等非线性方式意识到声调的平仄、韵脚的对称、词的切分、主语和谓语、单句与复句、主句与从句、段与段等二元单位的存在，但在口语中这种偶值性被强大的时间之流遮蔽了。"[②]"偶值性"是指"两个对应单位"共同构成一个"语义场"，理解其中一个，就必须理解另一个。偶值性与汉字的非线性有着直接的关系。传统的"对对子"显然不是线性口语的记录，而纯粹是一种文字性的行为。文字所传达的内容不是第一位的东西，最引人注意的恰恰是表达内容的方式，文字的偶对、平仄、音韵超越了内容。从某种意义上说，汉语文学是一种"偶语文学"，不仅诗歌句子总是两两相对，更有近体诗如律诗对颔联、颈联对仗的工整性的绝对强调，以至于古人发出"偶语易安，奇字难适"的感叹，也就是说不以偶对方式写作简直不能让人接受。唐孔颖达在《周易正义》中指出："今验六十四卦，二二相耦，非覆即变。"可见，偶对思维是中国古老的传统思维，这种思维的形成与"以奇求偶"的汉字有着密切关系。刘勰在《文心雕龙》里也用"双""对""俪""偶"等概念对汉语的偶值性特点及其文学意义进行了深入阐述：

  造化赋形，支体必双，神理为用，事不孤立。夫心生文辞，运

[①] 徐通锵：《汉语结构的基本原理——字本位和语言研究》，中国海洋大学出版社2005年版，第231页。

[②] 孟华：《汉字：汉语和华夏文明的内在形式》，中国社会科学出版社2004年版，第42页。

第三章 媒介、符号与中国诗歌体裁的嬗变

裁百虑，高下相须，自然成对。唐虞之世，辞未极文，而皋陶赞云："罪疑惟轻，功疑惟重。"益陈谟云："满招损，谦受益。"岂营丽辞，率然对尔。《易》之《文》《系》，圣人之妙思也。序《乾》四德，则句句相衔；龙虎类感，则字字相俪；乾坤易简，则宛转相承；日月往来，则隔行悬合。虽句字或殊，而偶意一也。至于诗人偶章，大夫联辞，奇偶适变，不劳经营。自扬马张蔡，崇盛丽辞，如宋画吴冶，刻形镂法，丽句与深采并流，偶意共逸韵俱发。至魏晋群才，析句弥密，联字合趣，剖毫析厘。然契机者入巧，浮假者无功。[①]

确如徐先生所言，语言的偶值性在日常生活中的反映是楹联，在诗歌里则是大量对仗句式的运用。对仗或对偶是汉字偶值性的典型表现，陈寅恪曾断言"对偶确为中国语文特性之所在"，并提倡将"对对子"作为国文考试内容。但对偶何以会成为中国语文的特性呢？是偶然还是必然？通常认为对偶是由辩证的思维方式、均齐的美学观念、单音节的汉字等原因造成的，但这只是表面原因，汉字符号自身"偶值性"的特点才是最具决定性作用的因素。

对偶要求阅读时必须将上下句结合起来共同生成语义，单独看上句或下句都是残缺的或者无意义的，这也是古汉语中的所谓"互文见义"。如杜甫《客至》："花径不曾缘客扫，蓬门今始为君开"。它的意思其实应该是："花径不曾缘客扫，今始为君扫；蓬门不曾为客开，今始为君开。"这表明："偶值性对仗单位之间互相指涉，互为能指所指"[②]，这就是互文见义的婉转回环、在两点之间往复照应的偶值精神，是汉字思维的重要特征。对对子是中国古代文人的基本功，对偶在中国诗歌里俯拾即是，几乎是"无对不成诗"。但过于强调"对"的形式，有时也不无害处。

钱锺书就曾引用过一个让人哭笑不得的例子，一个叫李廷彦的名不见经传的诗人，写了一首诗给他的上司看，其中有这样一联："舍弟江南没，

---

① （南北朝）刘勰：《文心雕龙·丽辞》，见周振甫：《文心雕龙今译》，中华书局1986年版，第317页。
② 孟华：《汉字：汉语和华夏文明的内在形式》，中国社会科学出版社2004年版，第111页。

家兄塞北亡！"他的上司向他表示同情及慰问，这个李廷彦却说了一句让其大跌眼镜的话，"实无此事，但图属对亲切耳"，后来有人续了两句嘲讽他："只求诗对好，不怕两重伤。"[①]这就是文言诗歌遭后人诟病的地方，过于强调文字形式上的文学性，而不顾事实。李氏写诗，眼里只有"好对"，仄仄平平仄，平平仄仄平，"舍弟""家兄"，"塞北""江南"，对李氏而言，只是一些能指游戏，全无所指，只是在那里"无忧而为忧者之辞"。

高友工认为读律诗与普通阅读是不同的，"新结构要求新的阅读过程。普通阅读是线性向前的，对仗结构的阅读使线性的阅读进程暂时中断。像流水一样前进的运动过程停了下来，产生一种不断回顾和旁观的运动，逗留于对仗的两个诗句所构成的封闭空间里，形成一个循环。这种阅读方式完全吻合了诗歌所具有的'空间性'和'循环性'"[②]。高友工在这里非常精准地发现了线性阅读与"循环"阅读的区别，其根本原因就源自普通阅读面对的是语言型语言，"循环"阅读面对的则是以文言为代表的文字型语言。日常生活中，我们也有类似的体验，如常常很难区别一副对联的上联与下联，如不借助一些专门知识，在很多人眼里，不少对联就是互为上下联的。

4.汉字的离境性与典故

声音"过耳不留"的特性决定了交流双方必须同时在场，也正因为同时在场，交流时的语气、语调、眼神、手势、面部表情等对交际双方准确把握意图有着重要的辅助作用，所以语言性文字总是模仿语言发生的实际情况，试图还原交流场景。而以单音字为主构建文言，重心本不在交流上，一则不存在指定的交际双方；即便有，交际双方也是可以跨越时空的。反之，如果面对面交流，却故意咬文嚼字，搬弄书面那一套，就起不到交际效果。历史上有个小故事，说李密与宇文化及隔淇水交战，密持马鞭用文言强调斥责宇文化及"主上失德，不能死谏，反行逆杀，欲行篡夺。不追诸葛瞻之忠诚，乃为霍禹之恶逆，天地所不容，将欲何之"，宇

---

① 钱锺书：《七缀集》，上海古籍出版社1985年版，第111页。
② 高友工：《律诗美学》，见乐黛云、陈珏《北美中国古典文学研究名家十年文选》，江苏人民出版社1996年版，第89页。

文化及对斥责内容无法反驳，却对李密的语言方式提出质疑，说："与尔论相杀事，何须作书语？"由此可以看出，用语言方式表述与用文字方式表述是受到交流场域制约的。在交流双方同时出现的场域，文字型语言难免显得假而空。这其实涉及的是文字型语言的一个重要特性：离境性。对汉语使用者而言，这样的情况常常发生：有的会说不会写，有的会写不会说。《世说新语·文学篇》曾记载："太叔广甚辩给，而挚仲志长于翰墨，俱为列卿。每至公坐，广谈，仲治不能对；退，著笔难广，广又不能答。"二人所长分别在语言与文字，最能表现太叔广才华的地方恰恰是"公坐"，即交谈者俱在场；而挚虞则非得"退"，与太叔广不处于共同会话场域，即"离境"时方能呈文字之妙。

离境性，顾名思义，指语言描述不以真实情境为依托，将"对语境的依赖转向对上下文即文字与文字关系的依赖"[1]，在文字使用过程中，还会将该文字使用者的共同情感、发生过的事件等凝聚在文字上，留下一个民族文化的"踪迹痕"（trace）。具体到中国诗歌中，最典型的例子就是意象和典故的大量使用。前文论述文言的意象性时，已揭示了文言和意象产生的原因。本部分拟对典故的使用做一剖析。

典故在古代也经常被称作"故事"，其核心要素为"典"与"故"，一则"故事"要有出处，多来自古代典籍，是为"典"；二则需要有"故事"，后来的诗歌创作中的典故不局限于"事"，主要看自己诗歌中的某些用法是否能在前人诗句里找到依据。《红楼梦》"大观园试才题对额，荣国府归省庆元宵"一回中，因觉"红香绿玉"中的"绿玉"元妃可能不喜欢，宝钗劝宝玉"再想一个字改了吧"，宝玉说"我这会子总想不起什么典故出处来"，宝钗建议以"绿蜡"替换，宝玉忙问"可有出处"。宝钗提醒唐钱珝咏芭蕉诗头一句"冷烛无烟绿蜡干"，宝玉听了，"不觉洞开心臆"。可见典故运用主要是为诗歌语言找出处，并且"在这种不断的使用、转述过程中，词语才有可能积淀与容纳超出其字面的内容或改变其原来的

---

[1] 孟华：《汉字：汉语和华夏文明的内在形式》，中国社会科学出版社2004年版，第38页。

沿波讨源

意义"①。另一个原因则是古代诗歌对句式及字数都有严格要求，如五绝，起承转合必须在20字之内完成，如果照实讲述"故事"，实在无法完成，只得抽取故事中最重要的两三个字，以此为引，带领阅读者回到"故事"中去，并体悟"故事"所能传达的意义。

典故的使用历来褒贬不一。贬之者多站在语言型诗学观立场，认为诗歌要"指事造形，穷情写物"，反映真实生活场景和情感，也就是强调"在场性"，强调"及物"写作，强调"所指"写作。钟嵘《诗品》即持此论：

> 夫属词比事，乃为通谈。若乃经国文符，应资博古，撰德驳奏，宜穷往烈。至乎吟咏情性，亦何贵于用事？"思君如流水"，既是即目；"高台多悲风"，亦惟所见；"清晨登陇首"，羌无故实；"明月照积雪"，讵出经史。观古今胜语，多非补假，皆由直寻。颜延、谢庄，尤为繁密。于时化之。故大明、泰始中，文章殆同书抄。②

钟嵘的观点是"经国文符"才需要"资古穷烈"，而诗歌写的应该是"即目""所见"，不必有"故实""出经史"，否则"殆同书抄"。钟嵘论诗偏向语言型文字，就必然对文字型的典故多有不满与不屑。

而持文字型语言观的人则对典故钟爱有加，如李商隐写诗作文常常是"多简阅书册，左右鳞次，号獭祭鱼"，写的诗句远离真实情景，多"不及物"，因此连梁启超也说，李商隐的《锦瑟》等典故太多的诗，"拆开一句一句叫我解释，我连文义也解不出来"，这充分证明文字型诗歌的"离境性"，这类诗歌总是跨越千年时空，通过文字与古人对话。"不懂"不等于"不美"，梁启超接着说："但我觉得它美，读起来令我精神上得到一种新鲜的愉快"③。当然，最高妙的用典则是如盐化水，忻合无间，有"典"

---

① 葛兆光：《汉字的魔方——中国古典诗歌语言学札记》，复旦大学出版社2008年版，第148页。
② （南北朝）钟嵘：《诗品》，见（清）何文焕《历代诗话》，中华书局2004年版，第3页。
③ 梁启超：《饮冰室合集》（第4册），中华书局1972年版，第73页。

在而不觉"典"在。如李白"只愁歌舞散，化作彩云飞"（李白：《宫中行乐词》），纪昀对它的评价是"用巫山事无迹"（见方回《瀛奎律髓》卷五）。又如陶渊明的"心远地自偏"，历来注家不注出处。但朱自清先生却认为"心远"亦为典故，化自《庄子·则阳篇》中的"其于人心者若是其远也"。不懂此典，照样解诗，且无窒碍；如果懂得，则深入一层，心领神会。

总之，古典诗歌典故的大量出现与使用，都与汉字是一种离境型的文字有关，既离境，穿越时空，跨越古今，思接千载，视通万里，亦有可能是对眼前"意象"的重要补充。高友工认为："简单意象的叠置不再适于表达复杂的意义。他（指杜甫）有意通过用典来建造一个意象世界，因为事典可以引入简单意象无法表达的复杂的意义维度。"[①] 典故是对"故事"的浓缩，既解决了字数限制问题，又能表达远超字面的意思。

古典诗词重意象、意境，讲对偶、炼字等都是由文言的汉字性决定的，这些修辞手段也让古典诗词获得了崇高的声誉。但如果一任文言走向汉字性的极端，忽视语言性的特质，势必会远离口语，远离现实，"饰其辞而遗其意"，"连篇累牍，不出月露之形；积案盈箱，唯是风云之状"（《隋书·李谔传》），陷入语言的"套板反应"，不从生活、体验、真情出发，而单纯追求文字的文学性，借用现成的意象，"为赋新诗强说愁"。钱锺书就曾讽刺过这一情形："小伙子作诗'叹老'，大阔佬作诗'嗟穷'，好端端过着闲适日子的人作诗'伤春''悲秋'。"[②] 每到这时，文学史上都会有一场革命或者运动，来纠"文字性"的"偏"。

如文言的文字性特点到六朝发挥到极致，郭绍虞将其称为"骈文时代"：

> 后来进到骈文时代，这才是充分发挥文字特点的时代。利用字形之无语尾变化，于是可讲对偶；利用字音之一形一音，有时一音一

[①] 高友工：《律诗美学》，见乐黛云、陈珏《北美中国古典文学研究名家十年文选》，江苏人民出版社1996年版，第89页。

[②] 钱锺书：《七缀集》，上海古籍出版社1985年版，第111页。

沿波讨源

义，于是可讲声律。对偶是形的骈俪，声律是音的骈俪。再加文学的技巧，又重在遣词用典，剪裁割裂，以使错综配合，所以进到此期，文字的应用之能事已尽，可以说当时是文学语言以文字为工具而演进的时代，易言之，即此时代文学流变之原因之一，是在运用文字的技巧上的逐步演进。①

前文说过，文言"诗"的极端是律诗，文言"文"的极端是骈文。律诗与骈文走的都是文字型的极端。"文字型的文学既演进到极端，于是起一个反动而成为古文时代"。古文时代既是对文字型极端的反动，必然强调文字的语言性，要求"文章言语，与事相伴"，要"因事陈词"，力争"其事信，其理切"（韩愈:《上襄阳于相公书》）。"由此再进，索性应用当时的声音语以充分发挥语言的特点，于是遂成为语体的时代"，"这一时代而语言的应用之能事亦可谓发挥殆尽了。由古文时代而语体时代，实在也可以说是文学以语言为工具而演进的时代。易言之，亦即此期的文学语言是以口头语言为标准的文学语言"②。郭先生紧紧把握文字的文字性和语言性特点，将中国文学分为文字型、语言型和文字化的语言型三类，这是真正从文学内部研究文学，很多文学现象都与此相关。

第四节 白话诗："文"向"言"的回归

文诗充分利用、发掘了汉字"形"的特点，但同时"活泼的口语"也在文字化、文人化的过程中失落了，给诗歌带来了固定、僵化等弊端。王国维先生认为："诗至唐中叶以后，殆为羔雁之具矣。故五季、北宋之诗（除一二大家外），无可观者，而词则独为其全盛时代。其诗词兼擅如永叔、少游者，皆诗不如词远甚。以其写之于诗者，不若写之于词者之真

---

① 郭绍虞:《中国语言与文字之分歧在文学史上的演变现象》,《照隅室古典文学论集》, 上海古籍出版社 2009 年版，第 494—495 页。
② 郭绍虞:《中国语言与文字之分歧在文学史上的演变现象》,《照隅室古典文学论集》, 上海古籍出版社 2009 年版，第 495 页。

第三章　媒介、符号与中国诗歌体裁的嬗变

也。至南宋以后，词亦为羔雁之具，而词亦替矣。（除稼轩一人外）观此足以知文学盛衰之故矣。"（王国维：《文学小言》十三）事实上，自隋末以来，关于重新找回汉字的"声"的呼唤从未停歇，这也就是所谓"白话"文学运动。"白话"的核心不是言说，而是书写，是为汉字找回声音。

白话诗并非始自"五四"。"白话"是文字与口语的结合，在前面章节我们已经非常详细地论述了文字与语言之间的关系，纯粹的口语与被文字记录、改造过并以文字形式呈现的口语（白话）是不一样的。"白话"不是声音形态的口语，而是用文字模拟的口语。文字对口语模拟的程度受制于书写材料和书写工具，文言也是对口语的模拟，但主要是对"意"的模拟，而不是对"声"的模拟；到"五四"前后，随着书写材料尤其是书写工具的变化（钢笔出现并逐渐替代毛笔），文字对口语的模拟程度越来越高——当然，在模拟的过程中，"文"对"言"的控制也越来越强。

简单地说，白话就是文字化的口语，但需要对"文字化"引起特别重视，正是"文字化"让口头语言变成了"今文言"，"一方面由于它抛弃了古文言从而使汉语获得了一种语言性解放，更接近了'汉语性'；另一方面它仍承袭了表意汉字的一切基本特性，其超越汉语方言的性质使它仍具有强烈的'汉字性'。因此，白话文不等于汉语口语，而是一种今文言"[①]。如果说，白话就是用文字记录的口语的话，那么白话并不是什么新鲜东西，在文字出现后就一直存在，古代的雅言、通语都是白话；白话文、白话诗自然也不是什么新东西，六朝以降历代文人追思神往的"古文""古诗"其实就是包含了更多口语成分的"白话文""白话诗"；而所谓"白话文运动"也不是后世才有的新运动，比如周作人先生就认为，"他们（公安派）的主张很简单，可以说和胡适之先生的主张差不多"[②]，关于这个问题，后面章节有详细论述。我们在这里主要以新诗为代表谈一谈白话诗的诗性生成中的一些问题。

如果说新诗是白话诗，大概是没有人反对的。但如果承认这一点，新诗也就没有什么"新"了。中国文学史上，白话诗并不鲜见，比如，中国

[①] 孟华：《汉字：汉语和华夏文明的内在形式》，中国社会科学出版社2004年版，第184页。
[②] 周作人：《中国新文学的源流》，江苏文艺出版社2007年版，第22页。

沿波讨源

文学的源头《诗经》就是"由口语改编的,并须借口传得以保存"①。口语比白话还要白话。后世的乐府诗、元白体、词、曲都算得上是白话诗。胡适的所谓新诗运动也不过是"于旧诗中取元白一派作为我们白话新诗的前例"②。但"新诗"这个概念具有不确定性,不同时期有不同名称,如新体诗、白话诗、自由诗、现代诗等,但有一点是确定的,"新"诗与"旧"诗的区别主要表现在"体"上。"新诗"是摒弃了旧"体"而创造了新"体"的诗。若果真如此,"新诗"自然有取代"旧诗"的理由。问题在于,"新体诗"的"体"就是"诗体大解放"的"自由体",其实质就是无体。但"体"的存在才决定了艺术的存在,无"体"的结果就是取消了这门艺术。废名很早就意识到了这一点,在被问及"有些初期作新诗的人,现在都不作新诗了,他们反而有点瞧不起新诗似的,不知何故?"时,废名首先承认了这个事实,然后说,"他们从实际观察的结果以为未必有一个东西可以叫作'新诗'",这篇"问答"的最后,废名的结论是"我不妨干脆的这样说,新诗的诗的形式并没有"。③ "体"之不存,诗将焉附?是不是可以这样说,正是"诗体大解放"让新诗从一开始就"奄奄一息",就"交倒霉运",就成了"病理学研究的"标本?难怪穆木天要说:"中国的新诗的运动,胡适是最大的罪人。"④反过来,我们也因此可以推论,"旧体诗"打而不倒,正是因为它的"体"还在。"体"既是束缚,也是最高理想。既然没有新体,难道就真的存在一个十恶不赦到应该被彻底摧毁的"旧体"?这场人为构建的二元对立,会不会只是一场"假想的新旧之争"?⑤

如前所述,乐诗之"体"的建立基于口语和音乐,文诗之"体"的建立基于文字的"形"和空间性;白话诗之"体"的建立则复杂得多:一方

---

① 刘晓明:《"语""文"的离合与中国文学思维特征的演进》,《中国社会科学》2002年第1期。

② 废名:《新诗十二讲——废名的老北大讲义》,辽宁教育出版社2006年版,第28页。

③ 废名:《新诗十二讲——废名的老北大讲义》,辽宁教育出版社2006年版,第226—232页、第28页。

④ 穆木天:《谈诗——寄郭沫若的一封信》,载王永生编《中国现代文论选》,贵州人民出版社1982年版,第81页。

⑤ 田晓菲:《隐约一坡青果讲方言:现代汉诗的另类历史》,《南方文坛》2009年第6期。

第三章 媒介、符号与中国诗歌体裁的嬗变

面,白话模拟了口语,口语是基础;另一方面,文字固定了口语,文字的"形"无所不在。建立一个什么样的"体"才能最好地发掘白话的诗性,这是多年来白话诗一直没有解决的问题,这当然也是白话诗(新诗)日渐没落的原因之一。"体"即形式,而艺术不过是"创造出来的表现情感概念的表现性形式"①。白话诗(新诗)当下面临的最大难题正是基于符号自身特点建立表达现代内容的形式,为了深入剖析这个问题,我们仍然需要对语言从符号学的角度进行解析。

一般意义上使用的"语言",既包含了文字也包含了声音,我们借用索绪尔的能指、所指范畴来展示其间的关系。口语中的语音是能指,思想、概念是所指;而在文字与口语的关系中,文字是能指,口语又成为了文字的所指,在文字—语言(口语)—思想的结构中,"语言(口语)—思想"分别是第一能指和第一所指;而"文字—语言(口语)"中,文字是第二能指,语言(口语)则是第二所指。语言(口语)身兼第一能指和第二所指两职。由于语言是双重能指、所指关系的叠加,所以有两类诗性生成方式,也可以说有两种类型的诗歌,即第一能指的诗歌和第二能指的诗歌,也可叫作文字型和语言型诗歌,笔者将其命名为能指偏向型和所指偏向型诗歌,还可像废名那样表述为"元白易懂得一派"和"温李难懂的一派"。名各不同,实则一也。但不管哪一派,都必须遵循因语言、文字而生的诗性生成方式。

对汉语而言,口语和文字都能生成诗性。带有口语特色的诗歌,主要是通过能指膨胀的方式生成诗性,如段落间某种程度的重复、押韵,最好能配合音乐吟唱。其实,不多的几首受到广泛认可的"新诗"正是具有这些特征的。如徐志摩的《再别康桥》、戴望舒的《雨巷》以及闻一多和余光中的一些诗。以至今仍脍炙人口的《雨巷》为例,其运用的技巧就是通过段落的重复(第一节与最后一节)、关键意象的重复("撑着油纸伞""丁香一样")、韵的重复("长""巷""娘""芳""徨""怅""芒")等能指膨胀的方式生成诗性的,也为戴望舒赢得了"雨巷诗人"的荣誉。如果非要

---

① [美]苏珊·朗格:《艺术问题》,滕守尧、朱疆源译,中国社会科学出版社1983年版,第108页。

沿波讨源

为这些膨胀的能指找到所指的话，不过是：希望在雨巷碰到那个丁香般的姑娘。《再别康桥》也基本如此。遗憾的是，戴望舒等后来的主张却对白话这种语言的诗性生成方式有所对抗，推崇"诗不能借重音乐""韵和整齐的字句会妨碍诗情，或使诗情成为畸形的""真的诗的好处并不就是文字的长处"[①]等全然违背第一能指诗性生成的方式。但最终结果却是，他以这种方式创作的"真的诗"却并没有取得更大成就，至少不能说超过了《雨巷》的成就。

诗好不好，是否有诗性、诗意、诗味，不是几个人可以决定的，民族语言、民族文字才是最终的决定力量。毛泽东说，"用白话作诗，几十年来，迄无成功"，语似偏激，却也并非全无根据。胡适的"白话诗"倡议其实仅具学理意义，其创作的白话诗更不应该被当作此类诗歌创作的典范。成仿吾对这一类白话诗有过很直接、很激烈、很尖刻的批驳。对胡适的《他》，成仿吾说："这简直是文字的游戏，好像三家村里唱的猜谜歌，这也可以说是诗么？《尝试集》里本来没有一首是诗，这种恶作剧正自举不胜举。"对胡适的《人力车夫》的评论是："这简直不知道是什么东西。自古说，秀才人情是纸半张，这些浅薄的人道主义更是不值半文钱了。坐在黄包车上谈贫富问题劳动问题，犹如抱着个妓女在怀中做了一场改造世界的大梦。"[②]然后，成仿吾分别例举了康白情《草儿》中的《别北京大学同学》和《西湖杂诗》、俞平伯的《仅有的伴侣》《山居杂诗》以及周作人、徐玉诺等人的诗歌，并全部予以否定性评价。

成仿吾的这些犀利言辞正是笔者当年学习现代文学时心有腹诽而不敢言的话，今天从语言学的角度，其实是更可以看出白话诗"迄无成功"的症结的。既然是"白话诗"，"白话"就是诗歌创作的质料。如前所述，"白话"虽然不等于口语，但"白话"暗含了"口语偏向"，是"所指偏向"，因此，这类诗歌就必须符合"口头"诗歌创作的一些特性，比如"套语"，比如"重复"，比如"音乐"。巧合的是，成仿吾也正是从这点上给这些不成功的"新诗"开药方的。成仿吾指出，这样口语化的"小诗"之所以远

---

① 戴望舒：《望舒草》，浙江文艺出版社1997年版，第117—119页。
② 成仿吾：《诗之防御战》，原载《创造周报》1923年5月13日第1号。

第三章　媒介、符号与中国诗歌体裁的嬗变

离了诗歌的抒情性，原因正在于"抒情诗的真谛在利用音律的反复引我们深入一个梦幻之境，俳句仅一单句，没有反复的音律，他实在没有抒情的可能"。总而言之，成仿吾认为当时的诗歌，"他们大抵是一些浅薄无聊的文字：作者既没有丝毫的想象力，又不能利用音乐的效果，所以他们总不外是一些理论或观察的报告，怎么也免不了是一些鄙陋的嘈音。诗的本质是想象，诗的现形是音乐，除了想象与音乐，我不知道诗歌还留有什么。这样的文字也可以称诗，我不知我们的诗坛终将堕落到什么样子。我们要起而守护诗的王宫，我愿与我们的青年诗人共起而为这诗之防御战"①。

成仿吾将这样的诗歌写作拔高到了"诗坛堕落"的层面，自然有些言之过重，其实这不过是个技术性的问题。既然要用"白话"写诗，就只得按"口语"诗歌的要求来，如果将"陈套、重复、音乐"这些手段去掉，"白话诗"就既没有能指偏向型诗歌的技术追求，又没有所指偏向型诗歌的情感发抒，最终必然是"非驴非马"，不伦不类。一直对"新诗"持冷眼旁观态度的鲁迅同样认为：

> 我只有一个私见，以为剧本虽有放在书桌上的和演在舞台上的两种，但究以后一种为好；诗歌虽有眼看的和嘴唱的两种，也究以后一种为好；可惜中国的新诗大概是前一种。没有节调，没有韵，它唱不来；唱不来，就记不住；记不住，就不能在人们的脑子里将旧诗挤出，占了它的地位。……我以为内容且不说，新诗先要有节调，押大致相近的韵，给大家容易记，又顺口，唱得出来。但白话要押韵而又自然，是颇不容易的，我自己实在不会做，只好发议论。②

鲁迅的谦虚背后恰恰是对诗歌本质的洞见。他首先认为，诗歌有"眼看的"和"嘴唱的"两种，其实就是文字型和口语型这两种。鲁迅以为"旧诗"就是"眼看的"，所以"新诗"自然应该是"嘴唱的"，但"可惜中国的新诗大概是前一种"，即将本应该是"嘴唱的"新诗写成了"眼看

---

① 成仿吾：《诗之防御战》，《创造周报》1923年5月13日第1号。
② 鲁迅：《致窦隐夫》，《鲁迅全集》第12卷，人民文学出版社1981年版，第555—557页。

的",具体表现就是"没有节调""没有韵""唱不来",开出的方子自然也与成仿吾差不多:"要有节调""押大致相近的韵""顺口""唱得出来"。对新诗创作的这些要求,不是鲁迅的要求,而是语言的要求,违背了语言的规律而强行改变创作手法,其流弊今天应该可以看得很清楚了。

沃尔特·翁在谈到口语的套语式思维时就发现:

> 在原生口语文化里,为了有效地保存和再现仔细说出来的思想,你必须要用有助于记忆的模式来思考问题,而且这种思维模式必须有利于迅速用口语再现。在思想形成的过程中,你的语言必然有很强的节奏感和平衡的模式,必然有重复和对仗的形式,必然有头韵和准押韵的特征;你必然用许多别称或其他的套语,……[1]

口语不是一种工具,而是一种思维,即便诉诸文字,但如果要模拟这种语言,就必然带有这种思维的痕迹。不仅"铺张地使用套语"这一特点是这样,"重复""音乐"等其他手法也同样如此。生活在文字控制的时代,反思"前文字时代"的思维并不是件轻松、容易的事情。就目前情况看,纯粹口语形态的艺术已经基本上不复存在,用文字呈现的所谓"口语写作",也只不过是对口语的摹拟,但不管怎么说,一旦摹拟口语,口语思维模式就会在一定程度上显现在你的写作中,口语诗歌的特点也会自然呈现出来。因为口语的思维和表达已经"深深地锚泊在意识和无意识之中,一旦被用于笔端,它们就不会消逝"[2]。

但是,我们也不得不承认,白话不是口语,白话是文字,白话是书写,宋以后白话还是印刷品,正是这些特质让白话与真正的口语发生了分离。以印刷术对白话的影响为例,麦克卢汉认为:"印刷纸片的同一性和可重复性的另一个意义重大的侧面,是它对追求'正确的'拼写、句法和

---

[1] [美]沃尔特·翁:《口语文化与书面文化——语词的技术化》,何道宽译,北京大学出版社2008年版,第25—26页。

[2] [美]沃尔特·翁:《口语文化与书面文化——语词的技术化》,何道宽译,北京大学出版社2008年版,第18页。

发音所造成的压力。印刷物更为引人注目的影响，是造成诗与歌、散文与讲演术、大众言语和有教养的言语的分离，以诗为例，这种分离产生如下的结果：与歌曲分离之后，诗可以吟哦而不必让人听见。同样，乐器可用来弹奏而不必伴以诗歌。音乐偏离口语的方向，并且再次与巴尔托克和勋柏尔格合流"①。这也说明，要想恢复白话的口语性，与音乐结合，至少在文人诗歌里是很难做到的。当然，我们也不用恐慌、悲观，认为悠久的口语诗歌传统已经消亡殆尽。具有这些传统的诗歌仍然存在，比如流行歌曲的歌词、手机短信段子等。

客观地说，新诗今天的遭遇并不全是诗人的责任，这与"现代汉语"的发展及现状是密切相关的。"现代汉语"并不是像教科书说的那样，就是"普通话"，而是"一种口语、欧化句法和古代典故的混合物"②。在确立白话的中心地位时，欧化的侵入让汉语成了一种怪异的语言。在20世纪30年代就有人发现，"'五四'式白话，实际上只是一种新式文言，除去少数的欧化绅商和摩登青年而外，一般工农大众，不仅念不出来听不懂，就是看起来也差不多同看文言一样吃力"③。这种"白话"并不是生活中的"话"，而是一种"翻译腔"。瞿秋白在对鲁迅的"宁信而不顺"的翻译观进行质疑时，指出当时的一般欧化文艺和所谓"语体文"，都有这种脱离真实语言的"病根"。这种"翻译腔""不但不能够帮助中国现代白话文的发展，反而造成一种非驴非马的骡子话，半文不白的新文言"④。我们不得不承认，这样欧化的翻译腔仍然是今天书面现代汉语的主流。从符号学的角度，欧化语既不是第一能指——"不仅念不出来也听不懂"；也不是第二能指——"同看文言一样吃力"，欧化的侵入打破了文字—语言—观念

---

① ［加］马歇尔·麦克卢汉：《理解媒介——论人的延伸》，何道宽译，商务印书馆2009年版，第223页。

② ［美］费正清编：《剑桥中华民国史（1912—1949）》上卷，中国社会科学出版社1994年版，第528页。

③ 寒生：《文艺大众化与大众文艺》，载文振庭《文艺大众化问题讨论资料》，上海文艺出版社1987年版，第86页。

④ 瞿秋白：《再论翻译——答鲁迅》，见罗新璋、陈应年《翻译论集》（修订本），商务印书馆2009年版，第354页。

沿波讨源

之间的同构关系，不仅割断了第一能指与观念的关系（生活中人们不这样说），也让第二能指无所依附（好的作家也不这样写），文字表意性减弱，表音性并未增强，语言、文字同时失范。

事实上，对现当代文学语言的反思一直都有，在五四运动八十周年纪念日，白先勇先生撰文对五四文学运动的功过进行了清理并对其享有的声誉予以深刻质疑，他说："《儒林外史》《红楼梦》，那不是一流的白话文，最好、最漂亮的白话文么？还需要什么运动呢？就连晚清的小说，像《儿女英雄传》，那鲜活的口语，一口京片子，漂亮得不得了；它的文学价值或许不高，可是文字非常漂亮。我们却觉得从鲁迅、新文学运动才开始写白话文，以前的是旧小说、传统小说。其实这方面也得再检讨，我们的白话文在小说方面有多大成就？"[1] 白先生其实是从文学的第一能指，"白话"的角度进行的反思，我们有着悠久的第一能指的写作传统，但欧化撕裂了这一传统。诗人冯至则从第二能指的角度反思了当时及自己的诗歌写作，"现在中国的文字可以说混杂到万分——有时我个人感到我的中国文是那样地同我疏远，在选择字句的时候仿佛是在写外国文一般……所谓文学者，思想感情不过是最初的动因，'文字'才是最重要的。我觉得我是非常地贫穷，就因为我没有丰富的文字"。这位被鲁迅誉为"最优秀的抒情诗人"竟然发出了这样的忏悔："我不承认我从前作的诗是诗，我觉得那是我的耻辱"。[2] 冯至的这一番话，谈的正是汉语的第二能指问题，即"文字才是最重要的"，对诗歌而言，能指才是最重要的。这与形式主义诗学、雅可布逊的观点都是一致的。但在"五四"以降的文学评价中，这样的观点一直被冠以"文字游戏"的恶谥。上述小说家、诗人的反思说明，口语形态、文字形态的汉语都没有问题，真正的问题倒在于人为的对立使得汉字与汉语两败俱伤，欧化语言乘虚而入。这其实是不应该发生的，只要汉字还在，"文言与白话无从对立，五四以来一切文言与白话的战争，都是

---

[1] 转引自《天涯》1991年第4期，第151页。
[2] 转引自郜元宝《离开诗——关于诗篇、诗人、传统和语言的一次讲演》，《当代作家评论》2002年第2期，第35页。

第三章　媒介、符号与中国诗歌体裁的嬗变

在这一虚构中抓瞎起哄"。[①]既希望用文字来记录语言，改造语言，同时又希望文字隐身不见，这显然是对媒介、符号的威力了解不够，是不切实际的符号乌托邦，不是革命和创新，恰恰是回避和逃离，文字性是白话撕扯不掉的标签，"'五四'新文学运动的'我手写我口'的口号实际上遮蔽了白话文中的汉字问题"[②]，这同时也是破解白话诗"迄无成功"难题的一把钥匙。从符号的角度分析语言和文字的关系，对重新审视新文化运动是很有裨益的。

如果将文学问题归结为语言问题、文字问题、符号问题，作家诗人则会敬畏语言，尤其是敬畏双轨制的汉语，从而敬畏传统，并从传统中学习、借鉴诗歌写作手法，"新诗"才会有出路。周作人先生在为刘半农的《扬鞭集》所作的序中说道："超越善恶而又无可排除的传统，却也未必少，如因了汉字而生的种种修辞手法，在我们用了汉字写东西的时候总摆脱不掉的。"[③]无论记音的汉字，还是表意的汉字，都能生成诗性，这是汉字留给我们的宝贵财富，不管是作第一能指的诗，还是第二能指的诗，尊重诗性生成的规律，提高诗性生成的技艺，变"欧化"为"化欧"，取消并不存在的文言—白话、新诗—旧诗的二元对立，向汉语学习，向汉字学习，"新诗"一定可以开创一片新的天地。

"文体"范畴至少包含了两个层面的含义：一是所用之"文"是什么，即用什么符号在创作；二是"文"以什么样的形式组织起来，呈现出什么样的形态，即"体"。汉语诗歌的符号由"言""文"两套符号组成，两套符号时分时合，各有偏向，汉语诗歌就既有"言诗"也有"文诗"；既有由"言"向"文"过渡的，也有由"文"往"言"回归的，表现为各种具体的形态，但万变不离"文"与"言"，大体可以归属于上述四类。

[①] 龚鹏程：《文化符号学——中国社会的肌理与文化法则》，上海人民出版社2009年版，第348页。

[②] 孟华：《汉字：汉语和华夏文明的内在形式》，中国社会科学出版社2004年版，第184页。

[③] 周作人：《〈扬鞭集〉·序》，1926年6月7日《语丝》第82期。

第四章 媒介、符号与中国诗学论争

中国文学的历史其实也是一部文学论争的历史,历朝历代的文学流派、文学运动背后都有一群或真实或假想的对手。这些对手有时处在同一个场域,腹诽面净,不依不饶;有时又悬隔多代,无风起浪。一些名声显赫的诗人或被后世奉为立论的宗主,或成为攻讦的靶子。这些论争看似偶然发生,彼此似无关联,但如果仔细考辨,就会发现论争的产生不仅具有相似性,而且具有必然性,恰似"花开而谢,谢而复开"(叶燮:《原诗》),呈现出旷代而同调的文学特征。对这种趋势具有自觉意识的是周作人,在当时整个时代都对看似无所依傍、横空出世的新文学运动不吝赞美之词的时候,他却敏锐、直接地指出,"那一次的文学运动(即公安派对前后七子的反拨——引者注),和民国以来的这次文学运动,很有些相像的地方,两次的主张和趋势,几乎都很相同。更奇怪的是,有许多作品也很相似"[1]。事实上,"主张和趋势""都很相同","作品也很相似"的文学运动并不是只有这两次。陈子昂的振臂一呼,对"兴寄""风骨"的倡导,中唐元白的新乐府运动及韩柳的古文运动,以及晚近于坚对知识分子写作的挞伐等,之间似乎都有着某种前后相续的脉络。循着这个思路继续回溯,明末的"那一次文学运动"和中唐元白的"主张和趋势"也"几乎相同",而元白与陈子昂、李谔的主张也多有渊源;如果再往后梳理,不仅胡适的主张与公安派如出一辙,于坚的"口语写作"主张也似乎不过是元白、三

---

[1] 周作人:《中国新文学的源流》,江苏文艺出版社 2007 年版,第 27 页。

袁的现代翻版。他们的真实论敌或假想论敌则为另一脉：沈约、温李、王禹偁、宋祁、黄庭坚及江西诗派、前后七子、闻一多及与于坚争得不可开交的知识分子写作派等。而且，有趣的是，他们的"主张和趋势"也很相同，而"作品也很相似"。仔细梳理文学史，就会发现历代的文学运动、文学论争的主角都大体是这两派。文学史书写中，大多展示了这些论争，但常将其视为个别的、偶然的发生，对论争双方的知识背景、理论来源缺乏足够的清理，如果能够厘清论争回合背后的共性，不仅有助于把握中国文学流变的本质，对当下及今后中国文学发展的方向也会有更清晰的认识。

第一节　所指偏向与能指偏向

一　诗学论争的两派

既然是论争，当然有论争的双方。但我们观察的视角并不局限在特定的某场论争中，而是将文学自觉时代以来重要的论争进行梳理、分析、比对、归纳，进而认为中国文学史上的重要文学运动具有相似性，即论争的主要内容大体相同，对辩方的攻击点基本一致，尽管跨越了年代，仍然可以将对阵双方通过类型的抽象划归两个阵营。中国诗学正是在相互对立的这两股力量抗衡、斗争的过程中向前推进的。

文学中有着两种对立的风格，这样的观察很早就有。孔子对语言有两个几乎完全相反的看法：他一方面说，"辞达而已矣"（《论语·卫灵公》）；另一方面又说，"志有之，言以足志，文以足言。不言谁知其志？言之无文，行而不远"（《左传·襄公二十年》）。"辞达"与"言之有文"显然是相悖的不同追求，困扰后世多年，并引发了对孔子语言观长久的争论。当然孔子在这里谈的并不是书面的文学写作，更多讲的是"言""辞"问题，即口头表达问题。后世将孔子关于"君子"的一段表述，即"质胜文则野，文胜质则史，文质彬彬，然后君子"（《论语·雍也》）与文学风格结合起来，简言之就是"文派"和"质派"。孔子虽然没有谈论文章的写作、风格、流派等，但"文派""质派"与"文质彬彬派"很好地反映了文学

沿波讨源

论争的实际和文学的最高理想。后世的论争本质上大多也只是"文派"与"质派"的变体。

在孔子时代，文学还只是大而概之的混沌概念，今天意义上的文学尚未出现。孔子的提法可看作是对文学的隐喻性描述，是君子之道与文学之道的暗合。魏晋以降，文学进入了"文学自觉时代"（literature for it's own sake），文学不再仅仅是载道的工具，文章虽仍是"经国之大业，不朽之盛事"（曹丕：《典论·论文》），但不少人已经开始将眼光聚焦在文学本身。文学自身的存在价值开始凸显，"玩"文学的人开始增多。既然"道"已经不再是考评文学的标准，那么对于什么样的文学是好文学，什么样的诗歌是好诗歌，人们给出的答案就不尽相同了。

文学史上很少有作家、诗人得到历朝历代一以贯之的认可，不少诗人都是在悬隔多代后才找到知音。比如陶渊明，沉寂几百年后突然在宋朝开始得到认可，苏轼对陶诗赞不绝口，几乎偏偏和陶，其对陶诗"质而实绮，癯而实腴"的评价几成公论。王国维给予的评价更高，"屈子之后，文学上之雄者，渊明其尤也"（王国维：《文学小言》第11则），成了唯一可与屈原比肩的诗人。但事实上，陶渊明从他生活的年代直至宋朝，被人提及的常常并不是其诗歌成就，而是隐逸情怀及"不为五斗米折腰"的气节。《文心雕龙》臧否了大量作家、诗人，却对陶渊明未予置评；《诗品》也仅将其诗列为中品，认为其作"文体省净，殆无长语，笃意真古"，评价中性，并无推崇。唐宋以后，不知是陶渊明诗歌的价值显现出来，还是当时人们读诗的品味有了改变，陶诗渐成经典。诗还是那些诗，为何对它的评价差距就那么大呢？从对陶渊明的选择性忽视到选择性拔高，反映出的其实恰恰是不同时代、不同文学观对同一诗人的不同看法。换句话说，在陶渊明遭遇忽视的几百年里，一定另有与他不同的诗歌风格主导了诗坛；而苏轼时代抬高陶诗，也是因为彼时诗风已经发生了变化，陶诗才终于在宋代找到了知音。陶诗的接受史是值得深究的课题。根据对陶诗的态度，就可以将对陶诗评价不高的划归为一派，他们的风格与陶诗风格正好相左，姑且命名为"倒陶派"；而将苏轼及宋诗以后追捧陶诗的划归为另一派，他们的风格与陶诗正好暗合，暂且称之为"拥陶派"。

第四章　媒介、符号与中国诗学论争

如果说，陶渊明的接受史反映的是文学观、诗学观的历时争论，有时在共时场域也会出现纷争，那么关于杜甫的评价，每个时代则都有不同声音。杜甫也是在宋代才开始享有极高的声誉的，虽然"李杜优劣"的论争未有止息，但杜甫绝对是当之无愧的伟大诗人。然而，身处同一时代的胡适和废名就对杜诗有着几乎完全不同的看法。在倡导白话文运动的胡适眼里，虽然他也认为"杜甫是唐朝第一个大诗人"，但却认为杜诗的"好处""都在那些白话了的诗里，这也是无可疑的"[①]。对杜甫的那些前无古人、后无来者的律诗，胡适表现出了完全的否定，说《秋兴八首》"其实也都是一些难懂的诗谜。这种诗全无文学价值，只是一些失败的诗顽艺儿而已"。[②] 但废名却偏偏对《秋兴》钟爱有加，尤其喜爱那些"难懂的诗谜"，并称其为"文字禅"。可见，以杜诗为对象，固然有大量的"拥杜派"，同时也有胡适这样的"倒杜派"。如果抛开对具体的诗人的评价，从总体上来看待中国文学的发展，并对所有论争进行清理后，我们发现，中国诗学论争的两派不仅确实存在，而且每一派都有着各自的脉络。

文学研究者从不同角度对这两个阵营命名。周作人认为文学从宗教里分离出来后，形成了"言志派"和"载道派"两种不同潮流，而且，"这两种潮流的起伏，便造成了中国的文学史"[③]。最有意思的是，周先生在追溯文学发展的历程中，不自觉地展示了两派各自的渊源。他认为，胡适与晚明公安派就有着思想上的一脉相承性。周先生说："他们（公安派）的主张很简单，可以说和胡适之先生的主张差不多。"为了揭橥二者本质上的一致性，周先生幽默地说："所不同的，那时是16世纪，利玛窦还没有来中国，所以缺乏西洋思想。假如从现代胡适之先生的主张里面减去他所受到的西洋的影响，科学、哲学、文学以及思想各方面的，那便是公安派的思想和主张了。而他们对于中国文学变迁的看法，较诸现代谈文学的人或者还更清楚一点。理论和文学都很对很好，可惜他们的运气不好，到

[①] 胡适：《国语文学史》，安徽教育出版社2006年版，第35页。
[②] 胡适：《白话文学史》，上海古籍出版社1999年版，第212页。
[③] 周作人：《中国新文学的源流》，江苏文艺出版社2007年版，第16—18页。

清朝他们的著作便都成为禁书了，他们的运动也给乾嘉学者所打倒了。"[1] 照周先生的观点，后世认为胡适所发动的那场"我国历史上前所未有的一次伟大而彻底的文学革新运动"[2]，不仅前有古人，而且后有来者，不仅不新鲜，而且还比不上公安派"清楚"。而以作品的相似性来划分，则"胡适之、冰心、徐志摩的作品，很像公安派的，清新透明而味道不甚深厚"。至于救公安之弊的竟陵派，周先生也为他们找到了旷代的"同道"，"和竟陵派相似的是俞平伯和废名两人，他们的作品有时很难懂，而这难懂却正是他们的好处"，更为重要的是，"然而奇怪的是俞平伯和废名并不读竟陵派的书籍，他们的相似完全是无意中的巧合"[3]。周作人先生以自己对中国文学史的熟稔及跳出细节的宏观视野，将中国文学史的两派展示得异常清楚。我们要做的就是为这两派添加更多的名单。尤其是周先生谈及俞平伯、废名和竟陵派的相似之处时，说俞平伯、废名"并不读竟陵派的书"，然后说他们的相似"完全是无意中的巧合"，笔者以为这里很有推究的价值，二者之间并无直接甚至间接师承关系，作品却呈现出了相似性，难道真的全是巧合？如果俞平伯、废名与竟陵派是巧合，难道胡适、冰心、徐志摩与公安派"很像"也仅仅是巧合？多重的巧合，背后必有规律使然，试图破解这个规律也是本书的主要动因及目的。总之，在周先生看来，中国文学的"两派"分别是"言志派"和"载道派"。

钱锺书先生在《谈艺录》开篇即对中国诗歌做了最为概括的分类，"诗分唐宋"。也就是说，从文学的角度看文学，从诗的角度看诗，诗是由"唐诗""宋诗"这两种类型的诗构成的。"唐诗、宋诗，亦非仅朝代之别，乃体格性分之殊。天下有两种人，斯分两种诗"；"唐诗多以丰神情韵擅长，宋诗多以筋骨思理见胜"。最振聋发聩的是，唐诗、宋诗之分并不以惯常的政权更替为本，"非曰唐诗必出唐人，宋诗必出宋人也"，不仅唐代有宋诗，宋代有唐诗，而且唐前宋后都有唐诗、宋诗。与周作人相同的是，钱先生在这里也对一些代表性的诗人给予了分类，他认为："唐之少

---

[1] 周作人：《中国新文学的源流》，江苏文艺出版社2007年版，第22页。
[2] 钱理群、温儒敏、吴福辉：《中国现代文学三十年》，北京大学出版社1998年版，第12页。
[3] 周作人：《中国新文学的源流》，江苏文艺出版社2007年版，第27页。

陵、昌黎、香山、东野，实唐人之开宋调者；宋之柯山、白石、九僧、四灵，则宋人之有唐音者。"①以钱先生的看法，诗学论争的双方不过是唐诗派或宋诗派的拥护者。这种超越时代、社会、体裁、题材等而纯以诗歌自身的"性格体分"为分类标准的做法，不仅十分大胆，而且是切中肯綮的。钱先生的观点与清代袁子才的"诗无唐宋"，看似相左，其实一也。袁枚所谓的"诗无唐宋"，反对的是惯常的基于朝代的"唐诗""宋诗"。在《答施兰论诗书》中，袁枚说："夫诗无所谓唐宋也。唐宋者，一代之国号耳，与诗无与也。诗者，各人之性情也，与唐宋无与也。"钱先生的"诗分唐宋"的"唐""宋"不是朝代、国号的"唐""宋"，而是格调上的"唐""宋"。持同样观点的还有吴宓。按钱先生的讲法，他与吴宓是各自分别得出这个相同的观点的，不是相互启发或相互影响的结果。这更加证明了"诗分两派"不仅是中国诗歌的实际，而且也是影响不少人诗学观点的方法论。

废名既是诗人又是讲授诗歌的教授，不仅对中国旧诗、新诗创作都有着切身体验，而且还对其做出了极高的学理探寻。废名与胡适分别是笔者概括的两派的代表人物，二人的诗学观点交锋随处可见（后文将详述）。与周作人先生一样，废名认为不应该将白话诗运动视为没有传统，好似无所依傍的文学运动。而后世文学史评价甚高的胡适之的白话诗运动，废名首先指出，胡适的"前提夹杂不清，他对于已往的诗文学认识得不够"，而对胡适所认为的"已往的诗文学就有许多白话诗，不过随时有反动派在那里做障碍，到现在我们才自觉了，才有意的来这么一个白话诗的大运动"的观点，废名认为胡适之先生"只是从两派之中取了自己所接近的一派，而说这一派是诗的正路"②。废名关于胡适的白话文、白话诗运动的渊源及本质的看法是十分精辟、透彻的，尤其对中国现当代文学史研究者有着极强的启发意义。白话文、白话诗运动是否真的应该享有当下教科书给予的崇高声望？是否真的超越了文学史上的历次文学运动？抑或只是过去无数次文学运动的现代循环？也许在喧嚣退去后，历史自会给出不

---

① 钱锺书：《谈艺录》，生活·读书·新知三联书店2001年版，第3页。
② 废名：《新诗十二讲——废名的老北大讲义》，辽宁教育出版社2006年版，第25—27页。

沿波讨源

同的答案。不算巧合的是，废名也认为"诗分两派"，其"两派"分别是，"'元白'易懂的一派同'温李'难懂的一派"①，并且认为这是旧诗向来有的"两个趋势"。废名不仅确立了两派各自的"盟主"，而且将胡适划归为"元白易懂派"。"元白易懂派"的对立面自然就是"温李难懂派"，因此胡适对李商隐的诗评价不高，甚至大加贬抑，也就在情理之中了。胡适、废名二人生活中并无矛盾，也无思想上的对立，但二人的诗学观却处处相左，具有很强的针对性：胡适喜欢的，废名偏偏不甚喜欢；废名珍爱的，胡适偏偏瞧不起，他们的不同，不是二人的不同，而是"因为他们的语言观不同、诗学观不同"②。另外，废名与周作人的观察对象不同，视角各异，但结论却相当接近：周先生眼里的"清新透明而味道不甚深厚"不就是"易懂"吗？"胡适之、冰心、徐志摩的作品，很像公安派的"，不是同样也很像"元白"的吗？而"废名、俞平伯"及"竟陵派"显然就是"温李难懂派"。可见，诗分两派并不是偶然性的结论。

在对六朝诗歌的研究中，孙康宜拈出的"两种互相反对的力量"是"表现"（expression）和"描写"（description）。借用这一组源自20世纪80年代美国文学批评界的术语，孙康宜对陶渊明、谢灵运、鲍照、谢朓、庾信等诗人的"个人风格"进行了"检验"，将陶渊明视为"重新发扬诗歌的抒情传统"的诗人，而谢灵运则是"创造新的描写模式"的代表人物。简而言之，陶渊明是"抒情派"的代表人物，而谢灵运则是"描写派"的代表人物。如果按照孙康宜自己的解释，"现代人所谓的'表现'，其实就是中国古代诗人常说的'抒情'，而'描写'即六朝人所谓的'状物'与'形似'"。③简而言之，不管理论资源来自何处，孙康宜的"诗分两派"中的"两派"是"抒情派"和"描写派"，其代表人物分别是陶渊明和谢灵运。具体解释一下，孙教授所说的"抒情派"就是借助语言表达自己真实情感的诗歌；而"描写派"更多是借助文字传达情感以外的东西，即所谓

---

① 废名：《新诗十二讲——废名的老北大讲义》，辽宁教育出版社2006年版，第25—27页。
② 朱恒：《胡适与废名诗学观差异的语言学考辨》，《山东社会科学》2017年第11期。
③ ［美］孙康宜：《抒情与描写——六朝诗歌概论》，钟振译，上海三联书店2006年版，中文版序。

第四章　媒介、符号与中国诗学论争

"状物""形似"。从表现对象看，也可称为"内派"与"外派"；从表现工具看，就是"言派"和"文派"。如果对六朝前后做更仔细的辨别、区分，多数诗人大体是可以划归这两个派别的。应当注意的是，这两个派别并不是绝对对立的，其对立性只是在某些特定的时候和特定的诗人身上表现出来，多数情况下，诗人大多兼具这两种风格，只是有时候侧重有所不同。更多的时候，"表现"（抒情）和"描写"（状物）处于相互吸引、转化的共生状态，"中国古典诗歌就是在表现与描写两种因素的互动中，逐渐成长出来的一种既复杂又丰富的抒情文学"[①]。这样，陶诗、元白、宋诗、胡适、于坚等就是"抒情派"；而六朝诗歌、杜律、温李、黄庭坚、知识分子写作就是"描写派"。

近来还有许多研究者，借用西方文论成果考察中国诗歌，如江弱水先生就是"想拿西方诗学的试纸，来检测一下中国古典诗的化学成分"[②]。江先生借用的是西方的"现代性"理论试纸，分析的是他认为具有现代性特质的"唐诗和宋词中的六位重要作者，杜甫、李贺、李商隐、周邦彦、姜夔、吴文英"，如果不是误读江先生的话，我们其实也可以将上述六位作者方便地称为"现代派"。但"现代派"显然不是中国古典诗歌的全部，"只不过这是一些高标挺秀的树，代表了整个林子里十分显眼的一大种类"。江先生也承认，与这一大种类对立还有另一种类，指的是"陶潜、李白、苏轼、辛弃疾"等属于"古典式写作的伟大传统"的诗人，为方便起见，我们将这一大类诗人称为"古典派"。这样，江先生的两派就是"现代派"和"古典派"了。应该说，从风格或江先生所说的"写作传统"来看，上列两派是确实存在的，并且在不少论述中，大家也会给出类似的划分，只是将两派分别戴上"现代派"和"古典派"的帽子，稍有时空错乱之感。但不管怎样，江先生对杜甫、李贺、李商隐、周邦彦、姜夔、吴文英这六人写作风格的内在一致性所做的爬罗剔抉的确具有开创之功，而用"现代性"作为串珠之线，将这六位分属不同年代的诗人划归同一类

[①] ［美］孙康宜：《抒情与描写——六朝诗歌概论》，钟振振译，上海三联书店2006年版，中文版序。

[②] 江弱水：《古典诗的现代性》，生活·读书·新知三联书店2010年版，绪论。

型，是极具学术勇气和眼光的。笔者细读江先生颇费苦心的论述后，觉得杜甫、李贺、李商隐、周邦彦、姜夔、吴文英的所谓"现代性"写作其实就是"文字性"写作。延伸一下，江先生所说的陶潜、李白、苏轼、辛弃疾的"古典性"写作其实就是"语言性"写作，只是辛弃疾不是特别明显地体现了这一点，其他三位在后文都有论述。

我们相信，这样类似的将中国古典诗歌分成"某某派"和"某某派"的表述还有很多，但如果将前述所有分类再整合一下就能发现，尽管提出者所处年代不同，视角不同，知识背景不同，但一是两派各自涵盖的重要诗人大体相同，如都将陶渊明、公安派、元白等归为一派，而杜甫、李商隐、黄庭坚等似乎又可归为一派；二是，两派诗人各自的总体特点也大致接近。将前面罗列的观点梳理一下，则"质派""言志派""宋诗派""易懂派""抒情派""古典派"差不多是一派，陶渊明、公安派、元白等必定是这几派的共同"明星"；而"文派""载道派""唐诗派""难懂派""表现派""现代派"则有着不少的共同特点，如果列出一份具有这样的创作实践或理论倡导的诗人或诗论家的名单的话，杜甫、李商隐、黄庭坚等大约均会入选。如果将古代、现代、当代文学史打通，在前面一派（"质派"）还可以添加胡适和以于坚为代表的口语派诗人等；而后一派（"文派"）则可以将废名、知识分子写作涵盖其中。

笔者对上述"两种潮流"或"两个派别"的表述深表认同，但"沿波以讨源"，上述命名要么只是文学书写的策略选择，如"言志"与"载道"，"抒情"与"表现"；要么是诗人诗作的风格显现，如"唐诗"与"宋诗"；要么是读者接受问题，如"难懂"与"易懂"，总之，似乎尚未触及文学发展的根本，即造成这些对立性因素的深层原因是什么。上述两派诗人的出身背景、社会地位、政治生涯的穷达均不相同，是什么促使他们做出上述选择，自觉或不自觉地将自己的观念、创作归于某类？中国诗歌这个"一"是因为什么而分成了"二"（两派）的？我们以为，这与上述作家、诗人的语言观及语言立场有关。

语言、文字并不是外在于我们的工具，也许我们只不过是语言的工具。语言固然是人创造的，但对个体的人而言，语言是先于我们存在的。

第四章 媒介、符号与中国诗学论争

对个体的我们而言，我们来到这个世界之前，语言已经延续了无数年，拉康与海德格尔都曾有过"不是人说话，而是话说人"的表述，这个表述是相当深刻的。美国的杰姆逊（Fredric Jameson）认为：

> 在过去的语言学中，或是在我们的日常生活中，有一个观念，以为我们能够掌握自己的语言。语言是工具，人则是语言的中心，但现代语言学正是在这个意义上成为一场哥白尼式的革命。……结构主义宣布：说话的主体并非控制着语言，语言是一个独立的体系，"我"只是语言体系的一部分，是语言说我，而不是我说语言。①

如此一来，语言、文字的特点决定了语言、文字使用者（诗人们）的语言观，而自觉不自觉的语言观又让诗人们的创作呈现出特定的样态。换句话说，前述的"文派""载道派""难懂派""表现派"等与"质派""言志派""易懂派""抒情派"的对立只不过是不同语言观或语言立场的对立。

不管是表音体系的文字还是表意体系的文字，都会对语言造成影响，甚至改变语言。但两种体系中，文字影响语言的程度是不一样的。在以拼音文字为代表的表音体系中，文字虽会篡夺语言的地位，但总体而言，影响的广度、深度都是有限的。而在以汉字为代表的表意体系中，文字对语言的影响是长久的、深远的。

我们将表音体系的语言总体描写为"所指偏向型"语言。在这类语言中，"意义"是所指，将"意义"外化及物化的声音就是能指，而记录声音的文字是能指的能指。由于文字纯粹因记录声音而生，文字没有自身的价值，在能指—所指关系中，所指的重要性大于能指，处于支配地位，这类语言可以称为"所指偏向型"语言。

而对表意体系的语言而言，文字既可记录声音，也可有自己相对独立的地位，如汉语。其中一个表现就是，有时并不知道一个字的读音，但并不影响阅读，从字形就大概知道字义。在这类语言的能指—所指关系里，

---

① ［美］杰姆逊：《后现代主义与文化理论》，陕西师范大学出版社1986年版，第28—29页。

沿波讨源

所指并不具有绝对重要性（不知道读音也没关系），能指本身已经含有意义（通过字形可猜出字义），我们将这类语言命名为"能指偏向型"语言。

通常意义上，人们会认为以英语为代表的印欧语系的语言是所指偏向型语言，而以汉语为代表的表意语言则是能指偏向型语言。但汉语的情况要复杂一些。因为汉字的"形声相益"性，汉字"畸于形"时就是能指偏向型语言，"畸于声"时就与英语一样成了所指偏向型语言。这里要特别注意度的区别，因为"形声相益"只是理想状态，实际运用中，或多或少都会有"形"或"声"的偏向。

总体而言，表音体系的语言是"所指偏向型"语言；表意体系的语言则是"能指偏向型"语言。汉语的复杂性也正在于汉语与汉字之间可离可合的关系，以及构成汉字主体的形声字"畸形畸声"的特质。晚清时贤攻评汉语"言文不合"者颇多。"言文不合"四个字是极精准地概括了汉语、汉字实际情况的，其带给我们的客观信息是，汉语存在两套话语体系，即"言"的话语体系和"文"的话语体系；而且，这两套话语体系又共用同样的一套文字。废名就特别指出过，"元白"易懂的一派同"温李"难懂的一派，"都是在诗的文字之下变戏法。他们的不同大约是他们的辞汇，总绝不是他们的文法。而他们的文法又绝不是我们白话文学的文法。至于他们两派的诗都是同一的音节，更是不待说的了"[①]。废名的意思是，用同样的文字体系，就可能造成完全不同的两派诗歌，"易懂"派和"难懂"派。二者的区别其实就是"畸声"与"畸形"的问题，"畸声"的语言"易懂"，"畸形"的语言"难懂"。倒推一下就是，"元白"一派就是"畸声"派，"易懂派"；"温李"一派就是"畸形"派，"难懂派"。总之，虽同样用汉字，但由于汉字既可表音又可表意的双重属性，我们就不能简单地将汉语划归为"能指偏向型"语言。

就实际情况来看，汉语既可能是"能指偏向型"也可能是"所指偏向型"，未发生偏移时，即"偏向"的度不为人所察觉时，我们称它为"能所相益型"。这样，汉语诗歌就会基于语言的特点呈现出三种特征，可划

---

① 废名：《新诗十二讲——废名的老北大讲义》，辽宁教育出版社2006年版，第26页。

分为三种类型，即"能所相益型""能指偏向型"和"所指偏向型"。巧合的是，郭绍虞先生很早就将中国文学划分为三种类型："中国的文学正因语言与文字之专有特性造成了语言与文字之分歧，造成了文字型，语言型，与文字化的语言型三种典型之文学"。①套用一下我们前面的术语，郭先生的"文字型"也可以叫作"畸形型"，也就是"能指偏向型"；而"语言型"就是"畸声型"，"所指偏向型"；"文字化的语言型"则为"形声相益型"。如果个别诗人或者整个时代的诗歌呈现的都是"形声相益"的创作风貌时，自然不会有文学论争、文学运动的发生，因为论争总是出现在偏执一端的时候。

"字"虽有形有声，但形声相益时少，形声不相益的（要么"畸于形"，要么"畸于声"）情形多，于是"畸于形"派与"畸于声"派就出现了，汉语诗歌千年不息的论争也就出现了。但毕竟"畸于形"与"畸于声"的表述过于笼统，流于印象，而用索绪尔的能指、所指范畴更为清晰，即汉语诗歌论争的根本原因是汉字的侵入，造成了能指偏向型语言和所指偏向型语言，汉语诗歌的论争始终围绕着这两种语言的斗争，其他所有论争都可以划归这两种语言名下。

二 诗学论争发生的动力机制

"诗分两派"的标准是什么呢？或者说，"两派"之间的论争是以什么为中心发生的？又是什么促成了中国文学史上周而复始的文学论争呢？这就涉及文学论争发生的动力机制了。

袁枚虽然反对"诗分唐宋"，但认为"诗者，各人之性情也，与唐宋无与也"（袁枚：《答施兰论诗书》）。如果要为诗歌分类，袁枚的标准就是"人之性情"，即"性情派"和"非性情派"。事实上，袁枚的"性灵说"，就是表明自己是站在"性情派"一边的，也即"性灵派"。而对于与自己看法不同的，袁枚虽然没有给出明确的名称，但大致可以称为"非性灵派"。从动力机制的角度看，袁枚认为诗歌有不同派别、不同看法是因

---

① 郭绍虞：《中国语言与文字之分歧在文学史上的演变现象》，上海古籍出版社2000年版，第489页。

"人之性情"而起的。

钱锺书先生也是从"人"的角度看待"诗分唐宋"的。他说,"天下有两种人,斯分两种诗";而这两种人,按钱先生的说法是"本乎人质之'玄虑''明白'",钱先生认为它们与西方的心理学术语——introvert 和 extrovert 大体接近。用今天的话说就是"内向"和"外向"两种"性格"——"性格"是现代名称,其实就是袁枚的"性情"。具体而言,就是"高明者近唐,沉潜者近宋"。[①]在钱先生看来,不同人写出不同诗歌,或者对诗歌有不同审美态度,是因"夫人禀性,各有偏至"[②]造成的。

持与袁枚、钱锺书相同观点的诗评家还有不少。"性情说"或"禀性说"是有一定合理性的——任何艺术都是与人的禀赋、天性有关的。但:

第一,即便人都可划归上述两类性格,但人的"高明"还是"沉潜"并不是静止的、凝固的存在,是会随着阅历、环境、认知、氛围等外在因素发生变化的。世界上并无绝对的内向性格和外向性格,我们也很难将一个人的性格简单定位为内向或者外向。钱先生自己也认为:"一集之内,一生之中,少年才气发扬,遂为唐体,晚节思虑深沉,乃染宋调。若木之明,崦嵫之景,心光既异,心声亦以先后不侔。"[③]这样的话,将人的性格定位为"内向"或"外向"就不太可靠了;而且,对一个人而言,少年时的诗多为"唐诗",晚节时的诗则多为"宋诗",那也就不存在什么"唐人开宋调,宋人有唐音"的现象了,倒好像应该是"少年染宋调,晚节有唐音"。而这也不符合绝大多数诗人诗歌创作的实际。

第二,性格都必须借助一定的手段来表现。对诗人而言,能够借以判断其属于"高明"或"沉潜"的只有他的诗,更具体地说,只有他诗歌的文字。因此,变幻不居的"性情"或"禀性"只有借助于文字才能够看清并加以分析。而且,如前所述,诗可以分为"唐宋",还可以有其他很多别的划分,"性格""禀性"并不能将它们都统一起来。比如于坚说:"**诗歌中始终存在着两种倾向的斗争。**(黑体为原文所有)古代亦然。诗歌之

---

① 钱锺书:《谈艺录》,生活·读书·新知三联书店2001年版,第2页。
② 钱锺书:《谈艺录》,生活·读书·新知三联书店2001年版,第2页。
③ 钱锺书:《谈艺录》,生活·读书·新知三联书店2001年版,第3页。

身与形而上的'言志'倾向的斗争。歌德所谓生命之树和理论之树的斗争。天才的诗人写作和读者的知识写作的斗争。有性的,生殖创造着的身体写作和无性的,只是对知识的形而上体系加以修辞式证实的写作的斗争。后者的力量更强大,它有着体制、制度、现时代、图书馆和历史造就的读者的广泛的支持,前者是孤独的、自生自灭的、非时代、非历史的,它仅仅依靠自己的力量呈现自己。它会被历史选择,但更会被历史淹没。非历史是它的力量之源,但进入历史或被历史遗忘都由不得它。"[1]将"诗歌之身""生命之树""天才的诗人写作""有性的,生殖创造着的身体写作"与"形而上的言志倾向写作""理论之树""读者的知识写作""无性的,只是对知识的形而上体系加以修辞式证实的写作"之间的不同归因于性格的不同,显然过于简单化了。因为,这些特征只是表象,背后具有决定性作用的因素正是语言——如果不仅仅把语言看作工具的话。

虽然因语言与文字的"分歧"而造成了"三派",但其中"形声相益"派将汉字的"形""声"特点做了融汇、变通、折中、调适,二者各自的特点都得到了一定程度的压抑,也可以说是相互让步或相互彰显,没有突出的矛盾,也就不会有所谓的文学论争和文学革命了。所以,文学论争总是在"形声不相益"的"畸于形"和"畸于声"之间发生。

以前,我们总认为,文学运动是一场双向的争斗,或像周作人所描述的那样,"中国的文学,在过去所走的并不是一条直路,而是像一道弯曲的河流,从甲处流到乙处,又从乙处流到甲处。遇到一次抵抗,其方向即起一次转变"[2]。对周先生的这个观点,我却不是完全赞同的,因为纵观所有文学革命,都是语言扬言要革文字的命,或者说,是"所指偏向型"语言在革"能指偏向型"的命,而不是相反。文字从来没有公开宣扬要革语言的命——其实,打着"文字为语言服务"的旗号,文字已经在不经意间偷偷将权力转移到自己这里,"文字遮掩住了语言的面貌,文字不是一件

---

[1] 于坚:《拒绝隐喻》,云南人民出版社2004年版,第93页。
[2] 周作人:《中国新文学的源流》,江苏文艺出版社2007年版,第17页。

沿波讨源

衣服,而是一种假装"[①]。当语言终于发现,本应是"代表"自己的文字完全挤压了自己的生存空间,才发现上了文字的当,于是一场争取语言自身权利的运动便发生了。换言之,中国文学史上的重要文学运动的实质都是要将语言从文字那里解放出来,从而焕发语言被文字禁锢了的活力。

为什么会这样呢?这里面的深层动因完全可以用索绪尔的"字母(文字)的暴虐"理论来解释。索绪尔认为,一旦有了文字,必定会带来两个结果:第一个结果是,"文字遮掩住了语言的面貌,文字不是一件衣服,而是一种假装";第二个结果是,"文字越是不表示它所应该表现的语言,人们把它当作基础的倾向就越是增强;语法学家老是要大家注意书写的形式",从而造成"好像书写符号就是规范"[②]。对汉语而言,文字对语言的遮蔽更为严重,直接表现就是,几乎所有诗歌体裁都有一个"文人化"的过程,如早期乐府、词、曲最初都是民间的"唱词",主要是口头创作、口头表演;受众接受的方式也主要是听。但后来这些东西都逐渐被文人"文"化,变成了书面(文字)创作,丧失了其最初出现的"口语"特质;接受方式也变成了看,"听众"变成了"读者"。后来的"新乐府运动"及"我手写我口"的诗学主张本质就是"去文字化",希望借文字的表音功能在一定程度上恢复诗歌的口语特点。

中国的文学运动,与其说是两派的斗争,不如说是"言"(口语)对"文"的纠偏。反映在文学创作与理论建设上,"能指偏向型"似乎基本没有自己的主张,只是创作实践中明显地表现出某种风格,而这些风格往往成为"所指偏向型"攻击的靶子。而"所指偏向型"在发动攻击时,则往往有大量的理由、理论,有时甚至极为偏激。比如现代文学史上的白话文运动,对文字型语言简直是要除恶务尽,赶尽杀绝,而文字型语言却似乎安坐如山,不屑还手。那么,又是什么造成了文学论争的这一特点的呢?我们认为,这涉及诗之为诗的理论问题。本书之所以以文学自觉时代为讨

[①] [瑞士]费尔迪南·德·索绪尔:《普通语言学教程》,高名凯译,商务印书馆1980年版,第56页。

[②] [瑞士]费尔迪南·德·索绪尔:《普通语言学教程》,高名凯译,商务印书馆1980年版,第56页。

论时段的重要节点，就是想通过对"文学自觉"的考辨，进一步探寻文学之为文学、诗之为诗的动力机制。

"文学自觉"的观念最早是由日本汉学家铃木虎雄于1920年提出的，他认为，中国汉末以前中国人都没有离开过道德论的文学观，所以不可能产生从文学自身看其存在价值的倾向。他得出"魏晋的时代是中国文学的自觉时代"这一结论的主要证据，就是他对曹丕的《典论·论文》的分析。鲁迅1927年在《魏晋风度及文章与药及酒之关系》的演讲中也沿用了"文学的自觉"的说法。文学自觉的核心就是语言的自觉，更准确地说，是文字的自觉。在以"言志载道"为旨归的"文学"中，语言、文字只是"言志载道"的工具，呈现"志""道"这个所指才是终极目的，因而"言志载道"的文学是所指偏向型文学。

文学自觉时代则不同，"志""道"不再是文学表现的内容和目的，语言、文字自身的美才是诗人追寻的目标，骈文的盛行是其典型反映。郭绍虞先生认为："后来进到骈文时代，这才是充分发挥文字特点的时代。易言之，即此时代文学流变之原因之一，是在运用文字的技巧上的逐步演进。于是，当时的文学由辞赋时代进到骈文时代了。"[①]这更加证明了"文学的自觉"实质上是文字的自觉。这其实为后世文学发展预设了一个主题，即文学自觉时代以降，文字偏向型的文学才是文学的正宗；当然，按龚鹏程先生的理论，掌握"文字"的"文人"又强化了文字的重要性，为"文学"制定了标准。

无独有偶，虽然文字类型有别，但西方关于"文学性""诗性"的探究也得出了与中国文论较为一致的结论。1921年，语言学家罗曼·雅可布逊在以俄文发表的长文《最近的俄罗斯诗歌》中指出，"文学研究的主体不是文学，而是'文学性'（literariness）；亦即：某作品成为文学作品的因素"[②]。当然，什么才是让一部作品成为"文学"作品的因素呢？古今中外对此探寻颇多。借用符号学"能指""所指"这一对术语，文学性语言可以描述成"能指偏向型"语言，而日常语言，也称工具性语言，则可描

[①] 郭绍虞：《照隅室古典文学论集》，上海古籍出版社2009年版，第494—495页。
[②] R.Jakobson, *Selected Writing*, Vol. V, Hague, Paris, New York, Mouton, 1979, pp.229–354.

述为"所指偏向型"语言。与工具性语言"所指偏向型"不同的是,"能指偏向型"语言并不以抵达所指为目的,甚至有意干扰能指通往所指的路径与行程,而将受众的注意力吸引到能指符号自身。形式主义诗学明确指出,"如果说,日常语言具有能指(声音、排列组合的意义)和所指功能(符号意义),那么文学语言只有能指功能"[1]。这里的文学是撇开了文学的其他属性,如虚构、想象、反映生活,等等,而将重点放在语言上。英国文学批评家特雷·伊格尔顿在追溯文学性时,曾对形式主义的文学观有过论述,他说:

> 也许,文学的可以定义并不在于它的虚构性或"想象性",而是因为它以种种特殊方式运用语言。根据这种理论,文学是一种写作方式,这种写作方式,用俄国批评家罗曼·雅各布逊(Roman Jakobson)的话来说,代表一种"对普通言语所施加的有组织的暴力"(organized violence committed on ordinary speech)。文学改变和强化普通语言,系统地偏离日常语言。[2]

虽然伊格尔顿并不完全赞同形式主义关于文学性的论述,但通过他本人的这段转述、分析,我们仍然必须承认,文学性的核心是"以种种特殊方式运用语言"。如果没有特别强调是口语创作的话,则严格来说,文学性的核心就应该是以种种特殊方式运用"文字"。如前所述,西方文学理论也认为,文字偏向型是文学创作的正宗。像胡适所提倡的"有什么话,说什么话;话怎么说,就怎么说。这样方才可能有真正白话诗,方才可以表现白话的文学可能性"[3],其实质是基于一个"言文合一"的语言乌托邦,同时也是受到西方"声音中心主义"语言观浸染的结果。胡适的悖谬之处正在于他既希望清除文字的影响,又不得不借用文字来创作并阐述他的

---

[1] 朱立元:《当代西方文艺理论》,华东师范大学出版社2005年版,第47页。
[2] [英]特雷·伊格尔顿:《二十世纪西方文学理论》,伍晓明译,北京大学出版社2007年版,第2页。
[3] 胡适:《尝试集·自序》,人民文学出版社1984年版,第149页。

理论。

借用符号学的能指、所指术语描写不同维度的语言,有助于我们看清能指、所指关系变动所带来的语言变动。其实,我们也可以方便地把所指偏向型语言称为"声音中心主义",而把能指偏向型语言叫作"文字中心主义"。其矛盾的实质同样来自语言与文字的离合。索绪尔认为,文字存在的唯一理由就是记录语言,但文字并不绝对服从语言,并且,还会"欺骗大众,影响语言,使它发生变化"[1]。语言和文字各自有自己的运行轨迹和速度,"语言是不断发展的,而文字却有停滞不前的倾向,后来写法终于变成了不符合于它所应该表现的东西"[2]。正是语言与文字之间的固有差异以及二者发展的不同步形成了历次文学运动、文学革命的动力机制。

简言之,文学自觉的核心是文字自觉,文字自觉强化了文学的文字性倾向,也即能指偏向性。而对文字的强化,必然削弱对语言的表现,没有语言作为源头之水,文字必然日益枯竭。所以,文学运动、文学革命的本质就是唤醒文字的语言功能,即所指偏向功能,恢复文字的声音功能。如果说,文字偏向型或能指偏向型的极致是骈文、律诗,"难懂","诗玩意儿"的话,语言偏向型的极致则往往会走到口语、日常语言、工具语言那里去,结果很可能消解诗与非诗的界限。

事实上,前述分类中有很多就是从语言的角度来分类的。废名的"易懂派"和"难懂派"就不用说了,即便是有些学者的"古典派"和"现代派"之分,语言也是其重要的分类标准。江弱水先生也认为:"……中国古典诗歌内部的两大传统:一个是以陶潜、李白、韩、白、苏、辛为代表作家的,主要受古文与古诗影响的、着重语言秩序和意义传达的古典主义写作传统;一个则是从杜甫、李贺、李商隐到周邦彦、姜夔、吴文英的,主要受骈文与律诗影响的、着重文字凸显和美感经营的现代性写作传

---

[1] [瑞士]费尔迪南·德·索绪尔:《普通语言学教程》,高名凯译,商务印书馆1980年版,第58页。

[2] [瑞士]费尔迪南·德·索绪尔:《普通语言学教程》,高名凯译,商务印书馆1980年版,第52页。

统。"[①] 在江先生看来，以陶潜、李白为代表的"古典派"，其写作特征正是"着重语言秩序和意义传达"。结合后文看，这里的"语言"显然是与文字相对的狭义的"语言"，而着重"意义传达"正是所指偏向，所以，"古典派"也是"语言派"，着重"意义传达"，也就是所指偏向派。而以杜甫、李商隐为代表的"现代派"，他们诗歌创作的外在表征也是"着重文字凸显和美感经营"。"着重文字凸显"自然就是能指偏向。因此，"现代派"就是"文字派""能指偏向派"。我们是不是也可以这样说，这些诗人的作品表现出"古典派"和"现代派"的一些特点，正是因为他们在语言和文字之间有意识地做出了选择？是语言和文字让他们的作品呈现出"古典"和"现代"的特点，而不是相反。

本书将中国文学史上的文学运动、文学革命中的两派给予了新的名称，即能指偏向派和所指偏向派，这样称呼的目的在于：一是避免传统用法的模糊性和歧义性，比如"白话""口语"的提法都会造成误解，以为"白话""口语"都是真正意义上的"话""语"，忘记它们都是通过文字来实现的；二是便于运用语言学、语言哲学、符号学的一些理论来解剖文学革命，发现文学论争的共性，展望文学的新走势。如前所述，我们也可以将能指偏向型文学叫作文字中心主义文学，将所指偏向型文学叫作声音中心主义文学。也可以将论争双方一些重要人物排个队，大体而言，"能指队"是六朝诗人、庾信、温庭筠、杜甫、李商隐、江西诗派、竟陵派、闻一多派与知识分子写作派等；与之对应的是"所指派"，陶渊明、李谔、陈子昂、元稹、白居易、宋诗派、公安派、胡适派与以于坚、韩东为代表的"口语写作派"或"民间写作派"等。论述需要时，也会涉及其他支持两派的诗人。

需要特别注意的是，虽然语言与文字、所指偏向型与能指偏向型之间的差异及对立是绝对的，但二者之间的统一也是经常的、必然的。当某个时期、某个诗人的诗歌及诗观没有在度上偏离过多，没有鲜明地体现出文字或口语色彩，文学运动则没有发生的动力。而且，对具体诗人而言，其

---

① 江弱水：《古典诗的现代性》，生活·读书·新知三联书店 2010 年版，第 312 页。

作品与诗学观念、主张之间并非绝对重合。以元白为例,虽然他们发起了"新乐府运动",提倡"文章合为时而著,歌诗合为事而作",但他同样创作了大量的律诗、"难懂"的诗。

三 "兼善"与"偏美"

什么样的诗才是好诗呢?《文心雕龙》臧否诗人颇多,认为做到"兼善"的极少,曹植、王粲是其中的佼佼者。《章表》篇说:"陈思之表,独冠群才。观其体赡而律调,辞清而志显,应物制巧,随变生趣,执辔有余,故能缓急应节矣。"(《文心雕龙·章表》)刘勰这里褒扬了曹植写"表"的水平,其实也是诗性语言的运用,不仅要"体赡"而且还要"律调";不仅要"志显",而且还要"辞清";"巧"因"物"而起,"趣"随"变"而生。而曹植的诗歌同样达到了"兼善"的高度。

钟嵘对曹植的评价是:

> 其源出于国风。骨气奇高,词采华茂;情兼雅怨,体被文质,粲溢今古,卓尔不群。嗟乎!陈思之于文章也,譬人伦之有周、孔,鳞羽之有龙凤,音乐之有琴笙,女工之有黼黻。俾尔怀铅吮墨者,抱篇章而景慕,映馀辉以自烛。故孔氏之门如用诗,则公干升堂,思王入室,景阳、潘、陆,自可坐于廊庑之间矣。(《诗品·魏陈思王植》)

这个评价可以说是古今中外诗人能够得到的最高评价了。而且,给出这样评价的并不只有钟嵘一个人。《文心雕龙·明诗》说:"建安之初,五言腾踊,文帝陈思,纵辔以驰节",并且在"诗有恒裁,思无定位,随性适分,鲜能通圆"的情形下,只有子建、仲宣做到了"兼善"。唐代释皎然《诗式》对曹植的评价是:"邺中七子,陈王最高";明人胡应麟《诗薮》(内编卷二)则谓:"其才藻宏富,骨气雄高,八斗之称,良非溢美"。黄侃先生认为曹植的诗"五彩缤纷而不脱里间之质"(黄侃:《诗品讲疏》),"五彩缤纷"就是文字游戏的结果,属"文";"里间歌谣之质"则为语言尤其是口语创作的特点,属"质";曹植的诗歌将文字性和语言性完美结合起来了,"文质彬彬",当然应该归为"上品"。

沿波讨源

所谓"兼善",其实是做到了"骨"与"气"、"词"与"情"、"雅"与"怨"、"文"与"质"、"今"与"古"等的高度统一。对汉魏诗歌的评价中,出现频率最高的术语莫过于"骨气"(也叫"风骨")。对这个"玄之又玄"的术语的解释多种多样,但黄侃先生却认为,这其实是个言—意关系问题。黄侃说:"文之有意,所以宣达思理,纲维全篇,譬之于物,则犹风也。文之有辞,所以摅写中怀,显明条贯,譬之于物,则犹骨也。必知风即文意,骨即文词,然后不蹈空虚之弊。"[①]"骨气奇高",也就是对"言""意"关系的处理、调适达到极高水平,没有偏废。"言—意"关系其实也就是本书所认为的"能指—所指"关系,"骨气奇高"也可以说是协调能指、所指关系的水平"奇高",这当然不是件容易的事。文学史上,赢得如此一致的赞誉的人屈指可数。

"兼善"如此之难,一般诗人,甚至《诗品》划归"上品"的诗人,由于他们在协调语言符号的能指、所指关系时难免有所偏向,最终只能是"偏美":偏向"骨"的美或偏向"气"("风")的美。比如刘桢和王粲,就是分别偏向"骨"和偏向"气"的代表。《诗品》认为刘桢的诗"仗气爱奇,动多振绝。真骨凌霜,高风跨俗。但气过其文,雕润恨少。然自陈思已下,桢称独步"(钟嵘:《诗品》)。"气"为"文意","骨"为"文词","气过其文",即"文意"强于"文词",为"所指偏向型",属"质派"。王粲得到的评价则是,"其源出于李陵。发愀怆之词,文秀而质羸。在曹刘间,别构一体。方陈思不足,比魏文有余"(钟嵘:《诗品》)。评价的核心是"文秀而质羸",即"文词"优,而"文意"偏弱,即能指强于所指,为"能指偏向型",属"文派"。

虽然《文心雕龙》里认为好的诗文应该是"志足而言文,情信而词巧,乃含章之玉牒,秉文之金科矣"(《文心雕龙·征圣》),即"志""情"与表达它们的"文""词"都很重要,但在当时"俪采百字之偶,争价一句之奇,情必极貌以写物,辞必穷力而追新"(《文心雕龙·通变》)的时代风气影响下,刘勰仍然认为,"古来文章,以雕缛成体"(《文心

[①] 黄侃:《文心雕龙札记》,中华书局1962年版,第99页。

雕龙·序志》)。由此可以看出，刘勰固然欣赏子建、仲宣这样做到了"兼善"的作家，但相对而言，他还是更喜欢辞藻华丽的诗作。这也说明，至少在刘勰那个年代，"偏美"（偏文字、偏能指）是评判文学最重要的标准。

因为此时风潮是"偏美"（偏文），故另一风格的"偏美"（偏言）自然就不受重视，难以得到公正的评价了，陶渊明的遭遇正是如此。《文心雕龙》品评诗人颇多，唯独对陶渊明不置一词，《隐秀》篇有一句言及陶诗，但属伪文。《诗品》虽将陶诗入品，但仅列中品，其中很大部分理由是"每观其文，想其人德"，同时钟嵘还透露了陶诗在时人眼中的"缺点"："世叹其质直"且多"田家语"。北齐阳休之更是直接指出，陶诗"辞采未优"。而在许学夷的时代，诗歌美学风尚已经发生了非常大的变化，陶渊明也早已获得了极高声望，在《诗源变体》里，许学夷首先肯定了"靖节诗直写己怀，自然成文"，但同时也指出陶诗有些篇章"语近质野耳"（《诗源辨体》第六卷第十二条）。这些都证明，陶渊明诗歌在当时不受重视都是因为语言缺少修饰，缺乏辞采，不符合"偏（文之）美"。

陶诗不传于当世的原因正是因为"无文"。对此，张隆溪有一段很精彩的评述："然而，在这样做时，他（颜延之）却默而不宣地把陶潜的作品贬低为缺乏精致的典饰和修辞上的招摇——而这些正是他和他的同时代人极为推崇的。这样一来，陶潜的作品在当时大多数读者眼中便必然是粗糙和缺乏色彩的，它的特征是如此的缄默少言和质朴无华，以至于他的同时代人中竟没有一个人把他视为诗人而给予高度评价。"[①] 总而言之，陶渊明在当时虽然也有一定名气，但主要是"不为五斗米折腰"获取的道德上的声誉，以及"种豆南山下"的隐逸情怀。他的"笃意真古""辞采未优"的诗篇，在当时刚刚脱离口语，追寻肆意玩弄文字乐趣的大的背景下，不受重视是必然的了。只是陶诗偏向了"质"、偏向了"气"、偏向了"意义"、偏向了"所指"，是另一极的"偏美"，只是在当时追求"雕润"之功的大背景下，这种诗歌风格引不起多少人注意罢了。陶诗几乎被

[①] 张隆溪：《道与逻各斯》，江苏教育出版社2006年版，第158—169页。

遗忘时，也不是绝对无人赏识，比如，萧统对渊明的评价就很高，说陶诗是"文章不群，辞采精拔，跌宕昭彰，独超众类，抑扬爽朗，莫之与京。横素波而傍流，干青云而直上"（萧统《〈陶渊明集〉序》）。这说明即便在萧统所处的以文字为能事的大风气之下，仍然有人发现了陶渊明的"偏美"——只是这种"偏美"在当时是孤独的，悬隔几个世纪后，才找到了它真正的知音。

虽然追求辞采是当时总的时代风尚，但真正的好诗仍然应该是"兼善"型的，不能过于"质"，也不能过于"文"，既不过于偏向所指，也不过于偏向能指，而应该是"文质彬彬"，相得益彰。这当然是个诗学难题，诗人既不能让读者一下就清楚知道自己写的是什么，也不能让读者完全不知道自己写的是什么。文字既要记录传达"言"（意），又不能隐匿自身，只剩"言"（意），否则就是陶渊明的"辞采未优"；文字也不能远离"言"（意），只追求自身的存在感和价值体现，这样又会像颜延之的"错彩镂金"，美则美矣，又缺乏语言应有的清新与流动。在诗歌创作中，文字所起的作用是"逗引"，作者的情思、巧思不宜直接说出，而应该借助文字与语言的关系，将"意"逗引出来。如果没有"逗引"过程，直接说出，不是好诗；反之，无所"逗引"，只余文字，也不是好诗。所以叶燮指出："诗之至处，妙在含蓄无垠，思致微渺，其寄托在可言与不可言之间，其指归在可解不可解之会，言在此而意在彼，泯端倪而离形象，绝议论而穷思维，引人于冥漠恍惚之境，所以为至也。"（叶燮：《原诗》下篇）叶燮在这里追寻的应该是"兼善型"诗歌，既要有"言"（否则不称其为诗），但也要有"不可言"，如果"言"尽"意"尽，则为工具性语言，不是诗歌语言。反之，如果只有"言"，而"指归"全不可解，则又完全不知所云。用"言"巧妙地将"意""逗引"出来，则堪称"兼善"。

另一个达到"兼善"水准的是杜甫。杜甫的语言型（所指偏向型）、文字型（能指偏向型）和文字化的语言型（能所相益型）都达到了前无古人后无来者的高度。杜甫的所指偏向型诗歌如"三吏三别"等诗歌达到了极高的艺术水平，胡适也看到了这一点，他说："杜甫的好处，都在那些白话化了的诗里，这也是无可疑的。"① "白话化了"就是"偏言"，也就是所指偏向型。杜甫的能指偏向型诗歌如《秋兴》八首，达到的高度更是无人能及，得到的认可也是远超前者。宇文所安对杜甫赢得如此声誉的原因从语言层面给出了解释："他比同时代任何诗人更自由地运用了口语和日常表达；他最大胆地试用了稠密修饰的诗歌语言；他是最博学的诗人，大量运用深奥的典故成语，并感受到语言的历史性。"② "口语与日常表达"正是笔者所说的所指偏向型语言；而"稠密修饰的诗歌语言"正好是能指偏向型的诗性语言，"典故成语"是能指偏向型语言最重要的表现形式。在这两种类型语言的运用上都达到了"兼善"才是杜甫伟大的真正原因。

元稹曾对杜甫有过并非溢美的褒扬："至于子美，盖所谓上薄风骚，下该沈宋，古傍苏李，气夺曹刘，掩颜谢之孤高，杂徐庾之流丽，尽得古今之体势，而兼人人之所独专矣。"（《唐故工部员外郎杜君墓系铭并序》）一句话，杜诗有所有一流诗人的好，而无"偏美"诗人的短，"爱其浩荡津涯，处处臻到"；但杜诗又没有文字偏向型、能指偏向型诗人如"沈、宋""不存寄兴"的缺点，以及语言偏向型、所指偏向型诗人如陈子昂"未暇旁备"的短处。白居易同样对杜甫给出极高的评价，并且公开表示，杜优于李，"诗之豪者，世称李杜。……至于贯穿今古，觇缕格律，尽工尽善，又过于李"（白居易：《与元九书》）。既能"尽工"，又能"尽善"，当然是"尽美"了。这样的"兼善"型诗人只可能是"天才"了。所以元稹说："杜甫天才颇绝伦，每寻诗卷似情亲。怜君直道当时语，不著心源傍古人。"（元稹：《酬李甫见赠十首》）

除了极少数天才外，"兼善"不是件容易的事，萧统在《答湘东王求文集及诗苑英华书》中云：

> 夫文典则累野，丽则伤浮。能丽而不浮，典而不野，文质彬彬有君子之致，吾尝欲为之，但恨未逮耳。

---

① 胡适：《国语文学史》，安徽教育出版社2006年版，第35页。
② ［美］宇文所安：《盛唐诗》，贾晋华译，生活·读书·新知三联书店2004年版，第214页。

不管怎么说,"兼善"都是在"文"与"质"中调合。由于"文"易生"丽","质"常傍"野",因此既要"文",又不能"丽";既要"质",又不能"野",这自然不是常人能够轻易做到的。也正是因为这种标准的难以企及,使得中国文学史上的绝大多数诗人都只能达到"偏美",而对"偏美"的追求又必然导致了诗学论争的发生。

第二节 能指的游戏与所指的救赎

如前所述,中国文学史上以至当下的文学论争,多是由所指派发动的。我们需要解决的问题是,如何解释所指派虽然在时间、空间上未必有交集,观念、学理上也未必有师承的前提下,其诗学观点却具有惊人的相似之处;这些相似性是以什么样的方式表现出来的。简言之,第一,什么是他们提倡的;第二,什么是他们反对的,换句话说,他们对能指派的攻击主要集中在哪些方面。能指派明确的主张、宣言不多,他们的诗学观点主要体现在两处:一是在诗歌技术的研究上,二是在诗歌创作中。他们的"问题"主要是由所指派指出的。我们不可能将中国文学史上所有文学论争、文学运动都拿出来一一分析,但可以择取一些有代表性的诗人或流派领袖的观点,从符号学、语言学、语言哲学等视角予以辨析。为叙述方便,在所指偏向派中,我们将主要考察李贽、陈子昂、元白、公安派、胡适及于坚的诗学观点。按照这个分类,陶渊明应该属于所指派,但仅限于其作品,他本人并未给我们留下太多的诗学观点。倒是陶诗本身成了后世诗人、诗论家归类排队的试金石。

尽管相对于语言的工具维度、思想维度而言,诗歌语言总体上属于能指偏向型语言,但从不同诗歌的具体情况看,其能指偏向的"度"又是有差别的。也就是说,既然都是"诗歌",其语言形态已经与其他文体的语言形态有了区别,比如分行排列,这本身就是能指偏向。但有的诗歌仅仅是基本的、简单的能指偏向,比如分行、押韵,其能指偏向性或技术性几乎可以忽略;但有的诗歌的能指偏向性就要明显得多,除了分行、押韵外,还讲究齐言、平仄、对仗、音律,等等,表现出更为强烈的能指偏向性和极高的技术性。比如杜甫的"三吏三别"与《秋兴八首》，二者的偏向性是很容易辨别的。虽然与通知、布告、消息等问题相比，二者都具有能指偏向性，但将二者放在一起比较，《秋兴八首》当然是明显的能指偏向型；而"三吏三别"虽也有能指偏向性，但与《秋兴八首》相比，几乎可以忽略，并且诗人创作时的重心本不在此，即"三吏三别"的语言更具有所指偏向性。将诗歌语言从与工具语言、思想语言的比较中抽离出来，只对诗歌语言本身进行分类，就可分成所指偏向型的诗歌语言和能指偏向型的诗歌语言。下文在表述时，所指偏向、能指偏向专指诗歌语言，不再特别指出。

一 "遣词皆中律"：文字的游戏

从语言、文字的关系上考辨，齐梁时代的文学风尚正是呈现出了文字偏向型的特点，即能指偏向型的特点，这其实也是一些"纯文学""纯诗"的特点。文学不再是载道、言志、抒情的工具，文学存在的唯一意义就是呈现文学本身——即雅可布逊所说的"文学性"。"说什么"的重要性已经大为降低，"怎么说"才是文学最值得关心的东西。前面已经说过，文字作为"文"的外在雕饰主要表现为书法艺术；而作为"字"（语言性）的内在雕饰则表现在对字音的处理上，即所谓"宫律"上。文学的自觉就是文字的自觉，文字的自觉就是诗歌创作的能指偏向，能指偏向的表现就是充分展现汉字自身的特点。

汉字既是"形声相益"，其主要功能又是表意，因此，汉字自然就是形、声、意三者的结合了。鲁迅先生在《汉文学史纲要》中，有一段关于汉字的议论："昔者文字初作，首必象形，触目会心，不待授受，渐而演进，则会意指事之类兴焉。今之文字，形声转多，而察其缔构，什九以形象为本柢，诵习一字，当识形音义三：口诵耳闻其音，目察其形，心通其义，三识并用，一字之功乃全。"[①] 从符号学的角度看，"形""声"（音）属于能指，"意"（义）则为所指。在实际运用中，尤其是在对这套符号体系熟练之后，根据不同的使用情境和目的，我们很少需要"三识

---

① 《鲁迅全集》（第9卷），人民文学出版社2005年版，第354页。

并用",往往有所偏向。将重点放在"意"(义)上,就是所指偏向;而更关注汉字的"形"与"声",就是能指偏向了。就"形"的方面而言,汉字的"形"本身就能够带来一定的意味和美学效果。"其在文章,则写山曰崚嶒嵯峨,状水曰汪洋澎湃,蔽芾葱茏,恍逢丰木,鳟鲂鳗鲤,如见多鱼。故其所函,遂具三美:意美以感心,一也;音美以感耳,二也;形美以感目,三也。"[①]这是将注意力放在能指符号本身的表现,是能指偏向型的一种表达方式,即偏向字"形"。在鲁迅的年代,估计写作时在字形上下功夫的少了,所以鲁迅认为这样的"形"还算一种美。但在刘勰的年代,当时的人对玩文字极度痴迷,有人专门找一些在形式上有关联的字来写作,用之过度,反伤其美,所以刘勰在《文心雕龙》专设《练字》篇,以纠其偏。

> 是以缀字属篇,必须拣择:一避诡异,二省联边,三权重出,四调单复。诡异者,字体瑰怪者也。曹摅诗称:"岂不愿斯游,褊心恶呐哊。"两字诡异,大疵美篇。况乃过此,其可观乎!联边者,半字同文者也。状貌山川,古今咸用,施于常文,则龃龉为瑕,如不获免,可至三接,三接之外,其字林乎!重出者,同字相犯者也。《诗》、《骚》适会,而近世忌同,若两字俱要,则宁在相犯。故善为文者,富于万篇,贫于一字,一字非少,相避为难也。单复者,字形肥瘠者也。瘠字累句,则纤疏而行劣;肥字积文,则黯黕而篇暗。善酌字者,参伍单复,磊落如珠矣。凡此四条,虽文不必有,而体例不无。若值而莫悟,则非精解。(刘勰:《文心雕龙·练字》)

无论是刘勰还是刘勰反对的"诡异""联边""重出""单复"的做法,实际上都是认为文字的字形在写作中是至关重要的。由于缺少了"字"(音)的参与,文字与语言之间的关系被隔绝开来,这样的写作成了与语言关系不大的纯粹的文字游戏。即便有时有些意义,但终嫌勉强。比如著

[①] 《鲁迅全集》(第9卷),人民文学出版社2005年版,第354页。

名的"联边"对联:"寄寓客家牢守寒窗空寂寞,迷途远避退还莲迳返逍遥",上联尚属能解,下联则显牵强,一连串的"走字底"让人目乏。这样的纯粹的文字游戏,写作中一般并不常见。除了字词的安排需讲究搭配、调协,章句同样也有讲究:"若夫章句无常,而字有条数,四字密而不促,六字格而非缓,或变之以三五,盖应机之权节也。"(《文心雕龙·章句》)不同字数的句子会造成不同的抒情效果,因此应该谨慎选用。对字形、章句排布都证明了文字自身在当时创作的重要性。

《文心雕龙·情采》云:"立文之道三:曰形文,曰声文,曰情文。"这"三道"显然是因文字的"形、音、义"三要素而生的。但由于"形文"过于偏向字形本身,常会疏离语言(语言的核心是声音),同时也会疏离所指,即意义,这样的极端的文字型文本并不多见。更多的人将游戏的目光投向了字音。汉字的特点,一是单音节,一是声调。单音节将对偶推向了极端,产生了骈文;声调发展出了"宫律",催生了"律诗";单音节与声调是不可分的,因此对偶和宫律也是结合在一起的。沈约的一系列理论就是典型代表。

齐梁时期,诗坛出现了一种新的诗歌写作方式,世称"永明体",沈约是永明体的领袖。所谓"永明体",《南史·陆厥传》中曾有谈及:"永明时,盛为文章,吴兴沈约、陈郡谢朓、琅琊王融以气类相推毂。汝南周颙善识声韵。约等文皆用宫商:将平、上、去、入四声,以此制韵,有平头、上尾、蜂腰、鹤膝。五字之中,音韵悉异;两句之内,角徵不同。不可增减,世呼为永明体。"永明体的出现对中国诗歌而言是一件极其重要的大事,因为它开创了中国文学的自觉的"文"偏向传统。

汉字既可表意,又可绘声,但作为"绘声"的汉字记录的是当时的口语,汉字服从于汉语。《诗经》、乐府传统的诗歌就是先以声音形式存在,后来才用文字记录下来的。这些诗歌自然也有音韵问题,但它们的音韵却主要是自然的韵律,诗歌的音韵来自自然的声音,文字版的《诗经》、乐府诗歌是对自然音韵的记录和模拟。但到了齐梁时代,由于文字的自觉,文字有时不再服从汉语,而开始发出自己的声音,这就是人工音律了。郭绍虞先生一针见血地指出:"所谓'永明体'者,不过是人工的音律之应用于文辞而已。"[1]可以说，永明体的本质就是汉语诗歌的文字偏向。永明体的盛行与此前纸张推广导致言—文关系发生的变化密切相关，前文已有详细论证，此不赘述。

沈约不仅在创作中使用永明体，而且理论上也开创、完善了音韵理论。沈约撰有《四声谱》，《梁书·沈约传》记载了沈约对《四声谱》的自得之情："约撰《四声谱》，以为在昔词人，累千载而不寤，而独得胸襟，穷其妙旨，自谓入神之作。"这里我们不禁要问，为什么"在昔词人""累千载而不寤"？为什么"灵均以来此秘未睹"（《宋书·谢灵运传论》），而到沈约就突然"独得胸襟""穷其妙旨"了呢？是前人眼光短狭，还是沈约智力超群？如果不是人的问题，那就应该是在沈约生活的时代，语言、文字之间的关系发生了某种变化，而沈约敏锐地洞察到了这种变化。

"累千载而不寤"倒也不是沈约的自大之词，当时似乎也算公论。钟嵘《诗品序》里有一段话可为旁证："昔曹、刘殆文章之圣，陆、谢为体贰之才。锐精研思，千百年中，而不闻宫商之辨，四声之论。或谓前达偶然不见，岂其然乎？"（钟嵘：《诗品序》）这段话间接证明了"宫商之辨，四声之论"出现在齐梁时期，而且都认为在此之前，那些"锐精研思"的"文章之圣""体贰之才"不曾谈及这个问题，当时有人的解释是前人"偶然不见"，即"偶然地"没有注意到这个问题。这表明了当时人的"问题意识"，凡事都可溯及既往，渊源有自，独独此事闻所未闻，见所未见，纯属原创，原因何在？一定是当时出现了以前从未曾有过的东西。我们认为核心原因就是文字从语言那里独立出来了，出现了新型的以文字而不是以口语为创作符号的新文体，需要一套新的理论对其加以解释。以前那些"文章之圣""体贰之才"当然也用文字，但在他们眼里，文字只是载道、言志的工具，从属于语言。但现在不同了，文字不再是只是工具，文字既是手段，也是目的了。

沈约在《宋书·谢灵运传论》论述了他自己的"独得胸襟"：

---

[1] 郭绍虞：《中国文学批评史》上册，商务印书馆2010年版，第161页。

> 若夫敷衽论心，商榷前藻，工拙之数，如有可言。夫五色相宣，八音协畅，由乎玄黄律吕，各适物宜。欲使宫羽相变，低昂舛节，若前有浮声，则后须切响。一简之内，音韵尽殊；两句之中，轻重悉异：妙达此旨，始可言文。（《宋书·谢灵运传论》）

沈约在这里显然谈的就是"字"的声韵问题。但诗歌的声韵并不是沈约时代才出现的，黄侃先生在《文心雕龙札记》里指出："细审其旨，盖谓文章音节，须令谐调。本之《诗序》'情发于声，成文为音'之说，稽之左氏'琴瑟专壹，谁能听之'之言，故非士衡所创获也。"[1] 即在陆机的"暨音声之迭代，若五色之相宣"之前早已有人关注过这个问题。既然早有类似的观点，沈约又绝不可能不知道，但为什么他仍然坚持认为自己是"独得胸襟"，而前人"此秘未睹"呢？唯一的解释就是沈约坚信自己的发现与前人的观点表面相同，本质上并不一样。我们认为，沈约的"未睹之谜"就是，前人的声韵是语言的声韵，而他探索的声韵是文字的声韵。一个是声音的问题，一个是文字的问题。声音与声韵非常接近，但文字与声韵则隔了一层，所以需要进行专门的探讨和研究。钟嵘已窥见其中端倪："尝试言之，古曰诗颂，皆被之金竹。故非调五音，无以谐会。若'置酒高堂上''明月照高楼'为韵之首。故三祖之词，文或不工，而韵入歌唱，此重音韵之义也。与世之言宫商异矣。今既不被管弦，亦何取于声律耶？"（钟嵘：《诗品序》）钟嵘很敏锐地发现了"音韵"和"宫商"的不同，他认为二者的不同是"被管弦"和"不被管弦"的不同，这是很有见地的，涉及了"言"创作与"文"创作的不同之处，即"乐诗"与"文诗"的不同。

文学自觉还有个表现就是文学从其他艺术门类中独立出来了。文学自觉是因为文字的自觉；文学不自觉是因为文字不自觉。文字不自觉之前的语言状态自然是所指偏向型的口语形态，即"言"形态。"言"形态的文学为什么要与"管弦"结合起来呢？一方面是因为"厥初亦凭口耳，虑有愆

---

[1] 黄侃：《文心雕龙札记》，中华书局1962年版，第115页。

沿波讨源

误，则练句协音，以便记诵"，本身就有协调音律的需要；另一方面，"歌之为言也，长言之也。说之，故言之；言之不足，故长言之"（《礼记·乐记》）仅仅是"言"不足以传达出"说"（悦），所以要"长言"，即配合音乐演唱。也就是说，"被管弦"的写作是"言"的写作；而"不被管弦"的写作是"文"的写作，自然不能再用源于"言"的"声律"了，所以要另创一套"宫商"。

《诗传》认为"情发于声，成文为音"，其逻辑关系为：情—声—文—音，即"情"为前提，"声"赋其形，"文"录其声。虽然后世读到的是文字记录的《诗经》，但记录的是"声"，即当时人们通过声音形式创作的诗歌。但到沈约这里就不一样了。

首先，文字不再是记录自然之"声"的工具了，诗歌创作首先变成了对文字的安排。所谓"永明体"，就是要求"五字之中，音韵悉异；两句之内，角徵不同"（《南史·陆厥传》），这已经非常清楚地指出了诗歌写作是"字""句"的安排与处置的活动，而不是"载道"的工具了。

其次，文字将自身的声音（声母、韵母加上声调）掩饰为语言，声韵的和谐重于自然声音的和谐。前人所讲的和谐是自然声音的和谐，也可以说是声音的自然和谐；但沈约所讲的和谐是字音（声、韵、调）的和谐。阮元很早就认识到了这一点，他说："休文所矜为创获者，谓汉魏之音韵乃暗合于无心；休文之音韵乃多出于意匠也。"（阮元：《揅经室续集》三）"汉魏之音韵暗合于无心"，是说汉魏虽也有音韵，但却是"无心"而为之，是一种相对自然的音韵；"休文之音韵"则是有意而为之，人工而为之（"意匠"），其实就是人工音律。郭绍虞对阮元的见解也认为"此言极是"，因为"惟其为自然的音调，所以以人工的音律衡之，便不免有或合或不合之处；纵有会合，亦不得谓为明了人工的音律；而且纵有论及音律之处，亦只能明其然，而不能罗举其条例"。沈约的人工音律也正在于，"迨到人工的音律制定以后，则也有客观标准，便易于遵守了"[1]。而所谓"人工音律"来自哪里呢？就是来自"字"音（字的声调、韵部）。

---

[1] 郭绍虞：《中国文学批评史》上册，商务印书馆2010年版，第173页。

第四章 媒介、符号与中国诗学论争

沈约的理论是对其所处时代创作实践的总结与提升，具有划时代的意义。我们可以将沈约之前的文学划归为"自然音韵"的时代，而将沈约及以后的时代划归为"人工音律"的时代。"自然音韵"是以人声（口语）作为材料及标准；"人工音律"是以"字音"作为材料和标准。

《文心雕龙》大体上也是从这个角度判定文学的价值的。《梁书·刘勰传》曾专门谈到刘勰与沈约的结识经过："既成，未为时流所称，勰自重其文，欲取定于沈约。约时贵盛，无由自达，乃负其书，候约出，干之于车前，状若货鬻者。约便命取读，大重之，谓为深得文理，常陈诸几案。"（《梁书·刘勰传》）沈约对刘勰的理论"大重之"，一个重要原因是刘勰也窥察到了文字本身的声音在创作中的重要作用。沈约用的术语是"四声八病"，刘勰则用的是"韵""和"。刘勰认为"同声相应，谓之韵"，"异音相从，谓之和"，要达到"韵""和"的要求，声音形式的自然韵律已经不是考虑的对象了，首先要考虑的是"字"本身的"声"和"音"了。总之都是对文字字音（平、上、去、入）的排列、摆布。在《神思》中，刘勰就提出了"寻声律而定墨"的主张；在《声律》中又说："凡声有飞沉，响有双叠。双声隔字而每舛，叠韵杂句而必睽；沉则响发而断，飞则声飏不还。"（《文心雕龙·声律》）意思是字调有阴阳、清浊、平仄之分，声韵有双声叠韵之别。在此之前是借用音乐术语"宫商角徵羽"来指称声调的高低。按《文镜秘府论》的"调声三术"：宫商为平声，徵为上声，羽为去声，角为入声。宫商为平，上去入为仄。所谓"飞沉"，大概相对于平仄。"飞"指阴与清，平声；"沉"指阳与浊，属仄声。阴、阳、清、浊之字，应平、仄穿插交替。如果缺乏调协，连用平声，就有声气升飏飘飘不降之感；如果连用仄声，就有声气沉沉欲断之觉。比如曹植的"罗衣何飘飘，轻裾随风还"（曹植：《美女篇》）；潘岳的"望庐思其人，入室想所历"（潘岳：《悼亡诗》)，或连用平声，或连用仄声，确实有刘勰所说的弊端。而双声叠韵，必须连用，若两词之间插入他字，或将一词分用于相邻两句，则会造成"吃文"——拗口的毛病。当然，符合声律标准的文字与语言的音韵也可能有重合甚至融合，这样的话，"则声转于吻，玲玲如振玉，辞靡于耳，累累如贯珠矣"（《文心雕龙·声律》）。"写"的与"说"

的("吻""耳")、"看"的与"听"的就结合在一起了。

由于语言符号是能指和所指的结合体,对能指、所指关注程度的差异,会导致语言功能的改变,让语言呈现出某种特定的形态来。由于文学自觉,这一时期的人们将注意力主要放到了文字本身的声音上,对能指符号的关注高于对所指的关注,呈现出鲜明的能指偏向的特色。对能指符号本身的过度关注,必然导致对所指的一定程度的忽视,也就是对意义的传达有所忽略,这也自然成为了所指偏向派攻讦的焦点。

我们这里要特别注意的是,虽然刘勰非常注重文字的声韵问题,但刘勰论文还是较为折中的,他希望、追求的并不是"偏美"的文字型诗歌,而更多的是"兼善"的文字、语言并重型诗歌。《文心雕龙》虽然对藻饰略有偏重,但总体而言,不少观点其实是对当时过度追求文字的纠偏。所以,刘勰不推崇陶渊明、曹操等语言偏向型诗人,对过度文字化的文字偏向型诗人也多有訾议。《文心雕龙·宗经》篇就说"楚艳汉侈,流弊不还",希望能够"正末归本",达到"体约而不芜""文丽而不淫"。刘勰对当时文风也颇多指斥,说"去圣久远,文体解散。辞人爱奇,言贵浮诡,饰羽尚画,文绣鞶帨。离本弥甚,将逐讹滥"(《文心雕龙·序志》)。但在当时大的背景下,将文字型文学视为文学正宗仍然是大势所趋。

由于文字型文学的正宗地位已被确定,因此,这一派的奉行者是不需要用大量的理论来证明自己的,诗歌"创作"变成了诗歌"写作"。既然是"写作",文字理所当然是最重要的东西。沈约是这一派的理论家,而杜甫、温李、黄庭坚、新月派及当代的知识分子写作派等则是这一理论的实践者。在能指—所指关系上,他们更喜欢和推崇的是文字型写作,也就是能指偏向型写作。在这里,对杜甫的写作要特别提及一下。前面说过了,杜甫是"兼善型",即在所指偏向和能指偏向的创作上都有佳作,也被后世不同派别,甚至是针锋相对的派别奉为宗主。但杜甫晚期的创作是有着鲜明的语言美学的追求的,"律"是杜甫晚期诗歌写作最为重要的内容,他推崇的是"律比昆仑竹,音知燥湿弦"(杜甫:《秋日夔府咏怀奉寄郑监李宾客一百韵》),公开宣称自己"晚节渐于诗律细"(杜甫:《遣闷戏呈路十九曹长》)。

第四章　媒介、符号与中国诗学论争

　　与李白相比，杜甫的诗风特征更为明显。李白对齐梁体的态度基本上是反对的，以"复古道"为己任。所以他说："梁陈以来，艳薄斯极，沈休文又尚以声律，将复古道，非我而谁！"[①]李白认为，正是梁陈以来的"尚以声律"中断了"古道"。"声律"源自文字，前面已有论述；"古道"就是一种与文字偏向型对立的诗歌写作方式，即语言偏向型写作。在创作实践上，李白也是多古风、歌行而少律诗、绝句。李白的诗歌创作是有着明确的语言观的，他曾说过："兴寄深微，五言不如四言，七言又其靡也。况使束于声调俳优哉"（孟棨：《本事诗》引）。李白显然认为四言是更有"兴寄"，即所指的，而且不喜欢受"声调俳优"的束缚，从这个意义上，李白是所指偏向型的"偏美"诗人。杜甫虽然对李白甚为崇拜，但在诗歌美学上，他是坚定地保留着自己的追求的。杜甫写过不少称赞、仰慕六朝诗人的论诗诗，如："庾信文章老更成，凌云健笔意纵横。今人嗤点流传赋，不觉前贤畏后生。"（杜甫：《戏为六绝句》）杜甫诗歌是近体、古体都很好，后世既有喜欢杜甫古体诗的，如胡适等；也有喜欢其律诗的，人数就更多了。因此，杜甫虽是"兼善型"，但其总体诗风尤其是夔州以后的诗风仍然呈现出偏向文字的"偏美型"。

　　关于李白、杜甫诗风的归类，郭绍虞先生有过极为细致的观察。他说：

> 　　我以为李白的主张是反齐梁的，杜甫的主张，是沿袭齐梁而加以变化的。李白仗其天才，绝足奔放，所以能易古典的作风为浪漫的作风。杜甫加以学力，包罗万象，所以能善用齐梁的藻丽而无其浮靡。前者是对于齐梁作风的反抗，几欲并其艺术美的优点而亦废弃之者。后者对于齐梁作风之演进，发挥其艺术美的优点，而补救其过度使用之缺陷者。前者废弃其修辞的技巧，而能自成一家的作风，所以显其才；后者不妨师法齐梁，而能不落于齐梁，所以显其学；显其才者，其诗犹有古法；显其学者，其诗转成创格。我们若从这一点以为诗仙

---

①（唐）孟棨：《本事诗》引，见丁福保辑《历代诗话续编》（上册），中华书局1983年版，第14页。

沿波讨源

诗圣的解释，庶不致限于空洞而渺茫。①

齐梁诗风的核心正是语言问题，李白、杜甫对语言的不同偏好导致了他们对六朝诗风的不同偏好。李白认为"绮丽不足珍"，而要"垂衣贵清真"（李白：《古风》）；而杜甫则偏偏好像抬杠似的说，"不薄今人爱古人，清词丽句必为邻"（杜甫：《戏为六绝句》）；六朝人重雕饰，杜甫是"遣词必中律，利物常发硎"（杜甫：《桥陵诗三十韵因呈县内诸官》）；而李白则认为"雕虫丧天真"（李白：《古风》）。李白对杜甫的诗歌写作方式和态度大概也不太认同，从《戏赠杜甫》就可以看见一些端倪："饭颗山头逢杜甫，头戴笠子日卓午。借问别来太瘦生，总为从前作诗苦。"（李白：《戏赠杜甫》）这虽然只是朋友间的玩笑、戏谑，但也透露了李、杜对诗歌写作的不同追求。这也不由得让人想起前面论述的胡适与废名之间颇似抬杠的诗学趣味。借用中国诗歌的"两派"理论，李白与杜甫分属不同派别，李白是语言偏向派，即所指偏向派；而杜甫则是文字偏向派，也就是能指偏向派。与其他偏向派诗人不同的是，他们二人的才华、学力对这种"偏向"有一定的纠偏功能，因而其偏向型没有走火入魔，尚在可控范围之内。

老杜这种文字型偏向在唐代的一个著名的承继者是李商隐。发现杜甫的律诗与李商隐诗歌之间具有"类型学"上的一致性的是王安石。《蔡宽夫诗话》曾经记载：

> 王荆公晚年亦喜称义山诗，以为唐人知学老杜而得其藩篱者，唯义山一人而已。每诵其"雪岭未归天外使，松州犹驻殿前军"，"永忆江湖归白发，欲回天地入扁舟"与"池光不受月，暮气欲沉山"，"江海三年客，乾坤百战场"之类，虽老杜无以过也。

至于李商隐是有意学杜还是只是偶然地呈现出了与杜律一样的诗风，

---

① 郭绍虞：《中国文学批评史》上册，商务印书馆2010年版，第218—219页。

第四章 媒介、符号与中国诗学论争

从后世研究看，并无资料证明李商隐是因为喜欢杜诗而刻意学杜诗的。废名就对李商隐学杜甫的观点持反对意见，他说："封建文人开口闭口说李商隐学杜，他们知道李商隐究竟学了杜甫的什么呢？所谓'学'，应该不是模仿，各人有各人的时代背景，从民族传统之中，有时对某一点继承相似而发挥不同罢了。"① 废名对杜甫、李商隐诗歌的偏爱，让他更清楚地看到了李商隐与杜甫诗风的近似，并不是"学"的结果，而是"民族传统之中"的"某一点"引发了二人的创作，才使得二人的诗风有了并非巧合的相近。但废名并没有指出"民族传统之中"的"某一点"具体是什么，哪个"民族传统"，又是民族传统中的"哪一点"。笔者认为废名的"民族传统"正是汉字传统，"某一点"就是"文字偏向型"这一点。这就是说，李商隐的"文字偏向型"语言观决定了他的诗歌呈现出与杜诗近似的风格，并且甚至有时写得比杜甫还要好，"虽老杜无以过也"。毫无疑问，在诗歌风格体现上，李商隐的诗歌所具有的特点必然与六朝、杜甫诗风一致，由于其学力不如老杜，因而商隐诗歌的缺点与六朝更为接近。李涪在《刊误·释怪》中对李商隐的诗歌及人品有如下评价：

> 近世尚绮靡，鄙稽古，商隐词藻奇丽，为一时之最；所著尺牍篇咏，少年师之如不及。无一言经国，无纤意奖善，唯逗章句。因以知夫为锦者，纤巧万状，光辉耀日，首出百工，唯一端得其性也。至于君臣长幼之义，举四隅莫反其一也。彼商隐者，乃一锦工耳，岂妨其愚也哉！

"绮靡""辞藻奇丽""唯逗章句"等评价与时人及后人对六朝诗风的评价几乎如出一辙，莫非王荆公还要认为李商隐是学六朝浮靡之风而窥堂奥者？从这个角度看，笔者认为，对一些真正有天分的诗人来说，选择某种诗风纯粹是由天性决定的，与时代、家庭、经历、遭遇等并不具备必然联系。从文学自觉的角度看，一言以蔽之，李商隐的诗歌也不再"文以载

---

① 废名：《废名讲诗》，陈建军、冯思纯编订，华中师范大学出版社2007年版，第287页。

道""无纤意奖善",只是沉迷于文字游戏,"唯逞章句"。这不是李商隐人格品性的问题,而是他文字偏向趣味的必然结果。

六朝诗、杜律、义山诗在宋代的传人是黄庭坚。王安石指出了李商隐与杜甫的"师承"关系(其实并非"师承",只是类型上的接近);而许顗则将黄庭坚与李商隐划归为了同一类别。许顗首先指出了李商隐诗歌的文字型偏向,"李义山诗,字字锻炼,用事婉约,仍多近体"——"字字锻炼"是文字偏向型的明证,然后又针对宋诗整体上的浅俗鄙陋开出了药方,说:"……作诗浅易鄙陋之气不除,大可恶。客问何以去之,仆曰:'熟读唐李义山诗与本朝黄鲁直诗而深思焉,则去之。'"(许顗:《彦周诗话》)恰如王安石认为李商隐的诗歌与杜甫的律诗有类型学上的相近性,许顗认为李义山与黄鲁直的诗歌也有着类型学上的相近性,并且将这种类型的诗歌当作了矫治平易浅陋诗风的良药,揭示了诗歌中"两派"之间的对应性差异。

特别让人深思的是,同是李商隐的诗歌,李涪的评价全是否定,不仅文字不好,"唯逞章句",内容也很差,"无一言经国,无纤意奖善";而在许顗看来,却是处处皆好,足为世范。谁的评价对呢?这恐怕取决于论者的语言观是文字偏向还是语言偏向了。

总之,六朝诗的"绮靡",杜诗的"中律",义山的"字字锻炼"说的都是对诗歌文字的看重,在文字的音、形、义中,"音"作为"逞章句"的首选,即对"宫律"的重视。书写介质及传播方式的改进也让人们接触文字的机会大为增加,文字对人的支配作用越来越强,因此,在五四白话文运动(准确地说,是白话诗运动)以前,"格律"是几乎所有学诗的人必须掌握的技能,后世推崇这一派的诗人实在不少。只是多数诗歌没有呈现出强烈的偏向性,而多数诗人也没有如两派代表人物那样表达出明确的语言自觉。

五四白话文运动确立了白话文的官方地位,虽说不上彻底,但也基本推翻了文言的垄断地位,照说已经取得了成功,"话"取代"文"成为了思维、写作的中心。但正如索绪尔的语言理论所分析的那样,文字并不会轻易地交出"话语权",它只是一种"假装",它很快就会重新"僭夺"语言才应该有的地位。在当时复杂的语言背景下，汉字对汉语（白话）的侵入、控制以另外一种方式出现了：欧化。

刚刚解决文言的问题，又必须面对欧化这个新问题。而欧化的问题甚至比文言更为严重。事实上，当时就有很多人认为欧化语言就是"新文言"；对这种语言也多有指斥，认为"'五四'式白话，实际上只是一种新式文言，除去少数的欧化绅商和摩登青年而外，一般工农大众，不仅念不出来听不懂，就是看起来也差不多同看文言一样吃力"①。所谓"新式文言"，就是说这种语言仍然是文字偏向型的，没有将语言（"话"）的特点传达出来。"念不出来听不懂"，即文字没有体现语言的声音性，不像"话"。五四时期及以后中国的语言状况变得异常复杂，本来以为打倒文言，就可轻易实现"言文合一"了。结果，文言没有打倒，倒搞出一种"新式文言"（欧化语）来了。

"五四"之后语言确实发生了很大变化，但有一点没有改变，就是汉语仍然是通过汉字来记录的（虽然其间有过不少关于汉字拼音化的探讨）。这就意味着汉字仍然是"形、音、义"的合一，刘勰所言的"立文之道三"仍然存在，因此，从"形、音"角度入手进行新格律的探讨很早就有。遗憾的是，这些探讨没有得到"新诗"创作者的重视，当下的诗人更是不愿戴上好不容易打破了的"镣铐"。笔者始终认为这是新诗衰亡的最重要原因。②但既然仍然是用汉字写诗，基于汉字特点的两派（偏文的能指偏向派和偏言的所指偏向派）就必定会继续存在。

从符号学角度看，新月派诗人主要就是能指偏向派诗人，尤其是闻一多和徐志摩。闻一多是新诗格律的最早探索者。早在1922年3月，当时还是学生的闻一多就写了《律诗底研究》一文，文中不少观点显然是针对当时很多将形式"一切打破"的所谓"新诗"的。在这篇文章里，闻一多从中国古典诗歌的形式和他所受的西洋美术训练中得到启发，指出"抒情之作，宜整齐也"；"中国艺术中最大的一个特质是均齐，而这个特质

---

① 寒生：《文艺大众化与大众文艺》，载文振庭编《文艺大众化问题讨论资料》，上海文艺出版社1987年版，第86页。

② 参见朱恒、何锡章《欧化对诗形的冲击及对策》，《理论与创作》2007年第6期。

沿波讨源

在其建筑与诗中尤为显著。中国这两种艺术底美——即中国式的美"。而胡适等人提倡的"话怎么说，文章就怎么写"，以"话"作为评判诗歌优劣的标准，错误正在于抹去了日常语言与诗性语言的界线。[①] 闻一多对此深不以为然，他说："偶然在言语里发现一点类似诗的节奏，便说言语就是诗，便要打破诗的音节，要它变得和言语一样——这真是诗的自杀政策了。"[②] "言语"与"诗"的不同，最重要的自然是"形式"的不同。闻一多认为"形式"其实就是"格律"。他说："格律在这里是 form 的意思。'格律'两个字最近含着了一点坏的意思；但是直译 form 为形体或格式也不妥当。并且我们若是想起 form 和节奏是一种东西，便觉得 form 译作格律是没有什么不妥的了。"[③] 在中国旧诗里，"格律"并不是什么新鲜的东西，但对因打破"格律"或者说从"格律"中破茧而生的新诗而言，再提"格律"在很多人看来是走回头路，从这个意义上讲，闻一多在当时思潮下大胆地、明确地提出新诗的"格律"问题，是需要有发自内心的真诚和极大的学术勇气的。

与当年的沈约一样，闻一多认为自然音节和人工音节是不一样的，这表明闻一多已经察觉到口说的语言（闻一多用"言语"）与借助文字的语言是有着明显区别的。1922年他在《冬夜评论》这篇文章里谈到了"音节"（其实就是格律），他说："词曲的音节当然不是自然的音节，一属人工，一属天然，二者是迥乎不同的。一切的艺术应以自然做原料，而参以人工，一以修饰自然的粗率，二以渗渍人性，使之更接近于吾人，然后易于把捉而契合之。诗——诗的音节亦不外此例。"[④] 沈约当年称自己的发现是"独得之秘"，而闻一多不敢妄称"独得"，只认为格律是诗歌写作的"天经地义"。

一旦开始注意文字，就一定会注意形式，即将注意力放到能指符号上来。就像前面论述的，对汉字而言，能够在能指符号变出的"花样"只能

---

① 朱恒、何锡章：《五四白话文运动的语言学考辨》，《文学评论》2008年第2期。
② 闻一多：《新诗的格律》，《闻一多全集》第2卷，湖北人民出版社1994年版，第139页。
③ 闻一多：《新诗的格律》，《闻一多全集》第2卷，湖北人民出版社1994年版，第139页。
④ 闻一多：《冬夜评论》，《闻一多全集》第3卷，湖北人民出版社1994年版，第139页。

是借助于汉字的"形"和"音",闻一多的论述同样是基于这个基础的。

前面已经稍稍讲了讲诗为什么不当废除格律。现在可以将格律的原质分析一下了。从表面上来看,格律可从两方面讲:(一)属于视觉方面的;(二)属于听觉方面的。这两类其实又当分开来讲,因为它们是息息相关的。譬如属于视觉方面的格律有节的匀称,有句的均齐。属于听觉方面的有格式,有音尺,有平仄,有韵脚;但是没有格式,也就没有节的匀称,没有音尺,也就没有句的均齐。

关于格式,音尺,平仄,韵脚等问题,本刊上已经有饶孟侃先生《论新诗的音节》的两篇文章讨论得很精细了。不过他所讨论的是从听觉方面着眼的。至于视觉方面的两个问题,他却没有提到。当然视觉方面的问题比较占次要的位置。但是我们的文字是象形的,我们中国人鉴赏文艺的时间,至少有一半的印象是要靠眼睛来传达的。原来文学本是占时间又占空间的一种艺术。既然占了空间,却又不能在视觉上引起一种具体的印象——这是欧洲文字的一个遗憾。我们的文字有了引起这种印象的可能,如果我们不去利用它,真是可惜了。所以新诗采用了西文诗分行写的办法,的确是很有关系的一件事。姑无论开端的人是有意还是无心的,我们都应该感谢他。因为这一来,我们才觉悟了诗的实力不独包括音乐的美(音节)绘画的美(词藻),并且还有建筑的美(节的匀称和句的均齐)。这一来,诗的实力上又添了一支生力军,诗的声势更加扩大了。所以如果有人要问新诗的特点是什么,我们应该回答他:增加了一种建筑美的可能性是新诗的特点之一。①

既然谈"格律",这里有必要再梳理一下闻一多与杜甫、李商隐之间的内在关系。与其说是杜甫、李商隐影响了闻一多,不如说是闻一多的诗学追求在杜甫、李商隐那里找到了知音。并不奇怪的是,在闻一多看来,

---

① 闻一多:《新诗的格律》,《闻一多全集》第2卷,湖北人民出版社1994年版,第139页。

沿波讨源

杜甫是"中国有史以来第一个大诗人，四千年文化中最庄严、最绚丽、最永久的一道光彩"[1]。类似的表述在闻一多的文章中俯拾即是。同样，闻先生也直接承认自己的诗歌、诗观也受到了李商隐的影响，他在1922年11月26日写给梁实秋的信中说："在《忆菊》《秋色》《剑匣》具有浓缛的作风，义山、济慈的影响都在这里；但替我闯祸的，恐怕也便是他们。"[2]可以说，闻先生是杜甫、义山文字传统及能指传统写作的现代承接者，并且他也很清醒地认识到，"用语体文字写诗写到同律诗一样"是不太可能的。因此闻先生的格律是基于当时人们使用语言（"白话文"）的实际来制定的，也没有将所有新诗全都纳入同一个固定模式的打算，而只是希望诗歌能够有自己的形式。

追求"律"是所有能指偏向型诗歌语言的必然追求。只是在当时由于语言使用情况过于杂乱，不少人没有能够将"白话文"与"欧化文"区分开来——由于二者共用一套文字体系，要准确区分也确实不容易。不加区分的结果是消解了能指偏向型和所指偏向型诗歌各自应该有的表现方式，加上当时过激的"解放""打倒"口号，使得这种消解变成了当时及后世诗人的自觉追求，直至今天。笔者认为"白话文"与"欧化文"之间的本质区别是所指偏向型语言和能指偏向型语言的区别，语言的选择必然带来诗歌技术运用上的差异。忽视这种差异的结果就是消灭诗歌——现代汉语诗歌今天的处境已经充分证明了这一点。

比如被称为"东方鲍特莱"的李金发，就是用"欧化文"写诗的代表。从言—意关系的角度看，文字型写作不必为现实世界负责，李金发的诗歌必然也只能是"象征派"——营造一个不存在的世界；另外，他的诗歌同样是"难懂派"，这两点后文还将谈到。这里只谈李金发诗艺的问题。"欧化文"是文字偏向型，用这样的语言创作，就必须注重能指符号。前面已经分析过，能指符号的运用主要表现为"形"的变化及"音"的变化，遗憾的是，这两者在李金发的诗歌里全都找不到。因此，不管李金发的诗歌里表现了与传统多么不一样的新思想，如"死亡""审丑""颓废"，

---

[1] 闻一多：《闻一多全集》第6卷，湖北人民出版社1994年版，第74页。
[2] 闻一多：《致梁实秋》，《闻一多全集》第12卷，湖北人民出版社1994年版，第124页。

第四章 媒介、符号与中国诗学论争

等等，但作为诗歌本身总不免欠缺，也让人遗憾。

朱自清先生的评价里流露的是批评又不敢（在当时的求新思维下，说"好"的人太多，说"不好"是唱反调）、褒扬心不甘（乱七八糟，说"好"实在有违本心）的纠结与勉强："不知是创造新语言的心太切，还是母舌太生疏，句法过于欧化，教人像读着翻译；又夹杂着些文言里的叹词语助词，更加不像——虽然也可以说是自由诗体制。"[①] 朱先生破折号后面的话颇含深意：诗歌里确实有"自由诗"，但这种诗应该是口语偏向型的，如白话诗；而李金发用的是"欧化"语言及一些"文言里的叹词语助词"，显然是文字偏向型的。文字偏向型诗歌的核心就应该服从文字，遵循这类诗歌的标准，是不"自由"的。将"自由"运用于不能自由的文字偏向型语言上，写出的诗歌，套用瞿秋白的话说，就是这一类"非驴非马"的"骡子诗"。遗憾的是，这样的诗歌今天仍然大量存在。比如与李金发诗歌如出一辙的"知识分子写作"。

"知识分子写作"与"民间写作"之争，焦点同样也在语言上。"民间写作"的语言策略就是"口语写作"；"知识分子写作"虽然没有特别强调自己的语言资源，但像历代所有能指偏向型写作一样，他们认为用书面性更强的语言写作是天经地义的事情。在白话文取得官方地位近百年后，"知识分子写作"当然不再能够用文言写作了，他们用的是一种"新文言"——欧化语言。与历史上的所有诗学论争一样，他们遭到了"口语派"、所指偏向派几乎一样的攻击。于坚旗帜鲜明地炮轰20世纪90年代的"知识分子写作"是"对诗歌精神的彻底背叛，其要害在于使汉语诗歌成为西方'语言资源''知识体系'的附庸，在这里，诗歌的独立品质和创造活力被视为'非诗'"；他们的诗歌是"在例如《诗刊》这样的杂志中出现的那些，或者声称其'语言资源'来自西方诗歌的二手货——翻译诗的所谓'知识分子写作'制造的赝品"。[②] 更重要的是，虽然不是用文言写作，但由于都属于能指偏向派的写作，其显现出来的弊端竟然与用文言写

[①] 朱自清：《中国新文学大系·诗集·导言》，良友图书印刷公司1935年版。
[②] 于坚：《穿越汉语的诗歌之光》，见杨克主编《1998中国新诗年鉴》，花城出版社1999年版，"序言"。

沿波讨源

作的能指极端派几乎一样。

坦率地说，在最初接触"知识分子写作"这个名称时，笔者是有所期待的。从语言的使用看，"知识分子写作"必然选用一种文字化（与"民间写作"的"口语"不同）程度较高的语言，事实上也确实如此，这一派的写作采用的正是欧化语言（欧化语言不是口语，因为生活中没有人会这么讲话），即被于坚等人攻击的"西方的语言资源"。欧化语言已经是现代汉语的组成部分之一，用这样的语言写诗当然没有什么问题，但一旦用了这种文字偏向的语言写诗，如果希望语言还有诗性的话，文字本身就应该是他们关注的重点。

遗憾的是，这些人也迷恋"技术"，但他们的"技术"根本不是诗歌的技术。沈奇在《秋后算账——1998：中国诗坛备忘录》里写道："读所谓'知识分子写作'之类的作品，我们无法得到任何可资信任感的审美感受和亲和性的精神感受，只剩下充满上述种种弊端的技术性操作让人不知所云"；具体而言，"知识分子写作"将传统的诗歌技术"提高"为"高蹈的、抒情的、翻译性语感化的，充满了意象迷幻、隐喻复制、观念结石以及精神的虚妄和人格的模糊"。用沈奇的话说就是"不喜欢，头晕"，"无法得到任何可资信任感的审美感受和亲和性的精神感受"。[①] 笔者认同沈先生的这些结论，但并不表明笔者就是站在"民间写作"一边。"知识分子写作"并没有学习、借鉴西方诗歌在能指操作上的任何经验，而是照搬了半生不熟的翻译语言本身，并且以为这就是"技术"。

通过翻译学习诗歌，这本身就是悖论，弗罗斯特不是说过"诗是一经翻译就不存在的东西（Poetry is what gets lost in translation）"吗？硬说西方诗歌里有什么全新的、中国文学不具备的新东西，也只不过是本国历史虚无主义和"崇洋媚外"在文学上的表现。至于开口闭口不离波德莱尔、艾略特、米沃什、帕斯捷尔纳克这些唬人的名字以及"荒原""理性""颓废""象征"等玄乎的术语，不知道是否也是"挟洋自重"心态的遗留。其实，钱锺书先生的《管锥编》《谈艺录》已经雄辩地证明了"东海西海，

[①] 沈奇：《秋后算账——1998：中国诗坛备忘录》，见杨克主编《1998中国新诗年鉴》，花城出版社1999年版，第389页。

心理攸同；南学北学，道术未裂"；具体而言，在江弱水先生看来，"上面提到的西方现代诗的诸多特点，在中国古典诗中并不鲜见"[①]。选择语言非常重要，但一旦选择，你就无法抛弃伴随语言而生的写作方式。

当然，"知识分子写作"派是不会同意这些攻击的，他们认为自己是"铁肩担道义"，他们的写作是"一种置身于一个更大文化语境而又始终关于中国、关于我们自身现实和命运的写作，也是一种在'西方'与'本土'、'传统'与'现代'的两难境遇中显示出深刻历史意识和中国知识分子的文化责任感的写作"[②]。这样神圣的使命和责任，笔者无法企及，不敢评说，但仅就诗歌而言，他们忘记了一个"常识"：

  诗藉文字语言，安身立命；成文须如是，为言须如彼，方有文外远神，言表悠韵，斯神斯韵，端赖其文其言。品词忘言，欲遗弃迹象以求神，遏密声音以得韵，则犹飞翔而先剪翮，踊跃而不践地，视揠苗助长、凿趾益高，更谬悠矣。瓦勒利尝谓叙事说理之文以达意为究竟义，词之与意，离而不著，意苟可达，不拘何词，意之既达，词亦随除；诗大不然，其词一成莫变，长保无失。是以玩味一诗言外之致，非流连吟赏此诗之言不可；苟非其言，即无斯致。[③]

钱先生的意思是，诗之为诗，不是由内容决定的，而是由语言决定的，是由语言构造的形式决定的，至于知识分子写作热衷的那些"宏大的""深刻的""历史的""思想的""人性的""民族的""责任的"等思想，读者完全可以在历史、哲学、社会学、人类学著作里读到，诗歌的深刻不用诗人提醒。

今天重读闻一多，笔者仍然感到震撼与不解，这些见解既借鉴了汉字传统，又剖析了中西文字差异，还注意到了语言的发展和现状，而且具有非常强的示范性和可操作性，但为什么就是很少有人愿意继续探索下去，

[①] 江弱水：《古典诗的现代性》，生活·读书·新知三联书店2010年版，第9页。
[②] 王家新、孙文波：《中国诗歌九十年代备忘录》，人民文学出版社2000年版，第5页。
[③] 钱锺书：《谈艺录》，生活·读书·新知三联书店2001年版，第238页。

而任由诗质流失，自弹自唱地写出一些将来用作"病理解剖"（邓程语）的所谓的"新诗"呢？个中原由当年闻先生也有提及，一并转引："如今却什么天经地义也得有证明才能成立，是不是？但是为什么闹到这种地步呢——人人都相信诗可以废除格律？也许是'安拉基'精神，也许是好时髦的心理，也许是偷懒的心理，也许是藏拙的心理，也许是……那我可不知道了。"[①] 从严格意义上讲，将"知识分子写作"划归能指偏向派实属勉强，但可作为反面教材，证明选择了文字偏向却拒绝文字偏向应有的写作方式，会是多么失败的一件事情。

从六朝整体诗风、沈约诗论、杜甫、李商隐、黄庭坚到闻一多及"知识分子写作"，勾勒出的是汉语诗歌文字偏向型的脉络走向，他们要么在诗歌风格上，要么在诗歌理论及主张上呈现出了整体的一致性：文字本身在他们的创作中具有重要的作用。区别是"五四"前的诗人由于有着自觉的语言追求，将"诗律"视为他们诗歌创作的关键技术，尽管遭到了所指偏向派的反对、攻击，但作为"偏美"中的一"美"，仍然有着大量忠实的拥趸。而"五四"以后的诗人，语言上选择了文字偏向型，创作上却崇尚口语偏向型的"自由"，忽视"诗律"，将二者的缺点整合在一起，造成了现代汉诗整体的没落。以前的诗，甚至六朝的诗还是有人说好、有人说不好（这实际上是艺术欣赏再正常不过的现象），而当下的诗歌因忽视了对文字、对能指的操练，已经基本到了无人理会的地步。

"五四"以后尤其是新中国成立以后的文学观和文学史，通常将现实主义视为文学的正宗。从语言符号学的角度来看，现实主义通常是凭借所指偏向型语言以实现其反映现实的理想的。文字偏向型远离了个体、真实、存在、当下，常常被冠以"文字游戏"的恶谥。这一流派文学教育的结果是培养了大量的偏好"说了什么""易懂"的诗歌读者，并且很多人将其视为检视诗歌水平的试纸。在这样的大背景下，强调诗歌的语言性、文字性、技术性，多少有些不合时宜，但笔者仍然愿意相信任何艺术都反映在对艺术符号的处理水平上。南朝崇尚骈俪的文风在后世几乎完全成了

---

① 闻一多：《新诗的格律》，《闻一多全集》第 2 卷，湖北人民出版社 1994 年版，第 139 页。

被批驳的对象,"五四"以后的文学教科书更是如此。但崇尚骈俪,看重文字的能指功能(即诗学功能)恰恰揭示了文学之所以存在的一个重要原因,并且厘清了文学与其他学科门类,如史学、哲学等之间的区别,从文学之为文学的维度上重新定义了文学。郭绍虞先生考辨文学的出发点正是语言与文字,因此,郭先生对南朝文学批评的历史意义有着与时人完全不同的眼光。郭先生认为:

> 南朝的文学批评,如此重要,而昔人每忽略之,则以此期的创作界在文学史上是极端偏于骈俪的时期。而此期的文学批评,亦不免较重在形式方面,——如音律与采藻等等的问题均为此期批评界所集中讨论的。因此,此期作家的作风,既遭后世古文家或道学家的攻击反对,则此期较重在形式方面的文学批评,当然也易于遭人轻视了。不过,我们须知:(1)因骈俪之重在藻饰,故其作风当然较偏于艺术方面而与道分离;因此,反容易使一般人认清了文学的性质,辨识了文学的道路。由这一点言,觉得后世文人之论文,反多不曾认识清楚者。(2)即在当代的批评家,也有许多反对极端文胜以为匡时之针砭者,不过因当时作家之靡然从风,积重难返,所以一时似乎不生什么影响而已。实则此种主张有许多早已为后世古文家种下根苗,而古文家却一切不加理会,自矜创革之功,这觉得更是不应该的。①

的确,对形式、宫律、采藻的过度重视会削弱意义的传达,但在做不到"兼善"的情况下,至少还算"偏美",在郭先生看来,是一种脱离了"道",最能体现文学自身特点的方式。站在没有偏向性的角度,笔者认为既然选择了能指偏向型语言,就应该更多关注能指符号自身,因此,"遣辞必中律"正是这一派诗人的自觉追求,也是必然追求:"恐怕越有魄力的作家,越是要戴着脚镣跳舞才跳得痛快,跳得好。只有不会跳舞的才怪脚镣碍事,只有不会作诗的才感觉得格律的缚束。对于不会作诗的,格律

---

① 郭绍虞:《中国文学批评史》(上册),商务印书馆2010年版,第122页。

是表现的障碍物；对于一个作家，格律便成了表现的利器。"[1]

二 "不务文字奇"：意义的救赎

白居易《寄唐生》中的"非求宫律高，不务文字奇"与杜甫的"晚节渐于诗律细"已然构成了对立性的宣示，虽然不是针对杜甫本人，但将两者的诗观放在一起审视，仍然让人感觉里面似乎隐含了一种挑衅的意味。我们将以白居易为代表的这一派称为语言偏向型，即所指偏向型。既然是"所指偏向"，自然就是反对将写作的注意力放到能指符号上，这必然导致对文字，尤其是对那些所指不明的"空文"的怀疑。在纸张普及以后，六朝诗人发现了文字游戏的乐趣。文字的"声"让他们迷上了音韵、宫律；文字的"形"让他们迷上了对偶、骈体甚至书法。但对文字本身的过分关注必然对意义的传达有所阻碍，有时甚至会遮蔽意义。

文字符号是能指、所指的同构，并不存在没有能指的所指，也不存在没有所指的能指。但需要特别注意的是，符号的能指和所指这两维之间的关系却不是凝固不变的，而是可以在一定范围内滑动的共生关系，而这也正是导致符号呈现能指偏向或所指偏向的原因。能指偏向削弱了语言的指向性，加强了符号的自指性；所指偏向强化了符号的意指性，强化了符号的工具性。能指偏向是语言服从文字，所指偏向则是文字服从语言；两种偏向不仅决定了意义的生成方式、传达程度、传达手段等技术性问题，而且决定了不同思维方式甚至文明形态，如语音中心主义和文字中心主义的区别。

总之，在能指与所指的滑动中，某一极的强化是以另一极的弱化为代价的。能指偏向强化了符号自身，将符号引导至诗性一极，其代价必然是削弱所指，弱化意义的表达。"文学自觉"就是文字自觉，就是能指自觉，其结果自然是所指弱化、意义弱化。当这种偏向达到较为严重的程度，符号通往意义的路径完全被能指的光芒所遮蔽，整个社会陷入远离真实世界的"能指狂欢"中，这时自然就有人站出来，针弊救偏，从能指那里换回所指，此即意义的救赎。

首先对这种文风发难的是隋朝李谔的《请正文体书》。《请正文体书》

---

[1] 闻一多：《新诗的格律》，《闻一多全集》第2卷，湖北人民出版社1994年版，第139页。

虽然不是完全针对诗歌语言，但当时整个社会文风颓坏，显然是受诗歌语言影响的，其罪魁祸首就是"魏之三祖，更尚文词，忽君人之大道，好雕虫之小艺"，这本来只是创作时对"言""文"重心的调整，将文字放在了语言之上，但在李谔看来，"更尚文词"并不仅仅是写作的技术问题，而是远离"君人大道"的结果。这里特别值得文学史研究者注意的是，一个社会文风矫揉，而使世风颓败，终致大厦倾圮，"文笔日繁，其政日乱"，媒介变动往往是社会变动的核心推动力，而不是相反。五四运动及其后的政权更迭就是从一场"白话文"运动开始的，这就是明证。文学史书写到底应该以什么为核心？这是值得深思的。

汉语中的"道"不仅有"说"的意思，同时也是终极的哲学范畴（西方的"逻各斯"恰好也兼具"言说"和"大道"之意，张隆溪的《道与逻各斯》一书有详细阐述。有意思的是，基督教"太初有道"的"道"竟也是"Word"，"言"就是"道"），这样"言"就与"大道"联系在了一起。与索绪尔的观点几乎一样，李谔也认为，文字只能忠实地记录"言"，服务并服从于"言"，一旦文字本身受到关注，就不仅背叛了"言"，而且背叛了"道"。但不知为什么，当时的人放着这么重要的"道"不去追寻，偏偏要去"好雕虫小艺"，以至于"下之从上，有同影响，竞骋文华，遂成风俗"。

到了齐梁时代，情形更糟，以至于"贵贱贤愚，唯务吟咏。遂复遗理存异，寻虚逐微"，终日"竞一韵之奇，争一字之巧"，结果整个社会的风气成了"连篇累牍，不出月露之形，积案盈箱，唯是风云之状"；更坏的是，"世俗以此相高，朝廷据兹擢士。禄利之路既开，爱尚之情愈笃。于是闾里童昏，贵游总卯，未窥六甲，先制五言。至如羲皇、舜、禹之典，伊、傅、周、孔之说，不复关心，何尝入耳。以傲诞为清虚，以缘情为勋绩，指儒素为古拙，用词赋为君子。故文笔日繁，其政日乱，良由弃大圣之轨模，构无用以为用也"。李谔的观察是极为准确的，将文风对世风、人风的影响清晰地揭示出来了。而所谓的"尚文词""好雕虫小艺""竞骋文华""竞一韵之奇，争一字之巧"，具体而言，也就是追求"宫律高"，将表述的注意力放在能指符号的"形"和"音"上，而这竟然会导致"忽

沿波讨源

君人大道""其政日乱"的严重社会后果，这当然是"载道派"、所指偏向派关注并大力反对的。从语言符号的角度看，如果能指与所指发生了偏移，能指不再通向所指，意义缺失，则不仅文风，而且世风都会变得"轻浮""华伪"。为什么会这样呢？因为"所指偏向"意味着语言先于文字，文字只是记录语言的工具；而语言又是与个人、真实、此在、意义关联在一起的。文字替代语言，其本质正是让人从意义、此在、真实、个人中逃离，因此显得"轻浮""华伪"。李谔正是通过炮轰能指偏向过度的语言，试图恢复能指、所指的正常关系，以还原意义，还原所指。

稍后的陈子昂则专门指出了齐梁诗的问题，他在《与东方左史虬修竹篇序》中说："文章道弊五百年矣。汉、魏风骨，晋、宋莫传，然而文献有可征者。仆尝暇时观齐、梁间诗，彩丽竞繁，而兴寄都绝，每以永叹。思古人常恐逶迤颓靡，风雅不作，以耿耿也。"所谓"汉魏风骨，晋宋莫传"，用黄侃先生对"风""骨"的定义来解释，就是汉魏时文词与文意结合得很好的传统，到晋宋时失去了。平衡的"言—意"关系被打破，发生了偏移，偏向了"言"，"彩丽竞繁"。正如我们前面所说的那样，将注意力过于放在能指符号上，则必然阻碍意义的传达，甚至让意义缺席，也即所谓"兴寄都绝"。语言无所"寄"，其实也是无所"托"，没有"寄托"，其实也就是没有意义，没有所指，没有"气"或"风"了，汉魏"风骨"也就不存在了。陈子昂的苦心就是要恢复正常的"言—意"关系，恢复语言、文字的所指功能，以期做到"骨""气"端翔，"音""情"顿挫。反对"彩丽竞繁"，其实就是反对"专求宫律高，只务文字奇"。

对辞采，也就是"文"的怀疑甚至拒绝，在白居易的一些诗观里也有着直接的表示。白居易的《新乐府序》非常集中地反映了他对"意"的重视以及对"文"的排斥。

> 序曰：凡九千二百五十二言，断为五十篇。篇无定句，句无定字；系于意，不系于文。首句标其目，卒章显其志，诗三百之义也。其辞质而径，欲见之者易谕也；其言直而切，欲闻之者深诫也；其事核而实，使采之者传信也；其体顺而肆，可以播于乐章歌曲也。总而

言之，为君、为臣、为民、为物，为事而作，不为文而作也。

《新乐府》的编撰，"系于意，不系于文"，已经揭示了白居易的语言观是偏于"意"，即偏于所指的；偏于所指，必然强调对"物""事"的重视，所以是"为君、为臣、为民、为物、为事而作"（白居易：《白氏长庆集》三），独独不是也不能"为文而作"。在文辞的选择上，必然选择那些"质而径""直而切"的，这样就可以做到"易谕""深诫"。

既然反对过度文字化的偏向，元、白必然从加强文字的所指功能入手。二者之间如同硬币的正反面。白居易因感"诗道崩坏"，所以"忽忽愤发，或食辍哺，夜辍寝，不量才力，欲扶起之"。他认为，"至于梁陈间，率不过嘲风雪、弄花草而已"，文字虽美，但"丽则丽矣，吾不知其所讽焉"，"于时六义尽去矣"（白居易：《与元九书》）。"不知其所讽"，要说的就是华丽的语言，找不到所指，与陈子昂"兴寄都绝"的意思完全一样。"自登朝来，年齿渐长，阅事渐多，每与人言，多询时务，每读书史，多求理道，始知文章合为时而著，歌诗合为事而为。"（白居易：《与元九书》）"为事而为"同样是强调要有所指。而要做到让所指、意义显形，则必须恢复文字的语言、声音属性，学会说"话"。

宋诗则整体上呈现出一种与唐诗不一样的风格，用钱锺书先生的话说，就是"多以筋骨思理见胜"的诗。从"断代言诗"的观点看，唐代即有宋诗，"唐之少陵、昌黎、香山、东野，实唐人之开宋调者"[①]。宋人评诗，同样对过于追求文字之"工"的唐诗给出了否定性评价。如蔡居厚《诗史》就说，"晚唐诗句尚切对，然气韵甚卑"（蔡居厚：《诗史》）；而吴可也认为，"晚唐诗失之太巧，只务外华，而气弱格卑，流为词体耳"（吴可：《藏海诗话》）。严羽《沧浪诗话》中的"本朝人尚理，唐人尚意兴"是对宋诗诗风的精准总结。宋诗兴起固然有别的原因，但其中一个原因就是对唐诗尤其是晚唐诗过于迷恋文字，以至于完全忽视诗歌的意旨的趋向纠偏。宋人唐子西记载过能指偏向派的创作过程：

---

① 钱锺书：《谈艺录》，生活・读书・新知三联书店2001年版，第2页。

> 诗最难事也。吾于他文不知寒涩，惟作诗甚苦。悲吟累日，仅能成篇，初读时未见可羞处，姑置之；明日取读，瑕疵百出，辄复悲吟累日，反复改正，比之前时，稍稍有加焉。复数日取出读之，疵病复出。凡如此数日，方敢示人，然终不能奇。李贺母责曰："是儿必欲呕出心乃已。"非过论也。今之君子，动辄千百言，略不经意，真可责哉。(《唐子西语录》，转引自《诗人玉屑》)

唐子西所说的，既是自己的创作过程，恐怕也是所有能指偏向型诗人的真实体验——这同时也是他们引以为傲的地方，所谓"痛并快乐着"也。从唐子西的这番话里，还可以看到有宋一代诗风确实已经发生了很大变化，唐子西本人就是当时少有的文字锤炼的坚守者了。因为"今之君子"的写作在文字偏向型眼里，完全是"真可责哉"！"今之君子"，不是某个特定的"君子"，而是大多数"君子"，他们走的正是所指偏向型的创作道路，文字本身不是他们考虑的重点，因此常常"动辄千言，略不经意"。从语言使用的经济性上，能指偏向派是"两句三年得"（贾岛：《题诗后》），不轻易用字；而所指偏向派则是"动辄千言"。这当然是各自的优点，同时也是各自被对方攻击的地方。所指派攻击能指派"雕琢过甚"，能指派则攻击所指派"辞繁言激"。

如果不"炼字"，那什么样的诗歌才是好诗歌呢？白居易其实从四个方面为语言偏向型或所指偏向型诗歌立法："其辞质而径，欲见之者易谕也；其言直而切，欲闻之者深诫也；其事核而实，使采之者传信也；其体顺而肆，可以播于乐章歌曲也。"（白居易：《新乐府序》）具体而言，就是言辞要"质"。"质"本身就是与"文"相对立的概念，"质"者，非"文"也。而"径""直""切"都是说言辞不要加工、修葺，而是直接呈现出来——这是对能指的要求，本质就是要"文辞"为"言辞"服务，也就是后来胡适所讲的，"话怎么说，文章就怎么写"。因为只有这样的能指才会指向"核而实"的所指，他们不仅强调要有所指，而且所指必须为真。"核而实"不像是对诗人的要求，而像是对记者的要求。在能指偏向派看来极

第四章　媒介、符号与中国诗学论争

为重要的什么"宫商角徵""浮声切响"不必在意，就是整体的诗篇结构也可打破，"体顺而肆"，"肆"就是"放"。胡适后来提倡的"诗体大解放"，当时矜为独创，其实应该滥觞于白居易的"体顺而肆"。这也更加证明同一语言观的人容易得出相同的结论。

有意识地选择"偏向"，就好像是选择一柄双刃剑，增强威力的同时也增加了自伤的危险。选择所指偏向，固然可以让文章"易谕""核而实"，但也会犯所指偏向必然会有的一些毛病。白居易在反思自己的诗歌时，也发现了这一缺点。在给元稹的《和答诗十首序》中，白居易谈到："顷者在科试间，常与足下同笔砚，每下笔时，辄相顾共患其意太切而理太周，故理太周则辞繁，意太切则言激。然与足下为文，所长在于此，所病亦在于此。足下来序，果有'辞犯文繁'之说。今仆所和者，犹前病也。待与足下相见日，各引所作，稍删其繁而晦其义焉。"（白居易：《和答诗十首序》）看来，白居易及元稹都意识到他们诗作的问题是"理太周""意太切"，表现在语言上，则是"辞犯文繁"；改进的方法是，"稍删其繁"并"晦其义"。"删其繁"就是要加强文字的锤炼，重视能指符号的艺术运用；而"晦其义"则表明白居易也意识到"其义太明"的诗歌不是好诗歌，有时应该"晦其义"，不要说得那么明白。

作为所指偏向派对立面的闻一多对他们诗歌的这些缺点颇有微词，闻先生说："抒情之作，宜紧凑也。既能短练，自易紧凑。王渔洋说，诗要洗刷得尽，拖泥带水，便令人厌观。边幅有限，则不容不字字精华，榛芜尽芟。繁词则易肤泛，肤泛则气势平缓，平缓之作，徒引人入睡，焉足以言感人哉？艺术之异于非艺术，只在能以最经济的手段，表现最多量的情感，此之谓也。"[①]但闻先生和元白根本不是在同一个角度看问题，元白诗歌的缺陷不是他们能力、水平所致，而是所指偏向型语言的必然体现，沃尔特·翁认为在口头话语中，由于脑子以外没有能够回顾的东西，因为话一说出口就消失得无影无踪。于是"脑子就不得不放慢速度，使注意力集中在刚才说过的话上。冗余，即重复刚刚说过的话，能够使听说双方都牢

[①] 闻一多:《新诗的格律》,《闻一多全集》第2卷,湖北人民出版社1994年版,第139页。

沿波讨源

牢地追随既定的思路"[1]。虽然元白等人是用文字书写，但他们利用的是汉字的"声"之维度，这就开启了口语思维模式，"辞犯文繁"，即"冗余"是口语思维模式的必然产物。而在沃尔特·翁看来，闻一多所谈的则是"线性的或分析的思维和言语"，而"它们是人为的东西，是文字技术的产物"[2]。元白如果想改掉"辞犯文繁"的"毛病"，就必然丢失口语写作的特征，甚至走上能指偏向的道路，元白的主张也会因此失去支撑。闻一多、王渔洋的主张是以己所长，攻人所短。"辞犯文繁"是口语偏向的诗人为了维护意义的先在性、神圣性必须付出的代价，不必更改，也无法更改。

我们也想知道，如果不是在文字上下功夫，还有什么别的方式可以做到？白居易这一番表述还间接证明了"偏美"型诗歌在凸显某一方面的特质时必然在另一方面有所缺失，即文字偏向型诗歌在能指与所指之间打上了"三角桩"，阻断了能指直接通向所指的可能性，使得诗歌语言朦胧而有回味，欣赏者穿越言—意之间的迷宫达到只具有可能性的意义终点，享受到一种"参透""开悟"的愉悦——这也正是诗歌存在的意义之一。由于能指与所指之间有了阻碍，文字偏向型诗歌必然在意义传达的准确性、清晰性方面有所不足，在逻辑的周延、连贯上更是阙如；对文字的过度追求有时还会完全遮蔽意义，比如李商隐的一些诗歌到底在说什么至今未有公论。反之则是，语言偏向型诗歌目的明确、意义易于把握，但不足之处是"意太切""理太周"。

从某种意义上说，宋诗与元白的诗歌是有着内在一致性的。葛兆光在《汉字的魔方》一书中认为，"从诗歌语言角度来说，宋诗的全部内涵就在于四个字：凸显意义，而凸显意义的结果是诞生了一代新的诗歌语言形式，它在细腻、明快、流畅上超越了唐诗"[3]。"意义"不就是所指吗？"凸显意义"其实就是所指偏向型语言的功能。如果拿李商隐的诗来与宋诗对

---

[1] ［美］沃尔特·翁：《口语文化与书面文化——语词的技术化》，何道宽译，北京大学出版社2008年版，第30页。

[2] ［美］沃尔特·翁：《口语文化与书面文化——语词的技术化》，何道宽译，北京大学出版社2008年版，第30页。

[3] 葛兆光：《汉字的魔方——中国古典诗歌语言学札记》，复旦大学出版社2008年版，第207页。

照一下就更为显明，李诗处处都不想让人知道他说了什么，而宋诗则生怕别人不知道自己的意思，所以吴乔说，"宋人作诗，欲人人知其意，故多径达"（吴乔：《围炉诗话》）。"知其意""径达"让人想起孔子的"辞达而已矣"，这其实就是工具型语言或所指偏向型语言的典型特点。同时，反对文字锤炼必然带来对语言偏向派诗人的重新认识。陶渊明就是在宋代才真正得到了崇高声望，如掉落泥尘的珍珠，湮没无闻几百年后，终于放射出了夺目的光芒。苏东坡说陶诗"质而实绮，癯而实腴"（苏轼：《与苏辙书》），又说"初看若散缓，熟看有奇句"（惠洪：《冷斋夜话》）。只是不知道为什么这么多代人都未能从"质"里发现"绮"，从"癯"里发现"腴"，为什么这么多代人都不曾"熟看"过渊明的诗。而自东坡起，后世人又似乎猛然醒悟了。这其实不过是从文偏向转回言偏向而带来的审美趣味的转向：从"镂彩错金"到"天然去雕饰"。当然，这一切的发生又都与宋代印刷术的盛行有着直接的关系。

晚明公安派显然是元、白及宋诗派的接续。袁宗道生平最崇敬的诗人是白居易和苏轼，其书斋名"白苏斋"，文集命名为《白苏斋集》就是向这两位诗人致敬。《白苏斋记》载："（宗道）去年买一宅长安……乃于抱瓮亭后，洁治静室。室虽易，而其名不改，其尚友乐天、子瞻之意，固有不能一刻忘者。""其名不改"，可见其"尚友"之义由来已久且一以贯之。宗道欣赏且崇敬白、苏的主要不是二人的人格，而应该是"诗格"，即他们在诗歌精神上具有内在一致性。朱彝尊更是直接点出了公安派与元、苏之间的渊源："自伯修出，服习香山、眉山之结撰，首以'白苏'名斋，既导其源，中郎、小修继之，益扬其波，由是公安派盛行。"（朱彝尊：《静志居诗话》卷十六《袁宗道》）而白、苏尊崇的又恰恰是陶渊明。这样，陶渊明、元白、宋诗、苏轼、公安、胡适之间的渊源、脉络就十分清晰了。不少论者从明代的社会、文化、思想、文风以及作者身世等方面寻找公安派得以产生的原因，未能切中肯綮，这种超越时代的回响一定有着更深层次的内在原因。这个原因笔者以为就是决定创作思维、创作材料、创作风格的语言或语言观。元、苏与公安派，或者放在整个文学史长河中，陶、元白、宋诗、苏轼、公安、胡适、于坚等谱系上的内在一致性正在于

沿波讨源

他们都是语言观上的所指偏向型。

袁宗道更是毫不掩饰自己对宋诗的喜爱和赞美,在《与张幼于》中,他说:"至于诗,则不肖聊戏笔耳。信心而出,信口而谈。世人喜唐,仆则曰唐无诗;世人喜秦汉,仆则曰秦汉无文;世人卑宋黜元,仆则曰诗文在宋、元诸大家"(袁宗道:《与张幼于》)。袁宗道的这一番表述很有点像是和"世人"抬杠,"世人"赞赏、喜爱("喜")的都是他反对的,而"世人"看不起、看不惯("卑")的,却又是他极为赞赏的。他所谓的"世人",其实就是那些"读书人",那些"文人",也就是受文字影响既深从而抬高文字、贬抑语言的人。为什么袁宗道会走到抑唐扬宋的极端?其实仍然是语言观在起作用。袁宗道的语言观在他的论述里也有非常明显的流露——"信口而谈","信口"就是声音决定论或声音中心主义的典型表现,这样的语言观就是语言偏向型或所指偏向型语言观,这直接决定了他对文字型诗歌经典的对抗。

袁宏道欣赏的也是"本色独造语",反对模拟抄袭,说别人的话,"袭古人语言之迹而冒以为古,是处严冬而袭夏之葛者也"(袁宏道:《〈雪涛阁集〉序》)。古人的文字是死文字,古人的语言是死语言,发自自己内心的语言才是真语言,才是活语言,无才者才会"拾一二浮泛之语,帮凑成诗",因此"信腕信口,皆成律度"。文字偏向派的"律度"来自文字;语言偏向派的"律度"则来自"腕"与"口",也就是胡适说的"有什么话,说什么话;话怎么说,就怎么说"[①],"话"就是诗歌的标准。而"世人"眼里的"佳处",在他看来恰恰是"恨"处,根本原因就是"粉饰蹈袭",表现出了明显的"文人习气"——换句话说,也就是学别人写的"文"而不肯说自己的"话",即追求能指符号的相似,而缺乏独特的所指,因而显得"假大空"。清代袁枚的性灵说其实也是这一派的接续,观点与前述诗人大体相同,限于篇幅,不再赘述。

胡适的白话文、白话诗运动,同样是反对文字雕琢,而要求诗歌重回语言的一场运动。这场运动与前述的这些主张相比,在文学意义上,本来

---

① 胡适:《尝试集·自序》,人民文学出版社 1984 年版,第 149 页。

并无特别之处,不过是中国文学史上众多语言对文字、所指对能指运动中的一场。不同的是,只有这一场运动最终导致白话文成为了官方语言,在政治上替代了文言,因此,五四白话文运动是一场真正的"革命"。但如除去政治、思想、文化上的改变,仅从文字、语言的角度看,这仍然只是过去文学运动的循环与重复。所以周作人先生说:"民国以后的新文学运动,有人以为是一件破天荒的事情,胡适之先生所著的《白话文学史》中,他以为白话文学是文学唯一的目的地,以前的文学也是朝着这个方向走,只因为障碍物太多,直到现在才得走入正轨,而从今以后一定就要这样走下去。这意见我是不太赞同的。照我看来,中国文学始终是两种互相反对的力量起伏着,过去如此,将来也总如此。"[1]周先生的这番看法极具宏观视野,但遗憾的是,周先生没有告诉我们,为什么中国文学"始终是两种互相反对的力量起伏着"的?这"两种互相反对的力量"从何而来,因何而生?从汉字、汉语的角度来看周先生的结论,我们其实是应该给它加上一个条件的,就是:只要用汉字写作,这"两种互相反对的力量"就会继续存在。正是汉字的"形声相益",同时又"形声相离",造成了这两种"互相反对的力量",也就是所指偏向型和能指偏向型这两种反对的力量。

客观地说,我是很赞成周作人先生对胡适文学运动意义的评价的,尤其认同他说的"假如从现代胡适之先生的主张里面减去他所受到的西洋的影响,科学、哲学、文学以及思想各方面的,那便是公安派的思想和主张了"。而且,"他们对于中国文学变迁的看法,较诸现代谈文学的人或者还更清楚一点"[2]。但不管怎么说,胡适对文字与文学的关系问题是有过深入研究的。在《逼上梁山——文学革命的开始》一文中,胡适详细清理了他文字观、文学观的形成过程。他认为,"一部中国文学史只是一部文字形式(工具)新陈代谢的历史,只是'活文学'随时起来替代了'死文学'的历史",而"今日文学大病在于徒有形式而无精神,徒有文而无质,徒有铿锵之韵,貌似之辞而已"[3],这与白居易的"风雅比兴外,未尝著空文"

---

[1] 周作人:《中国新文学的源流》,江苏文艺出版社2007年版,第18页。
[2] 周作人:《中国新文学的源流》,江苏文艺出版社2007年版,第22页。
[3] 胡适:《逼上梁山——文学革命的开始》,见《胡适古典文学研究论集》,上海古籍出版社2013年版,第173—200页。

沿波讨源

（白居易：《读张籍古乐府》）、公安派的"抄袭模拟，影响步趋"几乎完全相同，而挽救"文胜质"的良方就是"用白话代替古文"，"用活的工具代替死的工具"①。胡适还坦承了自己与宋诗的关系，他说："宋朝的大诗人的绝大贡献，只在打破了六朝以来的声律的束缚，努力造成一种近于说话的诗体。我那时的主张颇受了读宋诗的影响，所以说'要须作诗如作文'，又反对'琢镂粉饰'的诗。"②也就是说，胡适的"文学革命"是渊源有自，始于"宋诗"的。胡适反对的文字雕琢与其赞赏的"言之有物"正是宋诗派的全部主张，而"要须作诗如作文"与严羽说宋诗是"以文为诗"几乎如出一辙，完全相同。葛兆光先生也曾经指出："只要对宋诗在诗歌语言变革中的意义有正确的估价，对白话诗的语言结构与功能有冷静的分析，人们就能明白'要须作诗如作文'的白话诗与'以文为诗'的宋诗之间确有许多共同之处和直接的渊源。"③葛兆光先生的论述对胡适在中国现当代文学史上过高的地位也是一种消解，对治中国现当代文学史的学者也是一种警醒。

从宋诗那里找到文学革命的思想资源的胡适很是自信，"我觉得我已从中国文学演变的历史上寻得了中国文学问题的解决方案，所以我更自信这条路是不错的"④。读胡适的这一段话，笔者不自觉地想起沈约在提出"四声八病"后的欣然自得，"约撰《四声谱》，以为在昔词人，累千载而不寤，而独得胸襟，穷其妙旨，自谓入神之作"（《梁书·沈约传》）。笔者认为这是两个极为重要的事件，沈约的人工声律论终结的是以《诗经》、乐府为代表的语言型诗歌的统治地位，中国诗歌和诗歌理论都进入了文字型、能指型偏胜的时代。而胡适的主张又是对以骈文、律诗为代表的文字型、能指型统治的终结，为语言型诗歌的复兴打开了一扇门，提供了理论上的可能性。沈约、胡适都不是最出色的诗歌实践者，但确为诗歌风气及

---

① 胡适：《逼上梁山——文学革命的开始》，见《胡适古典文学研究论集》，上海古籍出版社2013年版，第173—200页。
② 胡适：《胡适古典文学研究论集》，上海古籍出版社2013年版，第172—200页。
③ 葛兆光：《汉字的魔方——中国古典诗歌语言学札记》，复旦大学出版社2008年版，第215—216页。
④ 胡适：《胡适古典文学研究论集》，上海古籍出版社2013年版，第182页。

走向的敏锐洞察者，同时也是伟大的文学思想家。照胡适的观点，在"活语言"白话的官方地位被确定后，文学发展就到达了理想境界，文学论争就不会发生了。但事实上，六七十年后，一场与胡适的白话诗运动极为相似的论争再次上演。这次轮到于坚登场了。

与前面所有"运动""流派"不同的是，于坚的"敌人"以另外一种形式登场了。陈子昂、元白、宋诗、公安、性灵、胡适的诗学上的敌人是以雕镂的文字型语言作诗的诗人，这种语言也被称为"文言"。于坚时代，文言的影响几乎已经清洗殆尽了，如胡适预想的，中国文学的问题应该得到解决了。有意思的是，和他所有的前辈一样，于坚同样认为，"诗歌中始终存在着两种倾向的斗争"，这些斗争具体表现为："诗歌之身"与"形而上的言志倾向"的斗争；"生命之树"与"理论之树"的斗争；"诗人写作"与"知识写作"的斗争；"有性的，生殖创造着的身体写作"与"无性的，只是对知识的形而上体系加以修辞式证实的写作"的斗争。[①] 但这些"斗争"只是表象，背后的深层动因依然是语言问题。在题为《诗歌之舌的硬与软——诗歌研究草案：关于当代诗歌的两类语言向度》中，于坚本人已经揭示了"始终存在"的"两种倾向的斗争"的本质源自"两类语言向度"。并且，毫不奇怪的是，其中一类语言向度正是所指型、语言型、声音型的：李谔、子昂叫"气"或"风"；元白叫"质而径""直而切"的"言、辞"；公安派叫"信口信腕"；胡适叫"白话"；于坚则将其命名为"受到方言影响的口语写作"。总而言之，就是和文字相对的、能够发出声音的，尤其是能够发出自己声音的"话"。

于坚反对的是与口语相对的另一类语言，即"普通话写作的向度"。"普通话"是一个颇具迷惑性的说法，它给我们造成的假象是，普通话也仅仅是一种"话"。其实不然，普通话的本质不是用来说的，而是用来写的、读的。1956年《关于推广普通话的指示》中已经明确"指示"：普通话在语音方面以北京语音为标准音，词汇方面以北方话为基础方言，语法方面以典范的现代白话文著作为语法规范。也就是说，"话"的语法标

[①] 于坚：《拒绝隐喻》，云南人民出版社2004年版，第93页。

沿波讨源

准是由"文"决定的,普通话不是模拟口语,而是模拟"白话文",因此,于坚的诗学观就是期望由"受到方言影响的口语"来对抗文字化的"普通话",本质同样是对文字型写作的不信任。

于坚所要对抗的"坚硬的普通话"就是"欧化的、译文的影响、向书面语靠拢"的普通话,这种话"在音节上更适于朗诵";"尤其是普通话高度发达的首都诗人,写作在八十年代并没有转向口语,汲取语言活力的方向是由书面语到书面语继而转向翻译语体"[①]。于坚同样认为,当下诗歌的问题仍然是语言问题,或者是文字问题,"今天,在那些符合进化论的诗歌中(先锋派?)遍布着形而上的句子、牵强以至于坚硬干燥的比喻、细化的结构,以及无关痛痒的旨在用来通向国际接轨而风格雷同的语言乌托邦"[②]。虽然不再使用文言,但现在的语言问题的实质同样是远离了活的语言的假语言。因此,于坚的结论是,"现代诗歌应该回到一种更具有肉感的语言,这种肉感语言的源头在日常口语中。'我手写我口'(黄遵宪)。口语是语言中离身体最近离知识最远的部分"[③]。在这个意义上,于坚所倡导的"口语写作"无论是在攻击的对象上,还是在为诗歌指明的方向上,与所指偏向型的所有诗人、诗派具有一脉相承性。

我们并不是刻意要将于坚和胡适及胡适以前的"话"传统联系起来,于坚自己是这样说的:

> 口语化的写作,是对五四以后开辟的现代白话文学的"推倒雕琢的、阿谀的贵族文学;建设平易的抒情的国民文学。推倒陈腐的、铺张的古典文学,建设新鲜的立诚的写实文学。推倒迂晦的、晦涩的山林文学;建设明了的、通俗的社会文学"这一方向的某种承继。也就是胡适当年在文学八议中提出的须言之有物、务去滥调套语、不无病呻吟、不避俗字俗语、须讲求文法等的继续。我们可以看出,胡适的

[①] 于坚:《拒绝隐喻》,云南人民出版社 2004 年版,第 144 页。
[②] 于坚:《拒绝隐喻》,云南人民出版社 2004 年版,第 144 页。
[③] 于坚:《拒绝隐喻》,云南人民出版社 2004 年版,第 144 页。

文学八议，无不讲的是如何写，写作的方法。①

倒推一下，于坚受胡适白话文学观的影响，胡适、公安派受宋诗影响，宋诗派在唐代香山一派已发其端，香山受子昂影响，这样，一条隐伏的线索在文字观、语言观上终于清晰起来。这条线索的核心就是所有属于这一派的诗人、诗论家的语言观是一致的，即在语言—文字的关系中，语言是第一位的，文字从属于语言，也就是索绪尔说的，文字存在的唯一理由就是表现语言，也可以像德里达那样将其命名为"声音中心主义"，这种语言是以所指为核心、为偏向的，即所指偏向型语言。在所指偏向派看来，所有以文字为第一位的写作，或叫"文字中心主义"写作或能指偏向型写作都是"空文"，所谓"空文"，就是追求"宫律高"而忽视了所指、意义的文学。所指偏向派要推倒的是"迂晦的、晦涩的"，即意义不明确的山林文学，而张扬的则是"明了的、通俗的"社会文学，通过语言变革来实现意义的救赎。

对文字的不信任甚至反对，让所指偏向派将"话"放在了重要位置上。由于"话"的语音易逝性，使得对语言的雕琢几乎不可能；或者换过来说，对语言过度雕琢，必然使"话"变得"不像话"，从而削弱语言的交流、达意功能。基于此，历来反对人工音律的大有人在。唐代李德裕就很反对甚至反感人工音律。他说：

> 沈休文独以音韵为切，重轻为难，语虽甚工，旨则未远矣。夫荆璧不能无瑕，随珠不能无颣，文旨既妙，岂以音韵为病哉！此可以言规矩之内，未可以言文外之意也。较其师友，则魏文与王、陈、应、刘讨论之矣。江南唯于五言为妙，故休文长于音韵，而谓"灵均以来，此秘未睹"，不亦诬人甚矣。古人辞高者盖以言妙而工，适情不取于音韵；意尽而止，成篇不拘于只耦。故篇无足曲，辞寡累句。譬诸音乐，古辞如金石琴瑟，尚于至音；今文如丝竹鞞鼓，迫于促节。

---

① 于坚：《拒绝隐喻》，云南人民出版社 2004 年版，第 147 页。

沿波讨源

则知声律之为弊也甚矣。(李德裕:《李文饶外集》三)

李德裕的这番话完全是站在所指偏向派的角度言说的,认为诗歌中的"旨""情""意"是最为重要、最为基本的东西,不应该被"人工音律"所伤害。"人工音律"当然就是"字"音的调协了。既然"人工音律"妨害了"旨""情""意"的传达,那么最好的办法就是用未假"人工"的"自然"的"话"。胡适的这段论述最能代表这一点:

> 若要作真正的白话诗,若要充分采用白话的字,白话的文法,和白话的自然音节,非作长短不一的白话诗不可。这种主张,可叫作"诗体的大解放"。诗体的大解放就是把从前一切束缚自由的枷锁镣铐,一切打破:有什么话,说什么话;话怎么说,就怎么说。这样方才可能有真正白话诗,方才可以表现白话的文学可能性。[①]

胡适这段话的关键字就是"说"和"话",二者的本质就是一个东西:声音——自然的说话声音。"有什么话,说什么话;话怎么说,就怎么说",这不是赤裸裸的"说话(声音)中心主义"吗?"话"是"文"的标准,"文"是"话"的摹拟——最好是"话"的直接记录。"话"拥有了至高的权利,"话"的"自然性"也成了对抗"文"的"人工性"的利器。这样,凡因文字而生的"人工音律"、凡违背语言"自然"的诗"体"都应该打破,从而恢复语言的"自然"性。胡适与此前的白话诗人之间还有个区别在于:胡适要求将一切打破,甚至包括整齐的诗体;而元白这些人都还保留了诗歌的基本形式,大体齐言。但不管怎么说,他们用"自然的音节"取代人工音节的愿望是一致的,"非求宫律高,不务文字奇"是他们的共同追求。强调"话"只是表象,他们不希望"话"被文字修改、固定、歪曲,从而阻碍、推迟、歪曲"话"中所寄寓的意义;对所指偏向派而言,只有声音("话")才能保证所指的呈现;对"宫律高""文字奇"的否定的背后是救赎意义的良苦用心。

---

① 胡适:《尝试集·自序》,人民文学出版社1984年版,第149页。

第三节 所指驱动与能指驱动

在语言和文字的关系上，有人认为文字只是记录语言的工具；有的认为文字不只是记录语言的工具。孟华将前者称为"言本位文字观"，将后者称为"文本位文字观"。持有不同文字观的人在很多涉及文学、文明、文化的问题上都会有自己的见解，往往与另一派形成针锋相对的局面。从符号学的角度看，"文化"就是"文字看待它所表达的语言的方式，即言文关系方式"[1]。具体表现形式就是"言本位文字观"和"文本位文字观"。"言本位文字观"是"站在语言的立场上看言文（语言和文字）关系"，核心观点是，"文字记录语言的工具，是以自己的消失唤出语言在场的透明媒介，文字没有自己独立的价值，文字学从属于语言学"[2]。而"文本位文字观"则是"文字借助于语言的不在场使自己成为语言在场的必然形式，同时又将自己的结构精神和结构力量强加给了语言，让语言按照文字的方式被编码"[3]。因此，世界上只有两种类型的文化或文明；或者说，世界上的文化或文明只有两种表现类型。孟华认为以印欧语为代表的拼音文字就是"言本位文字观"，而以汉语为代表的表意文字是"文本位文字观"。具体到文化形态上，就是"言本位"文化，即"声音中心主义"文化，也有人称为"重说的文化"；以及"文本位"文化，即"文字中心主义"文化，或"重看的文化"。

一 情生文

符号的所指即意义。所指偏向，即意义偏向。在诗歌创作中，所指偏向派必然将所指，即意义放在最重要的位置上。所指或意义的清晰传达不仅是诗歌最终的评判标准，而且还是诗歌创作的出发点和推动力。在这种类型的创作中，先有所指，即所谓"志""情""意"等，后有语言，再后

---

[1] 孟华：《汉字：汉语和华夏文明的内在形式》，中国社会科学出版社2004年版，第3页。
[2] 孟华：《汉字：汉语和华夏文明的内在形式》，中国社会科学出版社2004年版，第15页。
[3] 孟华：《汉字：汉语和华夏文明的内在形式》，中国社会科学出版社2004年版，第20页。

有文字，文字只是传递情感、意义的工具，这种写作方式可以叫作"情生文"写作，因"情"生"文"，"情"在"文"先。《尚书·尧典》记载："诗言志，歌永言，声依永，律和声。"在尧、舜的时代，文字书写并不便利，这时创作的主要符号仍然是语言。语言对人而言具有内在性，因此也是最能表达人内心的"志"的工具，"志"可以通过"诗"来外化，"诗"的直观形式就是"言"，"志"与"言"之间就有了关联。二者之间的地位又在于，"志"在先，"诗"（"言"）在后；"志"在内，"诗"（"言"）在外；"志"是目的，"诗"（"言"）是手段。从创作的角度讲，"志"是出发点和推动力，"诗"是形式和工具。"诗"这种"文"的形式是因为内在的"志"（情）的刺激、促发而生成的，即"情生文"。

《毛诗序》讲到诗歌起源时说："诗者，志之所之也，在心为志，发言为诗。情动于中而形于言，言之不足故嗟叹之，嗟叹之不足故永歌之，永歌之不足，不知手之舞之，足之蹈之也。"《毛诗序》是专门讲《诗经》的，这个结论也只适用于以语言为创作媒介的口语偏向型诗歌，后世往往将其视为一切诗歌理论的公理，有时不免南辕北辙、缘木求鱼，多有隔膜。《毛诗序》里的这段话可看作是对《尚书·尧典》中"诗言志"的进一步阐释，具有本质上的一致性。"在心为志，发言为诗"，已经非常清晰地揭示了"志""言""诗"之间的逻辑关系。有意思的是，在后面的论述中，《毛诗序》并没有继续使用"志"这个概念，而是换用了"情"，并将其视为诗歌创作的终极出发点，"情动于中"。在毛亨、毛苌的时代，文字使用已经较为普遍，但值得注意的是，《毛诗序》通篇没有出现"文"字，而只用"言"；而且从"言之不足故嗟叹之"来看，"言"就是说话，就是口语，与文字没有关系。这也从侧面证明了《诗经》的"言偏向"特点。所以，严格来说，从《诗经》创作来看，叫作"情生言"更为准确。

从前述的诗歌分类看，《毛诗序》讲的显然是文学自觉时代以前的诗歌创作情况，也就是口语偏向型或所指偏向型诗歌的生成路径。在这一类诗歌里，语言是以所指偏向型的工具性语言为主，是表述、传递先在"意义"的工具。在他们看来，诗歌创作（主要是口头形式）的原因是先有了一个不得不表达的"情",这个"情"在内心涌动,寻找恰当的表达形式,这时语言(口语)就成了传"情"的工具。但"情"与"言"之间难免出现罅隙,故还需要"嗟叹""永歌""手舞""足蹈"等手段来弥补。"情"与"言"不能同一,源于语言能指、所指之间的滑动关系,即便是用声音符号直接呈现声音,不要文字的介入,作为能指的声音与被传递的所指"情"之间也无法实现同一。"情生文"的核心是先有情,再为情赋形。"情"也可以是"志",所以《毛诗序》说,"诗者,志之所之也,在心为志,发言为诗"。也就是诉诸文字之前的状态就是"情"或"志"。

在纸张书写得到推广以后,文字追摹语言的速度大大加快,这时的创作符号就既有"言"也有"文"了。借助于汉字"形声相益"的记言机制,原本存活于口、耳的"言"可以通过"文"超越时空,在一个个文字里,仍可隐约听到古人的言谈与吟咏。文学自觉之前,在"言"和"文"之间基本没有偏向问题,就是单一的"言"写作。文学自觉就是文字自觉。"字"一头连着"言",一头连着"文";一头连着当下、在场,一头连着历史、抽象。有了选择,也就有了偏向。文字出现前,诗歌的最终表现方式是"言";文字出现后,人们才开始通过"文"本读诗,"情生言"才真正变成"情生文"。

"情"当然只是个方便的叫法。中国诗学所说的"情",还可以是"志""意""道",等等。朱自清先生的《诗言志辨》对这几者的关系做过详尽的考辨:

> 孔颖达《正义》说:"此六志《礼记》谓之'六情'。在己为情,情动为志,情、志一也。"汉人又以"意"为"志",又说志是"心所念虑","心意所趣向",又说是"诗人志所欲之事"。情和意都指怀抱而言;但看子产的话跟子太叔的口气,这种志,这种怀抱是与"礼"分不开的,也就是与政治、教化分不开的。[①]

---

① 朱自清:《新诗杂话》,江苏文艺出版社 2010 年版,第 107 页。

沿波讨源

如果说，"情"纯粹是本于人欲的自然感情，"志"则多少带有了社会性，甚至近于"道"（"文以载道"的"道"）。"志"一方面与"情""意"有关，另一方面又与"政治、教化分不开"，而"政治、教化"不是"文以载道"的"道"的具体内容吗？既然"言志派"与"载道派"在本质上是同一派，那么，中国文学"两派"中的另一派就必须另外找寻了。从语言学角度，借用能指、所指范畴，笔者以为中国文学的一派是"情生文"派，"言志派""载道派"都属于这一派，这一派的本质是所指偏向，"志""道"是其核心和出发点，"言"是其手段和工具。这里就有一个问题，周作人先生认为中国文学的两种潮流是"言志派"和"载道派"，并且正是"这两种潮流的起伏，便造成了中国的文学史"①。但从语言学的角度看，这个分类是有问题的，笔者同意中国文学是"两种潮流的起伏"推动的，但不同意这两种潮流是"言志派"和"载道派"，这两派在笔者看来，其实是同一派。周先生在解释"载道派"的来由时是这样说的：

> 言志之外所以又生出载道派的原因，是因为文学刚从宗教脱出之后，原来的势力尚有一部分保存在文学之内，有些人以为单是言志未免太无聊，于是便主张以文学为工具，再借这工具将另外的更重要的东西——"道"，表现出来。②

按照周先生的说法，"载道派"的出现仅仅是因为"有些人以为单是言志未免太无聊"，所以还要"言"点别的，比如"道"；这样的话，"言"志与"言"道，只有内容的不同，没有本质的区别；所谓"以文学为工具"，本质也是以语言、文字为工具。总之，在符号的操作层面都是一种所指偏向型操作，文学、语言、文字都不过是工具。这从周先生《中国新文学的源流》一书第二讲"中国文学的变迁"中也可察其端倪：周先生对"言志派"的变迁讲得多、讲得深，但对其对立面的"载道派"却往往语焉不详，批评的也不过是"模拟古人"的做法，并且将苏轼算作是"载道

---

① 周作人：《中国新文学的源流》，江苏文艺出版社2007年版，第16页。
② 周作人：《中国新文学的源流》，江苏文艺出版社2007年版，第17页。

"派"的代表人物之一，对此，笔者是不敢苟同的。用本书的理论，则可将"言志派"和"载道派"都划归所指偏向派，与其对应的另一派则是能指偏向派，具体说就是"情生文"派和"文生文"派。

"情生文"表明"情"在"文"先，"情"为主，"文"为辅。"诗言志"，"志"在"诗"之前；"文以载道"，"道"为目的，"文"为工具。所谓"情""志""道"，从符号的角度看，不过都是所指。"情生文"的核心就是所指驱动。所指偏向派在对能指偏向派发动攻击时，也多是从这个角度出发的。比如李谔，在指责魏之三祖时，是说他们"更尚文词"。"更"字很值得注意，因为它暗含的意思是，此前并不是"尚文词"，而是到"魏之三祖"才变成这样。以前不"尚文词"，那"尚"的是什么呢？显然就是"道"。李谔自己也说了，"忽君人之大道"。"文词"与"君人大道"构成对应性的关系，分别处在跷跷板的两端，看重此，必忽视彼，反之亦然。如果要以"君人之大道"为中心，就一定不能过于强调"文词"，去"竞一韵之奇，争一字之功"，因为"道"会被这些"雕虫小艺"所遮蔽。从符号学的角度看，"文词"自然就是能指，"君人大道"就是所指。文字自觉以前，"君人大道"是目的，"文词"只是工具；现在则是"文词"自成目的，不再是"载道"的工具。

而陈子昂所针砭的"采丽竞繁，而兴寄都绝"所对应的符号学解释就是，能指的过度变形（"采丽竞繁"）对所指的功能造成了损害（"兴寄都绝"），二者是因与果的关系。反过来说就是，如果文章想要有所寄托，必须对过度夸饰的辞藻予以限制。所谓"兴"，即"托事于物"（郑众：《周礼》注引），或"托物兴词"（朱熹：《晦诗侍说》）。"兴"的本质正如朱熹所说的，"先言他物以引起所咏之物"，并且所咏之物更为重要。"寄"者，"托"也。从语言的角度讲，就是能指必须通往所指。"比兴"传统，其实就是"言之有物"传统。"言"是能指，"物"为所指，"言之有物"传统也就是所指偏向传统。《诗经》的四言是典型的"言"思维，能够充分体现口语达意的细腻、真实、生动，李白其实很早就看到了这一点，他说："兴寄深微，五言不如四言，七言又其靡也。"（《本事诗》引）为什么五言在"兴寄深微"方面比不上四言，正是在于五言是文字型诗歌，四言是

沿波讨源

语言型诗歌，语言型诗歌天然地与个体、在场、真实、呼吸相关，自然能够更真切地传递"兴寄"。正如德里达所说的那样："自然的文字与声音、与呼吸有着直接的联系。"[①] 在陈子昂、李白等人的眼里，评判诗歌的标准都是"兴寄"，而"兴寄"的具体表现则或为"志"，或为"意"，或为"道"，总之，是"情生文"中的"情"。

"君人大道""兴寄"都是要求"言之有物"，要求所指偏向，在不同时代和不同的人那里有不同表述。在元、白的主张里，则看诗歌有无"所讽"，有无寄托，同样是对所指的呼唤，对意义的渴望。在《与元九书》里，白居易勾勒了"六义"从"始刓""始缺""浸微"到"尽去"。六义"尽去"，则无所讽。无所讽，也就是西方文学理论的"不及物写作"，或"零度写作"。无所讽也即无所"寄托"；无所"寄托"，即无所指；无所指，即意义缺失。在白居易看来，同样是写风雪、花草，但风雪、花草背后有无"讽"、有无"兴寄"、有无所指、有无意义是不同的。诗歌要及物，要为了什么而写，要有所指。

"情生文"的"情"在宋代则变成了"意"，宋诗整体上就是"意生文"。吴乔在《围炉诗话》里，比较了唐诗、宋诗的特点，其中一个重要方面就是，"唐人作诗，惟适己意，不索人知其意"。是什么造成了"适己意"和"人知其意"之间的距离呢？如果能指能够透明地传达所指，"己"与"人"所接收的所指应该是相同的，"人意"即"己意"。因此，造成唐诗这一特点的原因肯定是在能指上有所偏重，从而造成了所指传递的延宕，以及"人意""己意"的差异。唐人作诗，不以"意"为主，而以"辞"为先，故常以"辞"害"意"，从这个意义上讲，唐诗是能指偏向型的。而宋诗则不相同，"宋人作诗，欲人人知其意"[②]。宋人作诗，"意"在"辞"先，不容以"辞"犯"意"，是典型的"意生文"。葛兆光从语言的角度对唐宋诗歌作出比对后，给出了直接的结论："从诗歌语言角度来说，宋诗的全部内涵就在于四个字：凸显意义。"既然是从语言的角度谈诗，

---

① ［法］雅克·德里达：《论文字学》，汪堂家译，上海译文出版社2005年版，第22页。
② （清）吴乔：《围炉诗话》卷一，见《清诗话续编》，上海古籍出版社1983年版，第473页。

葛兆光也借用了"所指"这个术语。"宋诗的日常语序却使人们更容易理解诗的意义,因为对于熟悉的话语无须过多地琢磨便能在瞬间转换为它的所指。"[1]葛兆光教授的结论当然是合乎宋诗实际的,当宋诗把"凸显意义"当作"全部内涵"时,也就意味着"意义"既是宋诗的起点也是宋诗的终点,既是宋诗的目的也是宋诗的手段。总之,宋诗是"意义"驱动型,同样属于"情生文"模式。而且,为了维护意义的重要性和神圣性,不以文害意,与这一流派此前的做法相同的是,宋诗必须对能指有所防范,运用的语言必然是"熟悉的话语",是"日常语序"。而所谓"熟悉的话语"和"日常语序",只在口语那里才能找得。这里颇有点循环解释的味道:口语或所指偏向型语言促成了"情(意)生文"的创作模式;"情(意)生文"创作模式的运行必须以口语或所指偏向型语言为保证。口语或所指偏向型语言在宋人那里通常被称作"平易""淡泊""质直",这样,陶渊明的诗歌最终在宋人那里得到了那么强烈的回响就是件很自然的事情了。吊诡的是,陶渊明诗歌曾经的所有"缺点"在宋人那里突然成了最大的"优点",让人心生造化弄人之叹。梅尧臣在《读邵不疑学士诗卷》中说:"作诗无古今,惟造平淡难。"(《宛陵集》四十六)东坡的"发纤秾于简古,寄至味于淡泊"(苏轼:《书黄子思诗集后》)其实也体现了宋诗的语言追求。但不管怎么说,宋诗的语言追求是基于"情(意)生文"的生成机制的,"平淡""质直"的语言就是为"情(意)"的传达服务的。

晚明公安派也是所指派的延续。郭绍虞先生曾说:"公安派之所宗主,一为眉山,一为香山。"[2]自然地,公安派同样也推崇"情生文"的及物写作。前面已经讲过,"情""志""道""意"都来自于心,而语言(口语)又是传达"情""志""道""意"最直接的工具。语言(口语)与人的此在、当下、活生生联系在一起,因此,"真"就是"情""志""道""意"的应有之义,也就是宇文所安说的"自然"。在直接运用语言(口语)的年代,并不存在所谓"真"的问题。

---

[1] 葛兆光:《汉字的魔方——中国古典诗歌语言学札记》,复旦大学出版社2008年版,第207页。

[2] 郭绍虞:《中国文学批评史》(下册),商务印书馆2010年版,第262页。

沿波讨源

当文字与语言高度结合以后，文字与语言的界线就不明显了，并且，"到头来，人们终于忘记了一个人学习说话是在学习书写之前的，而它们之间的自然关系就被颠倒过来了"[①]。事实上，正是在文字出现以后，尤其是在人的语言需要借助文字来呈现以后，文字能否真实地、生动地表达内心就引起了人们的怀疑。庄子在《天道》篇，借轮扁的口说"君之所读者，古人之糟粕已夫"，其原因正是"圣人""已死"（《庄子·天道》）。人死了，人的"言"即便借助于文字存在，但也死了。无独有偶，西方的苏格拉底、柏拉图也有着几乎相同的看法。在《斐德罗篇》中苏格拉底也是借故事中主人公的口说，文字提供的智慧不是真正的智慧，而是智慧的赝品；真正值得信赖的是写在学习者灵魂上的，伴随着知识的"谈话"，因为它"不是僵死的文字，而是活生生的话语，它是更加本原的，而书面文字只不过是它的影像"[②]。这样看来，借助文字表现的"情""志""道""意"，由于离开了人，离开了语言，要么是"糟粕"，要么是"赝品"。

文字的出现尤其是文字追摹语言技术的解决是人类发展史上的大事，被文字浸淫的现代人很难想象一个"前文字时代"，对没有文字的口语思维方式也缺乏了解和同情；简单粗暴地以文字思维倒推甚至贬低口语思维，不仅是观念的错误，而且无法解释人类社会中的很多现象——将说话和书写的顺序和自然关系"颠倒过来了"。总之，哲学家、语言学家、媒介学家的观点是一样的，就是口语才能保证思想、情感的纯真和自然，文字则对纯真和自然造成了损害。

公安派的时代显然是文字已经运用得极为熟练的时代，创作时必须面对文字的语言性和文字的文字性这一对矛盾。文字的语言性和没有文字的语言以及文字参与不多的语言是不同的。《诗经》是没有文字的语言，《古诗十九首》是文字参与不多的语言，晚明时代诗歌则是文字浸入骨髓的语言。这时的人虽然仍然按照"情生文"的方式写作，但由于文字已经"僭夺"了语言的地位，"情"与语言之间的几乎同一的关系被文字破坏了。

[①] ［瑞士］费尔迪南·德·索绪尔：《普通语言学教程》，高名凯译，商务印书馆1980年版，第47—50页。

[②] 柏拉图：《柏拉图全集》第2卷，王晓朝译，人民出版社2003年版，第199页。

离开了语言的背书,"情"的真实性无法得到保证;"情"不再是内心的再现,而是通过文字向他人借来的"虚情"和"假意",表面是"情",骨子里却仍是"文"。公安派很敏锐地看到了这一点,他们主攻的方向就是"情生文"中的"假情"。袁宗道在《论文》中指出:"古文贵达。学达即可以学古也,学其意不必泥其字句也。……大概古人之文,专期于达;而今人之文,专期于不达。以不达学达,是可谓学古者乎?"本来要学的是古人的"情",古人的"意",但当时很多人学的却是古人的"字",古人的"句"。由于"(真)情"是自然的,表现在语言上就是通达的,不会通过能指的吸引妨碍对"情"的传达;而"虚情""假意"在语言文字上的表达自然就是"不达",这与葛兆光分析宋诗语言时指出的"无须过多地琢磨便能在瞬间转换为它的所指"是一致的。公安派认为,要学的是"情生文"的机制,而不是"文"本身,即不必模拟古人的文词、字句,而应"学其意"。并且,这种"意"还得是自己的"真意",而不是附着在古人言辞上的"假意"。

公安派之后还有性灵派也是坚持"情生文"的。但性灵派一则影响相对较小,二则并无新意,三则限于篇幅,故不展开。

胡适的全部努力不过是要恢复"话"在文章和诗歌中的重要性。文学自觉时代以后,"文"与"话"分头发展,但"文"又对"话"构成了极强的压制。"文"在官方、正式、高雅的层面运行;"话"则在民间、非正式、低俗的地域潜滋暗长。"文"缺少"话"的滋润日渐枯槁,文章大多显得虚假、做作,陈子昂当年批驳的文风不仅没有消除,反而更为严重。胡适等倡导的"白话文运动"就是要在"文(字)"中再现"白话",恢复文学的"言"传统。

"言"传统的本质是符号的所指偏向,即符号的"及物"传统,也就是"言之有物"传统;受其驱动的文学创作模式也是"情生文"。胡适《文学改良刍议》认为,文学改良"须从八事入手",第一事即为"须言之有物"。这里的"言"当然已经不是说话,而是以文字形式呈现的文章或诗歌了;"物"则是内容、所指,也就是前面所说的"情""志""道""意"等。胡适认为"言之有物"的"物"即"情感"和"思想",非常重要:

沿波讨源

"文学无此二物,便如无灵魂无脑筋之美人,虽有秾丽富厚之外观,抑亦末矣。近世文人沾沾于声调字句之间,既无高远之思想,又无真挚之情感,文学之衰微,此其大因矣。此文胜之害,所谓言之无物者是也。欲救此弊,宜以质救之。质者何?情与思二者而已"。①

行文至此,对胡适从《诗大序》里为自己寻找理论支撑,笔者已经毫不奇怪,并且觉得是必然如此。"情"就不必说了,直接取自《诗大序》;而所谓"思",即"思想","盖兼见地、识力、思想三者而言之",与"志""道""意"大约也相去不远。胡适的"吾国近世文学之大病,在于言之无物",与陈子昂的"文章道弊五百年矣""汉魏风骨,晋宋莫传""彩丽竞繁,兴寄都绝",意思是完全一样的。如前所述,"兴寄都绝"就是"言之无物"。而造成这个局面的原因,陈子昂认为是"彩丽竞繁",李谔认为是"竞骋文华""竞一韵之奇,争一字之功";胡适的"虽有秾丽富厚之外观""沾沾于声调字句之间"简直就是李谔、子昂观点的翻版。一千年之后,他们指出的还是同一个问题,即"道弊""大病";同一个症候,"言之无物""兴寄都绝";同一个病因,"竞一韵之奇,争一字之功""沾沾于声调字句之间"。这更加证明了语言、文字符号问题确实是文学流变、文学风格形成的关键问题,仅从时代、社会、王朝的更替是无法真正说清的。

"言之有物"解决了"情"的问题,胡适还谈到了"文"与"言"的关系,什么样的"文"才能为文章的"情感"与"思想"提供保证呢?胡适确实意识到了,"秾丽富厚之外观""沾沾于声调字句"对"情感"与"思想"是一种伤害,但没有意识到能指与所指之间其实是一种此消彼长的滑动关系,一旦将"情感"与"思想"等,即将所指当作文章最重要的部分,必然对"秾丽富厚之外观""沾沾于声调字句"这些强化能指的做法有所打压,反之亦然。除了极少数文学天才,一般人很难调和二者,达到"兼善"。《道德经》言:"信言不美,美言不信"[《道德经》(81章)],既"信"且"美",鱼、掌兼得,实在只是可遇不可求的理想追求。能指、所

---

① 胡适:《文学改良刍议》,见《胡适古典文学研究论集》(上册),上海古籍出版社2013年版,第18页。

第四章 媒介、符号与中国诗学论争

指的滑动共生意味着,一旦在"信""美"之间做出选择,就必然要承担另一维度的缺失。

"信言"是一种什么"言",能够对"言之有物"的实现给予保障?"美言"具备什么样的特点,会伤害到所指的"信"呢?"美言"就是本书描述的能指偏向型语言,也叫诗性语言,形式主义诗学称其为语言的陌生化或"陌生化语言"。而"信言"则是所指偏向型语言,即工具性语言,也叫日常语言。"信言"之所以"信",是以所指为保证的,凡是对所指造成危害、减损的都不是"信言";"工具性语言",也可叫作"语言的工具性",隐含的意思正是语言只是导向所指的"工具"。与凸显能指自身的诗性语言比较,工具性语言的外在表现就是必须符合语法,以保证信息交流的准确性。所以,胡适《文学改良刍议》中"八事"的第三"事"就是"须讲文法",因为"不讲文法,是谓不通"。"不通"有两个原因:一是所指本来模糊,能指自然不可能通,就像一个人自己都没弄懂,你非要他讲通,当然是不可能的;二是有意"不通",这种"不通"不是能力问题,而是有意为之,故意隔阻语言前往所指的通道,这就是形式主义诗学的"陌生化"。在他们看来,诗性的产生正是来自对语法的违背。诗歌语言正是"陌生化"了的语言,是"难懂的,晦涩的语言,充满障碍的语言"[①]。但当"陌生化"成了诗歌语言的常态后,又必须有新的"陌生化"的语言。也就是说,如果"难懂、晦涩、充满障碍"的语言是诗歌的标准语言时,就必须有与之相反的语言来"陌生化"了。这时必然有人提出"易懂、明白、符合语法"的语言才是诗歌语言,这时的"陌生化"也就是诗歌语言"日常化"。葛兆光在解析宋诗的语言特点时也谈道,"为凸显意义的语言功能就必然要促使诗歌向'文从字顺'即更易于表达与更易于理解的语言习惯靠拢,而朦胧玄远的个人吟唱也必然被沟通'我''你'的对谈性诗歌取代,于是诗歌语言中的'陌生化'追求与诗歌观念中对'理'与'意'的追求,构成一种推动诗歌语言形式变革的'合力',形成了宋诗'以文为诗'的语言特征",并且,"真正达到'陌生化'效果与沟

---

① [俄]什克洛夫斯基:《艺术作为手法》,载托多罗夫《俄苏形式主义文论选》,中国社会科学出版社1989年版,第76页。

沿波讨源

通意义效果的却是以日常语言入诗的那类诗歌,因为日常语言不仅在'凸显意义'上优于生涩的古文语言,而且更吻合宋人理念上所追求的'平淡''自然'等美学原则,更能够体现一种风趣而生动的勃勃生机"。[1] 如果用"情生文"的生成机制解释就是:"情"(所指)是写作的动力和最终评判标准,"情"必须形于"言";文字出现后,"言"又必须诉诸于"文",以此来保存和传播"言"。"言"对"情"也许可以尽职,但"文"对"言"却难言忠诚,常常夹带自己的私货。这三者的关系,亚里士多德早有论断:"口语是心灵经验的符号,而文字则是口语的符号。"[2] 文字替口语来传递心灵,本身就隔了一层,加上文字的视觉属性比口语的声音属性更为稳固,很容易"僭夺"语言的重要地位,最终造成对所指(心灵经验)的伤害。如果要保证文字像语言一样有效,就要求文字必须绝对服从语言,遵守语言的规约。所谓"须讲文法",其实是"须讲语法",追求一种让大家说得出、看得懂的日常语言。这自然是针对诗歌语言往往通过重复、倒装、对仗、平仄等形式违背语法,加大通往所指的难度或延迟通往所指的时间,有时甚至阻隔所指,以至"不懂"的情形而言的。胡适后面提出的"务去烂调套语""不用典""不讲对仗"等都是针对中国古典诗歌传统诗性生成方式的,胡适认为只有"平淡""自然"的语言才能拯救诗歌。

在胡适之后再次祭起诗歌语言改革大旗的是于坚。于坚是现代诗人中最具有语言自觉的诗人,对诗歌语言从哲学的高度给予了审视,见解非常深刻。于坚是口语的坚定拥护者。在对于坚的语言观进行仔细梳理后,笔者发现于坚在语言观上与所指偏向派是一致的,但创作观却有着很大差异,简而言之就是,于坚并不是"情生文"派。比如,于坚反对"文以载道",他说"中国的'文以载道'传统是使中国文学自古以来就和意识形态纠缠不清的一个重要原因";"中国诗歌自古以来大都是用来'寄托''道'的。'道'何其广也。大到人生宇宙、君主帝王,小到风花雪月、

---

[1] 葛兆光:《汉字的魔方——中国古典诗歌语言学札记》,复旦大学出版社2008年版,第206—207页。
[2] [古希腊]亚里士多德:《范畴篇·解释篇》,方书春译,商务印书馆1959年版,第55页。

尿溺。'道'（原文为"通"，据上下文，疑为"道"之误，故改。引者注）之广，以至'世间一切皆诗'。然而，诗是为'寄托'而作却是一致的。"[1]但是，于坚是反对"文以载道"的，因而也是反对诗歌中的"寄托"的。比如于坚还反对"诗言志"传统，他首先将"诗言志"的"志"解释为"志者记录也"[2]，又说："志是所指。所指的黑洞。这导致了汉语的无所不在的隐喻。拒绝隐喻，就是要使诗歌回到身体，回到身体的写作。回到'志'来的地方。诗歌是体，而不是志。但诗和志被颠倒了，志成了写作中至高无上的君王……'诗言志'在20世纪依赖制度得到放大，冒充着诗歌本身，它遮蔽了诗歌。"[3]这样，于坚就成了语言上的口语派和写作上"情生文"的反对派，在语言与创作机制上形成了背离。

原因倒也简单。于坚以前的白话派、口语派的审视重心都是"道"，"道"之不传是他们发现问题的起点，传"道"则是解决问题的终点，语言只是解决问题的方法。而在于坚这里，语言（有"寄托"的、隐喻的语言）是他发现问题的起点，语言也仍然是他解决问题的终点（用方言、口语、没有"寄托"、拒绝隐喻的语言）；"志""道"则只是他解决问题的手段——写日常生活，写琐碎生活。于坚虽然强调口语，强调日常生活，强调身体写作，但由于把能指（口语偏向的文字）放在所指之前，其创作模式就只能是"文生情"或"文生文"了，而不再是"情生文"的生成模式。

与胡适一样，于坚幻想的也是有一种可以透明传达所指的文字。受西方声音中心主义语言观的影响，于坚将语言的声音性抬到很高的高度，动辄要将语言"还原为一个声音"。在西方传统的哲学、文化语境中，文字一直受到贬抑；但受到贬抑本身就证明，文字不仅从来都存在，而且还时常会影响语言。而于坚对汉语中的汉字却有视而不见、有意回避的嫌疑；对汉语与汉字之间的区别、联系也很少做出区分。比如他一会儿说"从根

---

[1] 于坚：《拒绝隐喻》，云南人民出版社2004年版，第11页。
[2] 据《说文解字》，"志""意""识（識）"三字关系较为复杂；段玉裁《说文解字注》里的解释是："志者，心之所之也"。
[3] 于坚：《拒绝隐喻》，云南人民出版社2004年版，第86页。

本上说，汉语是适合于写诗，而不适合于写自传的语言。汉语古老的表意功能，主要是所指而不是能指在发生作用"；一会儿又说，"汉字是一种艺术，它更适合于写诗，更适合于作为书法存在。但它不适合于写小说。汉字是为画而造的，不是为说而造的。汉字是写的艺术，而不是说的工具"①。于坚对汉字、汉语这两个术语的使用是随机的、凌乱的、非学术的，也未能弄清二者之间若即若离的复杂关系。

于坚的表述中还大量使用了"能指""所指"的概念，但有时又违背了语言学、符号学的基本规则。比如他说："外延无穷大的所指，导致能指成为0，当所指成为0的时候，能指就会呈现。从所指出发的写作，到达能指的表面，脱离上下文的地狱。"②期待一种"所指成为0"的能指，不是语言的乌托邦是什么？也就是说，于坚的理论是建基于一个假想的、不可能存在的语言之上的。

当然，于坚的语言理解并不仅止于此，他并不是要设想能指、所指之间的透明关系，而是根本不要所指，"拒绝隐喻"，清除意义，要使"所指成为0"。这是于坚和他之前所有提倡"言""口语""白话"的前辈们有着本质区别的地方。其他"口语"倡导者是为了保障意义，反对过度的能指化；而于坚则是强调能指（口语），而要清除意义。对此，于坚很坚决地表示："笔不受作者感情或意识形态、自我的左右，零度写作，因此与传统的看法相反，诗不言志，不抒情。拒绝言志抒情。"③因此，于坚不仅不是"情生文"派，也不是"文生情"派，而是"文生0"派。笔者驽钝，实在想象不出读一首"所指为0"的能指诗歌是什么感受。

通过对从《诗经》开始的"情生言/文"派的梳理，我们发现这一派的共同之处都是所指（"情""志""意""道"等）驱动，为了保证所指能够真实、完整呈现，必须使用口语和口语偏向的文字。白居易的"感人心者，莫先乎情，莫始乎言，莫切乎声，莫深乎义。诗者，根情，苗言，华声，实义"（白居易：《与元九书》）已经非常清晰地揭示了"情生文"型

---

① 于坚：《拒绝隐喻》，云南人民出版社2004年版，第33—35页。
② 于坚：《拒绝隐喻》，云南人民出版社2004年版，第40页。
③ 于坚：《拒绝隐喻》，云南人民出版社2004年版，第22页。

创作中"情""言""声""义"的关系。

由于推崇口语,将真实、日常生活作为写作内容,将"易懂"作为评判诗歌的标准,在高扬"现实主义"大旗的这些年里,所指偏向派诗歌在文学史中占据了重要地位。但其"情生文"的机制却极大地制约了"文"的发挥,如何在"诗"与"非诗"之间划清界线是这一派无法绕开的问题。其内在的逻辑是:"情生文","情"(所指)既是创作的驱动力,又是诗歌最终的评判标准。"情动于中",但要"形于言","言"是能指;在文字出现后,"言"还必须通过"文"才能表现出来,"文"又成了"言"的能指。"情"和"文"(表现为"诗")之间就有了多道阻隔。第一道阻隔是"情"到"言"。"言"对"情"也只有着假想的"透明性",俗语"言不由衷""只可意会,不可言传"都已经说明了"情""意""志""道"等虽然要借助于"言",但并不等于"言"。即便"言"为"情"生,为保证"情"的真实性、自然性,就只能用普通的、日常的、没有经过变化和修饰的"言"。但"情"为天下人所有,"言"亦为天下人所有,"诗"便也为天下人所有,"诗"与"非诗"的区别在哪里?

宇文所安在解读《诗大序》时也看到了这个问题,他认为:"就物质层面看,诗歌是'自然的':诗歌属一般意义上的人所有;诗人与非诗人没有什么质的差异(虽然诗人可能比非诗人更容易被感动)。"[1]的确,这一派的诗人恐怕都必须面对这个问题。陶渊明多年被轻看,宋诗屡遭非议,公安派常被揶揄,胡适的朋友提醒"只有白话没有诗",于坚的自我辩解"不能迷信口语,口语不是诗,口语绝不是诗"[2],等等,都已经证明这是个两难问题:在从"情"到"言"的过程中,如何既保证"情"的真实性,又让"言"具有诗性?

在"情生文"的创作模式里,第二道阻隔是从"言"到"文"。文字能否透明地传达"言",前文已有详细论说。生活中也有这样的现象:会说的未必会写,会写的也未必会说。"情"形于"言"已属不易,"情"形

---

[1] [美]宇文所安:《中国文论:英译与批评》,王柏华、陶庆梅译,上海社会科学院出版社2003年版,第42页。

[2] 于坚:《拒绝隐喻》,云南人民出版社2004年版,第92页。

于"文"则尤为困难。《文心雕龙·神思》对此也有论及,"登山则情满于山,观海则意溢于海",但是等到要写出来的时候,才发现,"方其搦管,气倍辞前,暨乎篇成,半折心始"。这已经很清晰地将"气(情、意)"与"辞"和"文"的关系、过程及难度揭示出来了:"满""溢"的"情""意"诉诸"辞",已经打了很多"折"("倍");形诸文字后,发现与"心"中所想相比,已经折半。看来,希望通过"(言)辞"与"文"来保证"心""气""情"是不可靠的。袁中郎也认为:"口舌代心者也,文章又代口舌者也。展转隔碍,虽写得畅显,已恐不如口舌矣,况能如心之所存乎?"(袁宏道:《白苏斋类集》二十)"情"与"言"之间有着"意会"与"言传"的距离;"言"与"文"之间又有着听觉与视觉的转换。

第三道阻隔是从"言""文"到"诗"。"情""志""意""道"本身都不是"诗",直接表达它们的文字也不是"诗"——这个常识在今天尤为重要,不管你的内容多么"重要",不管你写的是"流亡""苦难""忏悔"还是"民主""自由""人性"等所谓的"普世的""精神向度的"主题;也不管你采用的是"知识写作"还是"口语写作"的策略,只要不符合诗歌的表达,让人体会不到语言的节奏和艺术的美感,它就不是诗。中国现当代主流诗坛就是被这样的"主题暴力"霸占了、控制了。"情"本身不是诗,"言""文"本身也不是诗;"诗性"才是诗的本质;"诗性"的本质表现为语言的能指偏向性。有了这三重阻隔,从"情"到"诗"就成了一柄双刃剑:为保证"情"的自然、纯真,就必须用日常语言(最好是口语)——日常语言是没有诗性的语言;但要保证"诗性",就必须"陌生化"——有意违背日常语言;有意违背日常语言,延迟或阻隔了"情"的自然、纯真。从这个意义上讲,李谔、陈子昂、元白、宋诗、公安、胡适等的主张就是通过牺牲诗性以确保"情"的传递,这个主张本质上会缩小甚至消灭诗人与非诗人之间的差异,导致大量的"非诗"出现。比如袁宏道的《戏题飞来峰》:"试问飞来峰,未飞何处?人世多少尘,何事不飞去?高古而鲜妍,扬雄不能赋。"又如《别无念》:"五年一会面,一别一惨然。只消三回别,便是十五年。"坦率地说,从这些诗里并不能看出这一派诗人所追寻的那些主张,无论放在哪个年代,都不能算是"好诗"。

期望通过削减艺术性从而保证诗歌的情感性，不仅伤害了艺术，而且也伤害了情感。胡适甚至走得更远，他竟然直接以是否用白话来对诗歌艺术做出评判。

> 我们为什么爱读《木兰辞》和《孔雀东南飞》呢？因为这两首诗是用白话作的。为什么爱读陶渊明的诗和李后主的词呢？因为他们的诗词是用白话作的。为什么爱杜甫的《石壕吏》《兵车行》诸诗呢？因为他们都是用白话作的。为什么不爱韩愈的《南山》呢？因为他用的是死字死话。……简单来说，自从《三百篇》到于今，中国的文学凡是有一些价值、有一些生命的，都是白话的，或是近于白话的。其余的都是没有生气的古董，都是博物院中的陈列品！①

胡适用是否是白话来衡量中国文学、中国诗歌的价值：有价值是因为用了白话或近于白话，无价值则是不用白话。白话就像一杆秤，称出了中国文学、中国诗歌的重量。只是这杆秤的刻度并不准确，结论也是让人怀疑的。

"情生文"派还必须直面的问题是，为了让"情"得到保证，又不能借助能指变形产生的诗性和远超"言"外的意象，则会围绕"情"反复言说，引发直白、啰唆的弊病。"情"是否通过语言得到了传达，判断的标准就是"易懂"和"难懂"。"易懂"就是"解"。所以白居易作诗要老妪能解，"能解，则录之；不解，则易之"（惠洪：《冷斋夜话》卷一）。白居易不可能是要老妪自己"看"诗，一定是将诗读给老妪听，老妪能听懂的话，当然是大白话。白居易选择"老妪"来当自己诗歌的评判者，是因为"老妪"没有经过书面语言的训练，她们是纯粹的口语使用者，也只有口语才能作为"解"的保证。宋诗的优点缺点都是"讲"这一个字，谢榛认为，"'讲'则宋调之根"（谢榛：《四溟诗话》卷四）。"讲"就是"说"，不仅是用接近口语的话写诗，也暗含了教训人的意思——所以口语多被用

---

① 胡适：《建设的文学革命论》，见《胡适古典文学研究论集》，上海古籍出版社2013年版，第45页。

作启蒙的工具。胡适更是将诗与"话"等同起来。他的著名观点就是,"中国诗史上的趋势,由唐诗变到宋诗,无甚玄妙,只是作诗更近于作文……只在打破六朝以来的声律的束缚,努力造成一种近于说话的诗体";如果说,胡适这里表达的还是"近于说话",在《尝试集·自序》里,他甚至将作诗和说话等同起来了。

当然,任何的"偏美"都会留下缺憾,不管所指偏向派如何强调"意义"的意义,但为了让读者懂得、理解作品的意义,所指偏向派的诗人都不得不反复陈说,尤其在模拟以声音形式呈现的口语时,这样,所指偏向派的诗作必然带上一些共同的并且很严重的缺陷。如钟嵘《诗品序》就明确表达了对四言、五言的不同态度。他说:

> 夫四言,文约意广,取效风骚,便可多得。每苦文繁而意少,故世罕习焉。五言居文词之要,是众作之有滋味者也。故云会于流俗。岂不以指事造形,穷情写物,最为详切者耶?

钟嵘的这段话不仅表明了他的诗歌美学取向,更间接指出了四言诗,也就是口语思维的诗的共通特点,即"文繁";后来白居易也说到他和元稹的诗歌都有"辞犯文繁"的毛病。苏辙也早就发现:"白乐天诗、词甚工,然拙于纪事,寸步不遗,犹恐失之。"[①] 这也是说白居易的诗词"文繁而意少"。今人钱锺书对白居易的评价最能切中肯綮:"香山才情,昭映古今,然词沓意尽,调俗气靡,于诗家远微深厚之境,有间未达。"[②]

鉴于白居易在中国诗歌史上的地位,给出这样的评价确实需要眼光和勇气,但我个人更愿意相信,这不是香山个人才情的问题,更是所指偏向型诗人写作中的通病。其原因在于,为凸显"情""志""道""意"这些所指,常常就会反复陈说,唯恐遗漏,表面周详,但难免复沓累赘。所以陆时雍说:"元、白好尽言耳,张、王好尽意也。尽言特烦,尽意则裹矣。"(陆时雍:《诗镜总论》)元、白、张、王选择的是声音偏向的语

---

① (北宋)苏辙:《诗病五事》,见《苏辙集》(第三册),中华书局1990年版,第1229页。
② 钱锺书:《谈艺录》(补订本),中华书局1984年版,第195页。

言,口语的这些特点在他们的诗歌中鲜明地体现出来了。但这些诗人将"情""志""道""意"等当作诗歌真正有价值的部分,以诗艺之锤炼为下,导致此类诗歌艺术性的缺失。

公安派的诗歌写作与陆游也多近似之处,"有时情与境会,顷刻千言,如水东注,令人夺魂"(袁宏道:《叙小修诗》),即写得既快且多。但其缺点他们自己也都已经认识到了,袁宏道在《叙小修诗》里透露时人对公安派诗歌的看法是"犹以太露病之",间接说明公安派诗歌意义的呈现方式太过简单。袁中道更是直接承认,"楚人之文,发挥有余,蕴藉不足"(袁中道:《淡成集序》)。周作人认为:"胡适之、冰心、徐志摩的作品,很像公安派的,清新透明而味道不甚深厚。好像一个水晶球样,虽是晶莹好看,但仔细地看多时就觉得没有多少意思了。"[①] 别说他们了,即便是杜甫的一些白话诗,在胡适眼里也是"往往有打油诗的趣味"[②]。可见,所指偏向型的诗人如何在达意与诗意之间找到平衡,实在不是件容易的事,这不是诗人自己可以克服的,而是所指偏向型的工具性语言预先规定了的。

"情生文"中的"文",不是普通的文章,而是具有文学性的诗歌。"情"的优先性必然制约"诗性"的生长。如何既能传达"情",又能让诗歌具有"诗性",这正是区别"诗"与"非诗"、"诗人"与"非诗人"的试金石。

二 文生文

与"情生文"对应的另一派是"文生文"派,"文字游戏派""诗谜派""纯诗派"均属此派,我们称之为能指偏向派。对这派而言,内容、意义,不管是"志""道"还是"情""意"都不是创作的出发点,语言、文字本身才是触发创作的关键。"情生文"派是有"情"、有"感"才作诗,而"文生文"派是为作诗而作诗。所谓的"文学自觉时代",就是文字自觉时代,是"为文学而文学"的时代,其主要表现就是"文"驱动,即能指驱动。"情生文"的创作模式之所以算不上文学自觉,就是因为"文"

[①] 周作人:《中国新文学的源流》,江苏文艺出版社2007年版,第26—27页。
[②] 胡适:《白话文学史》,安徽教育出版社2006年版,第225页。

只是服务于"情"的工具，必须依附于"情"，自身没有独立存在的价值。中国古典诗歌就历时性而言，是先有"情生文"，后有"文生文"；从共时性的角度看，在文字可以追踪语言以后，是"情生文"和"文生文"同时存在。对诗人个体而言，多数诗人对二者并无绝对区分，在不同时期、不同场合，两种生成方式都有运用，但有时也呈现出一定偏向性。比如杜甫，早期诗歌以"情生文"为主，后期尤其是夔州诗则以"文生文"占优；李白则有所不同，终其一生，诗歌大多是"情生文"。如果从这个角度看，争论不休的"李杜优劣"不可能有唯一答案。我们不妨说，在"情生文"的较量中，李白总体强于杜甫；而在"文生文"的比拼里，杜甫显然优于李白。"文生文"的创作模式是中国古代文人的基本功和必修课，几乎每个诗人都有过"文生文"的训练和实践，《红楼梦》里就有不少这样"文生文"创作的场景，如第三十七回《秋爽斋偶结海棠社 蘅芜苑夜拟菊花题》，海棠、菊花盛开只是写诗的引子，或是为写诗营造的环境。小说中记载的这两场诗会，"诗人们"连海棠、菊花的影子都没有见到，"何必定要见了再作"？菊花诗会那一场，更是源于"一个虚字，一个实字"，最后敷衍成"菊花谱"，这就是诗歌写作的"文生文"了。这样的诗歌写作是先有了题目，限了韵，然后作诗，不是惯常的有情要抒，而是为文而文，为写诗而写诗。如果说"情生文"是为"情"赋形的话，"文生情"则是为"文"造"情"。而且，这样创作出来的诗歌在文学自觉时代以后占了相当比例。这样的诗歌活动是魏晋以后尤其是唐及唐后诗人生活的常态，不少佳作妙篇都是在这样的场合中创作出来的。这样的诗歌创作与《毛诗序》里的创作是迥异其趣的，不是先有"动于中"的情，也不是有不得不"言"的"志"与"意"，而是为"文"赋诗。

这里要特别指出的是，"情生文"也好，"文生文"也罢，本身并无优劣之分、高低之别，在实际的诗歌创作中，多数人也注意到了"文""情"之间的调适，尽量不过于偏颇。虽然是"文生文"，但生出的"文"如果纯属"空文"，只是能指，毫无所指，则为"难懂"甚至"不懂"派。"文"虽然偏重能指，但从符号学的原理看，能指与所指则是一体双面的存在，没有能指的所指和没有所指的能指都是无法想象的。那么，"文生文"生出

第四章　媒介、符号与中国诗学论争

的"文"就仍然会有所指，仍然会有"情""志""意""道"，等等。与"情生文"不同的是，"文生文"里的所指，是因"文"而生，"文"才是这个生成机制的触引和终点，而"情""志""意""道"等必须服从、服务于"文"。借用徐复观先生的说法就是，"情生文"强调"意义"，而"文生文"更重"意味"。从某种意义上讲，所有的诗学论争都可以简化为"情生文"和"文生文"的创作机制的论争。但既然是论争，论争对象当然主要是偏执一端的做法，如只重"情"，忽视"文"；或只有"文"，没有"情"，最后成了"空文"了。前面已经说过了，"情""志""道"是相互具有紧密联系的范畴，从文章学的角度可称其为"内容"，从语言学的角度则可以称为"所指"。"情生文"是所指偏向型，而"文生文"则是能指偏向型。

"文生文"并不妨碍写出好的诗歌，"文"的后面当然也可以有真情，需要批判的是只有"文"而没有"情"，或者难以顺着"文"追踪到"情"的写作。李谔所批驳的"竞一韵之奇，争一字之功"也许不算全错，关键是"连篇累牍，不出月露之形，积案盈箱，唯是风云之状"，就找不到所指了。生不了"情"、载不了"道"的"文"才是应该反对的。对诗歌而言，其极端就是只要"文"不要"情"的"文字禅"。对"文字禅"分析得最透辟的是废名。

废名认为，杜甫早期的诗歌还是比较生活化的，载道、言志是其诗歌的重要内容，"生活是第一，语言（不是字面）是用来表现生活"[1]。用笔者的语言学术语"翻译"一下就是，所指是第一位的，能指服从于所指，因此杜甫早期诗歌还是所指偏向型的。但到了"夔州诗"，杜诗的"文字禅"风格就开始凸显出来了。"文字禅"的特征，废名认为是"语言不是用来反映现实，而是在文字中'别有天地非人间'"[2]。即，能指符号（"语言"）不是用来指向所指（"现实"），而是用以呈现自己或营造一个并不通向日常生活的所指（在文字中"别有天地非人间"）。能指与所指是一体两面，有能指必然有所指，"文字禅"虽然是能指偏向，但也一定会有所指。在日常语言的能指—所指结构中，能指所导向的所指是日常生活的，是有公

---

[1] 废名：《废名讲诗》，陈建军、冯思纯编订，华中师范大学出版社2007年版，第281页。
[2] 废名：《废名讲诗》，陈建军、冯思纯编订，华中师范大学出版社2007年版，第282页。

沿波讨源

共经验作为符号使用者得以交流的基础的。而"文字禅"中的所指却是由作为文字的能指符号生发出来的。我们知道，汉语的"言""文"之间是一种若即若离的关系（即所谓的"言文不合"），"文（字）"常常从"言"的束缚中摆脱出来，构建自己的"文（字）"王国。"文（字）王国"与"情生文"坚守的"现实世界"就构成了不同派别追寻的理想。

客观地说，文学创作中是否存在一个"现实"世界，这本身就是值得讨论的。再现内心世界或像于坚所说的"个人置身其中的世界"，一旦借助于外在的手段，即便是用口语的形式，其"真实性"便打了折扣；用隔了两层的文字写作，更是"半折心始"了。西方文论对艺术的"现实性"同样也是表示怀疑的。H. G. 布洛克说："（每种）社会对'现实'有独特的解释。根据这种解释，它自然会觉得自己的现实才是真实的，其他时代和地区的再现，则是非写实的。换句话说，任何现实都是相对的，随着文化环境的不同而不同。"[1] 人们在用语言描述"真实""现实"的同时也消解了"真实性"和"现实性"。但人们为什么又愿意相信这么一个并不存在的"现实世界"呢？这其实就是因为语言的伪装：当语言以一种不加修饰的形态出现时，我们就愿意相信它所承载的所指世界也是真实的，正如生活中我们常常更相信素面朝天的或不善言辞的人一样——虽然这也可能只是另一种形式的甚至更具欺骗性的伪装。加拿大文艺理论家高辛勇教授说："所谓常识和正常的语用只是我们把习以为常的预先假定当作唯一的'现实'，以为并非通过修辞中介塑造而自然而然地就是这样。这种习以为常、习以为然、常识性的现实主义，常常是根深蒂固，而且因之习以为然，我们也不会感到'现实'的建构性。"[2] 如果说，语言描述的世界还离不开一个"现实世界"作为摹仿的对象的话，文字就完全可以在它自己创造的世界里自由遨游了。

与语言（口头语言）相比，文字有个语言所不及的重要特性：离境性，即文字可以从真实环境中抽离出来，并且就像吐丝的蜘蛛，在文字与文字之间勾连起意义绵密的蛛网。当然，只有"文"本才有这个功能，早

---

[1] H. G. 布洛克：《美学新解》，辽宁人民出版社 1987 年版，第 56 页。

[2] ［加］高辛勇：《修辞学与文学阅读》，北京大学出版社 1997 年版，第 13 页。

期的"言"本是做不到的。克里斯蒂娃的"文本间性"(intertextuality)大约也是从这个层面立论的。正是这种可以超越时空的使用使得文字如同流通的硬币,也会留有使用者的信息,德里达称为"踪迹"(trace)、于坚叫作"隐喻"——而要"拒绝隐喻",就只有另铸新币了。从符号的角度看,自文字广泛运用后,任何的"文"本都不再指向一个"真实"的"现实世界",而会是超越现实的"文"与"文"(古"文"与今"文"、此"文"与彼"文")彼此交叉、勾连、互通的虚拟世界。所以废名在谈及老杜的"文字禅"的时候,说"这不是生活,这倒是逃避生活的倾向,因为这样是把实际生活粉饰化,也就是主观";又说"抒写意境,当然也不能离开生活,但不属于主题思想范围内的事,是从文字安排出来的,很容易拿一个'美丽'的空想迷失生活的现实性了"。我们既可以说是文字使用者在自由地驱遣文字,也可以说是文字引导作者进入了一个复杂、刺激、有趣的语义迷宫。中国古代很多诗人都是沉迷其中,乐此不疲——这也是文学自觉时代中文学的艺术性、审美性的体现。

很有意思的是,废名很少用"文字禅"写诗,而是用它来写小说。按照笔者对语言维度的理解,虽然是小说,但他的小说也是"诗化小说",他小说的语言同样是"诗性语言"。即内容是小说,语言是诗。所以黄裳说:"废名讲唐人诗和他写小说用的好像是同样一种方法。"[1] 也有研究者从语言学、符号学的角度对废名的文字禅进行分析,认为:"废名小说中的'文字禅',简单来说,可以理解为在'能指'和'所指'的裂缝之中寻找表达方式——通过将'能指'与'所指'并置产生意味、引起联想并衍生文章,或者干脆让'能指'(手法)自身表达意义——这样的'文字禅'在很大程度上激发了语言新鲜的表达能力,但也正因为在此过程中废名过分强调和使用了这一'能指'与'所指'的裂缝,从而导致了他对语言传达意义(也即能指到达所指)的过程中所必须的表层逻辑与公共经验的放逐。"[2] 之所以称为"禅",大概借助了"禅"的这么几个特点:一是"禅"

---

[1] 黄裳:《黄裳文集》第3卷,上海书店出版社1988年版,第53页。
[2] 张丽华:《废名〈桥〉与〈莫须有先生传〉语言研究》,见夏晓虹、王风等著《文学语言与文章体式——从晚清到五四》,安徽教育出版社2006年版,第323页。

沿波讨源

需要"参"、需要"悟"。"文字禅"的诗歌里面大概有一种真味，没有明说，不能明说，也无法明说。二是"禅"境为空。"文字禅"并不将所指引向真实的、世俗的、公共的经验层面，而是导引至抽象的、终极的、无法借助语言表达的形而上世界。对这个世界的理解，无法借助语言、文字这些工具达到，而必须借助"文"所呈示的"象"。

总之，"文生文"生成机制的起点和终点都与常人的形而下世界相隔较远，缺乏"情""志""道""意"等明确所指的支撑，对读者（尤其是习惯、偏爱所指偏向型诗歌的读者）的阅读欣赏过程带来了难度，构成了挑战。只有对"文"编织的意义网络极其熟悉的人才有可能破解隐藏在"文"背后的所指。读"文字禅"类的作品，类似于捉迷藏的游戏。诗人使用的看似平常的文字，可能只是些线索，并且不少还是诗人有意设置的陷阱，文字背后的所指却被诗人巧妙地藏了起来。顺着这些线索，未必总能找到相应的所指。因此，有些诗到底写了什么，也许只有作者自己知道。比如李商隐的《锦瑟》，全篇无一字不识，无一字不晓，但究竟是什么意思，所指为何，至今猜测者众，但并无真正能解之人。公开表示读不懂的大家名宿并不少见，不懂或装懂的普通读者就数不胜数了。对"文生文"诗歌以"懂"为标准，已落入第二义。因为这是用"情生文"的标准在读"文生文"的诗。因为标准的误用，文学史上对一些诗人的解读、评价也殊为有趣。杜甫虽然是极少数达到"兼善"水准的诗人之一，但他的《秋兴八首》仍然属于"兼善"中的"偏美"——相对而言，更具有能指偏向性。自然地，溢美者虽众，但也从来都不缺少否定甚至贬抑的声音。离杜甫年代尚不算太远的朱熹就认为，"杜子美晚年诗都不可晓"。"不可晓"的意思是不知道杜子美晚年的诗在说些什么。也就是说，至少朱熹是没有"从这些诗中感受到诗人心灵的强烈震颤"的。朱熹还对"人都说杜子美夔州诗好"率直地表示了怀疑，他首先说，"此不可晓"，意思是搞不懂为什么人人都说杜子美夔州诗好，朱熹本人是真不觉得好。朱熹的解释是："鲁直一时固自有所见，今人只见鲁直说好，便却说好，如矮人看戏耳。"[①]也就是说黄庭坚与杜甫同属文字偏向派，所以他看

---

① （南宋）朱熹：《朱子语类》（第八册），中华书局1986年版，第3326页。

得出杜甫律诗的好,鲁直说好,是真正晓得它的好;"今人"也说好,是跟着说好,未必知道它的真好。朱熹是理学家,诗学观上是所指偏向派。鲁直读杜律,看的是文字、平仄、诗律;朱熹看杜诗,期待的是内容、意义、所指,一旦期待落空,自然不觉其好了。这里还有一点值得注意:朱熹说杜甫是"晚年诗",也就是夔州诗"不可晓",因而不好;反过来的推论是,杜甫早年诗是"可晓"的,因而也是"好"的。这从侧面印证了笔者的思路:"晚年诗"(夔州诗)—律诗—能指偏向—忽视所指—不可晓—不好;早年诗—非律诗—所指偏向—重视所指—可晓—好,即都是能指偏向或所指偏向对阅读者造成的影响。

如果说,朱熹的诗观算是宋诗派的话,那么与宋诗有着承继关系的胡适说《秋兴八首》"都是一些难懂的诗谜",是"一些失败的诗顽艺儿",就在情理之中了。并非巧合的是,二人对杜律的抱怨几乎相同,朱熹说的"不可晓"和胡适的"难懂的诗谜"不是一个意思吗?究其原因,正如江弱水所说的那样:"胡适只晓得'情生文',不懂得'文生文',也就是说,一首诗可能是因字生字、因韵呼韵地有机生长出来的。胡适的诗学可以一言以蔽之曰'打开天窗说亮话'。"①反过来也可以说,杜甫《秋兴八首》的好主要是"文生文"(也就是前面说的"文字禅")的好,而不是"情生文"的好。"情生文","情"在"文"先,"文"为情赋形;"文生文",此"文"在彼"文"先,也许可以找到"情",也许找不到,"文"不对"生情"负责。当找不到"情"时,这一类型的诗难免会惹来"不可晓""难懂"的抱怨。

中国文化传统将道德、品行与作品艺术性混为一谈,并且常常将前者置于后者之上。我们惯常的理解是,杜甫之所以伟大主要是因为他"忧国忧君忧民",如"穷年忧黎元,叹息肠内热"(《自京赴奉先县咏怀五百字》)"致君尧舜上,再使风俗淳"(《奉赠韦左丞丈二十二韵》),等等,但这只能证明杜甫是一个伟大的"人",但不能因此证明他是个伟大的"诗人"。艺术家伟大首先一定是因为他有着远超常人的技艺,诗人也同样应

---

① 江弱水:《古典诗的现代性》,生活·读书·新知三联书店2010年版,第142页。

沿波讨源

该如此。因此,作为伟大的"诗人"应该首先是对语言、文字、符号的掌控能力达到了常人力所不逮的地步,从这个意义上讲,杜甫首先是语言、文字的自觉训练者和高水平掌控者。这与他本人常常流露出的诗歌态度是完全一致的。在《春日怀李白》里,他说:"何时一樽酒,重与细论文"——所指偏向派诗人更愿意做的是"重与细论情";在《遣闷戏呈路十九曹长》中,他说:"晚节渐于诗律细,谁家数去酒杯宽";最高的追求是"思飘云物外,律中鬼神惊"(《敬赠郑谏十韵》)。你可以崇敬他是"人民艺术家",但杜甫自己,尤其是晚年在夔州生活时,他只把自己当作"艺术家","中律"才是他最高的艺术追求。高友工、梅祖麟曾对《秋兴八首》专门从语言艺术的角度做过解剖,其目的是:"通过对《秋兴八首》的分析,确切把握它的语言特征,研究杜甫是怎样运用这些特征去创造诗意效果;同时,这种分析也可以更准确地描述杜诗的特点,并能解释杜诗的风格何以在晚唐诗人中产生重要的影响。"[1] 这样的分析的确好像不怎么"人文",过于"工具化",但也只有这样的剖析才能让期望达到杜甫艺术水准的人有所镜鉴。高、梅二人从音型、节奏的变化、句法的摹拟、语法性的歧义、复杂意象以及不和谐的措词等方面进行了深入分析,让读者知道了《秋兴八首》的好是语言运用上的好,真正做到了不仅知其然,而且知其所以然。更有意思的是,一旦从语言学的角度切入,杜甫的"伟大"就必须从另外一个角度思考了。该文作者在结尾中说:

> 杜甫作为中国最伟大的诗人之一的地位是不可动摇的,我们无意改变这种广为接受的观点。但是,他为何如此伟大,这个问题还需要考虑。过去,他的伟大之处被认为是表现在他广博的知识,对于当时事件细致入微的描写和他对皇帝的忠诚不渝以及强烈的爱国精神;在当代,还有人提到了他对苦难民众的怜悯。学者们为维护这些观点花费了惊人的精力,他们为此而搜集的证据足以使一切反对意见无法成立。我们所要做的唯一证明是,这些根据论点预设的标准,无一

---

[1] [美]高友工、梅祖麟:《唐诗的魅力》,李世耀译,武菲校,上海古籍出版社1989年版,第1页。

第四章 媒介、符号与中国诗学论争

例外地都不是诗歌自身的内在尺度。归根结底，诗是卓越地运用语言的艺术，根据这个内在标准——创造性地运用语言并使之臻于完美境界——，杜甫的确是一个无与伦比的诗人。我们希望，这个语言学批评的实践能为这种评价提供一些证据。①

这其实也是"看热闹"和"看门道"的区别。作为诗歌鉴赏者，当然可以只看"热闹"，只要觉得"好"，便是"好"；但作为诗歌理论的研究者，一定要知道"门道"，"好"与"不好"的结论并不重要，重要的是探究为什么"好"，为什么"不好"。本书认为，欣赏汉语诗歌尤其是中国古典诗歌，首先应该对诗作本身有个大体归类，是"兼善型"还是"偏美型"？"偏美型"中，是所指偏向型还是能指偏向型？这样，对一些经典诗作传播过程中受到的溢美或贬抑，都能够有自己的分析。当然，要懂得能指偏向型诗歌的真正的"好"，是需要有大量的、长期的专业训练的，只有这样才能把握"诗歌自身的内在尺度"。

语言工具论长时间地影响了中国当代文论、诗论。语言工具论本质上就是认为所指偏向型诗歌是"好"诗歌，是文学之正宗，写了什么或者说了什么才是判断诗歌的首要标准，是典型的"主题先行"，至于怎么写、写得怎么样则是次要的甚至被批评的东西。钱锺书先生对此有着精辟的见解：

王济有言："文生于情。"然而情非文也。性情可以为诗，而非诗也。诗者，艺也。艺有规则禁忌，故曰"持"也。"持其情志"，可以为诗，而未必成诗也。艺之成败，系乎才也。才者何，颜黄门《家训》曰："为学士亦足为人，非天才勿强命笔"；杜少陵《送孔巢父》曰："自是君身有仙骨，世人那得知其故"；张九征《与王阮亭书》曰："历下诸公皆后天事，明公先天独绝"；赵云松《论诗》诗曰："此事元只非力取，三分人事七分天"；林寿图《榕阴谈屑》记张松廖语曰："君等作诗，只是修行，非有夙业"。虽然，有学而不能者矣，

---

① ［美］高友工、梅祖麟：《唐诗的魅力》，李世耀译，武菲校，上海古籍出版社1989年版，第31页

沿波讨源

未有能而未学者也。大匠之巧，焉能不出于规矩哉！①

要达到"艺"的境界，"情"固然是根本，但"才""学"更为重要。所谓"才""学"就是运作符号的能力。鲍列夫认为，"在艺术中，符号就是思想的具体感性基础的袒露"，"符号是艺术篇章最基本的元素，符号构成了艺术的表达"。②但符号本身不就是艺术，艺术是对符号的高水平的技术性处置。高友工、梅祖麟、钱锺书在谈及诗歌的艺术问题时，都提出了"内在尺度"和"规矩"，它们既是一种艺术的限制，同时也是一种艺术得以成立的基础，"大匠之巧，焉能不出于规矩哉"？比如，对以汉字呈现的汉语而言，单音节、声调、言文不合等虽然是汉语诗歌创作的难度，但经过训练达到"随心所欲而不逾矩"的境界后，汉语诗歌的艺术性也就更能彰显。

同所有艺术一样，诗歌写作首先是技术，然后才是艺术，技术的高水平运用就是艺术。这也是"文生文"与"情生文"颇不一样的地方。"情生文"要保证"情"的自然性和真实性，拒绝"文"的自我生长，比拼的是对"文"的诱惑的抵御能力，其结果是导致了"诗"与"非诗"的混同；缺少技术性操作，最终消解了诗歌的艺术性。而"文生文"则不同，"文"驱动本质上就是能指驱动，由于不必对符号背后意义的真实性负责，能指符号就方便地成为了可以驱使的"工具"，诗人之间比拼的是操作能指符号这一"工具"的能力。诗歌写作成了一项技术性很强的活动，诗歌的艺术性也得到了保证。

当然，"文生文"只是创作生成机制之一种，我们并没有要把"文字禅"作为诗歌最高标准的意思。即便是杜甫、李商隐，"文字禅"也只是他们诗歌中极小的一部分，"文字禅"是能指偏向的极端。绝大多数"文生文"的诗歌都只是能指偏向，并未走到能指极端。"文生文"与"情生文"的最大区别在于，由于不必对先在的"情"负责，可以尽量发挥"文"本身的特性。"文（字）"是形、音、义三者的融会，因此能指偏向型会将

---

① 钱锺书：《谈艺录》，生活·读书·新知三联书店2001年版，第107页。
② ［苏］鲍列夫：《美学》，乔修业、常谢枫译，中国文联出版公司出版社1986年版，第485、489页。

第四章　媒介、符号与中国诗学论争

艺术的重心放在"形"和"音"上，这就是诗歌的格律。文字自觉时代以来，格律对诗歌的重要性自不必说，前文相关论述已经很多，并且往往为所指偏向诗人所摒弃。"文生文"除了如前所述构建了意义的网络外，另外一层意思就是必须注重能指符号的形式。自胡适提出新诗革命以后，诗形（内形式、外形式）均遭破坏，到今天是每况愈下，几成废墟。"新诗无形"似乎已经成了当下诗歌创作的公理。极少数诗形的构建者、实践者也在"形式主义"的恶谥中黯然退场。笔者坚定认为，诗形建设是现代汉诗重塑辉煌的唯一选择：没有形式，就不可能有艺术！

"五四"以降，对"新诗"的形式在理论上和实践上进行了自觉探讨的人实在不多，较有建树的是闻一多和林庚——虽然他们的理论在今天已基本是无人理会。

闻一多先生在初提新诗格律时还是颇有信心的，只是可能没有料到至今竟成绝唱。巧合的是，闻先生的格律就是"form"，也就是能指的自我现身。闻先生说：

> 假定"游戏本能说"能够充分地解释艺术的起源，我们尽可以拿下棋来比作诗；棋不能废除规矩，诗也就不能废除格律（格律在这里是 form 的意思。"格律"两个字最近含着一点坏的意思，但是直译 form 为形体或格式也不妥当。并且我们若是想起 form 和节奏是一种东西，便觉得 form 译作格律是没有什么不妥的了）。假如你拿起棋子来乱摆一气，完全不依据下棋的规矩进行，看你能不能得到什么趣味？游戏的趣味是要在一种规定的格律之内出奇制胜。作诗的趣味也是一样的。假如诗可以不要格律，作诗岂不比下棋、打球、打麻将还容易些吗？难怪这年头儿的新诗"比雨后的春笋多些"。我知道这些话准有人不愿意听。但是 Bliss Perry 教授的话来得更古板。他说"差不多没有诗人承认他们真正给格律缚束住了。他们乐意戴着脚镣跳舞，并且要戴别个诗人的脚镣。"[①]

[①] 闻一多：《新诗的格律》，《闻一多全集》第 2 卷，湖北人民出版社 1994 年版，第 138—139 页。

沿波讨源

闻先生的这段话里透露了很多信息。比如从诗歌的生成机制上看，闻先生显然选择的是"文生文"，他这篇文章立论的出发点就是"游戏本能说"，写诗在他看来，就是玩文字游戏。"游戏说"必然强调规则、强调学习、强调趣味，这与"情生文"是很不一样的，"情生文"多强调内心、强调性灵、强调自然。从艺术的起源看，"情生文"大概应该归于"摹仿说""载道说"。艺术起源之猜测有多种，"游戏说"是其中较为可靠的一种。但不知为什么，在中国文学批评中，自古"游戏"都不是个什么好词。在1949年后的文学史中，"游戏说"的提倡者要么评价不高，要么被打入冷宫，有的甚至被彻底从文学史中清除出去。这既是闻先生诗论未被重视的内在逻辑，恐怕也是当下诗歌遭受冷遇的原因之一。闻先生结合语言的变化所拟定的外在的均齐与内在的音尺真的值得今天的诗人学习。

对新诗的格律从理论上和实践上进行过严肃探讨的还有林庚。当然，林先生立论的出发点仍然是语言的能指表现，即"形式"。他认为："一切艺术形式都因为它有助于特殊艺术性能的充分发挥而存在，否则就是不必要的"；又说，"形式并不等于艺术，它不过是一种手段或工具。但一个完美的诗歌形式却可以有助于艺术语言的充分解放与涌现"。[1] 在林先生的时代，作诗所用的语言有了很大的变化，体现"文"特点的文言被体现"言"特点的白话替代，又融入了外来的欧化句式。针对如何扬弃古典诗歌中已经僵死的形式，同时借鉴仍然有生命力的形式来为新诗创格，林先生做了大量的工作。经过对新诗中较为上口的诗句的仔细研究，林先生发现了五字的"节奏音组"，并把"五字音组"作为"节奏单位"放在诗行的底部，然后在上面加上不同的字数来构成格律性的诗行，从三·五，四·五，五·五，六·五，七·五，八·五，九·五，十·五……这样一行行地尝试下去，渐渐摸索出十言（五·五）和十一言（六·五）是最为可取的。[2] 这样的实验本身就是艺术性的表现。林先生后来又受到《楚辞》中"兮"字用法的启发，提出了"半逗律"理论。所谓"半逗律"就是"将诗行划分为相对平衡的上下两个半段，从而在半行上形成一个类

---

[1] 林庚：《新诗格律与语言的诗化》，经济日报出版社2000年版，第3—4页。
[2] 林庚：《新诗格律与语言的诗化》，经济日报出版社2000年版，第20页。

似'逗'的节奏点"。① 经过完善，既考虑到白话，又考虑到口语，林先生将"五字音组"与"半逗律"结合起来，试验并创作了不少"九言诗"（五·四）。林庚的实验与闻一多的实验在不少地方有异曲同工之妙，既考虑到了语言的变化，又借鉴了传统诗歌中有益的部分，是符合汉语实际的。继续追求严苛的平仄已不可能，但通过"音尺""音组""半逗律"让诗歌不仅具有较为整饬的外在形式，同时又具有内在的节奏和韵律，这应该是现代汉诗发展的方向。

格律的创造最终必然通过能指的变化得以实现。能指的过度藻饰固然妨害意义，但既然是诗，没有能指的变化又违背了诗之本质。正如着装，奇装异服固然让人侧目，甚至带来负面评价，但以为解决问题的方法就是不穿衣服，恐怕就矫枉过正了。现在的"新诗"正是通过不穿衣服来对抗古诗的奇装异服。体式是艺术存在的外在保证，体式的取消也就是艺术的取消，艺术家的存在有赖于艺术的难度。诗歌的艺术正是来自因符号的特点而生的难度，其外在表现正是"体"。当年顾随在写给卢继韶的信中谈到胡适的白话诗："我对于胡适之的新诗，固然喜欢，也不免怀疑。他那些长腿曳脚的白话诗，是否可以说是诗的正体……我的主张是——用新精神作旧体诗。改说一句话便是——用白话表示新精神，却又把旧诗的体裁当利器。"②

汉语是元音偏重型语言，押韵是这种语言赋予诗歌的最大遗产。诗歌的首要表现就是形式，正是形式区分了散文语言和诗歌语言。形式主义诗学相关论述极多。雅可布逊认为："诗歌性表现在哪里呢？表现在词使人感觉到是词，而不是所指对象的表示者或情绪的发作。表现在词和词序、词义及其外部和内部形式，不只是无区别的现实引据，而都获得了自身的分量和意义。"③ 也就是说，"诗歌性"只能体现在"词使人感觉到是词"的时候，用符号学解释就是，当词不只是作为意义的载体，而是作为能指符

---

① 林庚：《新诗格律与语言的诗化》，经济日报出版社2000年版，第5页。
② 闵军：《顾随年谱》，中华书局2006年版，第29页。
③ ［苏］雅可布逊：《何谓诗》，见胡经之、王岳川《文艺学美学方法论》，北京大学出版社1994年版，第191页。

号本身被注意时,"诗性"就产生了。而"词"最容易被人注意到的方式就是通过有意识的重复,比如"押韵"就是声音的重复。形式主义诗学也只是再次提醒人们不要将散文语言与诗歌语言混为一谈,类似的见解早在亚里士多德时代已有涉及。亚里士多德告诫人们:"辞章或散文须有节奏,但不应有韵律,否则就会成为一首诗。"[1]亚里士多德是从提高演说的说服力的角度看问题的,他觉得能够说服人的是真理本身,但如果"有了韵律就会造成没有说服力(因为那会被认为是做作的结果),同时它还分散了听众的注意"[2]。可见,亚里士多德已经意识到语言的所指偏向与能指偏向具有不同效果,从反方面证明了诗之为诗的理由,即韵律。因此,既要写诗,又不要韵律,在逻辑上是不成立的。不管是"情生文"还是"文生文",其中的"文"都不应该只是"文本",应该还有"纹饰"。

"文生文"中的"文"固然是符号中的能指偏向,但符号既然是能指与所指的统一,就意味着并不存在没有能指的所指,也不存在没有所指的能指。能指偏向在一定程度上会遮蔽所指,但不等于可以完全取消所指。"文生文"中的第一个"文",作为生成诗歌的触媒,本身就是能指与所指的结合,比如前述《红楼梦》中的"菊影""菊梦"等;与"情生文"不同的是,"菊影""菊梦"与作诗之前是否有所见、有所闻、有所感并无关系,它们只是以符号的形式期待另外的符号形式。"文生文"中的第二个"文",虽然以第一个"文"为缘起,但既然是能指,同时一定会伴随着所指。因此,认为"文生文"仅仅是形式或文字游戏,与意义毫无关涉,就是错误的了。"情生文"中的"文"因"情"而生,"情"自然就是所指;"文生文"中的"文"因"文"而起,就必须为"文"赋"情",开发"文"之所指了。所以,好的诗人,尽管是玩文字游戏,但落脚点仍然会放到能指与所指的平衡上。即便是"文生文"创作的诗歌,其评价标准既有形式(可分为外形式,即闻一多说的"建筑美",和内形式,如"音

---

[1] [古希腊]亚里士多德:《修辞术·亚历山大修辞学·论诗》,中国人民大学出版社2003年版,第178页。

[2] [古希腊]亚里士多德:《修辞术·亚历山大修辞学·论诗》,中国人民大学出版社2003年版,第178页。

尺""音组"格律等），也有内容（"情""志""意""道"等）；既要看能指符号本身安排、处理的优劣，还要看所指传达能力、效率的高下。有了这些标准，诗歌大概可以分出四个层次：兼善（能指、所指关系处理甚好，既有"形"的工巧，也有"意"的高妙）、偏美（凸显能指或凸显所指，要么是技术，要么是内容，让人感到惊诧、叹服）、兼不善（注意到能指、所指关系的平衡，但"形"也平常，"意"也普通）、偏不美（注意力放在能指或所指上，但技术锤炼不够，思想修养有限）。纵观诗歌史，兼善者极少；偏美（能指偏向和所指偏向）者也不太多；大多数诗歌都只能属于后二者，故载入史册者少。由于能指与所指的滑动共生关系，决定了"情生文"者，"文"常不够；"文生文"者，"情"多不足，二者各自的缺点都会在对方眼里被放大。

在"情生文"生成机制里，如何保证诗歌的艺术水平是个难题；在"文生文"机制里，如何保证因"文"而生的"情"是"真"情，同样也是不易逾越的难关。"情生文"通过"言/我"关系来保证"情"的有效性，借用的正是与"我"具有一体关系的"言"，即口语或白话。"文生文"却是直接以"文（字）"为出发点，悬置的正是具有差异性、个体性的口语，从而悬置了"我"，最终悬置了"真实"。德里达在谈到文字与语言的关系时说过："文字凭其地位注定要代表最难以消除的差别。它从最近处威胁着对活生生的言语的渴求，它从本质上并且从一开始就破坏活生生的语言。"[①] 于坚也认为语言和文字的区别是"我"与"我们"的区别。"我"凭依的就是"活生生的语言"，指向的是"活生生的生活"，写出的诗歌是没有"隐喻"的、透明的、真实的诗歌。而文字却绞杀了语言的活力，遮蔽了最具有日常性的"我"的生活，写出的诗歌是导向"我们"的"公共隐喻"——表面上是所指，其实是由"文"指引的空洞所指，即"空文"。因而，"文生文"机制已经隐含了走向意义迷宫甚至意义黑洞的可能性。"言"的产生并不需要专业的训练，"人而能言"；"文"的获得则必须经过后天的学习，"文生文"生成机制创作的诗歌，本质上是能指的蔓衍，解

[①] [法]雅克·德里达：《论文字学》，汪家堂译，上海译文出版社1999年版，第80页。

沿波讨源

读过程也是抽丝剥茧的过程。即便有较强的"文字"功底，如不熟悉"文生文"的生成过程，阅读同样是件毫无愉悦的苦差。废名对杜甫、李商隐的文字禅津津乐道，朱熹、梁启超、胡适等大家却对二人的诗歌大倒苦水，或指斥无聊，或坦诚不懂。究其原因，正是文字禅类的诗歌没有日常生活经验可以借助，能指的衍生切断了语言的逻辑链条，读者无法在意义的黑洞里求证自身的人生体验。李商隐的《无题》诗，更是直接地、有意地切断通过能指探询真实所指的可能性。

在"情生文"派眼里，"真""实"就成了"文生文"诗歌无法治愈的"硬伤"。以今天对文学的认识看，其特性之一正是虚构，其实就是不必"真"——除了索隐派，谁会把小说当"真"呢？但文学打动人的要素又唯有"真"，只是这个"真"已不是"真实"的"真"，而是一种"拟真"。所指偏向派之所以"较真"，就是把符号的"真"和"真实"的"真"混为一谈了，深层原因正是轻视甚至试图消除符号——比如他们"写"诗，但偏偏对"文"视而不见，大谈特谈的是"口""言"。所指功能确实是符号的重要功能，目的就是通过能指来命名、记录、指引一个真实世界。因此，人们一接触语言，就不由得从所指的"真"与"非真"来进行判断，这正是符号的工具性对人的深层影响。但文学语言尤其是诗性语言，运用的是符号的能指功能，雅可布逊等人已经论述得很清楚了。因此以所指的"真"来对能指营造的"非真"进行评判，根本不是一个层面上的事情。比如李商隐的《锦瑟》探佚颇多，但多围绕作者的真实生活做文章，极难自圆其说；如果舍弃"真"的探询，而从"文"的营构入手，也许能别开生面。

"文生文"另一个绕不过的坎是，由于没有"真"作为担保了，写作者常常会陷入模拟的泥淖中。"情"因为有"我"作担保，具有鲜明的个性，自然不便模仿。生活中同样如此，学人说话是大忌。但"文"背后的支撑则是"我们"，因而可以你写、我写、大家写。而且，文章之事，有愿求人师者，有愿为人师者；借鉴他人文章，是对作者的致敬；被他人学习，也是作者的无上荣耀。只是，借鉴、学习的本应该是文章之道，而不是文章本身。但由于能够借鉴、学习的是能指特征明显的写作，因而极容易将能指特征本身视为学习的对象，这就成了依样画葫芦的"摹"，最终造成中国古代诗坛能指溢出的现象。茅坤说："世之所竞慕，以为摹《左传》，摹《史记》，摹《汉书》，纵极其工，当亦优人者之貌孙叔敖焉耳；而况其所摹者，特句字之诘屈，声音之聱牙而已！仆窃耻之。"①这自然与"文"悬置了"言"的个性有关，即"文"本身就不容易展露个性，因而更容易模仿。

语言偏向型的诗人对此是不能忍受的。袁宏道："宏实不才，无能供役作者。独谬谓古人诗文，各出己见，决不肯从人脚跟转，以故宁今宁俗，不肯拾人一字。"（袁宏道：《冯琢庵师》）"宏实不才"四字绝不是自谦，而是对"文生文"型诗歌的极大嘲讽；"不肯拾人一字"，让"情生文"型的诗人站在了道德高地上。

于坚也很自豪地说："如果我在诗歌中使用了一种语言，那么，绝不是因为它是口语或因为它大巧若拙或别的什么。这仅仅因为它是我于坚的语言，是我的生命灌注其中的有意味的形式。"②"生命灌注其中"已经可以让所有的"文生文"诗歌失色了。没有"生命灌注"不仅容易陷入"摹""仿"的怪圈，客观上也形成了外在形式的相似性，无法通过诗歌找寻到诗人的个性，很容易成为"诗匠"。介质的熟练运用只是技术，技术的高水平加上个性才能造就伟大的艺术家，这也是能指派"诗匠"多而可称为艺术家的诗人少的原因。

齐梁时代几乎所有诗人终日"竞一韵之奇，争一字之功"，最终结果却正如纪昀所说："齐梁间风气绮靡，转相神圣，文士所作，如出一手"（纪昀评：《文心雕龙辑注》卷六）；叶燮也说："齐梁骈俪之习，人人自矜其长，然以数人之作，相混一处，不复辨其为谁，千首一律，不知长在何处。"（叶燮：《原诗》外篇下）总之，就是在诗里找不到"我"，找不到个性。缺乏"生命灌注"、缺乏真性情的诗人，"纵摘取盛唐字句，嵌砌点缀，亦只是诗人一个窃盗掏摸汉子"（江盈科：《雪涛诗评·求真》）。但这些容

---

① （明）茅坤：《复沔水宗大尹书》，《茅鹿门先生文集》卷八，《茅坤集》，浙江古籍出版社1993年版，第366页。
② 于坚：《拒绝隐喻》，云南人民出版社2004年版，第4页。

易引致的倾向只是证明了能指偏向可能导致的缺陷，高明的诗人不仅对此有着自觉的意识，而且还会利用自己的才力对其巧妙规避甚至加以利用。比如在黄庭坚看来，"老杜作诗，退之作文，无一字无来处"，这显然容易陷入模拟怪圈；但为什么二人的诗文又完全看不出模拟痕迹（"谓韩杜自作此语耳"）呢？高明作家的功力就表现在能将"文"化作自己的"言"，为脱离语言的"文"找回了语言性，即"古之能为文章者，真能陶冶万物，虽取古人之陈言入于翰墨，如灵丹一粒，点铁成金也"（黄庭坚：《答洪驹父书》）。

总之，"情生文"和"文生文"是两种不同的创作机制，分别属于所指驱动和能指驱动，在语言上则表现为所指偏向的口语（言）和能指偏向的文字。由于语言最终呈现的状态是由能指、所指的双向滑动实现的，往某个维度滑动的结果就是，在强化某一功能的同时也会削弱另一功能，反之亦然。"情生文"的符号是往工具维度滑动的，强化所指功能的同时就会削弱诗性功能，因此，"情生文"的突出优点是所指性强，通常传递了明确、清晰的"情""志""道""意"等；付出的代价则是诗性功能的削弱，这类诗歌往往被贬为顺口溜、"莲花落"、打油诗，语言特征也整体呈现出繁复、絮叨、教训的特征。而"文生文"的符号则相反，是往诗性维度滑动的，语言的诗性功能得到了强化，付出的代价是达意能力，即工具性减弱。其突出优点是语言具有美感，言之有文，如雕梁画栋；但又有着言不及义、言之无物、故弄玄虚、晦涩难懂等缺陷。两派各以己之长攻人之短，构成了中国诗学的论争。唐顺之就曾经将两派比作两人，对其进行过仔细比对，形象地揭示了两派的短长优劣：

> 今有两人，其一人心地超然，所谓具千古只眼人也，即使未尝操纸笔呻吟学为文章，但直据胸臆，信手写出，如写家书，虽或疏卤，然绝无烟火酸馅习气，便是宇宙间一样绝好文字。其一人犹然尘中人也，虽其专学为文章，其于所谓绳墨布置则尽是矣，然翻来覆去不过是这几句婆子舌头语，索其所谓真精神与千古不可磨灭之见绝无有也，则文虽工而不免为下格。此文章本色也。即如以诗为喻，陶彭泽

未尝较声律、雕句文，但信手写出，便是宇宙间第一等好诗，何则？其本色高也。自有诗以来，其较声律、雕句文，用心最苦而立说最严者，无如沈约，苦却一身精力，使人读其诗，只见其捆缚龌龊，满卷累牍，竟不曾道出一两句好话。何则？其本色卑也。本色卑，文不能工也，而况非其本色者哉？（唐顺之：《答茅鹿门知县二》，《荆川先生文集》）

当然，荆川先生并非从符号学立论，将"两人"之不同归结为"本色"，其实从符号学角度结合荆川先生的立论同样是说得通的。文章中的前一人是所指偏向型，即"情生文"创作型："直据胸臆"，"情"也；"信手写出"，"文"也。优点是"绝无烟火酸馅习气"，即亲切自然，所指明确；缺点是"疏卤"，即粗糙，诗性不强。后面一人，是能指偏向型，即"文生文"创作型："文"表现在"专学为文章""绳墨布置则尽是矣"以及后面的"较声律、雕句文"；优点是"用心最苦而立说最严"，"工"，诗性强；缺点是"真精神与千古不可磨灭之见绝无有也""满卷累牍，竟不曾道出一两句好话"，自然说的就是没有明确的所指，即便有所指也不明确。唐顺之的语言观是所指偏向的，在他眼里，能指偏向型自然一无是处，"工"勉强算个优点，沈约苦心营构的"独得之秘"，在他看来不过是"捆缚龌龊"，还得搭上个"本色卑"的贬损。陶渊明在六朝诗名未彰，已经证明了所指偏向派眼里的"宇宙间第一等好诗"，当年在能指偏向派看来，不过是"辞采未优"的平平之作。

总之，势同水火的"情生文"派和"文生情"或"文生文"派，在语言上表现为所指偏向和能指偏向，本质上就是对语言与文字之间关系的不同偏向。二者本无高下优劣之分，但如走向极端，在展现自身优势的同时，也难以掩盖有时甚至是致命的缺陷，即优点缺点同样鲜明。

对文字的或"形"或"声"的偏向，形成了能指偏向型诗歌或所指偏向型诗歌。偏向，意味着对某个方面的强化，但一定也会在别的方面有所削弱，在张扬优点的同时也会放大缺点。比如，能指偏向型诗歌在强化形式的同时，削弱了意义的传达；所指偏向型则在保证意义的准确传达过程中，削弱了形式因素，从而削弱了艺术性。既保证意义的真又注重形式的美，固然是非常困难的事情，但艺术存在的理由不正是因难见巧，化不可能为困难吗？最能体现艺术性的地方莫过于"戴着镣铐跳舞"之时，诗歌也能够充分利用汉字的能指所指间离合共生的关系，在能指所指之间找到巧妙的平衡点，此即孔子所谓"文质彬彬"是也。

  如何摒弃"侈艳"而"文采"仍在，保证"清真"而不留"鄙陋"；既不"过质"，也不"过文"，达到"兼善"，自然不是容易做到的事情。按笔者的划分，中国诗歌目前正处于"言再胜"阶段，也是沃尔特·翁所说的"次生口语"阶段，如何在诗歌中体现出"原生口语"特性，同时又不忽视文字的力量，创作出"文质彬彬"的具有时代感的诗歌，是当下诗人的艰巨任务。

结　语

"文学"乃"文"之学。文学流变固然与朝代更迭、思潮涌现、天才之横空出世有着密切关联；但从本质上看，决定文学变化的最核心的因素依然是所使用的艺术符号：语言和文字的变化。对汉语而言，语言与文字之间的关系更为复杂，二者共用一套文字体系，"形"与"声"既可相益，也能相离，时合时分，汉语的这个特点对文学形式的产生、文学作品的总体特点及文学的最终走向都有着决定性的作用。当然，文字与语言之间的关系发生变动并不是随机的、偶然的，背后有着深刻的"物质动因"，即书写材料和书写工具的发展。文学是"人"学，文学是"文"学，但文学同时还是"物"学。即便是有了"人"，有了"文"（符号），但如果没有相应的物质条件，如书写材料和书写工具，"文"（符号）的特点的开掘，"人"的能动性的发挥都会受到限制。正如恩格斯强调的那样，"在所有这些文献中，每个场合都证明，每次行动怎样从直接的物质动因产生，而不是从伴随着物质动因的词句产生，相反地，政治词句和法律词句正像政治行动及其结果一样，倒是从物质动因产生的"[1]。文学史也一样，文体的渐次出现，文学运动的周期性发生，天才诗人作家的横空出世，都是媒介、符号交互作用的结果。在媒介、符号的视域里，我们看到的是不一样的文学，不一样的文体，不一样的文学运动，不一样的文学史。

---

[1] ［德］弗·恩格斯：《卡尔·马克思〈政治经济学批判〉第一分册》，见中共中央马克思恩格斯列宁斯大林著作编译局编《马克思恩格斯选集》（第2卷），人民出版社1972年版，第8页。

参考文献

(明)袁宏道:《袁宏道集笺校》(卷十一),钱伯城笺校,上海古籍出版社 2008 年版。

(宋)严羽:《沧浪诗话校释》,郭绍虞校释,人民文学出版社 1961 年版。

(唐)司空图、(清)袁枚:《诗品集解·续诗品注》,郭绍虞集解、辑注,人民文学出版社 1963 年版。

[德]恩斯特·卡西尔:《语言与神话》,于晓等译,生活·读书·新知三联书店 1988 年版。

[德]恩斯特·卡西尔:《人论》,甘阳译,上海译文出版社 1985 年版。

[法]茨维坦·托多罗夫编选:《俄苏形式主义文论选》,中国社会科学出版社 1989 年版。

[法]雅克·德里达:《论文字学》,汪堂家译,上海译文出版社 2005 年版。

[古希腊]亚里士多德:《修辞术·亚历山大修辞学·论诗》,颜一、崔延强译,中国人民大学出版社 2003 年版。

[古希腊]亚里士多德:《修辞学》,罗念生译,生活·读书·新知三联书店 1991 年版。

[加拿大]马歇尔·麦克卢汉:《理解媒介——论人的延伸》,何道宽译,商务印书馆 2000 年版。

[美]杰姆逊:《后现代主义与文化理论——杰姆逊教授讲演录》,唐小兵译,陕西师范大学出版社 1986 年版。

［美］高友工、梅祖麟：《唐诗的魅力——诗语的结构主义批评》，李世耀译，上海古籍出版社1989年版。

［美］苏珊·朗格：《情感与形式》，刘大基等译，中国社会科学出版社1986年版。

［美］苏珊·朗格：《艺术问题》，滕守尧译，中国社会科学出版社1983年版。

［美］沃尔特·翁：《口语文化与书面文化：语词的技术化》，何道宽译，北京大学出版社2008年版。

［美］宇文所安：《盛唐诗》，贾晋华译，生活·读书·新知三联书店2004年版。

［美］宇文所安：《他山的石头记——宇文所安自选集》，田晓菲译，江苏人民出版社2003年版。

［瑞士］费尔迪南·德·索绪尔：《普通语言学教程》，高名凯译，商务印书馆1980年版。

［英］特雷·伊格尔顿：《二十世纪西方文学理论》，伍晓明译，北京大学出版社2007年版。

《废名讲诗》，陈建军、冯思纯编订，华中师范大学出版社2007年版。

《胡适古典文学研究论集》（上、下），上海古籍出版社2013年版。

《鲁迅全集》（第4、5、10卷），人民文学出版社1998年版。

《鲁迅全集》（第1、7、9、12卷），人民文学出版社2005年版。

《闻一多全集》（第2、3、6、12卷），湖北人民出版社1993年版。

《朱光潜美学文学论文选集》，湖南人民出版社1980年版。

《朱自清全集》（第4卷），江苏教育出版社1990年版。

蔡英俊：《中国古典诗论中"语言"与"意义"的论题——"意在言外"的用言方式与"含蓄"的美典》，台湾学生书局2001年版。

丁福保辑：《历代诗话续编》（上册），中华书局，1983。

［美］高友工：《美典：中国文学研究论集》，生活·读书·新知三联书店2008年版。

高玉：《现代汉语与中国现代文学》，中国社会科学出版社2003年版。

葛晓音：《八代诗史》（修订本），中华书局2007年版。

葛兆光：《汉字的魔方——中国古典诗歌语言学札记》，复旦大学出版社2008年版。

龚鹏程：《文化符号学：中国社会的肌理与文化法则》，上海人民出版社2009年版。

郭绍虞：《中国文学批评史》（上、下），商务印书馆2010年版。

郭绍虞：《照隅室古典文学论集》，上海古籍出版社2009年版。

胡适：《白话文学史》，上海古籍出版社1999年版。

胡适：《国语文学史》，安徽教育出版社2006年版。

黄侃：《文心雕龙札记》，中华书局1962年版。

江弱水：《古典诗的现代性》，生活·读书·新知三联书店2010年版。

孟华：《汉字：汉语和华夏文明的内在形式》，中国社会科学出版社2004年版。

倪海曙：《清末汉语拼音运动编年史》，上海人民出版社1959年版。

钱穆：《中国文学论丛》，生活·读书·新知三联书店2002年版。

钱锺书：《管锥编》，中华书局1979年版。

钱锺书：《谈艺录》（补订本），中华书局1984年版。

钱锺书：《谈艺录》（补订重排本）（上、下），生活·读书·新知三联书店2001年版。

［美］孙康宜、宇文所安主编《剑桥中国文学史》（上卷），刘倩等译，生活·读书·新知三联书店2013年版。

［美］孙康宜：《抒情与描写：六朝诗歌概论》，钟振振译，上海联书店2006年版。

吴调公：《李商隐研究》，中华书局2010年版。

伍蠡甫、胡经之主编：《西方文艺理论名著选编》，北京大学出版社1987年版。

夏晓虹、王风等：《文学语言与文章体式——从晚清到"五四"》，安徽教育出版社2006年版。

于坚：《拒绝隐喻》，云南人民出版社2004年版。

于坚：《棕皮手记》，东方出版中心 1997 年版。

张隆溪：《道与逻各斯：东西方文学阐释学》，冯川译，江苏教育出版社 2006 年版。

周作人：《中国新文学的源流》，江苏文艺出版社 2007 年版。

朱光潜：《诗论》，安徽教育出版社 1997 年版。

朱光潜：《谈文学》，安徽教育出版社 1996 年版。

朱自清：《论雅俗共赏》，北京出版社 2005 年版。

朱自清：《新诗杂话》，江苏文艺出版社 2010 年版。

刘晓明：《"语""文"的离合与中国文学思维特征的演进》，《中国社会科学》2002 年第 1 期。

尚杰：《思·言·字——评德里达对形而上学的批判》，《中国社会科学》1996 年第 1 期。

田晓菲：《隐约一坡青果讲方言：现代汉诗的另类历史》，宋子江、张晓红译，《南方文坛》2009 年第 6 期。

赵勇：《电子书写与文学的变迁》，《文艺争鸣》2008 年第 7 期。

[美] 伊丽莎白·爱森斯坦：《作为变革动因的印刷机——早期近代欧洲的传播与文化变革》，北京大学出版社 2010 年版。

[美] 尼尔·波兹曼：《娱乐至死》，章艳译，中信出版集团 2015 年版。

[美] 尼尔·波兹曼：《技术垄断——文化向技术投降》，何道宽译，北京大学出版社 2007 年版。

赵勇：《大众媒介与文化变迁——中国当代媒介文化的散点透视》，北京大学出版社 2010 年版。

钱存训：《书于竹帛——中国古代的文字记录》，上海书店出版社 2004 年版。

钱存训：《中国纸和印刷文化史》，广西师范大学出版社 2004 年版。

潘吉星：《中国造纸史》，上海人民出版社 2009 年版。